FORÇAS IRRESISTÍVEIS

Outras obras da autora publicadas pela Record

Acidente
Agora e sempre
Álbum de família
Amar de novo
Um amor conquistado
Amor sem igual
O anel de noivado
Ânsia de viver
O apelo do amor
Asas
O brilho da estrela
O brilho de sua luz
Caleidoscópio
Casa forte
O casamento (a sair)
Cinco dias em Paris
Desaparecido
Um desconhecido
Desencontros
Doces momentos
Entrega especial
O fantasma
Final de verão
Galope de amor
Honra silenciosa
Imagem no espelho
Jóias
Klone e eu
Um longo caminho para casa
Maldade
Mensagem de Saigon
Meio amargo
Momentos de paixão
Um mundo que mudou
Passageiros da ilusão
O preço do amor
O presente
O rancho
Recomeços
Relembrança
Segredo de uma promessa
Segredos de amor
Segredos do passado
Tudo pela vida
Uma só vez na vida
Vale a pena viver
Aventura de amar
Zoya

DANIELLE STEEL

FORÇAS IRRESISTÍVEIS

Tradução de
MARIA CLÁUDIA DE OLIVEIRA
e HEITOR PITOMBO

EDITORA RECORD
RIO DE JANEIRO • SÃO PAULO
2002

CIP-Brasil. Catalogação-na-fonte
Sindicato Nacional dos Editores de Livros, RJ.

S826f

Steel, Danielle, 1948-
Forças irresistíveis / Danielle Steel; tradução Heitor Pitombo e Maria Cláudia de Oliveira. – Rio de Janeiro: Record, 2002.
336p.:

Tradução de: Irresistible forces
ISBN 85-01-05917-X

1. Ficção americana. I. Pitombo, Heitor. II. Oliveira, Maria Cláudia. III. Título.

02-0228

CDD – 813
CDU – 820 (73) -3

Título original norte-americano
IRRESISTIBLE FORCES

Este é um trabalho de ficção. Nomes, personagens, locais e fatos são produtos da imaginação da autora ou são apresentados de forma fictícia.

Direitos exclusivos de publicação em língua portuguesa para o Brasil adquiridos pela
DISTRIBUIDORA RECORD DE SERVIÇOS DE IMPRENSA S.A.
Rua Argentina 171 – Rio de Janeiro, RJ – 20921-380 – Tel.: 2585-2000
que se reserva a propriedade literária desta tradução

Impresso no Brasil

ISBN 85-01-05917-X

PEDIDOS PELO REEMBOLSO POSTAL
Caixa Postal 23.052
Rio de Janeiro, RJ – 20922-970

Para meus filhos muito, muito maravilhosos,
Beatrix, Trevor, Todd, Nick, Samantha,
Victoria, Vanessa, Maxx e Zara.

E com agradecimentos especiais a Tom,
pelas informações sobre o mercado financeiro
e por nossas próprias forças irresistíveis.

Com todo o meu amor,
d.s.

Capítulo 1

Era um dia brilhante e ensolarado em Nova York e a temperatura beirava os 38 graus bem antes do início da tarde. Era possível fritar um ovo na calçada. Crianças gritavam e as pessoas estavam sentadas nas varandas, no vão das portas ou encostadas nas paredes sob toldos esfarrapados. Os dois hidrantes na esquina da Rua 125 com a Segunda Avenida haviam sido abertos. A água saía em jorros, enquanto crianças aos gritos corriam através dela. Havia uma espécie de rio que alcançava os tornozelos e corria pela sarjeta. Às quatro da tarde, parecia que metade da vizinhança estava de pé por ali, sob o forte calor, conversando e olhando as crianças.

Subitamente, às quatro e dez, tiros soaram acima do ruído da conversa, dos risos e da água corrente. Era um som bastante familiar naquela parte da cidade, e todos pararam ao ouvi-lo. As pessoas pareciam ter feito uma pausa, imóveis por um momento, esperando o que viria em seguida. Recuaram para dentro das casas, encolheram-se contra as paredes, e duas mães correram para o gêiser de água de um dos hidrantes e agarraram suas crianças. Mas, antes que pudessem ganhar novamente a segurança de suas portas, outra rajada de tiros soou, desta vez mais alta e mais perto, e três rapazes entraram correndo no meio do grupo que estava próximo ao hidrante. Eles esbarraram nas crianças enquanto corriam e colidiram tão fortemente com uma moça, que ela caiu, esparramando-se na água. Ouviram-se gritos, enquanto dois policiais apareciam, correndo pelo quarteirão, perseguindo implacavelmente os rapazes, armas empunhadas, balas voando no meio da multidão.

Tudo aconteceu tão rápido, que ninguém teve tempo de abrir caminho para eles ou prevenir os outros, e já se ouviam sirenes ao longe. Acima do lamento distante dos carros de polícia se aproximando da cena, houve mais outra rajada de tiros, e desta vez um dos rapazes caiu no chão, sangrando no ombro, ao mesmo tempo em que um de seus companheiros girava e acertava um policial na cabeça. Subitamente uma garotinha gritou e tombou ao chão, no meio do forte jato do hidrante, e todos em volta gritaram e correram em todas as direções. Então sua mãe correu para ela da porta onde estivera olhando tudo aterrorizada, enquanto a criança caía.

E um instante mais tarde, a perseguição havia terminado. Dois dos rapazes estavam deitados com o rosto voltado para o chão, sendo algemados por um grupo de policiais. Um agente havia morrido e o terceiro suspeito estava sendo atendido por paramédicos. Mas apenas alguns passos adiante uma criança estava morrendo, atingida por uma das balas que lhe havia atravessado o peito. A menina sangrava profusamente, enquanto a mãe se ajoelhava perto dela, ensopada pelo jorro contínuo do hidrante, e, soluçando com histeria, segurava a filha inconsciente nos braços até que os paramédicos arrancaram dela a garota de cinco anos. Em menos de um minuto, ambas estavam em uma ambulância, a mãe ainda chorando e confusa. Era uma cena que todos tinham visto dezenas de vezes antes, senão centenas, mas que só tinha algum significado quando se conheciam as pessoas no centro do drama — os criminosos ou as vítimas. Os que foram presos ou aqueles que foram feridos ou mortos.

Havia um emaranhado de carros na esquina da 125, e a ambulância tentava se desvencilhar dele com a sirene ligada e as luzes piscando. As pessoas permaneciam nas calçadas, estarrecidas com o que acontecera. Uma segunda ambulância levou o suspeito ferido, e carros azuis e brancos pareciam chegar de todos os lados, enquanto se ouvia no rádio que um policial havia morto. As pessoas na vizinhança sabiam o que aquilo significaria para elas, uma vez que a notícia se espalhasse. Os ânimos se incendiariam e ressentimentos latentes explodiriam em chamas. Pior ainda, na fúria mortal, qualquer coisa poderia acontecer. Estavam no Harlem, era agosto, a vida era dura e um tira fora assassinado.

E na ambulância que corria para o centro da cidade, Henrietta Washington se agarrava à mão da filha e a observava num terror silencioso, enquanto os paramédicos lutavam por sua vida. Mas no momento eles não pareciam estar vencendo. A menina estava cinzenta e imóvel e havia sangue por toda a parte: no chão, nos lençóis, em seus braços, na maca, no rosto da mãe, em seu vestido e suas mãos. Parecia uma carnificina. E para quê? Ela era outra vítima da guerra sem fim entre policiais e bandidos, membros de gangues, traficantes de drogas e agentes federais. Era uma peça num jogo sobre o qual nada sabia, um animalzinho sacrificado entre guerreiros cuja intenção era destruírem uns aos outros. Dinella Washington não significava nada para eles, só para os amigos e vizinhos, as irmãs e a mãe. Ela era a mais velha de quatro filhos que sua mãe tivera entre os 16 e os 20 anos, mas não importava o quanto eram pobres nem como a vida era violenta para elas, ou o local onde moravam e lutavam para sobreviver, sua mãe a amava.

— Ela vai morrer? — perguntou Henrietta numa voz estrangulada, os olhos grandes fitando um paramédico, que não respondeu. Ele não sabia.

— Vamos fazer o que for possível, senhora.

Henrietta Washington tinha 21 anos. Era um estereótipo, um número, uma estatística, mas era muito mais que isso. Era uma mulher, uma garota, uma mãe. Ela queria mais que aquilo para seus filhos. Queria um emprego, queria trabalhar, e um dia estar casada com um bom homem que a amasse e tomasse conta dela e de seus filhos. Mas nunca encontrara um homem assim. As crianças eram tudo o que possuía no momento e não tinha mais nada a dar a elas a não ser seu amor.

Havia um namorado, que a levava para jantar de vez em quando e que também tinha três filhos para sustentar. Fazia seis meses que ele não conseguia encontrar emprego e bebia muito quando saíam juntos. Não havia soluções fáceis para nenhum dos dois, apenas a seguridade social, um biscate de vez em quando e uma existência sem futuro. Nenhum dos dois havia terminado o segundo grau e ambos viviam numa zona de guerra. E a vida que levavam e o local onde viviam eram uma sentença de morte para seus filhos.

A ambulância estacionou ruidosamente na entrada do hospital, e os paramédicos correram com Dinella na maca. Ela trazia um tubo intravenoso no braço, uma máscara de oxigênio sobre o rosto e tudo o que Henrietta sabia era que a filha ainda estava respirando, mas com dificuldade. Ela correu atrás da maca para a sala de emergência, com o vestido manchado de sangue, e não pôde nem mesmo ficar perto de sua garotinha. Uma dúzia de enfermeiras e residentes haviam fechado o cerco sobre a criança e estavam correndo com ela, através do *hall*, para a unidade de emergência, enquanto Henrietta os seguia, querendo perguntar a alguém o que estava acontecendo, o que eles fariam. Ela queria saber se Dinella ficaria bem. Milhares de perguntas corriam por sua cabeça quando alguém cravou uma prancheta e uma caneta em frente a seu rosto.

— Assine isto! — disse a enfermeira asperamente.

— O que é isto? — Henrieta parecia em pânico.

— Temos de operá-la, rápido! Assine! — Henrietta fez o que ela mandava e um segundo mais tarde estava sozinha, de pé no corredor, observando outras macas passarem com rapidez e enfermeiras e médicos em vestes hospitalares correrem em direção a salas de operação e outros pacientes. Sentindo-se completamente perdida e aterrorizada enquanto ficava ali, começou a soluçar, em pânico total. Então uma enfermeira em uniforme verde chegou perto dela e a amparou com o braço. Ela a levou para uma pequena fila de cadeiras, sentou-a e agachou-se a seu lado para acalmá-la numa voz gentil.

— Eles vão fazer tudo o que puderem por sua filha. — Mas a enfermeira já ouvira que a criança estava num estado muito crítico e não parecia ter chance de sobreviver.

— O que vão fazer com ela?

— Vão tentar fechar a ferida e parar o sangramento. Ela perdeu muito sangue antes de chegar aqui. — Não havia muito o que dizer. Apenas de olhar para a condição em que estava a mãe da criança, ambas sabiam o quanto a situação era horrível. Henrietta estava coberta de sangue.

— Eles atiraram nela... eles simplesmente atiraram nela... — Ela nem mesmo sabia se fora a polícia ou os homens que estavam sendo perseguidos. Não importava agora. Se Dinella morresse, que diferença faria quem a matara? Os bons ou os maus?

Enquanto as duas mulheres se davam as mãos e Henrietta chorava suavemente com uma aparência de desespero, a enfermeira podia ouvir o sistema de som chamando o Dr. Steven Whitman. Ele era o segundo no comando da unidade de emergência e um dos melhores de Nova York, e ela disse isso a Henrietta.

— Se alguém pode salvá-la, é ele. É o melhor que existe. Você tem sorte de ele estar de plantão.

Mas Henrietta não se sentia com sorte. Ela nunca se sentira com sorte em toda a sua vida. O pai morrera quando ela era criança, abatido num tiroteio de rua exatamente como este. Sua mãe a levara junto com suas irmãs e irmãos para Nova York, mas a vida ali não era diferente. Eles apenas transportaram seus problemas de um lugar para o outro. Mas nada mais havia mudado. No mínimo sua vida em Nova

York era pior. Eles haviam se mudado para Nova York para que a mãe pudesse encontrar um trabalho melhor, mas isso não ocorrera. Tudo o que encontraram fora a vida violenta que levavam no Harlem, uma vida de pobreza e sem esperança de dias melhores.

A enfermeira ofereceu a Henrietta água ou uma xícara de café, mas ela apenas sacudiu a cabeça e ficou sentada desgraçadamente em sua cadeira, ainda chorando e parecendo muito aterrorizada, enquanto um gigantesco relógio de parede tiquetaqueava ao longo dos minutos. Eram cinco para as cinco então.

E exatamente às cinco horas o Dr. Steven Whitman entrou na sala de cirurgia e foi logo informado pelo residente que estivera responsável até a sua chegada. Steve Whitman era alto, forte e intenso, com cabelos negros curtos e olhos que pareciam duas pedras negras num rosto fechado. Era seu segundo ferimento a bala naquela tarde. O paciente anterior morrera às duas horas, um garoto de 15 anos que dera um jeito de acertar três membros de uma gangue rival antes que o matassem. Steve fizera tudo o que podia para salvá-lo, mas era tarde demais. Ao menos Dinella Washington tinha uma chance. Talvez. Mas, de acordo com o residente, esta era muito pequena. O pulmão da menina fora perfurado e a bala arranhara-lhe coração antes de sair, causando enormes danos. Mas, mesmo ouvindo o recital amargo, Steve Whitman ainda não queria desistir de ter esperança.

Steve gritou ordens para eles durante uma hora, enquanto lutava para manter a criança viva. E quando começaram a perdê-la, ele mesmo massageou seu coraçãozinho por mais de dez minutos. Lutou como um tigre para não deixá-la ir. Mas eles estavam contra a parede. O dano havia sido muito grande, a criança era muito jovem, as chances muito pequenas, as forças do mal mais poderosas até mesmo que sua experiência ou seu bisturi. Passava um mintuo das seis quando Dinella Washington morreu e Steve Whitman deixou escapar um longo e desgostoso suspiro. Sem uma palavra, ele saiu de perto da mesa de cirurgia e arrancou a máscara cirúrgica com um olhar furioso. Odiava dias como este, odiava perder qualquer paciente, particularmente uma criança que não era nada mais que uma vítima inocente. Ele odiara até mesmo perder o garoto que acertara três pessoas antes que elas o matassem. Odiava tudo aquilo. A inutilidade daquilo. O desperdício. O desespero. A destruição sem sentido da vida humana. Mas quando ele vencia, como muitas vezes acontecia, tudo parecia valer a pena, as longas horas, os dias sem fim que entravam em noites ainda mais longas. Ele não se importava com quanto tempo ficava ou quanto o trabalho era duro, contanto que vencesse algumas vezes.

Ele arrancou suas luvas cirúrgicas, lavou as mãos, tirou a touca e olhou-se no espelho. O que via era a fadiga das últimas 71 horas que passara no plantão. Ele tentava não trabalhar mais de 48 horas por turno de plantão ou sobreaviso. Era uma boa tentativa, mas raramente funcionava daquele jeito. Não se pode enfiar um despertador na unidade de emergência. E ele sabia o que tinha de fazer agora: contar para a mãe da criança. Um músculo retesou em seu maxilar ao sair da área de cirurgia e ele olhou para o local onde achava que a mãe da criança estaria. O médico sentiu-se como um Anjo da Morte enquanto andava até a mãe, sabendo que ela jamais esqueceria seu rosto, num instante de tempo que iria assombrá-la pelo resto da vida. Steve lembrou o nome da criança, como sempre fazia com todos por um certo tempo, e sabia que ele também seria assombrado. Lembraria o caso, a circunstância, o resultado e desejou que pudesse ser diferente. Por menos que conhecesse seus pacientes, preocupava-se com eles acima de tudo.

— Senhora Washington? — perguntou ele, depois que uma enfermeira no balcão apontou na direção dela, e ela assentiu, os olhos cheios de terror. — Eu sou o doutor Whitman. — Ele fizera isso por muito tempo, tempo demais, pensava às vezes. Estava tudo se tornando tão familiar. Steve sabia que tinha de dizê-lo logo, para não sustentar uma esperança que não podia mais dar a ela. — Trouxe más notícias sobre sua filha. — Henrietta prendeu a respiração por um momento; olhando o rosto e os olhos do médico, ela soube antes mesmo que ele dissesse as palavras. — Ela morreu há cinco minutos. — Ele gentilmente tocou seu braço enquanto o dizia, mas ela estava inconsciente do toque ou até mesmo de sua compaixão. Tudo o que ouvira foram suas palavras... ela morreu... ela morreu... — Fizemos todo o possível mas a bala fez um estrago muito grande tanto na entrada quanto na saída. — Ele se sentia tolo e cruel dando-lhe esses detalhes. Que diferença fazia o que a bala fizera e onde? Tudo o que importava era que ela havia matado sua filha. Outra fatalidade na guerra sem esperança que viviam. Outra estatística. — Sinto muitíssimo. — Ela estava se agarrando a ele, os olhos selvagens, lutando para respirar após o impacto da notícia que ele lhe dera simplesmente, como um golpe. Era como se ele houvesse dado um murro em seu plexo solar. — Por que a senhora não se senta um instante? — Ela havia se levantado para ouvir a notícia enquanto ele se aproximava e agora parecia prestes a desmaiar. Seus olhos reviraram e ele a baixou de volta para a cadeira, fazendo um sinal para uma enfermeira trazer um copo de água.

A enfermeira o trouxe rapidamente e a mãe da criança não pôde beber. Ela emitiu sons terríveis e estrangulados, sem ar, enquanto tentava absorver o que ele dissera, e Steve Whitman sentiu como se ele houvesse sido o assassino. Ele gostaria de ter sido o salvador, e às vezes o era. Havia esposas, mães e maridos que se jogavam em volta de seu pescoço com gratidão e alívio, mas não desta vez. Ele odiava tanto as perdas. E muito freqüentemente ficava contra a parede.

Steve Whitman ficou com Henrietta Washington o tempo que pôde e então a deixou com as enfermeiras. Recebera novo chamado, para atender uma adolescente de 14 anos que caíra de uma janela no segundo andar. Ele ficou na cirurgia com ela por quatro horas e às dez e meia saiu da sala, esperando tê-la salvado. E finalmente foi para sua sala pela primeira vez em muitas horas. Aquela era a parte mais tranqüila da noite para ele. Em geral, os casos verdadeiramente ruins não começavam a chegar antes da meia-noite. Ele agarrou um copo de café frio e dois biscoitos velhos, pois não tivera tempo de comer desde o café da manhã. Estivera oficialmente de plantão durante 48 horas e fizera outras 48 como um favor para um de seus colegas, cuja esposa entrara em trabalho de parto. Já devia ter ido para casa havia bastante tempo, mas não conseguira parar até então. Tinha uma pilha de papéis em sua mesa para assinar e sabia que, assim que o fizesse, poderia ir. Havia outro médico de plantão para tomar seu lugar. E, enquanto dava um longo suspiro, pegou o telefone. Sabia que Meredith estaria acordada, ou talvez até mesmo ainda no escritório. Também sabia o quanto ela estivera ocupada nas últimas semanas, e não estava certo se ela ainda estaria em reunião ou se havia finalmente ido para casa.

O telefone tocou uma vez e ela atendeu. Sua voz era tão calma e fresca como a própria Meredith. Eles eram um bom complemento um para o outro. Ela sempre equilibrava a intensidade vulcânica dele com sua marca especial de suavidade. Não importa o quanto as coisas ficassem difíceis, Meredith sempre parecia ter o controle no calor da crise. Ela era quieta, elegante e calma. Todo o seu ser era um contraste com o do marido.

— Alô? — Ela suspeitara que seria Steve, mas estava no meio de um grande negócio e poderia ser alguém de seu escritório chamando-a em casa àquela hora. Meredith Smith Whitman era sócia de um dos mais respeitados bancos de investimentos de Wall Street e altamente respeitada em sua área. Ela vivia, respirava e se alimentava do mundo das altas finanças, assim como Steve era totalmente absorvido por seu trabalho no setor de emergência. E ambos amavam o que faziam. Para cada um deles, o trabalho era uma paixão que os consumia.

— Oi, sou eu. — Ele parecia cansado e triste, mas aliviado por ela ter atendido.

— Você parece cansado — disse ela, simpática e preocupada.

— Estou. — Mas ele sorriu ao ouvi-la. — Apenas outro dia de trabalho. Ou três deles, mais exatamente.

Era sexta-feira à noite, e ele não a via desde terça-feira de manhã. Eles viviam assim há anos. Estavam acostumados a isso e já tinham aprendido a lidar e viver dessa forma. Ela estava bastante familiarizada com seus turnos malucos de dois ou três dias, as emergências que o arrastavam de volta para o trabalho poucas horas depois de finalmente ter chegado em casa. Mas cada um tinha um respeito saudável pelo trabalho do outro. Eles haviam se conhecido e se casado quando ele era um residente e ela estava na faculdade. Fazia 14 anos, e às vezes, ao menos para Steve, pareciam poucas semanas. Ele ainda estava tão loucamente apaixonado por ela quanto estivera no começo e o seu casamento funcionava bem para ambos, por uma infinidade de razões. Eles certamente não tinham tempo de se entediar. Na verdade, dificilmente tinham tempo para alguma coisa. E com carreiras tão absorventes, nunca haviam tido tempo ou vontade de ter filhos, embora falassem sobre isso de vez em quando. Era uma opção que nenhum deles ainda havia descartado totalmente.

— Como está indo seu grande negócio? — perguntou ele. Nos últimos dois meses, ela estivera trabalhando na proposta do lançamento de ações na bolsa de valores de uma empresa de alta tecnologia no Vale do Silício. Eles iam abrir o capital da empresa e vender as ações para as pessoas que estivessem interessadas nos dividendos da companhia. Era um negócio quente para a firma de Meredith e a fascinava, embora não tivesse tanto prestígio como algumas das outras ofertas de ações que faziam. Mas Meredith estava muito mais interessada nas empresas do Vale do Silício, e nas oportunidades que apresentavam, do que em seus negócios mais tradicionais em Boston e Nova York.

— Estamos chegando lá — disse ela, soando um pouco cansada. Ela estivera no escritório até a meia-noite da véspera. Era fácil para ela fazer aquilo quando Steve estava trabalhando. Ele sabia que no próximo mês ela iria liderar o *tour* de apresentações da oferta pública de ações, para propor a empresa aos investidores em potencial e encorajá-los a investir, e que estaria fora por duas semanas. Steve queria que conseguissem passar algum tempo juntos antes disso e ele tiraria uma folga para estar com ela no fim de semana do Dia do Trabalho. — Estou quase terminando a proposta. Quando você vai chegar em casa, meu amor? — perguntou ela, sufocando um bocejo. Havia acabado de chegar do escritório e já eram quase dez e meia.

— Assim que assinar umas coisas que deixaram para mim. Você já jantou? — Ele estava mais interessado nela do que nos formulários que tinha de assinar, e se sentava esparramado em seu escritório, encarando os papéis em sua mesa.

— Mais ou menos. Comi um sanduíche algumas horas atrás, no escritório.

— Vou fazer uma omelete quando chegar, ou você quer que leve alguma coisa? — Apesar de sua pesada escala de trabalho, normalmente era Steve quem cozinhava e ele gostava de alardear que o fazia melhor do que ela. E obviamente gostava mais. Meredith nunca se importara com os trabalhos domésticos. Ela preferia comer um sanduíche ou uma salada no escritório a chegar em casa e preparar às pressas uma refeição de quatro pratos. E ele gostava de cozinhar bem mais do que ela.

— Uma omelete seria ótimo. — Ela sorriu, escutando-o falar. O tempo que passavam separados sempre a fazia sentir sua falta, mesmo quando estava ocupada. Seu relacionamento era fácil, confortável, e tinham uma atração que jamais havia se apagado, mesmo após os 14 anos de casamento ainda eram apaixonados, apesar de suas carreiras exigentes e suas vidas agitadas. — Então, o que aconteceu hoje? — Ela sempre podia perceber em sua voz quando as coisas não haviam ido bem. Eles se conheciam melhor do que a maior parte das pessoas, e se preocupavam muito com suas vitórias e fracassos.

— Perdi duas crianças — disse ele, soando deprimido novamente. Ele não conseguia parar de pensar na jovem mulher negra que perdera a filha cinco horas antes, e no quanto ele gostaria que as coisas tivessem sido diferentes para ela. Mas ele era um médico, não um mágico. — Um garoto de 15 anos que entrou num tiroteio contra uma gangue rival. Ele conseguiu acertar três deles antes que o matassem. E uma garotinha há poucas horas. Era uma inocente espectadora num tiroteio entre três rapazes e os policiais no Harlem. Eles a acertaram no peito. Nós a operamos, mas ela não resistiu. Eu tive de contar à mãe e a pobre mulher ficou arrasada. E depois disso operei uma garota de 14 anos que caiu de uma janela no segundo andar. Ela está em mau estado, mas tenho certeza de que vai sobreviver. — Meredith odiaria fazer o trabalho de Steve, a constante agonia dos pacientes, o desespero, as perdas, o coração partido. Ela conhecia muito bem o que aquilo provocava nele, e podia ouvir em sua voz o quanto lhe custara.

— Parece que foi um dia horrível, meu amor... Sinto muito. Por que você não vem para casa e relaxa? Você precisa disso. — Ele não ia em casa há três dias e parecia exausto e desanimado.

— É, estou precisando de uma pausa. Devo chegar em casa dentro de vinte minutos, mais ou menos. Não vá para a cama até que eu chegue. — Ela sorriu com a advertência.

— Não há perigo. Cheguei em casa com uma pasta cheia de documentos.

— Bem, guarde-a em algum lugar quando eu chegar, senhora Whitman. Quero atenção total. — Ele estava morrendo de vontade de vê-la. Ir para casa, para Meredith, era como estar em outro planeta, bem longe de seu trabalho e de todas as responsabilidades que ele tinha lá. Ela era um refúgio para ele, um sopro de ar puro, de normalidade e saúde, um porto seguro da brutalidade e da violência com que lidava todos os dias. E ele mal podia esperar para vê-la. Não queria ir para casa e encontrá-la adormecida ou trabalhando.

— Prometo que você terá toda a minha atenção, doutor. Apenas traga o seu traseiro até em casa. — Ela fez uma careta e ele sorriu, imaginando-a, tão bonita e sensual como sempre.

— Sirva-se de um copo de vinho, Merrie, e eu estarei aí em poucos minutos. — Ele sempre fora otimista em relação ao tempo, mas ela já o conhecia.

Como era de se esperar, ele atravessou a porta do apartamento aproximadamente quarenta minutos mais tarde. O médico-chefe residente precisara de uma rápida consulta com ele antes que saísse, sobre uma mulher de 92 anos com o quadril e a pélvis quebrados, e, além disso, a garota que caíra da janela tivera complicações. Mas Steve sabia melhor que ninguém que era hora de ir para casa. Estava próximo à exaustão. Acabou o trabalho em sua mesa e assinou a saída para o fim de semana. Ele não devia estar de volta ao plantão na emergência até segunda-feira, e mal podia esperar para sair, pois já fizera o que podia. Era o suficiente. Ele estava tão cansado na hora em que saiu que mal podia pensar direito.

Steve chamou um táxi assim que saiu do hospital e estava em casa dez minutos mais tarde. Quando entrou no apartamento, pôde ouvir uma música suave tocando e sentir o perfume de Meredith. Era como voltar para o paraíso, depois de três dias no inferno. O tempo que passava com Meredith era sua razão de viver, mas ela sabia que ele amava seu trabalho, assim como ele sabia o quanto ela amava o que fazia.

— Merrie? — chamou ele, enquanto destrancava a porta do apartamento, mas não houve resposta. Meredith estava no chuveiro quando ele a encontrou, alta, esbelta, loura e incrivelmente bonita e graciosa. Ela fora modelo para ganhar um dinheiro extra quando estava na universidade. Ambos foram para a universidade com bolsas de estudo. Ambos eram apenas crianças e haviam perdido os pais enquanto estavam na universidade. Os dela num acidente de carro no Sul da França, nas primeiras férias de verdade que seus pais haviam tirado em vinte anos, e os dele, de câncer, com uma diferença de seis meses de um para o outro. Após anos de convívio, agora não eram apenas marido e mulher, mas a única família que cada um deles tinha, e como resultado significavam tudo um para o outro.

Quando ela o viu, sorriu largamente, desligou o chuveiro e agarrou a toalha. Os cabelos, na altura dos ombros, espirraram água nos seios, e seus olhos verdes eram quentes e sensuais. Ela estava tão feliz de vê-lo quanto ele de vê-la, e ele a beijou e a abraçou fortemente, molhando-se todo. Ele não se importava com o quanto ela estava molhada, apenas queria abraçá-la.

— Deus, o que você faz comigo quando eu chego em casa assim... você faz com que eu me pergunte por que eu saio para trabalhar.

— Para salvar vidas, claro — disse ela, enquanto punha seus braços em volta de seu pescoço e se colava a ele. Ela o fez sentir-se refrescado e vivo novamente, mais que quaisquer férias ou noites bem dormidas. Ele a beijou e, apesar das duras 76 horas que ele acabara de passar no hospital, sentiu-se instantaneamente aceso por ela. Ela possuía um efeito poderoso sobre ele, e era assim desde o dia em que se conheceram.

— O que você quer primeiro? Eu ou a omelete? — perguntou com um sorriso de garoto e ela o olhou com consternação fingida.

— É uma escolha muito difícil. Estava começando a ficar com fome.

— Eu também. — Ele sorriu com uma careta. — Talvez a omelete primeiro. Depois eu pulo no chuveiro e nós podemos celebrar o fato de que temos a noite toda. Eu estava começando a achar que eles jamais me deixariam sair. Graças a Deus, estou de folga no fim de semana. Não posso acreditar que realmente teremos dois dias para passar juntos. — Mas os olhos dela se nublaram assim que ele falou.

— Tenho a sensação de que você esqueceu que estou indo para a Califórnia no domingo. — Ela pareceu imediatamente arrependida. Odiava sair quando ele estava de folga, era tão raro que tivessem um fim de semana inteiro juntos. Como segundo homem no comando da unidade de emergência, era bastante comum para ele trabalhar nos fins de semana. E quando ele estava de folga durante a semana, ela precisava estar no escritório. — Tenho de voltar para encontrar Callan Dow uma última vez antes do *tour*. Estamos chegando ao momento mais importante, e eu quero revisar a proposta mais uma vez com ele na Califórnia. — Ela era meticulosa em todos os detalhes.

— Eu sei, não se preocupe. Eu esqueci. — Ele tentou não parecer desapontado enquanto a olhava secar os cabelos com a toalha, e então a deixou para ir até a cozinha e fazer a omelete que prometera.

Ela se juntou a ele cinco minutos mais tarde, usando um robe de banho de *cashmere* branco. Com os cabelos ainda úmidos e os pés descalços, ele podia vislumbrar sua nudez sob o robe.

— Se você encostar em mim, eu queimo a omelete — avisou ele, derramando a mistura dentro da panela com uma das mãos e derramando em sua própria garganta um copo de vinho branco com a outra. Ela não disse nada, mas ele parecia exausto. Havia círculos negros sob seus olhos e um olhar esgotado, que vinha de três noites sem dormir. — É bom estar em casa — disse ele, voltando-se para ela com um sorriso cansado e uma admiração indisfarçável. — Senti sua falta, Merrie.

— Eu também senti a sua — concordou ela, colocando os braços em torno dele enquanto o beijava. E então ela se sentou numa banqueta de couro alta na bancada da cozinha. O apartamento deles tinha a aparência brilhante de Nova York, que sugeria mais o estilo de Meredith do que o dele. Havia algo de muito elegante nela, que transpirava uma aura de competência e sucesso. Steven tinha a aparência amarrotada e desgrenhada de um médico atormentado e cheio de trabalho. Havia semanas que ele não tinha tempo de cortar os cabelos e não fazia a barba há dois dias. Parecia mais jovem do que seus 42 anos, e era difícil dizer sua idade quando estava vestido com roupas de cirurgião. Ele estava usando meias atléticas descombinadas e um batido par de sapatos, confortáveis para trabalhar. Era difícil imaginá-lo num *blazer* de flanela cinza e gravata, embora ficasse maravilhoso quando os usava. Mas a maior parte do tempo em que não estava trabalhando, usava *jeans* surrados e camisetas. Quase sempre estava muito cansado para pensar no que vestir.

— Então, o que vamos fazer amanhã, além de dormir, fazer amor e ficar na cama até o almoço? — perguntou ele, sorrindo travessamente, enquanto colocava a omelete em frente a ela, num prato, na bancada de granito. Sua cozinha era toda bege e branca, e parecia o *layout* de uma revista.

— Tudo isso me soa muito bem, exceto que tenho de dar uma passada no escritório para pegar alguns papéis. E então voltar para casa e lê-los. São para o encontro na Califórnia — disse ela se desculpando, com um olhar de arrependimento.

— Você não pode lê-los no avião? — Steve pareceu desapontado enquanto devorava sua parte da omelete.

— Eu teria de voar até Tóquio para conseguir isso. Não vou trabalhar mais do que o necessário, prometo.

— Isso soa muito sinistro. — Ele sorriu enquanto servia mais uma taça de vinho para ambos. Era muito bom estar fora do plantão. Ele não tinha nenhuma responsabilidade com ninguém, exceto com sua mulher. Mal podia esperar para ir para a cama e fazer amor com ela, e dormir até a tarde do dia seguinte. — Então me conte sobre o seu trabalho. Como está indo o lançamento das ações? — Ele sabia o quanto seu trabalho significava para ela, e os olhos dela dançaram com excitação enquanto respondia.

— Vai ser fantástico. Mal posso esperar até o *tour* — disse ela, referindo-se à viagem em que ofereceriam a oportunidade de compra para investidores em potencial. — Eu só sei que isso vai ser muito grande. Falei com Dow esta manhã, e ele está como um garotinho esperando para dar a tacada certa numa final de campeonato de beisebol. Ele é um cara legal. Acho que você gostaria dele. Construiu a empresa do nada, está merecidamente orgulhoso dela e agora está abrindo o capital. É como um sonho que se torna realidade. É excitante mostrar a ele como tudo isso funciona.

— Certifique-se de que isso é tudo o que você vai mostrar a ele — advertiu Steve, apontando com o garfo, enquanto ela se inclinava e ele pôde ver um seio cremoso e branco exposto dentro de seu robe. Ela sorriu.

— Isso diz respeito estritamente ao trabalho — retrucou com segurança. Para ela, sempre era.

— Para você, talvez. Apenas espero que o cara seja baixo, gordo, feio e tenha uma namorada que o domine inteiramente. Mandar você para a estrada com um cara é como acenar com um peixe para um golfinho... uma tentação danada, meu amor. — Ele olhou para ela com admiração. Era impossível não notar como era espetacular, e ele estava certo de que o homem com quem ela trabalhava também não estava desatento a isso. Melhor ainda, ela era inteligente e era divertido estar em sua companhia. E ela não apenas mantinha o interesse dele por 14 anos, mas fazia crescer ainda mais sua paixão. Independentemente do cansaço, ele estava sempre ansioso para levá-la para a cama e ela amava isso nele.

— Acredite em mim, tudo em que esses caras pensam é no trabalho deles — assegurou. — E Callan Dow não é diferente. Este é o seu bebê. O sonho que se tornou realidade. O amor de sua vida. Ele não ia nem notar se eu me parecesse com Godzilla. Além disso — sorriu para o marido —, eu te amo. Não ligo se ele parece com o Tom Cruise, você é o cara por quem estou apaixonada.

— Bom. — Steve parecia satisfeito e então olhou para ela interessado. — Mas, agora que você mencionou isso, ele parece?

— Parece o quê? — Sentiu-se confusa com a pergunta. Ela também estava cansada.

— Com o Tom Cruise. Parece?

— Claro que não. — Ela sorriu e então provocou-o um pouco. — Está mais para Gary Cooper. Ou Clark Gable.

— Muito engraçada. — Era verdade, mas ela não insistiu no assunto, não tinha qualquer importância. — Ele deveria se parecer mais com Peter Lorre, ou talvez mandem outro sócio ao *tour* com ele. Além disso, duas semanas é muito tempo e eu vou me sentir solitário. Odeio quando você viaja tanto tempo.

— Eu também. — Mas não era inteiramente verdade, e ambos sabiam. Se o lançamento de ações era excitante o suficiente, e ela se importava com a companhia com a qual estava trabalhando, ela amava fazer aquilo. Ela gostava muito de seu trabalho e de abrir o capital das empresas. — Dez cidades em duas semanas não são exatamente férias.

— Você adora isso e você sabe. — Ele terminou seu vinho e se sentou de braços cruzados para olhá-la com admiração. Ela parecia relaxada, bonita e *sexy*. E ele sentia uma necessidade desesperada de tomar um banho e se barbear. Sabia que parecia sujo. Mas quando estava no hospital, a aparência era a última coisa em que pensava. Apenas se importava quando voltava para casa, para ela, e até aí às vezes ele estava muito exausto para se vestir.

— Algumas vezes eu amo os *tours*. Nem sempre. Quando são bons, são muito divertidos e trabalhosos. Depende da companhia. Mas essa é uma companhia boa. As ações vão subir acima do telhado. — Steve sabia que eles faziam equipamentos de diagnóstico médico de alta tecnologia, alguns dos quais o diretor executivo, Callan Dow, inventara sozinho. Steve sabia por Meredith que o pai de Callan Dow fora cirurgião de uma cidade pequena e quisera que seu filho também fosse médico. Mas, em vez disso, Callan ficara fascinado pelos negócios e pelas invenções de alta tecnologia, e montara sua companhia para fazer instrumentos cirúrgicos de alta precisão. Steven conhecia seus produtos e ficara impressionado com eles, mas não estava particularmente interessado nas ações, não importava o quanto Meredith dissesse que a companhia era impressionante. Steve deixava Meredith dirigir todas as suas finanças, afinal aquilo era o que ela fazia melhor. E ele não sabia nada sobre o assunto.

Ela colocou a louça na máquina. Steve foi tomar um banho. Poucos minutos mais tarde, ela apagou as luzes e encontrou-o no quarto. Já passava da meia-noite e ambos estavam cansados, e ele a encontrou na cama poucos minutos mais tarde. Ele escorregou para a cama perto dela, que sorriu quando ele a tomou em seus braços e a apertou. Ela podia sentir facilmente o quanto ele a queria, e era inteiramente correspondido. Ela o beijou e deu um suave suspiro quando ele começou a acariciá-la. E, em minutos, tanto o hospital quanto as ofertas das ações estavam esquecidos. Tudo o que importava era o mundo privado que dividiam.

Capítulo 2

NO SÁBADO DE MANHÃ, quando Steve se levantou, Meredith já havia saído para o escritório. Ela achou que poderia ir à cidade e voltar antes que ele acordasse. Mas ele já estava enrolado numa toalha, saído do banho e lendo o *The New York Times* quando ela voltou ao apartamento, vestindo calças compridas e camiseta brancas, carregando sua pasta de documentos.

— Você não parece velha o suficiente para uma banqueira de investimentos — disse ele com um sorriso quando a viu, e ela deixou sua pasta por ali perto da cama. Parecia feliz e relaxada; a noite anterior fora tão boa como sempre, talvez até melhor. Sua vida sexual sempre fora nota dez, e ambos gostavam dela — quando se viam, o que era sempre tão raro. Às vezes ela imaginava se era o fato de suas agendas serem tão instáveis que mantinha vivo o romance entre eles, e os fazia mais famintos um pelo outro do que muitos casais após 14 anos de casamento. — Que tal sairmos para almoçar? — Ainda estava quente, mas ele estava ansioso para sair para o ar puro e ir a algum lugar com ela. — Tavern-on-the-Green?

— Seria divertido — disse ela, sentindo-se apenas levemente

culpada. Tinha de ler seus papéis, mas ela poderia fazê-lo mais tarde. Ela sabia o quanto ele precisava de alívio e distração depois de estar de plantão por três dias. Ele precisava de um contraponto para a infelicidade que vira lá, e esperava que ela se juntasse a ele. Ela não tinha coragem de dizer-lhe que precisava trabalhar.

Steve fez uma reserva e, ao meio-dia, saíram de mãos dadas, surpresos com o quanto a temperatura aumentara. O calor do verão de Nova York era asfixiante e tão úmido, que eles mal podiam respirar quando deixaram o edifício.

Pegaram um táxi para o restaurante e aproveitaram a companhia um do outro durante o almoço. Ela contou-lhe um pouco mais sobre a oferta de ações em que estava trabalhando e ele escutou com interesse. Gostava de ouvi-la falar do que fazia. Era sua única e exclusiva paixão no momento, mas ele amava aquilo nela. Ela era agradavelmente obcecada e cruelmente concentrada quando estava trabalhando em algo. Era parte do motivo de ser tão boa no que fazia, aquilo e o fato de que tinha um extraordinário bom senso. Era respeitada em sua firma por isso, embora Meredith às vezes sentisse que não tinha as mesmas oportunidades que os homens. Era sócia da firma há quatro anos, mas com freqüência fazia a parte pesada do trabalho, e tudo o que era realmente criativo, para que um dos sócios masculinos ganhasse a glória. Isso a irritava há anos, mas também era a natureza de algumas companhias em Wall Street. Ela trabalhava para uma firma em que os homens mantinham o controle do poder em seu mundo exclusivo e pequeno. Era uma maneira muito antiga de se fazer negócio, e ela sabia que tinha suas limitações. Escolhera trabalhar num mundo de homens e conquistar o topo da montanha, e eles nem sempre agradeciam a ela por isso. De fato, estava indo à Costa Oeste no dia seguinte com um dos sócios mais antigos e estava nervosa por ele ter insistido em acompanhá-la. A princípio, ninguém quisera trabalhar neste negócio com ela, e agora que sentiam o quanto seria importante estavam tentando pegar o bonde com ela. Mas pelo menos Callan Dow sabia que ela havia defendido a causa dele desde o início.

Meredith e Steve falaram sobre alguns dos problemas dele no hospital durante o café. Ele era o número dois na unidade de emergência nos últimos cinco anos e estava ansioso para comandá-la. Harvey Lucas, o homem que estava no comando, ameaçava regularmente se transferir, mas acabava não indo a lugar algum. Ele falava há anos em mudar-se para Boston, mas simplesmente não saía dali, e as mãos de Steve estavam atadas até que ele o fizesse. Tinha de se contentar em ser o assistente do departamento. Mas era a melhor unidade de emergência na cidade, e ele não tinha vontade de sair. E Lucas era um bom amigo.

Depois do almoço, Steve e Meredith fizeram um vagaroso passeio pelo parque, escutando as bandas de metais e os músicos de *jazz*, deslizando de bote sobre o lago e observando as crianças brincando. Eles ainda falavam sobre ter filhos de vez em quando, mas o projeto parecia se tornar cada vez mais remoto a cada ano. Ultimamente, Steve falava bastante no assunto, mas Meredith ainda não estava pronta para ouvir. E ela não estava certa se algum dia estaria. Aos 37 anos, começava a pensar que jamais haveria lugar em suas vidas para crianças. Eram ambos tão ocupados com suas carreiras. Meredith sempre tivera medo de que uma criança pudesse de alguma maneira se colocar entre eles, ao invés de uni-los ainda mais, como Steve estava tão certo de que aconteceria. O pensamento de um bebê real fazia Meredith sentir-se ameaçada. Ela não queria sentir-se dividida entre um bebê e seu trabalho.

O calor ainda estava de matar quando, ambos cansados, voltaram ao apartamento, esparramando-se na cama, lado a lado.

— Que tal um bom filme com ar condicionado esta noite, depois que eu preparar alguma coisa para o jantar? — Steve parecia feliz e relaxado, um homem diferente daquele que tinha praticamente se arrastado para dentro do apartamento na noite anterior, após três dias e meio de plantão. Tudo o que precisara para reviver era algum tempo com Meredith e uma noite de sono. Ele já se sentia melhor e mais vivo.

— Não posso ir ao cinema, Steve. — Ela olhou para ele, se desculpando. — Tenho de fazer as malas e nem mesmo comecei a ler meus papéis. — Ela estivera fora com ele durante toda a tarde.

— Isso é horrível — disse ele, parecendo desapontado, mas estava acostumado. Ela quase sempre trazia trabalho do escritório para casa. — A que horas você vai partir? — perguntou, enquanto se esparramava na cama. Usava calças cáqui, uma camisa azul e sapatos surrados sem meia, e Meredith achou que ele estava extraordinariamente bonito. Ele ficaria melhor ainda com um bronzeado, mas nunca tinha tempo. A face angulosa e pálida de alguma maneira fazia o cabelo negro e os olhos parecerem ainda mais escuros e intensos.

— Vou pegar um vôo à tarde — explicou ela. Devo sair daqui por volta das dez.

— E lá se vai o domingo — disse ele, mas não havia nada que pudessem fazer. Negócios eram negócios, e ela tinha de ver Callan Dow na Califórnia. Steve entendia aquilo.

Ele viu TV naquela noite enquanto ela trabalhava no pequeno cubículo que usava como escritório. Estava abarrotado com livros médicos, outros que ela trouxera com as sentenças recentes da Comissão de Títulos e Câmbio e um sortimento de textos médicos, livros financeiros e romances. O computador dela estava montado lá, e Steve tinha o seu próprio, mas ele raramente o usava. De certa forma, seus interesses eram muito divergentes, sempre haviam sido, mas ainda assim cada um ficava interessado no trabalho do outro. Mas Steve sempre ria do fato de ele não saber virtualmente nada sobre finanças. Meredith tinha uma noção melhor e muito mais interesse no que ele fazia. Mas, ao mesmo tempo, ele tinha um respeito saudável pela idéia de que ela merecia uma vida melhor. Ela recebia um grande salário, o que ele sabia que jamais teria em seu tipo de trabalho. E ela se aborrecia com o fato de não fazer mais do que fazia. Mas eles tinham mais que o suficiente para seu estilo de vida confortável. Haviam vivido no mesmo apartamento nos últimos cinco anos, um apartamento financiado que Meredith pagara totalmente quando se tornara sócia da empresa. Steve gostaria de ter contribuído, mas simplesmente não podia. A disparidade entre seus salários nunca fora um problema entre eles, era algo que ambos entendiam e aceitavam. Ao contrário de outros casais, eles nunca brigavam por dinheiro, apenas sobre se teriam ou não filhos.

Ela leu até perto de meia-noite, e Steve estava adormecido em frente à TV quando ela finalmente terminou. Ele bebera meia garrafa de vinho e estava se sentindo feliz e relaxado. Meredith fez sua mala antes de acordá-lo. Era uma hora da madrugada, e ele estava num sono profundo quando ela o beijou e ele se espreguiçou.

— Vamos para a cama, meu amor. É tarde. E eu tenho de levantar cedo amanhã — disse ela suavemente. Ela sabia que ele telefonara para um amigo naquela tarde e iria jogar tênis depois que ela saísse para o aeroporto.

Steve a seguiu sonolento para o quarto e poucos minutos mais tarde estavam na cama, com os braços confortavelmente enlaçados em torno um do outro. E cinco minutos mais tarde ele estava roncando. Ambos dormiram profundamente até as seis da manhã, quando o telefone tocou. Era do hospital. Harvey Lucas, o chefe da emergência, estava numa cirurgia com o residente-chefe e dois outros médicos, trabalhando em quatro vítimas de uma colisão frontal, e precisavam de Steve. Ele poderia recusar, se quisesse, já que não estava de sobreaviso, mas ele sabia, pelo que disseram, que precisavam de alguém lá imediatamente, e não queria deixá-los na mão. Ele nunca deixava. E, com um olhar para Meredith, disse a eles que estaria lá o mais cedo que pudesse. Duas das vítimas eram crianças, uma com um ferimento grave na cabeça, e o neurocirurgião pediátrico já estava a caminho. Os pais estavam em condição crítica e não se sabia ainda se a segunda criança sobreviveria. Seu pescoço estava quebrado e eles achavam que havia uma lesão na medula espinhal. Estava em coma desde que a haviam trazido.

— Odeio sair antes de você — disse Steve enquanto enfiava seus *jeans* e colocava uma camiseta branca limpa. Ele vestiria o uniforme no hospital, e deslizou seus pés descalços para dentro dos sapatos que usava no trabalho.

— Tudo bem. — Ela sorriu sonolentamente para ele. Estava acostumada, ambos estavam. — Tenho de me levantar daqui a pouco, de qualquer maneira.

— Queria tanto jogar tênis ou ter um domingo ocioso. Eu devo estar pronto para voltar dentro de duas horas. — Era o que ele gostaria que acontecesse, ambos sabiam, e ela já teria mesmo ido embora quando ele chegasse. Meredith sabia que, uma vez que ele estivesse no hospital, ficaria preso por lá e checaria seus outros casos, não estando em casa antes da meia-noite. Ele provavelmente ficaria a noite toda se houvesse trabalho para fazer, e já estaria de plantão no dia seguinte. Embora Meredith estivesse de volta na terça-feira de manhã, ele não sairia do plantão até quarta-feira e ela só o veria bem tarde naquela noite.

— Vou ligar para você da Califórnia. — Ela nem mesmo sabia onde ia ficar. Callan Dow dissera que faria as reservas para ela.

— Apenas certifique-se de que Cary Grant, ou Gary Cooper, ou quem diabos você disse que ele se parece, não a tire do sério enquanto estou salvando vidas. — Ele sorriu, mas ela podia ver uma certa preocupação em seus olhos. Ele estava obviamente preocupado com Callan Dow.

— Você não precisa se preocupar — disse ela, enquanto ele se sentava na ponta da cama perto dela e a beijava.

— Espero que não. — Ele gentilmente tocou seu seio nu com a mão, beijaram-se de novo e ele olhou para ela com arrependimento antes de sair. — Pretendia fazer amor com você antes que voltássemos para a guerra. — Mas esta era a história de suas vidas, e sempre fora, com esperanças adiadas, planos cancelados, eternos adiamentos e promessas. Eles estavam acostumados àquilo, e na maior parte do tempo não se aborreciam.

— Fique pensando nisso... Eu o verei na quarta à noite quando voltar do escritório. Vou tentar não ficar até tarde. — Ela sabia que ele estaria saindo do plantão então.

— Encontro marcado. — Ele sorriu para ela, pendurou o *pager* no cinto e ajeitou os cabelos com a mão. Ele havia escovado os dentes, mas não se incomodara em fazer a barba. Seu trabalho não requeria que parecesse elegante ou bem-arrumado, e a maior parte do tempo ele não se preocupava em tentar. Tinha coisas mais importantes para pensar. — Faça uma boa viagem — disse ele com um último aceno da porta e, um instante mais tarde, ela ouviu a porta da frente se fechar, enquanto ela ficava deitada na cama, pensando nele. Ele era exatamente como há 14 anos, quando se conheceram e ele era um residente. A vida dele girava em torno do que fazia, assim como a dela. E, enquanto ficava lá deitada, começou a pensar na companhia cujo capital seria aberto ao público e em tudo o que ela ainda tinha de fazer para assegurar que tudo corresse tranqüilamente.

Ela se levantou, trouxe um maço de papéis para a cama e leu por duas horas antes de se levantar, satisfeita porque estava quase preparada para a reunião na Califórnia. Ainda tinha poucas perguntas a fazer e queria instruir Callan Dow sobre o que esperar quando começassem no *tour*. Ele jamais tinha aberto o capital de uma companhia antes, era um noviço em tudo isso e dependia dela inteiramente para conselhos e informações. De certa forma, aquilo a fazia se sentir competente e importante, e por um instante sentiu um pouco de culpa por isso. Ela se perguntava às vezes se gostava do que fazia apenas para se sentir poderosa e independente. Amava seu trabalho e o mundo das altas finanças. Era um mundo em que ela se divertira desde o primeiro momento em que entrara, assim como Steve era apaixonado pelo que fazia. Em alguns pontos eles eram muito diferentes; ainda assim, ambos amavam o trabalho e sabiam que iam fazer algo que importava para as pessoas. Embora Steve estivesse salvando vidas, ela ajuda as pessoas a alcançar aquilo que tinham trabalhado durante anos para conquistar, e isso também não era desprezível, embora fosse muito diferente do que Steve fazia.

O telefone tocou enquanto ela estava se vestindo. Steve havia acabado de sair da cirurgia da criança com o pescoço quebrado e o ortopedista dissera que ela ficaria bem. Tivera sorte. Steve assistira à cirurgia e disse que ia ficar por ali um pouco. Haviam perdido a mãe pouco antes de ele chegar, e a criança mais velha ainda estava em coma. Era o de sempre, embora cada caso que chegava parecesse ser o mais importante de toda a sua vida, e ela sorriu enquanto o escutava. Ele estava tão animado com o que estava fazendo quanto ela para ir à Califórnia e passar pelo *tour* com Callan Dow.

— Vou sentir sua falta, Merrie — disse. Ela sorriu, pensando nele.

— Eu também — concordou ela, falando sério, e ele sorriu quando a ouviu. Ele a conhecia bem.

— Sim, mais ou menos por dez minutos. Tudo em que você vai estar pensando é em sua proposta e seu *tour*. Eu a conheço.

— Sim, você me conhece, não é mesmo? — Enquanto estava se vestindo, ela não podia deixar de pensar no que ele dissera. Ambos se conheciam muito bem, as respectivas paixões pela carreira, os objetivos, as fraquezas, os medos. O total envolvimento deles com suas profissões era o motivo por que nunca tinham tido filhos. Onde haveria lugar para eles, com ele no hospital por três dias seguidos e ela viajando sempre para trabalhar? O que um bebê conseguiria de uma vida como a deles? Não muito, ela estava certa, e este era o motivo, pelo menos até onde via, por que ela se recusava a ter um. Ela era boa no que fazia, estava certa disso, e estava bem menos segura de que seria uma boa mãe. Talvez mais tarde, era o que sempre dissera a Steve. Mas muito mais tarde poderia ser tarde demais, e ambos sabiam disso. Ela imaginava se se arrependeria de ter colocado isso de lado algum dia, mas no momento ela simplesmente não podia pensar no assunto. E enquanto colocava o resto de seus papéis de volta na pasta e abotoava o casaco de seu traje, deu uma olhada rápida em si mesma no espelho. Estava tão formal e impecável quanto Steve parecera amarrotado quando deixara o apartamento às seis da manhã. Ele não tinha de parecer melhor do que aquilo para ficar na sala de cirurgia ou avaliar os pacientes enquanto eles chegavam à beira da morte. Tudo o que ele tinha de fazer era estar lá e mostrar competência; a boa aparência não era fundamental. Meredith tinha de exalar eficiência, competência e controle total, e ela notou que realmente o fazia, enquanto pegava sua pasta e deixava o apartamento. Ela levava o *laptop*, o celular e a versão final da proposta em que estivera trabalhando com os advogados.

E enquanto ia para o aeroporto num táxi, para encontrar Paul Black, o sócio que viajaria com ela, olhou para fora da janela, para o céu de Nova York, pensando no quanto ela amava sua vida ali. Não havia, de fato, absolutamente nada que ela mudaria em sua existência. Até onde podia ver, esta era perfeita.

Capítulo 3

MEREDITH TRABALHOU um pouco em seu *laptop* no avião e terminou de ler o material que preparara para Callan. Paul Black, o sócio com quem ela estava viajando, dormiu a maior parte do tempo e eles conversaram na última meia hora sobre o encontro da manhã seguinte. Confiante de que ela fizera todo o trabalho de base corretamente, como sempre, ele estava certo de que ela impressionaria o cliente com tudo o que organizara.

Black na verdade trouxera o cliente, mas a especialidade de Meredith no campo da alta tecnologia o levara a apresentar Callan Dow a ela. Uma coisa da qual eles sempre poderiam estar certos sobre Meredith era que ela sabia o que estava fazendo. Ele disse isso a ela no vôo, mas ela estava irritada, pois achou que ele parecia condescendente. Ela sempre esperava que ele pontuasse suas frases para ela com um "garotinha". Paul Black era um dos sócios majoritários da firma e nunca fora uma das pessoas preferidas de Meredith, que achava que ele gastava a maior parte de seu tempo se gabando de suas ligações sociais e repousando sobre seus louros, e isso não era uma brincadeira com a qual Meredith fosse indulgente. Seu primeiro contato com Callan Dow fora social, através de um dos irmãos de sua esposa. Mas depois de pescá-lo, como a um peixe gigante, Black fizera muito pouco a respeito. Fora Meredith quem fizera todo o trabalho para abrir o capital da Dow Tech.

O avião aterrissou às três e quinze, e Callan Dow tinha um carro esperando-os no aeroporto. Ele havia feito reservas para eles no Rickie's, em Palo Alto, que era mais perto de seu escritório. E uma vez instalados lá, Paul Black deixou-a para ir almoçar com amigos em São Francisco. Parecia ter contatos aonde quer que fossem, e não convidou Meredith para se juntar a ele.

Ela se sentiu muito feliz de ficar apenas no hotel e trabalhar no material para o encontro com Dow novamente. Quando o telefone tocou às oito da noite, ela estava certa de que seria Steven. Sabendo como ele era, provavelmente devia estar ainda no hospital, ela deixara o número do hotel na sua caixa postal de voz.

— Olá, meu amor — disse ela quando atendeu o telefone. Ninguém mais sabia onde encontrá-la.

— Olá, meu amor pra você também. — A voz do outro lado era profunda e estava rindo quando respondeu. Mas não era Steve, era uma voz que ela não reconheceu em princípio e ficou assustada. — Como foi o vôo?

— Bem. Quem fala? — Por uma vez ela estava ligeiramente fora de prumo.

— É Callan. Pensei em me certificar de que você estava confortável e de que tinha gostado do hotel. Obrigado por vir. Estou aguardando nosso encontro ansiosamente.

— Eu também. — Ela sorriu, embaraçada. — Sinto muito... pensei que era meu marido.

— Eu percebi. Está tudo pronto?

— Quase. Quero lhe mostrar a versão final da proposta e trabalhar nuns poucos detalhes finais para o *tour*.

— Mal posso esperar — admitiu ele. Apesar de toda a sua experiência, sofisticação e sucesso no mundo dos negócios, ele parecia um menino excitado. Ele trabalhara duro para construir a empresa, e o desafio de colocar suas ações no mercado fora um trabalho de longo tempo. — Quando começamos?

— Na terça-feira depois do Dia do Trabalho. Está quase tudo pronto, exceto por alguns poucos detalhes finais em Minneapolis e Edimburgo. As outras cidades estão todas bem fechadas. Eu realmente acredito que vamos ter excesso de inscrições. Todos estão animados com você, já se falou muito sobre isso.

— Queria ter feito isso antes — disse ele numa voz intrigantemente baixa. Sua voz era profunda e em outras circunstâncias ela teria dito que era sensual, mas agora soava-lhe quente e amigável. Ela gostara de trabalhar com ele durante o verão.

— Acho que a hora é esta, Cal. Se você tivesse feito isso mais cedo, talvez não estivesse pronto.

— Bem, a hora parece ser esta mesmo, Meredith, embora ainda esteja tendo problemas com meu diretor financeiro. Ele ainda está furioso comigo por vender as ações. Ele acredita que eu deveria continuar com elas — disse ele, desculpando-se. Callan sabia o quanto ela havia trabalhado na oferta das ações e a pouca ajuda que tivera de seu diretor financeiro. Ele resistira a ela em cada passo do caminho.

— Este é um belo e ultrapassado ponto de vista — disse ela, sorrindo. Ambos compreendiam que, por causa daquilo, seria difícil viajar com Charlie por duas semanas.

— Ele ainda está reclamando por causa da viagem.

— Não se preocupe. Nós o colocaremos no bonde amanhã. Vou deixar Paul falar com ele, é tão conservador quanto Charlie e está até animado.

— Onde ele está agora? Pensei que vocês fossem jantar juntos.

— Na verdade, ele foi jantar com amigos em São Francisco. Eu estava trabalhando uma última vez na proposta e em algumas notas para amanhã.

— Você trabalha muito. E está me dizendo que ele a deixou sozinha? Você já jantou?

— Pedi um serviço de quarto há uma hora e estou satisfeita. Acredite, trouxe muito trabalho comigo. — Ela sempre fazia aquilo. Meredith nunca ia a lugar algum sem sua maleta. Steven sempre a provocava em relação a isso.

— E que tal um desjejum amanhã, Meredith? Pensei que talvez pudéssemos nos encontrar antes de você vir ao escritório.

— Parece uma boa idéia. Que tal às sete e meia no hotel? Vi uma sala de refeições quando fizemos o *check in*. Vou deixar um recado para Paul esta noite e nós todos podemos nos encontrar lá amanhã. — Ela só pensava em trabalho e estava ansiosa para começar, como ele. — Você quer trazer o seu diretor financeiro? — Parecia uma questão apropriada.

— Na verdade, eu gostaria de ter algum tempo com você, sem ele. Podemos encontrá-lo no escritório.

— Ótimo. Nos vemos de manhã, então.

— Não trabalhe a noite toda, Meredith. Teremos tempo de fazer tudo amanhã — Ele parecia quase paternal quando falou. Ainda era um homem jovem, apesar de 14 anos mais velho que ela. Ele tinha 51 anos e parecia pouco mais velho que seu marido. Callan Dow era o que todos esperavam que um homem parecesse na Califórnia: saudável, enérgico, moreno e bonito. Mas a única coisa que fascinava Meredith em relação a ele era seu trabalho. Nada mais nele a intrigava.

— Vejo você amanhã — disse ela e, depois que desligaram, ela deixou uma mensagem para Paul na caixa postal de voz, falando sobre o encontro para o café da manhã no dia seguinte. Depois disso, tomou uma ducha e foi para a cama. Tentou falar com Steve novamente, mas ele não respondia ao *pager* e ela presumiu que ele estivesse muito ocupado com os pacientes. E quando ele finalmente respondeu à ligação, ela estava dormindo profundamente. Eram duas horas da manhã na Califórnia.

— Oi, querida... Acordei você?

— Claro que não, Paul e eu estávamos aqui jogando pôquer. — Sua voz estava sonolenta, mas ele estava muito longe para ouvi-la.

— Verdade?

— Claro... você sabe o quanto Paul é divertido.

— Desculpe... não queria acordá-la. São cinco horas aqui e eu fiquei na cirurgia desde a meia-noite. Só peguei sua mensagem quando saí.

— Como foi? — Ela bocejou sonolenta enquanto fazia a pergunta.

— Este nós ganhamos. Para variar. Um motorista embriagado atropelou um garoto de sete anos e deu a ele uma dor de cabeça infernal. Mas ele vai ficar bem, teve as duas pernas quebradas e as costelas estão completamente desarrumadas, mas não há nenhuma lesão permanente. — Uma de suas costelas havia perfurado o pulmão, mas Steve fizera um belo trabalho e alguns reparos bastante intrincados.

— O que ele estava fazendo na rua à meia-noite?

— Sentado num hidrante. Está quente, aqui.

— Você ao menos foi em casa? — perguntou ela com outro bocejo, enquanto rolava na cama e dava uma olhada no relógio. Era tarde, mas ela estava feliz por ouvi-lo.

— Não há nada para fazer em casa. Pensei em ficar por aqui e dormir. Tenho de estar de volta em três horas.

— Você é o único ser humano que conheço que trabalha mais do que eu, Steven Whitman.

— Você me ensinou tudo o que sei nesta área. Então, como está indo? Viu seu cliente?

— Não até o café amanhã... ou dentro de poucas horas, imagino. Mas estou pronta. Terminei todo o meu trabalho no avião. Falei com ele esta noite e ele parecia bastante enrolado. — Agora estava acordada e não podia deixar de imaginar se voltaria a dormir novamente antes do amanhecer. Tinha muito o que pensar, agora que Steve a despertara.

— Acho que deveria deixar você voltar a dormir... Apenas queria dizer que a amo e sinto sua falta.

— Também sinto a sua, Steve. — Ela sorriu na escuridão, segurando o fone e pensando nele. — Estarei de volta antes que você perceba.

— Sim, e eu estarei preso aqui, como um rato numa gaiola, como sempre. Você pensa alguma vez sobre o quanto a nossa vida é louca? — perguntou ele, olhando para o espaço, pensando nela. Ambos eram tão malditamente ocupados. Às vezes muito mais do que deveriam, mas ele sabia que ambos gostavam do que faziam.

— Eu estava ruminando isso quando parti. Estava pensando no quanto seria impossível lidar com tudo se tivéssemos filhos. Não poderíamos jamais levar a vida que levamos agora, Steve. Acho que é esse o motivo de não termos tido nenhum.

— Nós podemos arrumar as coisas, se precisarmos. Outras pessoas fazem isso e são tão ocupadas quanto nós. — Ele soava melancólico quando disse isso.

— Me diga duas — sugeriu ela, duvidando. — Me diga apenas uma. Não posso pensar em ninguém que viva como vivemos. Você nunca está em casa, por dias às vezes, e eu estou sempre na estrada por causa do escritório. Que grande vida para uma criança. Teríamos de usar etiquetas com nomes dizendo "Mamãe" e "Papai" para que eles nos reconhecessem quando finalmente conseguissem nos ver.

— Eu sei, eu sei... Você pensa que ainda não estamos prontos. Apenas tenho medo de que quando você achar que seja o momento, eu esteja muito velho para fazer isso.

— Você jamais vai ser muito velho para "fazer isso". — Ela sorriu, mas sabia que ele estava falando sério sobre aquele assunto, muito mais do que ela, que simplesmente não estava pronta para pensar em ter filhos e ainda não estava certa de que estaria. Ela não conseguia imaginar um modo de inseri-los em sua existência, já sobrecarregada. E a idéia começara a atraí-la cada vez menos ao longo dos anos, embora odiasse ter de desapontá-lo. Ela sabia o quanto ter filhos significava para ele. E não fechara a porta ao assunto totalmente. Mas não era algo que estivesse louca para fazer.

— Vamos ter de falar seriamente sobre isso um dia desses, Merric.

— Não antes de eu transformar a Dow Tech numa empresa de capital aberto — disse ela, parecendo surpreendentemente alerta. A conversa dele sobre terem filhos deixava-a na defensiva. Mas havia sempre uma empresa cujas ações ela estava vendendo, alguma oferta de ações na bolsa que era a coisa mais importante em sua vida no momento, uma empresa que precisava de sua ajuda, algum negócio que tinha de fazer, um *tour* que tinha de terminar. Em 14 anos, nunca houvera uma hora certa para ela pensar sobre isso, e ele estava começando a achar que jamais haveria. E ele tinha uma verdadeira sensação de perda quando pensava que talvez nunca tivessem filhos. Mas ele sempre quisera mais ter filhos do que ela. Sentia falta de uma família mais do que ela, que sempre dissera que ele era toda a família de que precisava.

— Acho melhor deixar você dormir um pouco, Merrie, ou estará morta amanhã. — Ele sabia que ela tivera um longo dia e pegaria o vôo noturno de volta para Nova York, onde estaria aterrissando às seis da manhã de terça-feira. E, conhecendo-a, ela iria para casa, tomaria banho, trocaria de roupa e estaria no escritório às oito e meia.

— Ligo para você amanhã assim que eu puder — prometeu ela, reprimindo um bocejo, esperando que ainda conseguisse dormir algumas horas antes que tivesse de se levantar às seis e meia.

— Não se preocupe. Eu estarei aqui. Você sabe onde me encontrar.

— Obrigada por ligar — disse ela com outro bocejo. — Boa noite... eu te amo. — Eles desligaram e ela levou meia hora para conseguir dormir de novo, pensando nele e depois no encontro com Callan

Dow de manhã. E parecia que se haviam passado apenas alguns minutos quando o despertador tocou e a acordou.

Ela se levantou, tomou uma ducha, se vestiu e fez no cabelo uma elegante trança francesa que parecia apropriada para a reunião. Trouxera um traje de linho azul-escuro e parecia impecável quando apareceu na sala de refeições, usando saltos altos e brincos de pérola e carregando sua pasta, precisamente às sete e meia. E embora não tivesse consciência disso, provocou uma forte impressão. Parecia mais uma modelo posando de executiva, e muitas cabeças se viraram quando ela andou suavemente para a mesa onde Paul Black a esperava. Ele usava um terno cinza-escuro, uma camisa branca comum e uma gravata conservadora, e parecia ser exatamente o que era, um banqueiro de investimentos de Wall Street.

— Como foi seu jantar ontem à noite? — perguntou ela polidamente, enquanto se sentava e pedia uma xícara de café.

— Muito agradável. Mas é uma longa distância para a cidade. Voltei mais tarde do que deveria. Você foi inteligente de ficar aqui. — Ela não comentou que ele não lhe havia oferecido outra opção e seguiu em frente, falando sobre o telefonema de Callan Dow na noite anterior.

— Ele está muito satisfeito com tudo o que fizemos para organizar esta viagem.

— Deve estar mesmo. Acho que será muito boa, por tudo o que você me contou, Meredith. Acho que será muito boa para eles.

— Foi o que eu disse a ele. — Mas, antes que pudesse continuar, ela viu Callan Dow de pé na porta da sala de refeições, olhando em torno do aposento, procurando por eles. E ele parecia exatamente como ela se lembrava. Era alto, bem feito, um homem bonito com cabelos cor de areia, olhos azuis vivos e um ar atlético. Embora ela soubesse que originalmente viera do Leste, ele parecia muito californiano. Tinha um bronzeado profundo e estava usando uma camisa azul, gravata Hermès azul e amarela e um terno cáqui bem cortado, com sapatos muito bem polidos. Ele parecia com um anúncio da *GQ* e a descrição que dera a Steve, de que se parecia com Gary Cooper, era mais adequada do que nunca. Ele os viu rapidamente e se aproximou com um largo sorriso, apertando as mãos de ambos com um ar de prazer.

— Foi gentil de sua parte virem até aqui — disse ele com simpatia, tomando um lugar na mesa, e um minuto mais tarde pediram o café da manhã. Callan pediu ovos mexidos e uma taça de frutas e Meredith optou por torradas e café. Paul estava comendo ovos beneditinos e aveia.

Conversaram animadamente sobre o negócio, seus planos e o esperado *tour*. Meredith acalmou todos os medos de Callan, esclareceu as suas dúvidas e entregou-lhe a proposta, na qual ele passou os olhos rapidamente enquanto bebia sua segunda xícara de café.

— Parece que estamos prontos para a hora da largada.

— É melhor mesmo que estejamos. Começamos em Chicago dentro de duas semanas a partir de amanhã. — Eles haviam escolhido começar por lá porque era uma cidade menos importante e lhes daria a chance de se livrarem dos problemas da primeira apresentação. De lá, iriam a Minneapolis e depois a Los Angeles e São Francisco. Ele passaria o fim de semana em casa, enquanto ela voltaria para Nova York. E então, na segunda-feira, eles se encontrariam em Boston, fariam a apresentação final em Nova York e depois partiriam para a Europa. Meredith tinha arranjado a maior parte das coisas em Edimburgo, Genebra, Londres e Paris. E então seu trabalho teria terminado. Ela esperava que a sociedade que formaram fosse dissolvida e que o estoque de ações da empresa estivesse vendido além da conta no emergente mercado eletrônico. Os olhos dele dançaram como os de uma criança quando falavam sobre isso.

E, durante a conversa no fim do café da manhã, ele comentou novamente sobre os problemas que estava tendo com seu diretor financeiro, Charles McIntosh. Ele ainda teimava em não abrir o capital da empresa, e era obviamente uma fonte de sério aborrecimento para Callan. Por causa de suas objeções aos planos de Callan para a empresa, ele estava determinado a cooperar o mínimo que pudesse.

— Gastei um tempo dos diabos convencendo-o de que estávamos fazendo a coisa certa. E sei que acredita estar certo quando tenta me dissuadir. Ele é um cara bacana e eu o conheço há anos. É muito leal, mas também inacreditavelmente teimoso — disse Cal, parecendo preocupado.

— Seria melhor que ele pegasse o bonde antes de começarmos o *tour* — falou Meredith. — As pessoas podem se preocupar se houver uma voz dissonante ou se parecer que ele tem reservas sobre o negócio. Ninguém vai entender que suas objeções são pessoais, e podem acabar interpretando mal sua posição — disse ela firmemente.

— Não se preocupe, Meredith, se ele fizer isso não será um problema.

— Por que não? — perguntou ela, com um ar de surpresa.

— Porque eu o matarei — respondeu Callan Dow com um sorriso pesaroso. — Nós trabalhamos juntos durante anos, e ele é basicamente mal-humorado. Ele é uma dessas pessoas que está sempre nadando contra a corrente enquanto todos estão nadando a favor. É um cara inteligente como o diabo, mas algumas de suas idéias são da era das trevas. — Callan tinha uma visão bem clara de sua empresa. Mas era mais jovem que Charlie e pensava bem mais à frente.

— Acho que ele não deve ser seu bem mais precioso — disse Meredith, sorrindo. Ela acreditava no julgamento de Callan e em sua habilidade de lidar com seus homens. Ele não teria chegado tão longe se fosse um mau juiz. E se dissera que podia controlar seu diretor financeiro, ela tinha de acreditar nele.

— Realmente, Meredith — admitiu ele enquanto Paul Black assinava a conta. — Não discordo de você, mas essa é outra questão. Por enquanto, pelo menos, ele ficará bem. Eu não posso prever o futuro. Ele está comigo há muito tempo e estou esperando que reveja sua posição. — Meredith assentiu, e os três deixaram o restaurante, andando juntos para o estacionamento. Callan tinha deixado um carro com motorista esperando por ele, para levá-los ao escritório.

Conversaram levemente no caminho sobre a companhia, sua casa, que ficava na vizinhança, e seus três filhos. Ela esquecera de que ele tinha filhos e ficou surpresa quando o ouviu falar neles. Era evidente, pelo que dizia, que viviam com ele, e ela imaginou onde estaria sua mulher, se havia morrido ou se eram divorciados. Mas surpreendeu-a o fato de um homem de sucesso no mundo dos negócios como ele criar sozinho os filhos. Ele dissera que os três haviam passado o verão em sua casa no lago Tahoe e que havia acabado de trazê-los para ficar com ele, durante este encontro de negócios, e depois voltariam para passar o fim de semana. Ele disse que gostava de estar com eles.

— Normalmente tiro o mês de agosto para ficar com eles. Mas este verão estarei viajando a trabalho. — Havia muito a fazer neste período e, pelo que Meredith podia ver, até agora, ele fizera todo o seu dever de casa. Ela ficou ainda mais impressionada quando chegaram ao escritório dele. Tudo estava impecavelmente preparado e toda a informação que ela e Paul poderiam querer já fora analisada. Assim como antes, Meredith estava muito impressionada com seu conhecimento sobre tecnologia e a maneira com que conduzia os negócios.

O dia passou sem qualquer empecilho. A única mosca na sopa foi Charles McIntosh, que parecia ter mil objeções infundadas a tudo o que estavam fazendo. E mais, ele estava suspeitando muito do trabalho deles e parecia bastante chateado com o fato de que o lançamento das ações estava sendo feito por uma mulher, embora ele não tivesse realmente dito isso. Mas ele tornava tudo tão claro para todos que, quando finalmente deixou a sala, Callan Dow se virou para ela e pediu desculpas por ele.

— Temo que Charlie seja um ferrenho chauvinista, Meredith, e não há nada que eu possa fazer sobre isso, maldição! — Cal realmente parecia embaraçado, e ela sorriu graciosamente, sem dar muita importância, embora mais de uma vez ele a tivesse aborrecido seriamente.

— Não se preocupe, estou acostumada — disse ela suavemente. — Paul também não é o nosso sócio mais liberal. — De fato, os dois haviam saído juntos para continuar sua própria conversa no escritório de Charlie, deixando Callan e Meredith sozinhos para esclarecer os detalhes finais. Viajar com Charlie seria uma séria dor de cabeça, ela sabia, mas pelo menos enquanto Callan estivesse por ali, ele não diria nada muito inadequado sobre a abertura de capital da companhia. Ela podia ver que tinha um leve medo de perder Callan. Mas Charlie certamente não era um cara agradável, e dificilmente poderia ser levado a endossar o projeto. — Você vai ter de mantê-lo sob controle no *tour*.

— Charlie vai ficar bem — disse Cal, otimista. — E a verdade é que ele adora a empresa e quer o que for bom para ela, mesmo se não concordar comigo. É muito leal, mesmo sendo dolorosamente limitado.

— Estou surpresa de que ele tenha deixado você fazer tudo isso.

— Ele não tinha escolha — disse Callan firmemente, e ela podia sentir na maneira que ele falou que Callan não teria tolerado menos que o apoio integral de Charlie. E o diretor financeiro obviamente sabia disso. — Mas sinto muito se ele é um espinho no seu caminho.

— Já lidei com coisa pior. Posso conviver com um pouco de machismo. Ele não me assusta. Apenas não quero que ele dê às pessoas uma impressão errada.

— Ele não vai fazer isso, eu prometo.

Os quatro haviam almoçado juntos na sala de reuniões e depois disso Charlie se oferecera para levar Paul para um *tour* pela cidade, ignorando Meredith, o que a satisfez perfeitamente. Ela ficou feliz por passar o resto da tarde com Callan, dando polimento nos fatores de risco para a proposta. E na hora em que os dois homens mais velhos voltaram, Meredith e Callan já haviam feito tudo que precisavam, e eram quase cinco e meia.

— A que horas é seu vôo? — perguntou Callan a ela com um olhar de preocupação. Ele nem havia pensado naquilo até então, pois trabalharam duro desde a hora do almoço, mas haviam feito tudo o que precisavam, e Meredith estava extremamente feliz com o encontro. Não restara qualquer pergunta sem resposta. E mesmo Charlie McIntosh parecia ter relaxado um pouco na hora em que ela e Paul estavam prontos para deixar o escritório. Paul parecia tê-lo conquistado.

— Estamos no vôo noturno — explicou Meredith, olhando para o relógio. Eles ainda tinham muito tempo e não sairiam para o aeroporto até as oito e meia.

— Que tal um jantar mais cedo? — sugeriu Callan Dow, mas Meredith não queria se impor ou tomar mais o tempo dele.

— Ficaremos bem — assegurou ela. — Paul e eu temos muito o que falar. Nós podemos jantar no hotel e então ir para o aeroporto.

— Eu preferia levá-los para jantar — disse ele, educadamente incluindo Paul no convite.

Charlie McIntosh já os havia deixado e fora apenas civilizado com Meredith quando lhe dissera adeus. Era quase como se estivesse com ciúmes dela e de sua influência sobre Callan. Ele realmente tinha um problema com ela, e Callan parecia estar tão consciente disso quanto ela. Charlie a culpava por ter possibilitado que a companhia tivesse o capital aberto. Ele dissera repetidamente a Cal que, uma vez que tivessem acionistas, Cal perderia o controle da companhia, e ele via isso como um desatre em potencial para eles. Ele fazia previsões negativas sobre o enormc influxo de dinheiro e as oportunidades que a venda de ações traria para eles. E, mais que tudo, Charlie via Meredith como a fonte de todos os seus futuros problemas. E estava furioso com ela por causa disso. Ele já havia esquecido que não fora idéia de Meredith abrir o capital da Dow Tech, mas sim de Callan.

— Você gosta de comida chinesa? — perguntou Cal diretamente a Meredith e ela assentiu, ainda hesitante. Mas enquanto ela estava tentando declinar do convite com delicadeza, Paul aceitou alegremente e os três deixaram o escritório para jantar.

Foi uma noite muito prazerosa. Depois de trabalharem juntos desde cedo naquela manhã, os três se sentiam completamente à vontade entre si. Até Paul relaxou, parecendo menos condescendente do que o normal. E ele contou algumas histórias muito engraçadas sobre velhos *tours*. Na hora em que Callan os deixou no hotel, os três se sentiam como velhos amigos, e Paul e Meredith lamentaram muito ter de deixá-lo.

— Vejo você em duas semanas — disse Callan, com um largo sorriso, enquanto apertava a mão dela no saguão, antes de deixá-los.

— Ligue, se tiver alguma pergunta. — Ela o encorajou. — Ou se você estiver preocupado com alguma coisa.

— Sou provavelmente muito ignorante sobre tudo isso, até mesmo para saber com o que me preocupar. — Ele sorriu largamente e, como Meredith, parecia tão impecável às oito da noite quanto estivera às sete e meia da manhã. Eles tinham em comum o estilo natural e a elegância impecável. Com cabelos louros e olhos claros, pareciam irmãos. E ele acenou mais uma vez quando os deixou, caminhando ao longo do saguão para o carro, que o esperava do lado de fora. Ele prometera mandar o carro de volta em poucos minutos para levá-los ao aeroporto. Voltaria ao escritório para pegar seu Ferrari. Meredith vira o carro no estacionamento da Dow Tech naquela manhã e imaginara quem seria o seu dono. Era vermelho, brilhante, conversível e muito impressionante.

— Ele é um bom rapaz — disse Paul Black, parecendo quase surpreso enquanto voltavam para seus quartos para pegar a bagagem. — Você vai passar bons momentos com ele no *tour*. Ele tem um ótimo senso de humor.

— Sim — concordou ela. — Ele sabe o que está fazendo, o que é um alívio. E não tem medo de admitir quando não sabe. — Embora suspeitasse que ele provavelmente tinha um grande ego em certos aspectos, humildade nas horas apropriadas era um de seus trunfos e algo bem pouco usual nesse tipo de negócio.

— Acho que você vai lidar bem com isso, Meredith — disse Paul. Eles se separaram para pegar as bagagens em seus quartos e marcaram de se encontrar novamente no saguão dentro de meia hora. Ela ligou para Steve, que estava incomunicável, como sempre, e deixou uma mensagem no correio de voz. Meia hora mais tarde, ela e Paul estavam a caminho do aerporto.

O avião partiu na hora prevista, e ela trabalhou um pouco, enquanto Paul dormia a seu lado. Finalmente ela apagou a luz, colocou os papéis de lado, fechou os olhos e a próxima coisa que percebeu foi que estavam aterrissando no Aeroporto Kennedy, às seis da manhã. E, assim como Steven predissera, ela pegou um táxi para casa, tomou banho, trocou de roupa, e por volta das oito e meia estava em sua mesa, no escritório, tomando notas sobre seu encontro com Callan Dow e trabalhando com os advogados para dar os retoques finais no projeto.

Steve telefonou para ela no escritório, à tarde, entre as cirurgias, e ficou satisfeito por saber que ela voltara sã e salva.

— Gosto de saber que você está de volta à cidade — disse ele com um tom aliviado. — Quando sei que você está tão longe, realmente sinto sua falta. — Mas ela não podia deixar de pensar que diferença isso realmente fazia, já que não poderiam se ver. Às vezes parecia que ela e Steve existiam em planetas diferentes. Seu mundo estava tão longe do dela que, quando ela pensava sobre isso, se sentia sozinha. Mas ela não podia pensar naquilo agora: tinha muito o que fazer para abrir o capital da Dow Tech. Ela falou com Callan Dow mais tarde, que estava empolgado com o encontro do dia anterior. Ele estava flutuando na emoção de tudo o que todos sabiam que estava por vir.

— Não vai demorar muito agora. — Ela o encorajou, sentindo-se como uma galinha esperando seu pintinho nascer. Mas a verdade era que seus clientes e suas empresas eram as crianças que ela jamais tivera. Eles eram seus bebês e os únicos que queria, por enquanto. Ela jamais o diria para Steve, nem precisava. Ele sabia tudo sobre ela.

E enquanto ela se sentava à sua mesa mais tarde naquela noite, terminando o trabalho na Dow Tech, deu uma olhada para fora da janela, para a noite de Nova York, e pensou em seu marido. Ele estava em algum lugar na unidade de emergência, salvando uma vida, confortando uma criança ou aliviando uma mãe. Parecia um trabalho tão nobre para ela. E mesmo assim, no fundo do coração, ainda pensava que o que ela fazia era mais excitante. Ela amava tudo aquilo. Pensou em telefonar para ele, mas sabia que provavelmente não o encontraria, então não se importou. Ficou em sua mesa até as duas da manhã e, então, com um sorriso satisfeito, deixou o escritório, trancou a porta e desceu as escadas para chamar um táxi, carregando sua maleta. Esta era a única vida que conhecia, tudo o que amava e tudo o que queria.

Capítulo 4

NAS DUAS SEMANAS seguintes, Steve e Meredith mal se viram. Ela ficava em seu escritório até perto de meia-noite, todos os dias, trabalhando com seus sócios para montar o grupo de bancos de investimentos que subscreveriam a oferta de ações da Dow Tech. Cerca de 30 bancos de investimentos iriam participar. Ela gastou horas falando com os analistas de sua firma para se certificar de que suportariam o estoque de ações no início. E gastou uma quantidade igual de tempo falando com o gerente de vendas para confirmar que eles estavam alinhando as instituições-chave nas cidades para as quais viajariam, e que eles mandariam seus representantes para ver o *tour*. Havia companhias de seguros, grandes universidades, e qualquer um com grandes fundos para investir tinha de estar ciente de que estavam chegando. E claro que ela encontrou os advogados da firma várias vezes para preparar tudo para a Comissão de Títulos e Câmbio, para se certificar de que todas as questões sobre a Dow Tech estavam sendo respondidas. Em suma, ela estava pensando sobre a quantidade de ações a serem vendidas e o preço final, embora fossem números aproximados na proposta, que agora tinha bem mais que cem páginas. Era um volume de trabalho inacreditável que requeria sua constante atenção e ela sentia como se estivesse vivendo pela metade quando ia para casa após a meia-noite.

Callan Dow estava muito impressionado com o que escutava sempre que falava com ela, e particularmente com a maneira com que ela transformara a seção de fatores de risco do projeto em uma investigação quase positiva em benefício da empresa, uma espécie de arte que ela cuidadosamente havia desenvolvido. De fato, ele estava deliciado com tudo o que ela fazia e não podia acreditar em sua boa sorte por estar trabalhando com ela.

Uma semana antes do início do *tour*, os advogados mandaram a proposta final para a Comissão de Títulos e Câmbio para aprovação, e Callan estava incompreensivelmente nervoso com aquilo, mas uma vez mais Meredith o acalmou. Ela disse a ele que era um dos melhores lançamentos de ações em que trabalhara, e ele não precisava se preocupar com isso.

No fim da última semana, todas as pontas perdidas haviam sido unidas e ela se sentia confiante de que haviam pensado em tudo. O grupo de empresas estava formado, os analistas estavam satisfeitos, os vendedores estavam tão excitados com a Dow Tech como ela e Callan, e até a Comissão de Títulos e Câmbio não estava causando nenhum problema. A única coisa com a qual ela estava preocupada no fim da semana que antecedeu o Dia do Trabalho era com o fato de ter tido tão pouco tempo para estar com Steven. E ela percebeu, pelos telefonemas que trocaram, que ele estava aborrecido com aquilo. Mas havia muito pouco que ela pudesse ter feito a respeito nas duas últimas semanas. Existiam muitos detalhes importantes para pensar em vez de perder tempo com o marido.

— Sinto que estou casado com uma mulher imaginária — reclamou ele na quinta-feira à noite, quando ligou para o trabalho dela. Meredith ainda estava no escritório à uma da manhã e, graças a Deus, ele havia acabado de sair da cirurgia e o plantão não terminaria até a tarde de sexta-feira. Ele tinha entrado e saído algumas vezes do hospital desde a terça-feira de manhã. Já que fora chamado quatro vezes para emergências quando estava de sobreaviso no fim de semana, então não podia reclamar tanto pelo fato de ela estar ocupada.

— Sinto muito — disse ela, parecendo cansada, mas feliz. Estava emocionada com o fato de que tudo correra tão bem. Fora um negócio raramente bom para a firma e um dos poucos em que nenhum dragão inesperado atacou suas cabeças com desastres surpreendentes no último minuto. — Tem sido tudo muito louco nas duas últimas semanas, mas valeu a pena. Não acho que jamais tenhamos estado tão bem preparados para uma oferta como estamos desta vez. — Ela se sentia bem não apenas em relação ao valor da companhia, mas também à qualidade de seus produtos. Até Steven dissera a ela que os instrumentos que eles faziam eram excepcionalmente bons. Meredith falara com ele sobre isso desde o início, e ele a tranqüilizara.

— Se você tiver de trabalhar este fim de semana, Merrie, eu mato você. — E desta vez ele parecia falar sério.

— Juro que vou tentar ajeitar tudo até amanhã à tarde e serei toda sua até segunda-feira. — Ela prometera a si mesma e a ele que manteria o fim de semana do Dia do Trabalho sagrado, só para ele. Ele merecia. — Você não está de sobreaviso, está, meu amor?

— De jeito nenhum. Não quero nem saber se metade de Nova York sangrar até a morte ou se um vulcão entrar em erupção no Central Park. Estou de folga e vou jogar este maldito *pager* na lata de lixo amanhã à tarde. Pretendo passar o fim de semana na cama com você, nem que eu tenha de algemá-la à cabeceira.

— Isso parece bem excêntrico. — Ela sorriu ao ouvi-lo, mas percebeu que ele também estava cansado. E quando finalmente ele chegou em casa à tarde, no dia seguinte, ela já o esperava. Era outro daqueles dias úmidos, cheios de vapor, que todos em Nova York esperavam no fim de agosto, e ela estava vagando pela sala de estar em roupas de baixo quando ele entrou, com as roupas amassadas e uma barba de dois dias. Fora uma semana infernal, mas, como prometido, ele saíra da unidade à tarde e, quando viu sua mulher, sorriu e jogou o *pager* na bancada da cozinha.

— Se esta coisa tocar nos próximos três dias, vou matar alguém — disse ele enquanto abria uma cerveja e se esparramava na poltrona com um olhar de admiração para o sutiã e a calcinha de cetim branco de sua mulher. — Espero que isso não seja uma prévia do que você vai usar no *tour*. Venderia um monte de ações, mas poderia causar uma baderna.

Ela se inclinou e o beijou, e ele correu a mão sobre sua coxa sedosa, tomando outro gole da cerveja gelada antes de deixá-la na mesa de café.

— Deus, estou cansado — admitiu ele. — Metade de Nova York deve ter atirado nos outros esta semana e a outra metade caiu no chão e quebrou algo. Se eu vir outro corpo ferido, acho que vou ter um surto psicótico. — Ele sorriu para ela, começando a deixar fluir a pressão de três dias direto na unidade de emergência. — É bom ver você. Estava começando a imaginar se ainda estávamos casados. É como ser casado com uma aeromoça. Toda vez em que estou aqui, você não está. E quando você está em casa, estou trabalhando. Fica um pouco estranho às vezes, não?

— Fica, mas eu simplesmente não pude evitar isso nas últimas duas semanas. Quando eu voltar, tudo vai se acalmar novamente. Eu prometo.

— Sim, por cerca de dois minutos — disse ele, parecendo não estar realmente aborrecido, mas ele havia tido aproximadamente um total de seis horas de sono nas últimas 72 horas. Ela imaginava como ele conseguia. Ao menos ela vinha para casa à noite e dormia um pouco, antes de voltar correndo para o escritório novamente na manhã seguinte. — Espero que você não tenha outro lançamento de ações por pelo menos seis meses — brincou ele, ela sorriu.

— Não estou certa de que meus sócios ficariam muito felizes com isso — devolveu ela, tomando um gole de sua cerveja e se sentando perto dele no sofá. Mesmo com o ar-condicionado no máximo, ainda estava quente no apartamento. Estivera acima de 38 graus durante toda a semana e ainda fazia 32 graus à meia-noite. Muitas vezes naquela semana havia tido uma queda de energia no escritório, mas ela e seus associados trabalharam mesmo assim. Apenas os hospitais não tinham sido afetados por isso, já que possuíam geradores próprios e não poderiam se permitir perder energia no meio de cirurgias e com todos os seus equipamentos essenciais de preservação de vidas.

— O que você quer fazer neste fim de semana? — perguntou ele, olhando para ela com amor e passando gentilmente a mão sobre seus cabelos louros. Ele estava mortalmente cansado, mas não podia deixar de notar que ela parecia bonita e *sexy*. Ela nunca fora uma banqueira de investimentos para ele, apenas uma mulher muito bonita. Sua experiência profissional era pura coincidência, e quase tão pouco importante para Steven como seus rendimentos. Ele sentia orgulho dela, mas nunca se importara com quanto dinheiro ela ganhava. Quando se casaram, ela estava na faculdade de economia na Columbia, tinha uma bolsa de estudos integral e vivia sem dinheiro. E toda a fortuna e os prêmios que apareceram em seu caminho desde então foram bem-vindos, mas ele não teria se importado se tivessem passado fome e vivido num estúdio em algum lugar no Upper West Side, onde eles deveriam estar se vivessem de acordo com o que ele ganhava. Mas a disparidade financeira entre eles nunca fora um problema para nenhum dos dois. Ela ganhava um grande salário e fizera alguns excelentes investimentos ao longo dos anos, mas ele via aquilo como um bônus para eles, e na verdade não tinha verdadeira importância para ele.

— Adoraria ir a um jogo de beisebol — admitiu ela com um sorriso. Ela era uma fã ardorosa de beisebol, quando tinha tempo, e ele também, mas desta vez ele estava pouco entusiasmado com a sugestão.

— Neste calor? Eu a amo, mas acho que você é louca. Que tal um cinema... depois que eu gastar as próximas vinte e quatro horas na cama com você. Primeiro as coisas mais importantes, senhora Whitman. — Ele sorriu lascivamente para ela, que riu. Ele tinha um apetite saudável por ela, mesmo quando estava exausto. Era raro ele estar esgotado para fazer sexo com ela, exceto quando tinha um dia particularmente depressivo no trabalho e perdia um paciente. Apenas ela sabia o quanto ele sofria quando os perdia, principalmente as crianças.

— Na verdade, eu estava pensando em fazer as minhas malas esta tarde, para não ter de me preocupar com elas durante o fim de semana. Por que você não relaxa, toma um banho e tira uma soneca? Na hora em que você acordar, tudo estará terminado.

— Não é má idéia. Estou morto... mas só vou concordar se você jurar que não vai escapar de volta para o escritório enquanto eu estiver dormindo.

— Eu juro. Eles não esperam me ver por duas semanas inteiras *e* eu apenas quero lembrá-lo de que estarei voltando para casa para ficar com você no próximo fim de semana, depois que terminarmos em São Francisco. Callan vai passar o fim de semana com os filhos e estou pegando o vôo noturno na sexta-feira à noite. Estarei em casa às seis da manhã de sábado e ficarei aqui até irmos para Boston no domingo.

— Isso é alguma coisa, pelo menos. Deduzo que devo ficar agradecido por esse pequeno favor.

— Você podia me encontrar em Londres no próximo fim de semana, ou Paris, quando eu terminar o *tour*.

Ele pareceu intrigado enquanto pensava naquilo e calculava rapidamente.

— Que fim de semana é esse? Daqui a duas semanas? — Ela

assentiu em resposta. — Droga, estou de sobreaviso. Lucas tem de ir a Dallas para uma reunião e estarei de plantão nesse fim de semana.

— Não se preocupe com isso, eu voltarei para casa. Nós podemos ir a Paris alguma outra vez. — Ela se abaixou para beijá-lo e depois foi para o quarto fazer as malas. Steve foi para o banheiro e ficou no chuveiro por quase meia hora, para se livrar do cheiro, da exaustão, dos sofrimentos da unidade de emergência. Depois disso ele se deitou na cama, relaxou, se despiu e a observou mover-se silenciosamente pelo quarto para arrumar as malas. E dentro de cinco minutos ele estava profundamente adormecido, parecendo ser o homem bonito que era, enquanto ela parava uma ou duas vezes para sorrir e observá-lo dormindo. Mesmo que suas vidas e compromissos fossem tão desafiadores às vezes, eles ainda estavam muito apaixonados um pelo outro, e ela não passou por cima do fato de que parte do motivo de seu relacionamento funcionar tão bem era porque ele era tão compreensivo e paciente. Ela sabia que muitos outros homens teriam se sentido ameaçados pelas exigências que o trabalho impunha a ela. Mas Steve nunca o fizera, ele estava feliz com o fato de que ela gostava do que fazia e se sentia preenchido por seu próprio trabalho. Era a combinação perfeita.

Meredith fechou a última mala só depois das quatro da tarde e então se sentou para ler uma revista e relaxar, algo que fazia muito pouco, mas tinha terminado todo o seu trabalho e até mesmo a revisão sem fim da prosposta estava completa agora. Sua maleta ficara com as malas e ela não tinha nada para fazer nos próximos dois dias e meio, exceto curtir o marido. Ele ainda estava adormecido e roncando levemente quando ela ouviu um barulho estranho vindo da sala de estar. Ao entrar lá para ver o que era, compreendeu que era o *pager* dele. Ela olhou-o de maneira suspeita por um longo momento, como a um animal prestes a atacá-la, mas ela também se sentiria culpada se o ignorasse. Eles sabiam que Steve estava de folga e, se estavam chamando, devia ser algo importante, talvez alguém num grande apuro precisasse de uma opinião que só Steve poderia oferecer. Ela andou lentamente até onde o *pager* estava caído, ainda na bancada da cozinha, e deu uma olhada no visor. Uma luz vermelha brilhante estava saindo dele e os números 911 estavam repetidos em toda a extensão da tela. O que quer que fosse, não havia dúvida de que era urgente. Ela o pegou, olhou para ele e então soube o que tinha de fazer. Ela ainda o estava segurando quando andou suavemente de volta para o quarto de dormir e, o mais gentilmente que pôde, tocou o ombro de Steve. Ele se movimentou após apenas um instante e sorriu, ainda meio adormecido, procurando o seio dela com a mão. Estava mais do que pronto para cumprir as promessas que fizera mais cedo, mas, com um franzir de sobrancelhas, ouviu o *bip* de seu *pager*. Ele abriu os olhos. Sem uma palavra, ela entregou-lhe o aparelho e ele viu os mesmos números que ela havia visto.

— Me diga que estou tendo um pesadelo — disse ele, virando-se e pegando o *pager*. — Lucas está lá este fim de semana, eles não precisam de mim. — Ele suspirou enquanto falava.

— Talvez você devesse ligar para eles — falou ela suavemente, sentando-se na cama, perto dele. — Talvez ele queira consultá-lo sobre algo importante. — Ele e Steve trabalhavam juntos, muito próximos, e tinham enorme respeito e admiração um pelo outro.

Steve suspirou profundamente enquanto se sentava e procurou pelo telefone próximo à cama com uma expressão infeliz.

— É melhor que seja por uma boa razão — disse ele enquanto apertava os números e esperava. Como sempre, em sua opinião, eles levaram um tempo enorme para responder, mas estavam sem pessoal suficiente e sempre ocupados. — Dr. Whitman aqui — disse ele quando atenderam. — Acabo de receber um 911 em meu *pager*, com luzes vermelhas. Diga-me que foi um engano, Barbie — falou, reconhecendo a voz no outro lado, e então por um longo tempo ele escutou. Meredith não podia ouvir o que ele estava ouvindo. O rosto dele ficou pálido por um longo momento e então ele apertou os olhos com força. — Merda. Quantos? E quantos temos? — gemeu ele audivelmente quando ela respondeu. — Onde vocês estão colocando? Na garagem? Estão loucos? O que vamos fazer com cento e oitenta e sete em estado crítico? Parece Gettysburg, pelo amor de Deus... tudo bem, tudo bem... Estarei aí em dez minutos. — Ele desligou o telefone e olhou para sua mulher melancolicamente. Eles não apenas tinham transformado sua noite num inferno, mas seu fim de semana e provavelmente toda a semana. — Seria melhor se você tivesse visto o noticíario. Alguns malditos loucos tentaram explodir o Empire State Building às quatro horas, justamente a tempo de pegar todos ainda em seus escritórios e todos os turistas. Perto de cem pessoas foram mortas, mais de mil feridas. Eles estão nos mandando algo em torno de duzentas ou trezentas em estado crítico. Estão distribuindo o resto dos feridos mais leves em hospitais em toda a cidade. Eu tenho setenta e cinco leitos de emergência disponíveis e mais de cem pessoas nas recepções agora, com paramédicos, e outra centena chegando, na próxima hora. Eles estão chamando médicos de Long Island e Nova Jersey. Lá se vai o nosso fim de semana. Sinto muito, neném.

Parecia que seu melhor amigo tinha morrido, mas de fato muitos melhores amigos das pessoas haviam morrido, e maridos e mulheres e crianças. Parecia o *Titanic*. Meredith ligou a TV enquanto ele se vestia e havia boletins sobre isso em todos os canais. Tinha um buraco num dos lados do prédio, pelo que eles podiam ver, e tanta fumaça envolvendo o prédio, do fogo que a bomba causara e da explosão mesmo, que parecia um vulcão.

Ambos ficaram olhando aquilo por um momento, e então as câmeras se voltaram para a confusão de ambulâncias e carros de bombeiros na rua, pessoas ainda sendo retiradas do prédio, algumas delas tendo rastejado por centenas de lances de escada em meio à fumaça e à escuridão, cobertas de sangue e feridas, e então havia algumas imagens apavorantes de corpos semicobertos. Era um exemplo abismal do que a raça humana, às vezes, era capaz de fazer, o que dava emprego a Steve.

— Como alguém pode fazer algo assim? — perguntou Meredith numa voz chocada enquanto Steve apertava os cadarços e enfiava os pés nos velhos sapatos. Ao menos ele dormira por duas horas e se sentia humano novamente. Seria um longo embate para ele agora, e ambos o sabiam. — Posso fazer alguma coisa se for com você? — Ela odiava o pensamento de ficar em casa, sem utilidade. E seu coração doía com o que haviam acabado de ver no noticiário.

— Não creio, meu amor. Voluntários não são muito úteis numa bagunça como essa. A Prefeitura vai nos dar alguns membros da Defesa Civil e Barbie disse algo sobre mandarem médicos da Guarda Nacional de Nova Jersey. Vou ligar para você assim que tiver um tempo. — Ela sabia que não seria tão cedo, pelo que haviam acabado de ver na televisão.

Steve se vestiu e saiu em dois minutos. Meredith se sentou na cama, olhando para a TV com descrença e horror, enquanto entrevistavam dúzias de vítimas. Mudou para outro canal então e era ainda mais horrível. Ela não podia sequer imaginar o que Steve veria no trabalho, especialmente se estavam lhes enviando apenas os casos graves. Aquilo a fez lembrar-se do atentado em Oklahoma em 1995, mas era ainda pior.

E durante as próximas 24 horas ela não teve notícias de Steven. Ficou no apartamento, com medo de perder seu telefonema, se ele tivesse um minuto livre para ligar para ela, o que ele não fez. E ela se voltou para o material da viagem novamente, na falta de algo melhor para fazer. Ele só ligou no sábado à meia-noite, já se haviam passado 31 horas desde que ele saíra do apartamento, e disse que não se sentara, dormira ou comera nada além de batatas fritas e bolinhos desde que a vira pela última vez. Eles perderam 52 dos cerca de 300 feridos que lhes foram mandados, e os outros ainda estavam em condições graves. Houvera algumas crianças também, inevitavelmente, e um grupo inteiro de acampamento entre os turistas.

— Você está bem? — perguntou ela, parecendo preocupada.

— Estou, neném. Isso é o que faço para viver. Poderia ter sido um dermatologista, se quisesse feriados e fins de semana. Apenas sinto muito por não estar passando particularmente este com você, antes que você parta. — Mas aquela era a maneira com a qual suas vidas funcionavam e ambos sabiam. Era algo que ela já havia aceitado há muito tempo. — Não acho que vá para casa antes de você partir — disse ele, parecendo se desculpar.

— Não se preocupe. Eu o vejo no próximo fim de semana.

— Provavelmente estarei aqui até lá. Vou ligar para você mais tarde. Tenho de ir agora. — Havia muito trabalho, e eles ainda estavam recebendo feridos de outros hospitais que não podiam lidar com a gravidade de alguns casos.

Ele sabia que estaria no meio do caos durante dias e, quando ligou para ela mais tarde, naquela noite, as coisas não haviam melhorado muito. E depois daquilo ela não ouviu mais falar dele até o fim da manhã de domingo. Parecia exausto. Disse que havia conseguido duas horas para dormir na noite anterior, mas, fora isso, não dormira desde que a deixara. Estava vivendo à base de café.

— Você tem de dormir um pouco, Steve. — Ela se preocupava com o fato de ele estar cansado demais para pensar com alguma lógica, ou para tomar decisões erradas, mas aquilo nunca parecia acontecer. Ele tentava manter suas horas de descanso dentro de um esquema razoável a maior parte do tempo, mas em grandes emergências todos os limites e normas iam pela janela. E, num caso como esse, ela sabia que ele ficaria no hospital o tempo que fosse necessário. Ele parecia estar preparado para ficar de pé para sempre e, na verdade, ela sabia que ele sempre conseguia. Ele não gostava do que havia acontecido com seus pacientes para precisarem ser trazidos até ele, mas, uma vez que eram seus, ele lhes dava tudo, e teria morrido por eles. Era o que o fazia tão bom na unidade de emergência. Tinha a força de um guerreiro.

— Vou dormir por umas duas horas agora — prometeu ele. — Estou escalado para uma cirurgia novamente dentro de poucas horas. Mas Lucas está aqui e vai me cobrir. — Eles formavam uma grande equipe, e Meredith sabia que haviam salvado inúmeras vidas desde a explosão. Naquele dia, mais cedo, um grupo de militantes lunáticos havia assumido a responsabilidade pelo atentado, mas até então nenhum dos criminosos fora preso. — Ligo antes que você parta amanhã.

F-- difícil acreditar que ainda fosse segunda-feira de madrugada. Mesmo para ela, sua viagem parecia fútil e muito pouco importante em face desta tragédia que levara tantas pessoas inocentes.

— Seria melhor que você chegasse cedo ao aeroporto amanhã, meu amor — advertiu ele. — Estão cercando os criminosos por toda a parte e pode levar um certo tempo para você conseguir fazer o *check in*. — Era uma boa lembrança e ela anotou mentalmente que sairia cedo, embora estivesse apenas indo para Chicago.

— Vou ligar do caminho. Não se preocupe se não puder me telefonar. Sei que você está ocupado. — Ele sorriu com a palavra. *Ocupado* não servia nem mesmo para começar a definir aquilo. Mal se podia andar através dos saguões da unidade de emergência. Havia pessoas em macas, em padiolas que os paramédicos haviam deixado, alguns até mesmo em colchões no chão. A unidade estava cheia até o teto, e toda a equipe da emergência estava exausta.

— Graças a Deus que muitos deles estão no soro e nós não temos de alimentá-los — disse ele ironicamente. A Guarda Nacional havia providenciado caminhões de comida do lado de fora para alimentar a equipe, e a Cruz Vermelha mandara um batalhão de voluntários treinados em primeiros socorros avançados para ajudá-los. — Faça uma boa viagem, Merrie... acerte todos eles em Chicago!!

— Obrigada, meu amor. Cuide-se. Não se canse demais, se puder.

— Sim... pensei em jogar tênis amanhã e ganhar uma massagem depois... seja uma boa garota... não desfile com as roupas de baixo no *tour*... ou com o tal de Dow... — Ele ainda lembrava a comparação com Gary Cooper e não gostava, mas acreditava nela e sabia que sempre fora fiel. Apenas odiava quando eles não tinham tempo para ficar juntos, e isso acontecia há semanas. Ele estava com vontade de melhorar aquela situação assim que o desastre e a viagem dela houvessem terminado. — Talvez possamos viajar num fim de semana.

— Eu adoraria.

Steve ligou novamente pouco antes de ela sair para o aeroporto na tarde de segunda-feira, mas estava entre duas cirurgias e teve de ser breve ao telefone. E, com isso, ela pegou suas malas e a maleta e desceu as escadas para pegar um táxi até o aeroporto. Aquilo parecia um zoológico. Como Steve predissera, tinham redobrado a segurança a cada passo do caminho, e ela levou quase uma hora no *check in* de seu vôo para Chicago. Sentia como se estivesse deixando uma zona de guerra. Havia até mesmo guardas de segurança armados e soldados carregando metralhadoras no aeroporto.

Foi um alívio entrar no avião e descer na relativa calma de O'Hare em Chicago. Uma hora mais tarde ela estava em seu hotel e, quando se registrou, Callan Dow ainda não havia chegado. Ele a chamou de seu próprio quarto meia hora mais tarde e parecia um menino indo acampar pela primeira vez, um pouco amedrontado e muito excitado.

— Que cidade é essa onde você vive? — perguntou ele, sem preâmbulos. — Estive assistindo a tudo nos noticiários desde sexta-feira. Cristo, é horrível.

— Sim. Meu marido trabalha no principal hospital de emergência em Nova York. Receberam mais de trezentos feridos críticos transferidos desde sexta-feira.

— Ele deve ser um cara ocupado — disse Callan, admirado.

— É mesmo. Eu não o vejo desde então. A situação parece pior a cada vez que falo com ele. Há cerca de duzentos mortos desde a explosão. Mas e você? Tudo pronto para o grande *show* amanhã? — Eles começariam com um encontro no café da manhã, onde fariam suas apresentações para representantes das instituições que eram seus potenciais investidores. Haveria uma mostra de *slides*, ela falaria por alguns minutos e apresentaria Callan Dow, que então faria sua preleção, seguida por outra de seu diretor financeiro, Charlie McIntosh, que viera com ele, e um breve tempo para perguntas e respostas. Na hora do almoço, eles começariam tudo de novo, fazendo aquilo para outro grupo de possíveis investidores. Ela sabia que até o fim da semana Callan estaria familiarizado com tudo, mas agora, antes que começasse, imaginava que ele estivesse nervoso. Este era o grande momento para o qual todos haviam trabalhado duro. E Meredith não estava nem um pouco ansiosa. Para ela, era uma emoção ver quem estava lá e orquestrar tudo com infinita precisão, particularmente se fossem bem recebidos e as ações vendidas além da conta, o que significaria que eles teriam um número bem maior de pedidos do que de ações para vender. O objetivo era sempre vender mais, ter mais pedidos do que podiam oferecer, o que asseguraria um preço forte no mercado se não houvesse ações suficientes. Nesse caso, de 5% a 10% acima do número de ações teriam de ser acrescentados ao que estava previamente disponível, o que significaria algumas ações a mais, mas não o suficiente para suprir todos os pedidos. Era muito desejável deixar os investidores famintos por ações, o que seria uma vitória real para a firma de Callan e os financiadores. E ela estava desejando que, neste caso, isso acontecesse.

— Odeio admiti-lo — disse Callan envergonhado, com ar de menino. — Acho que estou um pouco nervoso. Me sinto como se fosse virgem.

— Você não o será por muito tempo. — Ela sorriu. — Quando tomarmos conta de Nova York, você será um profissional e eu garanto que vai adorar. É um vício.

— Se você diz.

Ela lhe deu detalhes sobre quem estaria nos encontros, tanto no café da manhã quanto no almoço no dia seguinte. E depois do almoço eles voariam para Minneapolis para jantar lá, depois novamente um café da manhã na quarta-feira. E então para Los Angeles, para outro jantar e um dia inteiro na quinta, subindo para São Francisco depois do jantar para outro café da manhã e um almoço na sexta. Então ele iria para casa e ela pegaria o vôo noturno de volta para Nova York, com a esperança de encontrar Steve no fim de semana. Ela teria ficado sem vê-lo, então, por uma semana, e sabia que ambos estariam exaustos, mas queria estar com ele. Só que também tinha muito trabalho para fazer naquele meio tempo.

— Fico exausto só em ver nossa agenda — disse Callan, parecendo gostar daquilo. — Se qualquer um de nossos vôos atrasar, vamos perder toda a negociação — ele disse, preocupado.

— Eu já fiz reservas de emergência em vôos fretados para todas as cidades, se precisarmos. Vamos ver como as coisas andam. Mas amanhã será um pulo daqui para Minneapolis. — Ela tinha tudo sob controle, como sempre. Pensara em tudo. Estava acostumada a isso e a lidar com todos os detalhes minuciosamente. Ela descobrira com a secretária de Callan o que ele gostava de beber e ali estava uma garrafa de seu Chardonnay favorito, além dos ingredientes para um martíni Sapphire em seu quarto no hotel, um pequeno toque que ele apreciou quando entrou no quarto. Ela era uma mulher e tanto. — Você deveria descansar bastante esta noite para estar fresco e belo para nossa primeira apresentação amanhã — disse ela, maternalmente, e ambos sorriram.

— Na verdade, estava esperando que você jantasse comigo. Podemos fazê-lo mais cedo, Meredith. Se eu ficar aqui sentado sozinho, preocupado com amanhã, vou ficar louco. — Ela pareceu hesitar por um longo momento. Passara um fim de semana tranqüilo em casa, sem Steve, e um jantar a atraía.

— Não estou certa se deveria deixar você fazer isso, mas talvez se voltarmos cedo, Cal. Não quero você acordado até tarde. — Ele sorriu novamente e prometeu ir para o seu quarto logo após o jantar.

— Você age como eu com meus filhos. Serei um bom rapaz. Prometo. Vou voltar direto para cá e beber muitos martínis até amanhã de manhã.

— Que ótimo. — Meredith sorriu. — Talvez eu devesse levar essas garrafas embora. Acho que devemos lhe dar uma pílula para dormir e trancá-lo. Você vai ficar bem. Estará muito orgulhoso da Dow Tech quando tudo isso acabar. Nós todos estaremos.

— Sou tão agradecido a você por tudo o que fez por mim, Meredith. Você tem sido incrível. — Ele parecia sincero e muito humilde.

— Não mais do que qualquer outro na firma, Cal — disse ela modestamente. — Houve muitas pessoas envolvidas nisso, e os analistas e os vendedores me deram muito suporte, bem como meus sócios.

— Até a Comissão de Títulos e Câmbio foi muito boa para nós — disse ele, parecendo satisfeito. A proposta havia sido muito franca e, até onde sabia, eles pareciam gostar. — De qualquer maneira, vamos jantar e celebrar. É provavelmente a última refeição decente que teremos durante toda a semana. — Ele tinha ouvido dizer que as refeições do *tour* eram tradicionalmente intragáveis e normalmente descritas como "galinha de borracha". Mas não se importava realmente com o que iriam comer, apenas queria que as apresentações fossem bem. E, por causa das mãos capazes de Meredith, ele estava começando a se sentir tão otimista quanto ela.

Marcaram de se encontrar no saguão às sete e meia, e Callan disse que faria uma reserva no Pump Room, que era um dos lugares favoritos de Meredith em Chicago. Ela havia estado lá muitas vezes, e o adorava.

Como prometido, Meredith o encontrou pontualmente às sete e meia. Callan alugara uma limusine para levá-los ao restaurante. Ela ficou esperando do lado de fora, e ele parecia tão bonito e bem vestido como sempre, com seu saudável bronzeado californiano. Ele sempre parecia mais um ator ou modelo do que um homem de negócios, mas ela trabalhara com ele tempo suficiente para não prestar mais atenção a isso. E o que ela mais gostava nele era sua mente brilhante, rápida, perspicaz e seu senso de humor. Ela sempre passava bons momentos com ele.

Conversaram no caminho para o restaurante e foram levados a uma mesa de canto tranqüila. Depois de pedirem bifes e vinho, ele se virou para ela com um sorriso e fez uma pergunta inesperada.

— Conte-me sobre este Dr. Kildare com quem você é casada, Meredith. Trabalhar numa emergência deve ser bastante duro, particularmente depois de um desastre como o deste fim de semana. Você não deve vê-lo muito.

— Às vezes não o vejo. — Ela sorriu. — Mas eu também sou muito ocupada. Nós nos completamos.

— São casados há muito tempo? — Ele parecia estar intrigado com ela, que nunca falara sobre sua vida pessoal. Tudo o que ele sabia a seu respeito era como lidava com seus assuntos profissionais.

— Catorze anos. Casamo-nos quando eu estava em Columbia, na faculdade de economia. — O vinho havia chegado e o garçom os serviu.

— Vocês têm filhos?

— Não! — disse ela num tom surpreendentemente firme, e ele levantou uma sobrancelha, intrigado com a maneira com que ela falou.

— Esse me parece um não retumbante. Me dá a impressão de que esta idéia não a atrai muito. — Ele estava realmente curioso sobre ela.

— Não a esse ponto. Nenhum de nós tem tempo. Sempre achei que teríamos filhos algum dia... mas eu simplesmente não consigo ver quando. Estou começando a pensar que talvez nunca aconteça.

— Você ficaria desapontada se não acontecesse? — Ele parecia faminto para saber mais sobre ela, mas ela se sentia confortável falando com ele. E nas próximas duas semanas eles iam se ver muito. Não parecia haver nenhum problema em se conhecerem melhor.

— Não seria uma decepção para mim — disse ela honestamente. — De certa forma, seria um alívio não me preocupar com isso, ou ter de planejar como e se nós podemos fazê-lo e ainda ser leal às crianças e um ao outro. Mas será uma decepção para meu marido se não tivermos filhos. Ele vem falando muito sobre isso ultimamente.

— E você? Também tem falado sobre isso? — pressionou-a Cal.

Ela sorriu em resposta.

— Venho falando sobre o lançamento de suas ações. Isso é tudo sobre o que venho falando.

— Isso quer dizer algo, não? — Ele sorriu para ela.

— Eu apenas não consigo pensar na idéia de ter filhos quando se está no escritório até a meia-noite a maior parte do tempo e às vezes até as duas da manhã. E quando as coisas ficam loucas no trabalho, Steve trabalha em turnos de sessenta e oito a setenta e duas horas, até que haja uma emergência real e então ele fica fora o tempo que for necessário. Como colocar nossos filhos num esquena desse? Num fim de semana ocasional ou durante uma semana no verão? Não seria justo com as crianças. Elas merecem mais de seus pais. E você? Como lida com isso? Você disse que tem três filhos, a última vez que estive na Califórnia.

— Eu tenho. A mãe deles era muito parecida com você. Ela é uma advogada da área de entretenimento. Estava trabalhando em Los Angeles quando a conheci. Eu estava passando muito tempo lá. Ela nem mesmo queria se casar. Eu é que falei no assunto casamento e "a forcei", como ela disse mais tarde. E, quando me mudei para São Francisco, para entrar no Vale do Silício, anos depois, ela se recusou a vir comigo.

— E este foi o fim? — Meredith se mostrou surpresa com o fato de sua mulher ter sido tão teimosa a respeito daquilo. São Francisco não parecia um mau lugar para se viver, e ela presumia que devia haver advogados de entretenimento lá também, embora não da magnitude dos de LA. Mas Callan sorriu enquanto respondia.

— Não, este não foi o fim. Ela ficou viajando. Era uma vida maluca. Nós nunca estávamos na mesma cidade ao mesmo tempo e, quando isso acontecia, ambos estávamos aborrecidos com alguma coisa, fora de contato um com o outro ou exaustos. A única parte surpreendente disso é que foi aí que decididmos ter filhos. Talvez *decidimos* não seja a palavra exata. O primeiro foi um acidente e os outros dois vieram porque eu a convenci de que não era justo ter um filho único.

— Eu sou filha única — disse Meredith com um olhar divertido.

— Eu também — falou Callan, e aquilo não a surpreendeu. Ele tinha o tipo de intensidade, direcionamento e urgência de sucesso típicos de filhos únicos. — Está tudo bem agora, mas eu não achava que para uma criança era divertido. E eu pensei que, tão ocupados quanto éramos, seria melhor para ele ter irmãos.

— Estou surpresa por ela ter aceitado sua teoria.

— Era uma boa jogadora. E realmente tentou por um tempo. Nós dois queríamos que funcionasse, mas acho que não fui muito realista. Ela nunca foi muito maternal e estava muito mais interessada nos negócios do que nas crianças. Ela contratou uma babá e, logo depois de ter cada um deles, voltou para Los Angeles no primeiro avião que pôde pegar. Ela agia mais como uma tia em visita, isso quando vinha para casa nos fins de semana, do que como a mãe deles. E finalmente ela acabou vindo para casa cada vez menos. Ela dizia que tudo era muito barulhento e confuso. Eu nunca disse a eles, mas a verdade é que as crianças a deixavam maluca. — Aquilo pareceu triste para Meredith e era exatamente o que não queria que acontecesse em sua vida. Ela imaginou como eles estariam agora e que alto preço tinham pago emocionalmente pelo mau comportamento de sua mãe.

— Onde ela está agora?

— Isso é outra história. O que eu não me dei conta no meio de tudo aquilo era que ela e seu sócio estiveram emocionalmente envolvidos por muitos anos antes de nos conhecermos e durante a maior parte de nosso casamento. Ficamos casados sete anos antes de ela me contar. E aí nós tínhamos três filhos e ela queria pular fora. Ela me deu a guarda das crianças num piscar de olhos, eles fecharam o escritório em Los Angeles um ano mais tarde e se mudaram para Londres para abrir um escritório lá. Depois de oito anos de divórcio, finalmente se casaram, há alguns anos, e penso que são muito felizes. Acho que não há necessidade de dizer, mas eles não têm filhos.

— Ela vê as crianças?

— Ela vem umas duas vezes por ano e passa alguns dias, em geral se um de seus clientes está fazendo um filme em Los Angeles. Aí então ela vê as crianças. E os leva para o Sul da França por algumas semanas, todos os verões. — Ela parecia não ter coração, e Meredith não podia deixar de sentir pena dos filhos dele.

— Eles a odeiam por causa disso... ou só ficam tristes?

— Nenhuma das duas coisas. Acho que eles a aceitam como ela é. Nunca conheceram nada diferente. E eu estou por perto a maior parte do tempo. Tento não trabalhar até muito tarde normalmente, e eles podem sempre me ligar no escritório se tiverem algum problema. Minha casa fica a apenas cinco minutos do escritório. Os fins de semana são sagrados, e eu tiro um mês de férias para estar com eles em Tahoe todos os verões. Vem funcionando muito bem, embora não seja exatamente o que eu tinha em mente no começo. Pensei que íamos ter uma dessas pequenas famílias perfeitas, com mamãe, papai e um punhado de criancinhas. Em vez disso, somos apenas eu e o punhado de crianças... ou melhor, o punhado de crianças e eu. — Ele sorriu. — Nós passamos bons momentos juntos, e eles me mantêm muito ocupado, principalmente nos fins de semana.

— Estou surpresa por você nunca ter casado novamente — disse Meredith, com honestidade. — Não deve ser fácil criar três filhos por conta própria.

— De certa forma é fácil — retrucou ele, com uma candura surpreendente. — Você não tem de discutir com ninguém sobre como criá-los. Não há batalhas sobre o que é certo ou errado, ou bom para eles. Você tem de tomar suas próprias decisões. Temos um bom relacionamento, e eu acho que eles me respeitam. E, para ser honesto, acho que Charlotte me vacinou. Nunca fiquei ansioso para entrar neste tipo de relacionamento novamente. Há algo muito artificial e desonesto no casamento. — Particularmente se sua esposa tivesse passado todo o casamento dormindo com o sócio. Mas Meredith foi cuidadosa para não dizer isso. Afinal de contas, eram amigos e, acima de tudo, ele era seu cliente.

— Você deve ter ficado muito machucado quando ela contou a verdade — disse Meredith gentilmente. — Você ficou surpreso, ou suspeitava?

— Nunca suspeitei, nem por um minuto. Pensei que ela era a mulher mais honesta do mundo. E era. Na verdade, ela tinha muito orgulho de si mesma por ele ter sido o único "outro" homem com quem ela dormira enquanto éramos casados. A seus olhos, aquilo era quase tão bom quanto ser fiel. Mas eu não vejo isso dessa maneira. Fiquei bastante amargurado com isso por muito tempo.

— E agora? — perguntou Meredith, enquanto terminavam a primeira taça de vinho e começavam a jantar. Fora uma conversa interessante e um mergulho surpreendente na intimidade daquele homem. Era uma história que a fazia sentir muita pena dele. Se Steve tivesse outro relacionamento, ela sabia que ficaria com o coração partido. Mas, no caso de Steve, ela sabia que ele jamais o faria. Só que a mulher de Callan parecia ser de uma raça completamente diferente. — Você acha que ainda está sentido com tudo isso?

— Sentido? Não, não agora. Ainda fico com raiva às vezes, quando penso no assunto. Não foi exatamente um jogo limpo, mas é assim que as coisas funcionam. Apenas não estou inclinado a fazer algo tão louco quanto isso novamente. Não preciso colocar minha cabeça na guilhotina e pedir a alguém que a acione, ou que arranque meu coração. O casamento pode ser uma espécie de estádio violento, um tipo de Coliseu. Eu apenas não tenho mais vontade de me oferecer aos leões. — As imagens que ele usava eram muito fortes, assim como a figura que pintava com elas. Callan fora traído pela única mulher em quem acreditara e a quem amara, a mãe de seus filhos, e era óbvio que jamais a perdoara por causa daquilo nem se recuperara inteiramente. E Meredith não o culpava.

— Que idade têm seus filhos agora?

Ele sorriu assim que ela fez a pergunta. Era fácil ver que ele era louco pelos filhos.

— Mary Ellen tem 14, uma idade não muito fácil, devo acrescentar. Ela pensava que eu era o máximo até um ano atrás, mas, de acordo com ela, meu QI vem baixando desde então. Acha que sou velho. Julie tem 12 e ainda pensa que sou bacana, mas está começando a escorregar para a mesma área perigosa. Daqui a um ano estarei descendo ladeira abaixo rapidamente. E Andrew tem nove. Por algum milagre, ele ainda pensa que sou ótimo. Espero que você os conheça um dia, Merrie. — Sem saber, ele usara o mesmo apelido dado por Steve, mas ela não se importou.

— Espero que sim. Parecem boas crianças. — Mas não podia deixar de pensar em como devia ser difícil para eles não ter uma figura materna por perto, particularmente para as garotas, entrando na adolescência. Não podia acreditar que era fácil para as crianças, ou para Cal. E era uma história muito intrigante. Ele era um homem de muitas faces e era interessante saber algo mais sobre ele. Ela não queria perguntar, mas imaginou se ele tinha uma namorada ou se era um daqueles homens que, uma vez magoado, ficava satisfeito com um elenco de companhias temporárias, mesmo que fosse uma de cada vez, para serem jogadas fora assim que chegassem muito perto. Ele não parecia um homem que estava querendo compromisso, não depois do que experimentara da primeira vez. E, de certa forma, ela sentia muito por ele.

Mas ele a surpreendeu com a próxima pergunta.

— Por que você acha que não quer filhos, Meredith? Você está perdendo uma experiência maravilhosa, mas as pessoas que não os têm não sabem disso.

— Eu nunca tive tempo para ter um bebê. Sou muito ocupada, é só isso. Não seria justo para meus filhos. Não quero fazer o que sua mulher fez, contratar uma babá e voltar correndo para o escritório. Acho que as crianças merecem ter mães em tempo integral. Para ser honesta, acho que odiaria isso. Eu gosto muito do que faço.

— Você realmente acha isso, ou é mais uma amostra de sua relação com seu marido? — Ela ficou abalada com a pergunta e foi rápida, sacudindo a cabeça quando respondeu.

— Acho que Steve e eu somos tão comprometidos um com o outro quanto duas pessoas podem ser. Este nunca foi um problema entre nós. É algo que está inteiramente relacionado às nossas carreiras.

— Isso era o que Charlote dizia quando eu sugeri pela primeira vez que tivéssemos filhos. Mas a verdade era bem diferente. Estava amando outro homem, que nunca quis se casar com ela. E eu não acho que ela estivesse tão certa de seus sentimentos sobre mim como pensava. Creio que quando uma mulher realmente acredita num homem, ela quer ter filhos com ele. Talvez você não esteja tão segura do Dr. Kildare quanto pensa, Meredith, ou dos seus sentimentos por ele. — Era uma teoria chocante, e ela não gostou de ouvi-la. Não havia certamente nenhuma verdade naquilo, quer Callan Dow acreditasse ou não.

— Juro-lhe que não é o nosso caso. Nós nos amamos muito. Talvez eu seja apenas uma dessas mulheres que não precisam ter filhos, e sou inteligente o suficiente para sabê-lo. Provavelmente eu não seria uma mãe muito boa. Mas não tem nada a ver com falta de comprometimento com meu marido.

— Não estou certo de que acredito em você, Meredith. Você pode pensar que está comprometida com ele, mas acho que seria natural, se você verdadeiramente acreditasse no relacionamento, querer ter filhos com ele. — Ouvi-lo falar sobre aquilo subitamente a aborreceu.

— Isso é absolutamente ridículo, Cal, e você sabe. Não posso acreditar que você realmente pense algo tão chauvinista quanto isso. Você vai ter de me dizer que está brincando.

— Não estou. Você não tem de admitir isso. Mas pense sobre isso quando estiver sozinha esta noite. Por que você realmente não quer ter filhos com ele?

— Porque eu gastei os últimos 12 anos fazendo exatamente o que faço para você, organizando sindicatos, escrevendo propostas com o *staff* de advogados, levando clientes para *tours*. Quanto tempo você acha que eu teria para meus filhos?

— Tanto quanto você quisesse. Seus clientes não são substitutos para um bebê em seus braços, Meredith. Nós todos vamos e voltamos, uma criança é para sempre. Mas talvez seu casamento não seja. — Num vislumbre, ele viu então que a havia ofendido e, com um olhar doce, mudou de assunto. Durante as duas horas seguintes eles falaram sobre o lançamento das ações e o *tour*. Mas, a despeito das garantias que ela havia dado a ele, Callan tinha conseguido enervá-la. E quando ela voltou para seu quarto no hotel, pouco depois das dez horas, ainda estava pensando sobre o assunto. O que ele dissera era ridículo. Ela tinha aquela espécie de razões válidas que as mulheres usavam todo o tempo para não cometer um terrível erro, ter crianças quando não as queriam ou quando não estavam prontas. A carreira dela era tão importante quanto a de Steve, e igualmente absorvente. A menos que a reduzisse radicalmente, ou deixasse a empresa, não havia meio de conciliar sua vida profissional com bebês. Mesmo Steve compreendia, e ela não podia imaginar por que Callan Dow não o fazia. Só porque ele tinha três filhos não significava que todo mundo se adaptaria ou até mesmo gostaria daquilo. Deus sabe que sua esposa certamente não o fizera, e o que ela havia feito parecia pior para Meredith, tê-los e depois literalmente abandoná-los por causa de um homem, uma carreira e uma vida em outro país. Aquilo era algo que Meredith jamais consideraria fazer, uma vez que os tivesse. Ela preferiria não se pôr na mesma situação em que Charlotte Dow obviamente estivera e então renegara suas responsabilidades como mãe. Meredith teria ligado suas trompas antes disso, e já havia pensado nisso, mas ela sabia que Steve ficaria chateado se ela o fizesse. Ele de fato havia implorado que ela não o fizesse.

Mas Meredith não podia entender por que não conseguira convencer Callan Dow de que estava completamente comprometida com seu casamento, e o simples fato de ela não querer ter filhos não significava que não amasse Steve. Ao contrário, ela o amava tanto que não queria dividi-lo.

Ainda estava aborrecida pelo que Callan disera quando foi para a cama naquela noite e, depois de ficar deitada no escuro por meia hora, afligindo-se, resolveu ligar para Steve, apenas para dizer-lhe que o amava. A enfermeira que atendia ao telefone na unidade de trauma disse que não sabia aonde ele tinha ido, vira-o havia apenas dez minutos, mas achava que ele estava em outro andar, pegando algumas radiografias. Então Meredith passou um *pager* para ele. Ela digitou o número e esperou por sua chamada. Vinte minutos mais tarde ele não havia ligado e ela imaginou se tinha voltado para a cirurgia. Enquanto ela esperava pelo telefonema, começou a adormecer, pensando nele, mas, enquanto o fazia, tinha um sentimento difícil, atormentado. Ela sabia, no fundo de seu coração, que estava inteiramente comprometida com ele, de fato muito apaixonada, e não se importava nem um pouco com quem acreditava naquilo. E o fato de que não queria filhos era irrelevante, tudo aquilo significando que ela tinha outras prioridades na vida, assegurou a si mesma. Mas, uma vez adormecida, ela rolou e se virou toda a noite, perseguida por sonhos onde Steve gritava para ela, rodeado de exércitos de crianças que uivavam e gritavam e a arranhavam como pequenos demônios.

Capítulo 5

O *TOUR* QUE MEREDITH promoveu para Callan Dow foi brilhante. Chicago foi um grande sucesso, ela falou muito bem, e até o público de executivos se comportou admiravelmente. As perguntas da audiência eram inteligentes e diretas, e as respostas de Cal eram exatamente o que eles queriam ouvir. E Minneapolis foi ainda melhor.

Quando chegaram a Los Angeles, Cal e Meredith estavam nas alturas e já tinham vendido praticamente tudo. Ambos sentiam que este seria o ápice. Eles teriam ainda mais investidores do que precisavam.

Meredith estava bem-humorada e tinha tido momentos tão bons com ele que quase o havia perdoado pela coisa ridícula que ele dissera em Chicago sobre seu casamento. Ela decidira então que o ponto de vista dele era baseado em sua própria má experiência com o casamento. Nenhum deles tocara no assunto novamente e eles haviam formado uma camaradagem fácil enquanto se moviam de uma cidade para outra. E ela havia falado com Steve duas vezes desde então. Ele finalmente tinha ido para casa por uma noite e as coisas haviam se acalmado consideravelmente na unidade de emergência. Ela mal podia esperar para vê-lo.

Ela teve outro jantar em Los Angeles e mais três apresentações no dia seguinte e, entre o café da manhã e o almoço, eles haviam tido tempo de se encontrar privadamente com dois grandes investidores. As coisas estavam parecendo ótimas para seus negócios e, após o segundo jantar em LA, na quinta-feira à noite, eles voaram para São Francisco. Aterrissaram às dez e quinze, e ela tinha chamado um carro com motorista para esperar por ele e outro para levá-la ao Fairmont Hotel. Cal planejara ir para casa e a encontraria no café da manhã de apresentação no Fairmont. Foram três longos dias para ambos, mas extremamente gratificantes.

— Você vai estar bem? — perguntou ele, solícito. Eles estavam constantemente trocando de papéis. Ela tomou conta dele durante os encontros e apresentações no *tour* e ele agia como seu irmão mais velho enquanto viajavam ou conversavam entre os encontros. — Sinto-me culpado de deixá-la aqui no aeroporto. — Após três dias juntos, eles se sentiam como velhos amigos agora.

— Acho que posso lidar com isso. — Ela sorriu para ele. — Vá para casa e aproveite seus filhos. Vou para o hotel, tomar um banho quente e relaxar. Vejo você de manhã.

— Estarei lá às sete e meia — prometeu ele. A apresentação estava marcada para as oito. Eles fariam outra no almoço, veriam mais dois investidores privados depois disso, ambos universidades, e então ela pegaria o vôo noturno. — Talvez você possa vir jantar com as crianças amanhã à noite, depois de nossos encontros.

— Vamos ver como você vai se sentir amanhã — disse ela, com sensibilidade. — Você deve estar saturado de mim agora. Não quero ser uma intrusa entre você e seus filhos. Tenho muito trabalho para fazer. — Ela ainda estava carregando a onipresente maleta.

— Você também precisa de algum tempo de descanso. E meus filhos adorariam conhecê-la.

— Vamos combinar amanhã — disse ela, enquanto caminhavam para fora do aeroporto. — Eu o vejo de manhã. — Ela acenou enquanto pegavam caminhos diferentes, e, assim que chegou a seu quarto no hotel, Steve telefonou.

— Quando você vem para casa? Estou com saudades!

— Eu também, meu amor. Estarei em casa mais ou menos às sete horas da manhã de sábado. Você está trabalhando?

— Sim. Mas estou de folga amanhã à noite. Apenas suba na cama quando você chegar em casa no sábado e me acorde.

— Esta é a melhor oferta que tive toda a semana. — Ela sorriu. As coisas horríveis que Cal dissera sobre seu casamento estavam completamente esquecidas. Ela sabia que não se aplicavam a ela. Ele era apenas um cético.

— Espero mesmo que esta seja a melhor oferta que você recebeu toda a semana. Aquele cara não está te importunando, está?

— Claro que não. São apenas negócios.

— Como está indo?

— Maravilhosamente bem. Mal posso esperar até chegarmos a Nova York. Vamos fazer Boston na segunda e Nova York na terça. Não terei de ir para Boston até o domingo à noite, por falar nisso. Vamos ter quase dois dias inteiros juntos.

— Merda. Estava com medo disso. Vou trabalhar no domingo, para Lucas.

— Tudo bem, pelo menos teremos o sábado.

— Eu lhe disse, é como estar casado com uma aeromoça. A única coisa que você não faz é me servir o jantar.

— Vou levar para casa algumas daquelas pequenas garrafas dc tequila do avião amanhã à noite, se você quiser.

— Traga apenas a si mesma para casa. Mal posso esperar para vê-la. — Havia sido uma longa semana para ambos, e ela estava igualmente ansiosa. Ela havia acompanhado os resultados da bomba no Empire State pelo noticiário e ainda não haviam prendido os responsáveis. Mais pessoas tinham morrido desde a explosão inicial. O número de mortos já passava de 300, apesar de todo o esforço de Steve e seus colegas.

Conversaram por mais alguns minutos e então ela tomou um banho. Enquanto ela estava lendo na cama, Callan ligou com algumas perguntas casuais.

— Parece estranho não estar no mesmo hotel que você, Merrie. Isso poderia se tornar um hábito. — Ele parecia relaxado e amigável.

— Você vai ficar feliz de me ver pela última vez depois da Europa, acredite-me. Mas primeiro vamos a Nova York. É o maior mercado.

— Eu sei. Ainda estou um pouco ansioso com isso.

— Não fique. Tudo já foi mais do que bem. E a notícia já está nas ruas agora. O livro estará esgotado em Nova York. E o anúncio vai ser lido como um "Quem é Quem" dos bancos de investimentos. — Ela estava se referindo ao anúncio que apareceria no *The Wall Street Journal* no dia seguinte, a oferta que anunciaria a finalização do negócio, listando todos os subscreventes no sindicato. E, neste caso, eles seriam impressionantes.

— Obrigado, Meredith — disse ele com gratidão. — Não poderia jamais ter feito isso sem você.

— Bobagem — disse ela irreverentemente, e ele sorriu. Ele gostava de trabalhar com ela e sentia muito que tivesse de terminar tão cedo. — Como estavam seus filhos quando você foi para casa? Felizes de vê-lo, espero. — Especialmente sem a mãe por perto, ela sabia o quão importante Callan devia ser para eles.

— Na verdade, eles estavam dormindo. Minha governanta dirige a casa com mão de ferro. É bom para eles. Eu os verei amanhã à noite, quando for para casa. Pensei em passar no escritório primeiro. Talvez você queira vir comigo.

— Certamente. Posso passar a caminho do aeroporto. — Ela tensionava ficar na sala de espera da primeira classe com seu material de leitura, comendo um sanduíche tranqüilamente, até pegar o vôo noturno.

— Vamos falar sobre isso depois — disse ele discretamente e então sugeriu-lhe que dormisse um pouco, que ele a veria pela manhã.

E, após desligarem, ela deitou-se na cama pensando nele. Era um homem agradável e tinha as características de um bom amigo, mas de certa maneira ela sentia muito por ele. Era tão óbvio, até para ela, que ele fora gravemente ferido pela traição e deserção de sua esposa. Ele amava os filhos, mas obviamente não havia mais espaço em seu coração para acreditar em outra mulher. Era como se Charlotte tivesse destruído uma parte dele e agora, oito anos mais tarde, houvesse um pedaço dele ainda faltando. Como resultado, ele não podia entender a espécie de laço que Meredith tinha com Steve. Aquilo levou sua mente de volta para o marido e ela sorriu para si mesma, pensando no quanto sentia sua falta e no quanto ficaria feliz ao vê-lo no sábado de manhã. Eles tinham sorte, após 14 anos, de ainda viver algo muito especial. E a teoria de Cal de que ela não o amava ou acreditava nele o suficiente para ter filhos parecia sem sentido. Ela foi dormir pensando em Steve, como sempre, e seus sonhos naquela noite foram cheios de paz.

Ela encontrou Cal na manhã seguinte no saguão, às sete e meia, como combinado. Deram uma pequena caminhada em torno do Huntington Park para tomar ar e então voltaram para uma xícara de café. Meredith estava surpresa com a baixa temperatura. Havia uma brisa refrescante e uma névoa ainda suspensa sobre a cidade. Mas parecia bom sair para uma coisa nova, em vez de se sentar em salas fechadas fazendo suas apresentações.

— Pronto para o próximo *round*? — perguntou ela, enquanto dividiam um *muffin* de *blueberry*.

— Tudo pronto. E você? Já está cansada da Dow Tech? — Ele parecia enérgico e revigorado depois de uma noite em sua própria cama, e feliz por ver os filhos enquanto deixava a casa para o encontro com Meredith no café da manhã.

— Claro que não estou cansada da Dow Tech. — Ela sorriu, enquanto a garçonete servia-lhes uma segunda xícara de café. — Ainda temos novos mundos a conquistar. — Mas ambos sabiam que São Francisco não seria um obstáculo. Era a cidade natal dele, e as pessoas em São Francisco estavam familiarizadas com o que ele já havia realizado no Vale do Silício.

A primeira apresentação do dia foi boa, eles tiveram um breve intervalo e ela pôde ligar para seu escritório. E então eles entraram direto no almoço e na apresentação seguinte. Por volta das duas e meia, haviam terminado, e tudo estava empacotado. Callan olhou para o relógio, disse que devia voltar para seu escritório e convidou Meredith para juntar-se a ele.

— Acho que vou tentar pegar um vôo mais cedo — explicou ela. Havia um às cinco, que a deixaria em Nova York por volta da uma hora da manhã. E ela sabia que Steve adoraria isso.

Mas quando Meredith ligou do hotel para a companhia aérea, eles disseram que o vôo estava completamente lotado. Ela estava abandonada até o vôo noturno. Ela disse a Callan que esperaria no hotel e leria um pouco. Mas ele foi insistente. Queria que ela fosse a Palo Alto com ele para rever as pessoas em seu escritório novamente, antes que ela deixasse São Francisco. E queria levá-la a sua casa, se ela tivesse tempo, para conhecer seus filhos.

— Você esteve fora a semana inteira, vai ter muito o que fazer sem me ter nos seus calcanhares — insistiu ela.

— Eu gosto de tê-la nos meus calcanhares. Além disso, estou sempre aberto a conselhos. — Ele tinha um enorme respeito por suas opiniões, e ela sabia quase tanto sobre a Dow Tech quanto ele agora. Callan estava tão orgulhoso de sua empresa e de sua família que queria dividir ambas com ela. Ele foi tão insistente com aquilo que, no fim, parecia rude não o acompanhar. Ela subiu, pegou as malas e encontrou-o dez minutos mais tarde no saguão. E às três e meia eles estavam em Palo Alto. Todos no escritório de Callan pareciam felizes ao vê-lo, e queriam saber sobre o *tour*.

— Tudo correu bem — falou ele com um sorriso largo e um olhar para Meredith. — Graças à senhora Whitman — disse a seus colegas. Charlie McIntosh havia ido para casa após o almoço no Fairmont, não era um homem jovem e estava cansado após uma semana intensa de apresentações. Meredith teria odiado admiti-lo para Cal, mas era um alívio não ter de escutar seus comentários maldosos e opiniões negativas. Fora um esforço trabalhar com ele. E, enquanto se sentavam no escritório de Cal naquela tarde, ele comentou: — Não sei o que fazer com Charlie, Merrie. Achei que estaria no mesmo bonde que a gente agora, mas ele ainda está louco porque estou abrindo o capital da companhia. Ele é fundamentalmente oposto a isso, por razões inteiramente sinceras, que compreendo. Mas é contraprodutivo neste ponto. Mas exatamente porque ele tem sentimentos tão fortes sobre isso é que se ofende pelo que o trabalho vai representar para ele, lidando com analistas, a Comissão de Títulos e Câmbio e acionistas. Ele simplesmente pensa que estamos errados. E não quer ninguém olhando sobre seu ombro, nem mesmo eu, às vezes. Ele vai fazer dinheiro com isso, mas não estou realmente certo de que ele se importe. Ele simplesmente não quer que eu faça isso.

— Deixe-me falar com ele — pediu Meredith. Ela ainda pensava que podia trazê-lo para perto. Charlie não dissera nada que os houvesse prejudicado ainda, mas também não havia ajudado muito.

— Não estou certo de que seja a tacada certa — disse Cal, cautelosamente. O ressentimento de Charlie por Meredith não havia diminuído e ele não queria agravá-lo ainda mais. — Vamos esperar para ver se ele se acalma e acaba mudando por si mesmo. Eu realmente não quero mandá-lo embora. — Cal tinha um enorme respeito por Charlie, que fora amigo de seu pai.

— Se ele não se ajustar — avisou Meredith —, os acionistas podem não achá-lo muito charmoso. — Ela ainda estava preocupada com aquilo, assim como Cal.

— Pobre velho Charlie — disse Cal, e passaram para outros assuntos. Ele mostrou-lhe vários relatórios e eles falaram sobre algumas novas idéias que ele estava desenvolvendo. Uma vez mais, ela ficou impressionada pela criatividade dele e quanto ia longe em seus pensamentos. Era um dos motivos de ele ser tão bem-sucedido. Às cinco e meia, ele olhou para ela, enquanto se recostava confortavelmente na cadeira, e fez uma estranha pergunta. — Você já pensou alguma vez em deixar a área de investimentos financeiros, Meredith? — Ela era extraordinariamente boa naquilo, ele sabia melhor do que ninguém, mas também tinha um profundo interesse em negócios de alta tecnologia. — Você seria boa no tipo de negócio que faço e provavelmente ganharia muito mais dinheiro.

— Eu já ganho bem — disse ela com um sorriso tímido.

— Ganharia mais aqui — falou Callan Dow gentilmente. — Se você decidisse mudar eu adoraria saber, Merrie. Queria que soubesse disso.

— Fico muito lisonjeada. Mas não vou a lugar nenhum no momento. — Ela e Steve estavam muito ligados a Nova York para pensar em ir a qualquer lugar. Ele tinha um bom emprego na unidade de emergência e ela estava casada com Wall Street.

— Poderia ser melhor do que você imagina — disse Callan Dow. — Numa empresa da velha guarda do tamanho da sua, Meredith, quanto você pode subir? Você já é sócia, mas há muitos sócios seniores mais velhos, mais sólidos, mais bem entrincheirados. Você nunca vai chegar lá. Eles não deixarão uma mulher fazê-lo, e você sabe disso.

— Vão deixar, um dia — retrucou ela calmamente. — Os tempos estão mudando.

— Os tempos já mudaram em todos os outros lugares. As coisas estão se movendo muito mais vagarosamente no setor de investimentos financeiros. É o último bastião dos cavalheiros que costumavam dirigir o mundo e ainda o fazem em alguns lugares. Acho que você já esculpiu um lugar marcante para você, em particular no trato com companhias de alta tecnologia. Mas a realidade é que eles ainda estão mandando caras como Paul Black para ver clientes com você. Esses caras ainda têm mais poder do que você. Você faz o trabalho e eles ficam com toda a glória. — Era algo que ela pensara por si mesma durante anos, mas não queria admitir para ele.

— Você é um verdadeiro criador de confusão, hein, senhor Dow? — Ela olhou para ele com um sorriso largo. — O que quer que eu faça? Que volte e saia? Eles adorariam isso.

— Não, acho que estou apenas te perturbando um pouco. Quando eu vejo uma coisa boa, odeio não ter um pouco da ação. Nós trabalhamos bem juntos, Meredith. Pensamos da mesma maneira em várias áreas. Odeio desperdiçar isso.

Ela não podia deixar de concordar com ele, mas ambos não tinham exatamente desperdiçado aquilo.

— Eu não diria que estamos desperdiçando tempo, você diria? — Eles haviam conseguido montar um ótimo lançamento de ações, trabalhando juntos.

— Claro que não. Apenas estou pensando no quanto vou odiar quando nosso trabalho acabar. Acho que vou precisar ligar para pedir a sua ajuda todos os dias. Eu não gosto nada de pensar nisso.

Ela sorriu.

— Eu disse a você que não vai mais me agüentar quando o *tour* terminar. Mas você sempre pode me ligar.

— Você vai estar na estrada com algum outro noviço, lamentando-se e choramingando e precisando de você para segurar sua mão enquanto você vende as ações da sua companhia.

— Pelo menos não por um tempo. Vou dar um tempo de algumas semanas. Steve e eu mal temos nos visto durante todo o verão.

— Não sei como vocês fazem isso — disse ele admirado. — Talvez seja por isso que você tenha conseguido manter o casamento por 14 anos. Talvez funcione melhor se vocês não virem um ao outro o tempo todo. — Embora aquilo não tenha sido verdade para ele.

— Steve diz que é como ser casado com uma aeromoça.

— Não exatamente. — Cal sorriu para ela e pareceu relaxado. Ele estava querendo ficar com as crianças no fim de semana antes de partir para Boston no domingo. — Que tal uma refeição, cedo, com meus pequenos monstros? Eu mesmo vou levá-la ao aeroporto a tempo de pegar o vôo noturno. Você não vai ter de deixar a casa até as oito e meia.

Embora ela tivesse concordado em encontrá-lo, tinha resistido à oferta da refeição cedo, parecia tão embaraçoso agora manter a recusa que ela resolveu aceitar a sugestão, pois gostava de sua companhia e estava curiosa sobre seus filhos.

— Você tem certeza de que eles não vão ligar se você levar para casa uma estranha do escritório?

— Vão sobreviver. Estão acostumados a mulheres de negócios, como a mãe deles. Eles não prestam muita atenção ao que eu faço. Na idade delas, as garotas estão interessadas em saias curtas e maquiagem. E tudo com que Andy se importa é minha Ferrari. Eu não falo muito sobre trabalho com eles.

— Talvez seja melhor assim. Eles terão muito tempo para isso mais tarde.

— Acabamos de voltar de Tahoe no último fim de semana e eles começaram na escola ontem. Estavam todos se queixando disso esta manhã.

Saíram juntos do escritório e quase todos já haviam ido para casa. Sua Ferrari estava no estacionamento. Eles vieram de São Francisco nele, os pertences dela ainda estavam no porta-malas, e, quando ela entrou novamente, ele baixou a capota.

— Estamos a apenas cinco minutos de minha casa. É gostoso tomar um pouco de ar — disse ele simplesmente. Estava pelo menos 10 graus mais frio em Palo Alto do que na cidade. E Meredith gostou da breve corrida com a capota baixada.

Eles estavam conversando confortavelmente quando ele entrou numa estrada com cercas de ambos os lados. Um portão automático se abriu quando ele apertou um botão no painel do carro. E ela pôde ver uma bela casa de pedra com uma larga extensão de gramado de um lado, muitas belas velhas árvores e uma grande piscina com várias crianças e muitas outras sentadas nas cadeiras do deque, enroladas em toalhas. Havia uma mulher de boa aparência, de cerca de 35 anos, tomando conta deles, enquanto um cão *golden retriever* ficava de pé ao lado de um pequeno garoto e depois corria atrás de uma bola que ele havia acabado de jogar. Era uma cena idílica, em total contraste com a sua vida de negócios de alta tecnologia. Este era o mundo que ele amava e o motivo por que gostava de chegar em casa. Muitas crianças acenaram enquanto ele entrava e estacionava o carro, e Meredith pôde ver uma das garotas observando-a com interesse.

— Olá, crianças — gritou ele na direção de todos e andou ao longo da grama até eles. Havia pelo menos dez crianças lá, e Meredith se deu conta de que alguns deviam ser amigos, mas, assim que se aproximaram, foi fácil ver quais eram os filhos de Callan. As duas garotas que ele descrevera, Mary Ellen e Julie, pareciam muito com ele, tanto que era quase engraçado. E Andy era uma miniatura de seu pai. Todos os três a encararam como se ela houvesse acabado de chegar de outro planeta, enquanto ele a apresentava.

— Nós estivemos no *tour* juntos. Em Chicago, Minneapolis e Los Angeles. E na próxima semana vamos para a Europa — explicou ele, enquanto Andy a olhava com suspeita.

— Você é a nova namorada de meu pai? — Meredith sorriu com a pergunta, e Cal foi rápido em repreendê-lo.

— Andy! Esta é uma pergunta grosseira e você sabe disso.

— Bem, ela é ou não é? — persistiu ele, enquanto o cachorro trazia a bola de volta e a jogava aos pés do garoto, mas Andy o ignorou. Interrogar Meredith era mais interessante do que brincar com o *retriever*. E suas irmãs pareciam estar ouvindo com interesse.

— Na verdade, sou casada. Seu pai e eu estamos apenas trabalhando juntos. Meu marido é médico — disse ela, esperando ganhar um salvo-conduto deles. Seus amigos estavam circulando por perto, e as duas garotas pareciam ansiosas para se juntar novamente a eles.

— Que tipo de médico? — perguntou Andy. — Ele cuida de crianças?

— Às vezes. Ele cuida de pessoas que sofrem acidentes terríveis, ele é um médico da unidade de trauma.

— Eu caí da minha bicicleta e quebrei o braço uma vez — disse ele, sorrindo para ela. Ele havia decidido que ela era bonita e não estava necessariamente atrás de seu pai.

— Isso deve ter doído — falou Meredith.

— Doeu. Você tem filhos?

— Não. — Ela pensou se deveria pedir desculpas por isso. As duas garotas ainda estavam observando-a, mas nenhuma delas dissera mais do que olá quando seu pai as apresentou. Mas elas também não faziam qualquer movimento para se afastar. Estavam escutando suas respostas às perguntas do irmão, e pareciam satisfeitas. — Estou voltando para Nova York em poucas horas — disse ela, como que para acalmá-los. Ela, de alguma maneira, sentia que eles pensavam que ela era uma ameaça, mesmo que fosse casada, e queria assegurar-lhes que ia embora logo.

Cal ofereceu a ela uma taça de vinho, e as crianças voltaram para os amigos. E, meia hora mais tarde, enquanto ele e Meredith se sentavam no pátio, bebendo vinho e conversando, o último dos amigos partiu e seus filhos subiram para trocar de roupa para o jantar.

— Seus filhos são bonitos — disse ela, depois que eles haviam entrado — e todos parecem com você.

— Charlotte sempre disse que Andy era meu clone, mesmo quando bebê. E as duas garotas parecem muito com minha mãe. Acho que isso realmente ajudou Charlotte a nunca se ligar muito neles. — Mas, de tudo o que ele lhe dissera então, Meredith suspeitava que havia razões mais fortes para a mãe não se ligar a eles, principalmente seu caso de longa data com outro homem e o fato de ela nunca ter querido filhos. — Eles não estão acostumados a ver ninguém vir para casa comigo. Só conheceram uma ou duas mulheres com quem eu saí.

— Por que isso? — Ela ficou espantada com o que ele disse, e aquilo explicava por que eles pareceram suspeitar tanto dela.

— Acho que certa parte da minha vida não é da conta deles — disse ele com simplicidade. — Não houve ninguém sério o suficiente em minha vida para querer apresentar para as crianças. — Era difícil de acreditar que nos oito anos desde seu divórcio ele não havia estado seriamente envolvido com uma mulher. Aquilo a fez pensar sobre ele e chegar à mesma conclusão que havia chegado antes, que ele tinha horror a compromissos desde que sua mulher o traíra, embora ele jurasse ter se recuperado.

Sentaram-se do lado de fora por um instante, aproveitando a tarde agradável, e então ele a convidou para entrar na grande e elegante sala de estar, cheia de antigüidades inglesas e belas obras de arte. Poucos minutos mais tarde, a governanta anunciou que o jantar estava pronto. E, como o mecanismo de um relógio, as crianças marcharam escadas abaixo e ficaram na porta da sala olhando para ela. Mereditn se sentia como um animal no zoológico enquanto as duas garotas a olhavam furiosamente e ela não pôde deixar de imaginar o que elas estavam pensando.

Callan levantou-se e andou vagarosamente até eles.

— Então, como foi a escola, crianças? — perguntou ele gentilmente, enquanto Meredith o seguia.

— Eu odeio a escola — anunciou Andy, mas sem particular fer

vor. Parecia uma resposta padrão, e Judie disse rancorosamente que ela gostava de sua professora nova. Mary Ellen ficou em silêncio.

— Você está no segundo grau? — perguntou Meredith a ela educadamente, enquanto entravam na sala de jantar, e Cal puxou a cadeira próxima à dele e Meredith sentou-se.

— Sou caloura — respondeu Mary Ellen, resumidamente, e a palavra que ficou na mente de Meredith foi *mal-humorada*. Ela era totalmente diferente de seu calmo pai. Era uma garota bonita, mas a ausência de entusiamo e aparente falta de calor humano faziam-na parecer um pouco menos atraente. Do que Meredith pôde ver, havia muito pouco charme nela e, mais do que qualquer coisa, ela parecia infeliz. Meredith não pôde deixar de pensar se ela era sempre daquele jeito ou se era apenas devido à presença de uma convidada inesperada, e a ver seu pai com uma mulher.

A conversa durante o jantar foi estranha e vagarosa, com as crianças falando pouco e Callan fingindo que não estava notando. E Meredith finalmente desistiu de engajá-los na conversa. A única coisa que eles tornaram claro, sem realmente dizê-lo, é que não tinham interesse de conversar com ela, ou mesmo de responder a suas perguntas. E ela não tinha toda aquela facilidade com crianças. Depois de um instante, não tinha idéia do que lhes dizer, e até Callan não parecia ser muito franco com eles. Eles pediram para ser dispensados logo após a sobremesa e correram para cima tão rapidamente quando ele os deixou ir que quase se chocaram uns com os outros no batente da porta.

— Sinto muito, Meredith. — Ele se virou para ela, pedindo desculpas, enquanto a governanta servia café, e Meredith relaxou visivelmente. Fora um esforço jantar com os filhos dele. — Acho que eles estão preocupados com você. Não são sempre assim. São bons garotos. Acho que simplesmente não conseguiram imaginar quem você era, ou por que estava aqui. Terei de falar com eles sobre isso.

— Não seja bobo — disse ela polidamente. — Se você nunca

traz mulheres para casa, não estranho que eles fiquem preocupados. Mas isso não está um pouco fora da realidade? Suas namoradas não têm vontade de conhecer seus filhos? — Parecia uma estranha maneira de viver, para ela. E tinha obviamente desvantagens, se os filhos dele se sentavam como pedras quando ele finalmente trazia uma mulher para casa, mesmo se ela fosse uma amiga de negócios.

— O que minhas namoradas querem e o que eles têm são duas histórias diferentes — disse Cal, sorrindo para ela. — Não há sentido em apresentá-las se não ficarão por perto muito tempo.

— Essa é uma frase horrível, Cal. Como você sabe disso desde o começo?

— Porque é assim que as coisas são há muito tempo e provavelmente serão por muito mais tempo. Se eu mudar de idéia sobre isso, posso sempre fazer algo a respeito mais tarde. É muito mais fácil apresentá-los a alguém durante o caminho do que explicar a eles por que não a estou vendo mais. Eles não precisam saber disso.

— Acho que não lidar com isso pode torná-los muito possessivos em relação a você. — O que era um jeito polido de dizer que eles pareceram estar com pequenos machados assassinos enquanto se sentavam ali. Seus olhos haviam perfurado os de Meredith toda a noite, e ela não gostara. Ninguém teria gostado. Mas ela estava com medo de dizer mais alguma coisa. Eram seus filhos, apesar de tudo, e não era seu papel dizer a ele que não estavam sendo bem criados. Ela suspeitou que provavelmente eles eram boas crianças. Eram saudáveis e de boa aparência, e pareciam inteligentes, mas certamente não haviam sido amigáveis. De fato, pesando melhor, ela achava que eles foram odiosos com ela, especialmente Mary Ellen. Meredith não podia deixar de ter pena da mulher que entrasse naquela família, porque estaria amando Callan, o que poderia acontecer algum dia, apesar dos protestos dele.

Eles voltaram a falar sobre negócios e, exatamente às oito e meia, ele a levou para o aeroporto. Ajudou-a a fazer o *check in* e então a levou para a sala de espera da primeira classe. Ela agradeceu pela tarde interessante e a noite prazerosa, e disse que tinha sido bom conhecer seus filhos.

— Gostaria de acreditar nisso — disse ele, se desculpando. — Eles não foram exatamente maravilhosos, Merrie, e eu sei disso. Acho que preciso começar a apresentá-los às pessoas, às amigas como você, pelo menos.

— Isso deve tornar as coisas mais fáceis para eles a longo prazo, se não houver ameaça envolvida. Eles não têm nada a temer de mim — falou ela candidamente e ele franziu as sobrancelhas.

— Não estou certo de que eles acreditaram nisso. Talvez pensassem que eu estivesse mentindo e que estou envolvido com você. Talvez tenham pensado que você inventou a história sobre seu marido.

— Por que eu faria algo assim, Cal? — Ela pareceu chocada com a sugestão.

— Porque é o tipo de coisa que a mãe deles faria, se fosse seu objetivo. Ela mentiu para eles sobre o homem com quem acabou se casando. Eles suspeitavam do envolvimento dela com ele muito antes de ela o ter admitido para eles. Tento não fazer a mesma coisa, não lhes contando nada.

— Talvez a coisa certa a fazer seja um meio-termo.

— Terei de tentar isso. — Ele sorriu, desejou-lhe uma boa viagem e disse que a veria no domingo à noite no Ritz Carlton em Boston.

— Provavelmente não estarei lá antes da meia-noite — disse Meredith. — Queria ficar um pouco mais com meu marido, mas ele estará trabalhando, como sempre. Pelo menos teremos amanhã para ficar juntos. E estarei pegando o vôo das dez horas em Nova York no domingo.

— Eu devo estar no hotel às sete — explicou ele. — Se você ficar aborrecida depois que ele for para o trabalho, venha mais cedo e jante comigo.

— Eu telefono, se resolver fazer isso. Nesse ínterim, tenha um bom fim de semana.

— Vou jogar tênis com as crianças amanhã e passar o resto do dia deitado na beira da piscina. Mal posso esperar — admitiu ele, e ela sorriu com o contraste.

— Estou planejando lavar minhas roupas.

— De alguma forma, não consigo imaginá-la fazendo isso, Meredith. — Ele sorriu. Ela parecia tão bonita e tão glamourosa para desperdiçar o tempo numa lavanderia ou sobre uma máquina de secar. Ele não podia imaginá-la fazendo o trabalho caseiro.

— Alguém tem de fazê-lo, e Steve cozinha. Não o culpo.

— Tenho de conhecer esse cara um dia desses. Ele parece virtuoso demais para ser verdade, salvando vidas e cozinhando. O marido perfeito.

— Bem perto disso. — Ela sorriu.

Ele a deixou na sala de espera com sua maleta, e meia hora mais tarde ela embarcou no avião. Pouco depois da decolagem ela pegou seu *laptop*. Mas só trabalhou por uma hora, e então o colocou de lado e se recostou no assento, fechando os olhos. Ela estava pensando em Cal. Não podia imaginar o tipo de mulher para a qual ele fora feito Imaginou se elas eram apenas rostos bonitos ou grandes cérebros, apenas amantes ou boas companheiras. Com sua aversão a casamento e relacionamentos duradouros, era difícil enxergar com quem ele saía. Mas ela também entendia, enquanto pensava naquilo, que não era de sua conta.

Fora uma longa e cansativa semana. E ela mal podia esperar para ver Steven. Enquanto pensava nele, ela adormeceu, e a aeromoça a acordou quando aterrissaram. Foi uma das primeiras a desembarcar, a pegar as bagagens e a tomar um táxi. E às dez para as sete da manhã de sábado ela estava entrando em casa.

Meredith deixou as malas no *hall*, tirou os sapatos e andou na ponta dos pés até o quarto, para não acordá-lo. O marido dormia profundamente na cama, nu como sempre, e ela tirou suas roupas e deslizou para dentro das cobertas a seu lado. Ele se mexeu suavemente e a puxou para si, como se ela houvesse estado ali a noite toda, perto dele, e então ele abriu um olho e se deu conta do que acontecera.

— Você voltou — sussurrou ele. Ela sorriu enquanto assentia e o beijou. — Senti sua falta — disse ele, puxando-a ainda mais para perto, e ela pôde sentir-lhe o calor do corpo enquanto ele a beijava.

— Também senti sua falta — disse ela, e era verdade. Ele passou a mão suavemente ao longo das curvas suaves de seu corpo e ela se deu conta, com saudade, de quanto tempo se passara desde que o vira pela última vez. Mais de uma semana, quase oito dias, muito tempo, e ambos estavam famintos um do outro.

Não houve palavras entre eles depois daquilo, apenas a paixão que queimava entre eles, como uma eterna chama, desde o dia em que se conheceram. Era algo que ambos alimentavam, queriam e precisavam desesperadamente. E, apesar do pouco tempo que passavam juntos, fazia cada momento entre eles ser mais precioso. Passou-se um longo tempo antes que falassem novamente e, quando o fizeram, seus cabelos louros estavam desarrumados e sedosos no travesseiro dele. Steve olhou para ela com um sorriso familiar, e ela colocou seus braços novamente em torno dele, beijando-o.

Capítulo 6

ELES PASSARAM um fim de semana bom e tranqüilo. Ficaram na cama até a noite de sábado, dormiram, acordaram e, quando se levantaram, estava chovendo, e eles resolveram ir ao cinema.

Assistiram ao filme que ambos queriam ver há muito tempo e então andaram para casa vagarosamente sob a chuva, parando no caminho para um sorvete. Pensaram em sair para comer um hambúrguer, mas optaram por ficar em casa, assistir a um vídeo e pedir comida chinesa. O hospital deixou-os em paz desssa vez. Ele não estava de sobreaviso e não havia desastres que exigissem sua presença quando estava fora de plantão. E, pela primeira vez em meses, ela nem mesmo tocou sua maleta.

Por volta das onze horas da noite, estavam de volta à cama, um nos braços do outro, e aquilo o fez odiar o fato de que tinha de voltar ao trabalho no dia seguinte e ela estava indo embora. Meredith ia voltar para Nova York na segunda-feira à noite, com Cal, e eles ficariam na cidade por dois dias e partiriam na quarta-feira para a Europa. Mas ele estaria no hospital, e ela duvidava até mesmo que fosse vê-lo. Ela ia passar a quinta-feira em Edimburgo, a sexta-feira em

Londres, e ela e Cal passariam o fim de semana lá. Depois disso, segunda-feira em Genebra. Terça-feira em Paris e então de volta para Nova York na quarta-feira. Somando tudo, significava que ela não veria Steve por onze dias. Eles estavam acostumados com aquilo, mas, subitamente, pareceu uma eternidade.

— Não vou a lugar algum depois disso por um bom tempo, eu prometo — disse ela enquanto se deitava, aconchegada em suas costas, com os braços em torno dele.

— Vou segurar você. Não importa quanto dinheiro você ganhe, você trabalha demais e estamos perdendo muito com isso. Talvez seja a hora de você diminuir o ritmo um pouco. — Mas Meredith sabia que seus sócios não pensavam assim. Steve queria falar novamente com ela sobre ter um bebê, mas não havia jeito até que este negócio estivesse fechado e eles tivessem algum tempo juntos para discutir isso. Ele achava que este era o momento antes que ambos ficassem muito velhos. Ele sempre quisera ter três ou quatro filhos, mas ficaria feliz com um agora. E achava que Meredith, no mínimo, lhe concederia aquilo. E eles podiam contratar uma babá ou uma acompanhante, se ela quisesse voltar ao trabalho depois de ter o bebê. Ele estava pensando sobre isso enquanto ficava deitado ao lado dela, mas não disse nada. Não queria entrar numa discussão séria, ou pior, numa briga. Apenas queria aproveitar a presença dela. Steve achava que Meredith tinha medo de ter filhos e, uma vez que transpusesse este obstáculo e realmente se decidisse a ceder, estava certo de que ela adoraria.

Dormiram profundamente nos braços um do outro naquela noite, e ele odiou ter de se separar dela quando o despertador tocou às seis horas na manhã seguinte. Ele tinha de estar no hospital às sete. Ela ainda estava cochilando quando ele saiu. Deu um pequeno beijo nela para dizer adeus, e ela abriu os olhos com um olhar surpreso. Não conseguia imaginar onde a noite tinha ido parar. Tudo fora tão rápido.

— Vejo-a quando você voltar, Merrie... Eu te amo.

— Eu também te amo... Vou ligar à noite de Boston.

Ele assentiu, beijou-a novamente e um minuto mais tarde tinha ido embora, em seus sapatos velhos e roupas gastas, para salvar as vidas que outros estavam se esforçando em destruir, lutando contra moinhos de vento.

Meredith dormiu até as oito e então se levantou, fez café, leu os jornais e foi fazer as malas. Ela fez as da Europa também, sabendo que provavelmente não teria tempo quando voltasse para Nova York com Cal para o *tour*. Eles iam estar bastante ocupados com todas as apresentações em Nova York. Esta era a cidade mais importante para eles e a última antes que embarcassem para a Europa. Ela queria ter vendido todas as ações antes que partissem para a Europa, e achava que havia uma boa chance de isso acontecer.

Ela terminou de fazer as malas rapidamente, à tarde, e depois disso não estava certa sobre o que fazer. Não havia nada que quisesse fazer sozinha. E não queria realmente ir a um museu. Por fim, decidiu que seria melhor ir a Boston. Ela podia pelo menos jantar com Cal. Era melhor do que se sentar sozinha em seu apartamento vazio.

Ela tomou um táxi para o La Guardia às três horas, embarcou no vôo das quatro e às seis entrou no saguão do Ritz Carlton. Havia chegado até mesmo antes de Cal. Deixou um recado para ele na portaria, avisando que já tinha chegado, e o telefone soou em seu apartamento pontualmente às sete.

— Você me surpreendeu! Há quanto tempo está aqui?

— Há mais ou menos uma hora. — Ela sorriu quando ouviu a voz dele, que parecia satisfeito ao falar com ela. — Como foi seu vôo?

— Chato. E o seu fim de semana?

— Relaxante. Ficamos em casa e fomos ao cinema.

— Você lavou as roupas?

— Não, Steve lavou. — Ela sorriu. — Ele me estraga.

— Acho que você está mentindo sobre isso. Nenhum cara no mundo é tão bom assim... cozinha... lava... salva vidas... O resto de nós parece totalmente inepto comparado a ele, Meredith. Acho que estou começando a odiá-lo.

— Tenho muita sorte. — Ela sorriu. — Como foi o fim de semana com as crianças?

— Divertido. Jogamos tênis no sábado e depois Andy e eu jogamos golfe.

— Tenho o marido perfeito, mas você é o pai perfeito. — Embora ela soubesse que Steve provavelmente seria perfeito naquilo também, se ela quisesse deixá-lo tentar.

— E você é a mulher perfeita — disse ele num tom que a fez corar, mas ela sabia que ele estava apenas brincando. Mesmo em suas viagens, ele jamais tentara ser mais do que um amigo para ela, que o respeitava por isso.

— Não. Apenas a investidora perfeita, espero.

— Supermulher. Que tal jantar comigo?

— Parece bom. — Na verdade, era por isso que ela chegara mais cedo. E eles concordaram em se encontrar meia hora mais tarde no saguão e ir a um lugar onde pudessem jantar massa ou pizza. Nenhum dos dois queria se vestir bem ou ter um jantar sofisticado.

— Você se importa se eu usar *jeans*? — perguntou ele, e Meredith pareceu aliviada quando respondeu.

— Adoraria isso. — Ela viajara com um pequeno vestido de algodão e sandálias, e isso seria suficiente se fossem apenas sair para comer uma pizza.

Mas quando ela o encontrou no saguão ele ainda parecia um anúncio da *GQ*. Estava usando *jeans* e uma camisa branca limpa, com as mangas enroladas, sapatos bem polidos e trazia um *blazer* sobre os ombros.

— Isso é trapaça! — Ela censurou-o, enquanto ele a olhava admirado. Ela parecia revigorada, jovem e bela.

— O quê?

— Você está muito bem-vestido para comer uma pizza. Alguma

vez você usa camiseta ou fica desarrumado? — Ela não conseguia vê-lo assim, mas ele também não podia imaginá-la daquele jeito.

— Quando foi a última vez em que você pareceu desarrumada, Meredith? Na escola, talvez... ou antes disso? — Ela sorriu ao cumprimento e ambos saíram do hotel, sorrindo e conversando, como bons amigos que haviam se tornado.

Encontraram um pequeno restaurante italiano poucos quarteirões adiante e passaram o resto da noite profundamente envolvidos numa conversa sobre os negócios com bancos de investimentos. Ele estava fascinado pelo trabalho dela e intrigado para descobrir o quanto ela gostava daquilo. Mas, ao mesmo tempo, ela parecia ter um entendimento considerável sobre os meandros dos negócios dele. Trocaram informações e opiniões toda a noite, como numa competição de tênis em Wimbledon. Eles foram as últimas pessoas a deixar o restaurante e odiaram terminar a conversa, mas ambos precisavam dormir um pouco antes da apresentação na manhã seguinte.

Meredith sabia que Charlie McIntosh, diretor financeiro de Callan, também tinha saído de São Francisco naquela noite, mas seu vôo não havia chegado até a meia-noite. Ambos esperavam que ele ficasse mais calmo em Boston e Nova York, e na última parte da viagem, na Europa.

— Tive uma longa conversa com ele por telefone na noite passada — falou Cal, enquanto entravam no elevador. — Disse-lhe que realmente tinha de colocar mais vida em suas apresentações. Espero que ele tenha entendido e compreenda que estou falando sério — disse Cal, parecendo pouco convencido. Ele estava começando a ver o quanto Charlie era intratável e pouco razoável para melhorar sua atitude no futuro próximo. Mesmo ao telefone, na noite passada, ele havia criticado Callan por vender as ações da companhia. Ele era como um cachorro com um osso, simplesmente não querendo largá-lo, não importava o quanto Callan o instasse a fazê-lo. Callan estava começando a temer que sua atitude causasse uma rixa permanente entre eles. E disse isso a Meredith, enquanto a levava do *hall* para seu quarto, e ela assentiu enquanto ouvia.

— Essas coisas são difíceis de prever, às vezes. Quem sabe, uma vez que esteja fechado o negócio, ele dê meia-volta e o surpreenda. Talvez ele finalmente veja que você fez uma grande coisa pela companhia. Você pode usar esse dinheiro para comprar outras companhias. Acho que isso pode ser algo que tenha apelo para ele.

— Acho que crescimento muito rápido faz parte daquilo que o assusta — disse Cal, e os dois ficaram pensativos. Charlie era definitivamente um problema difícil.

Continuaram a falar sobre isso, e poucos minutos mais tarde ele a deixou, prometendo encontrá-la para o café da manhã com Charlie McIntosh no dia seguinte. Meredith decidira fazer tudo menos seduzi-lo para trazê-lo ao negócio.

Meredith tinha dois recados de Steve quando voltou para o quarto e, ao ligar para ele, a enfermeira milagrosamente disse que ia encontrá-lo. Ele disse que fora uma noite tranqüila, ainda estava chovendo em Nova York, e todo mundo parecia ter ficado em casa e longe de problemas.

— Talvez você possa dormir um pouco, para variar — disse ela com um sorriso, ainda pensando na noite que haviam passado juntos e no amor que fizeram quando ela voltou no sábado de manhã. Fazia uma eternidade desde que o vira. Seus dias e noites eram tão cheios que pareciam criar muito tempo e espaço entre eles.

— Você também, tente dormir um pouco. Essas pessoas a mantêm fora até altas horas e depois esperam que você seja uma Dinah Shore e cante com todo o seu coração para eles na manhã seguinte.

— É para isso que sou paga. Estarei em casa amanhã à noite, meu amor.

Pelo menos ela poderia dormir em sua própria cama uma vez, mas infelizmente Steve não estaria lá. Ele estaria dormindo numa cama de armar em sua sala no hospital, até que o chamassem.

— Vou ligar para você — prometeu ele, pensando que nos velhos tempos ela teria ido vê-lo no hospital, mas ambos sabiam que agora não era possível. Sempre que ela tentava fazer isso, ele estava muito ocupado para vê-la e acabava sendo frustrante e aborrecido. Era mais fácil apenas falar com ela quando tinha um intervalo.

Ela ficou lendo até tarde naquela noite, passando a limpo sua apresentação novamente. Havia algumas coisas que ela queria mudar na breve apresentação de Cal e também tinha sugestões sobre a apresentação de Charlie McIntosh.

Mas quando ela dividiu suas idéias com os dois no café da manhã do dia seguinte, Charlie se irritou no momento em que ela fez as sugestões. O que ela estava oferecendo não era crítica, mas caminhos mais simples de melhorar a maneira com que ele apresentara a Dow Tech para os potenciais investidores.

— Não estou certa de que você entende o que estou tentando dizer — explicou ela com paciência, tentando contornar por outro caminho, para que ele se rendesse e compreendesse. Mas ele era muito defensivo e abertamente hostil a ela.

— Entendo perfeitamente. Você pensa que é esperta, senhorita Banqueira de Investimento Tiro Certo de Wall Street. Bem, deixeme contar-lhe que eu não concordo com nenhuma maldita coisa que você disse nos últimos dez minutos ou nas últimas dez semanas sobre esse assunto. Toda essa coisa é um enorme erro, e o seu pessoal virou tanto a cabeça de Cal que ele está atordoado com a possibilidade de ganhar alguns dólares, e não consegue se manter sentado sobre o próprio traseiro. — Meredith pareceu chocada não apenas pelo que ele disse, mas pela maneira desrespeitosa com que o fizera. Ele conseguira insultar a ambos em um suspiro, e ela podia ver que Callan tam bém não gostara nada daquilo.

— Talvez, se parasse de lutar contra o fato de que a companhia está abrindo seu capital, senhor McIntosh, pudesse perceber a melhor maneira de nos ajudar a fazê-lo. Porque vamos abrir este capital, quer você goste ou não. Isso é o que Callan quer e o que ele vai ter de nós. Agora, você pode fazer parte disso ou então se sentar ali como uma rocha e se recusar a cooperar. Mas, se você o fizer, asseguro que o rio vai correr ao seu redor. Você não conseguirá pará-lo agora.

Ele ficou surpreso com o que ela disse e com a força que usara para dizê-lo. E Callan parecia uma nuvem de tempestade enquanto pagava a conta e terminava seu café. Tudo o que ele disse quando deixaram o restaurante era que queria se encontrar com McIntosh após a apresentação, e ela podia imaginar o que ele tinha em mente. Ia passar-lhe uma descompostura sem igual e talvez até colocasse em risco o emprego. Mas essa não era a hora de Charlie ser ameaçado e se rebelar, ou insultar os investidores.

Os três saíram da sala de refeições em silêncio. Quando Meredith o introduziu um pouco mais tarde na apresentação, achou que o diretor financeiro estava levemente mais calmo e um pouco mais bem comportado, mas tinha certeza de que Callan ainda não acreditava nisso. Estava furioso com ele depois que os potenciais investidores saíram e ele e Meredith ficaram a sós por alguns minutos antes de entrar o próximo.

— Quem diabos ele pensa que é, falando com você daquela maneira? — Ele estava mais aborrecido com o que o diretor financeiro dissera para Meredith do que com os insultos que ele jogara sobre Callan.

— Ele é apenas um velho rabugento resistindo a mudanças, Cal. E não há nada que você possa fazer sobre isso. Você pode tentar vencê-lo, e eu sei que tem tentado. Mas se ele continuar sem se convencer, você vai ter de decidir o que quer fazer depois do *tour*. Mas esta não é a hora de balançar o barco. Temos de fazer uma apresentação brilhante em Nova York e ainda sobreviver a uma semana na Europa.

— Eu sei disso — falou Callan, ainda furioso. Ele sentia como se suas mãos estivessem amarradas, e Charlie McIntosh sabia disso.

Eles entraram em sua segunda apresentação durante o almoço, depois seguiram para Nova York juntos naquela tarde e Charlie McIntosh falou muito pouco com os dois. Meredith não pôde deixar de pensar se ele estava se sentindo culpado por ter sido grosseiro e estava embaraçado para dizê-lo. Mas ele não lhe pediu desculpas e Callan mal falava com ele quando chegaram a Nova York, às seis horas. Callan estava com tanta raiva, que ela quase ficou com pena do diretor financeiro e da situação que ele havia criado. Meredith tinha a sensação de que Callan estava a ponto de livrar-se dele.

Ela alugara uma limusine para pegá-los e foi com eles para o hotel. Callan e Charlie iam ficar no Regency e depois disso o carro ia levá-la ao seu apartamento. Ela sabia que Steve não estaria em casa naquela noite, mas parecia bom ir para casa mesmo assim e ter algum tempo para si mesma antes de partirem para a Europa.

Na terça-feira as apresentações foram muito boas. Eles já estavam com tudo vendido no fim do primeiro dia e os investidores clamavam por mais ações. Era exatamente a situação que queriam. Mas, mesmo assim, Charlie McIntosh não teve a boa vontade de voltar atrás e, após a última apresentação, se apressou em ir logo para o hotel. Meredith convidou Cal para jantar, numa tentativa de acalmá-lo.

No restaurante, eles falaram por um longo tempo sobre o sério problema em que o diretor financeiro se transformara.

— Você não precisa do apoio dele, Cal, mas seria bom tê-lo — disse ela com sensibilidade.

— Eu juro, se ele me enlouquecer na Europa e perder alguém, vou dar um soco na cara dele em plena apresentação.

— Isso certamente impressionaria os investidores — disse ela, sorrindo, porque sabia, por lidar com Cal, que ele não seria capaz de fazer isso. Mas ele estava compreensivelmente furioso com o diretor financeiro, que continuava a lhe dar uma enorme dor de cabeça. Mas o sucesso do lançamento das ações superava em muito o aumento de sua angústia, e ele ainda estava de bom humor.

— Como você lidaria com ele? — perguntou Cal, enquanto terminavam o jantar. Era tudo sobre o que haviam falado durante toda a noite. Ele respeitava seus conselhos, sua cabeça fria e suas decisões sensíveis, e ela pareceu pensar nisso por um minuto antes de falar.

— Acho que provavelmente teria de matá-lo. Talvez envenená-lo. Ele come muitos doces, a maior parte de menta, acho. Seria muito fácil colocar um tablete de cianureto nas suas balas. — Ela dissera isso de maneira tão séria que, por um momento, Cal achou que ela estivesse falando sério e então sorriu. Ela possuía um modo especial de dar um pouco de leveza no momento certo.

— Está bem, acho que vou me acalmar quanto a isso até voltarmos da Europa.

— Não creio que você tenha outra escolha. Pode resolver a situação assim que voltar para a Califórnia.

— Acho que vou ter de fazer isso.

— Enquanto isso, você deveria estar celebrando, por provocar uma tempestade em Nova York. Eu não podia ter pedido nada melhor.

— Nem eu. — Callan Dow parecia extremamente feliz e, à luz disso, seus problemas com o diretor financeiro se apagaram momentaneamente. Eles se encontrariam com mais investidores privados no dia seguinte e, na mesma noite, iriam para a Europa.

— Vai ter uma chance de ver seu marido antes de partir? — perguntou Cal, parecendo preocupado. Ele começava a perceber o quanto estava tomando o tempo dela e o quanto estava ficando dependente dela, e se sentia um pouco culpado.

— Não. Estarei num encontro com você na cidade, na hora em que ele sair do plantão. Devo vê-lo quando voltar em casa para pegar minha bagagem, no caminho para o aerporto, a menos que ele receba um chamado do hospital antes disso.

— Que inferno de vida você leva, minha amiga. Não sei como consegue ficar casada.

— Nós nos amamos — disse ela simplesmente, e então decidiu provocá-lo um pouco —, apesar do fato de eu não querer ter filhos com ele.

— Você está começando a me fazer pensar que devo rever minhas teorias a esse respeito e que você realmente tem um casamento perfeito. Talvez porque não tenha filhos. O que eu posso saber?

— O que qualquer um de nós sabe sobre relacionamentos? Às vezes, acho que é tudo sorte, ou destino, ou algo assim. Quem poderia imaginar que, 14 anos depois, Steven e eu ainda seríamos loucos um pelo outro assim, ou que levaríamos uma vida em que praticamente não nos vemos? Quando nos casamos, ele queria uma família rural em Vermont e eu estava pensando em ir para a escola de direito. E o que aconteceu depois foi que ele se apaixonou pela unidade de trauma, e disse que tinha de viver em Nova York, e eu me apaixonei por Wall Street. As coisas nunca acontecem exatamente da maneira que você espera. Talvez seja melhor assim. — A vida de Callan também não seguira da maneira que ele havia esperado. Ela imaginava se isso seria possível. — Eu provavelmente teria ficado mortalmente entediada em Vermont e nós talvez tivéssemos nos separado alguns anos depois. Não sei por quê, mas esse casamento funciona para nós.

— Você tem muita sorte, Merrie.

— Sim, eu sei — disse ela suavemente. — Um dia desses você vai conhecê-lo.

— Não profissionalmente, espero. Talvez possamos jantar quando voltarmos da Europa.

— Ele adoraria. Steve tem familiaridade com o que faço. Na verdade, foi o primeiro a me dizer quais eram os seus produtos e o quanto eram bons.

— Obviamente, um grande cara — disse ele com um sorriso, enquanto pagava a conta, e deixaram o restaurante. Caminharam vagarosamente de volta para o hotel dele e, depois de se despedirem, ela pegou um táxi para seu apartamento.

Na manhã seguinte, eles estavam de volta à cidade, encontrando investidores e fazendo sua oferta. Depois disso, almoçaram com alguns sócios, viram outro grupo de investidores e, finalmente, terminaram o dia. Quando os sócios o congratularam pelo sucesso do empreendimento, Callan tentou dar a Meredith o maior crédito que podia pelo lançamento das ações, mas eles estavam mais interessados em falar com ele do que em dar louvores a Meredith. No que lhes dizia respeito, ela havia feito apenas o que era esperado e não havia razão para celebrar por isso. Cal se aborreceu ao ver a maneira com que lidavam com isso, e comentou com ela no carro, ao voltarem para o hotel, para pegar as bagagens dele, a caminho do aeroporto.

— Eles certamente não jogam rosas para você — disse ele, parecendo decepcionado por ela.

— Teriam feito o mesmo que eu fiz, e sabem disso. E até onde eles sabem, Paul Black trouxe você como cliente, e não a mim.

— Isso é mudar um pouco as coisas, não? Ele foi o contato inicial, mas você fez tudo desde então.

— Essa é a natureza dos negócios. Não há heróis entre os banqueiros de investimentos.

— E pelo visto não há muito reconhecimento também.

— Não espero isso. Vou ganhar muito dinheiro com este negócio. Nós todos vamos.

— Não se trata apenas de dinheiro, Merrie, e você sabe disso. Você não pode me dizer que esta é a única razão pela qual faz isso. Faz porque acredita nas companhias que vende e ama o seu trabalho. — Ele tinha muito respeito por ela e o aborrecia que eles não o tivessem também.

— É tudo verdade. Mas não há muito romantismo nesse tipo de negócio. Eles esperam que eu dê tudo de mim, e eles também darão. Não acham que têm de me lançar um monte de beijos.

— Creio que eles pegam pesado com você, e esperam mais, porque você é uma mulher. É quase como se você tivesse de provar algo a eles, que você é tão boa ou tão forte ou tão capaz quanto um homem, e há algo errado com isso. Você é muito mais inteligente do que a maior parte deles, certamente mais do que Paul Black. Ele não é nada além de um cara cheio de si, com boas ligações sociais. Ele é apenas um criador de casos. — Ela sorriu de sua descrição.

— Obrigada por se dar conta disso, de ambas as partes. Mas há muito disso nesse negócio.

— E poucas pessoas como você. Eu tive bons momentos trabalhando com você.

E, mais que isso, ele realmente começara a gostar dela e admirar aquilo que ela fazia. Era honrada, decente e leal e, até onde ele podia ver, brilhante. E uma pessoa muito legal. Também estava impressionado por ela falar tão bem do marido.

— Também tive bons momentos trabalhando com você. E isso é bom, Cal, porque você vai estar grudado em mim por mais uma semana. — Ela sorriu, e poucos minutos mais tarde eles pegaram as bagagens de Cal e Charlie McIntosh no hotel e foram para o apartamento dela. Suas malas estavam no saguão e ela subiu as escadas sozinha para pegá-las, voltando em menos de cinco minutos. Steve havia deixado um recado para ela. Ele fora ao hospital, para um encontro, e sentia muito por não ter podido vê-la. Ela rabiscou algumas palavras no pé do bilhete, para dizer que também sentia muito por não ter podido vê-lo e que o amava.

— Você viu Steve? — perguntou Cal com ar de preocupação quando ela desceu. Ele estava começando a se preocupar com ela, quase como uma irmã mais nova.

— Não, ele teve de voltar ao hospital para uma reunião. Mas está tudo certo. Eu realmente não esperava vê-lo. — Ela parecia desapontada, mas não surpresa. Era a natureza da vida deles, e ela estava bem mais acostumada do que Cal.

— Isso é não é bom. Acho que ele deve ter ficado desapontado.

— Vou vê-lo dentro de uma semana. — Ela sorriu. — Devo até tirar alguns dias de folga quando voltarmos. Devemos ir a Vermont para passar alguns dias, se ele puder tirar uma folga também. Senão, talvez passemos um fim de semana prolongado em algum lugar.

— É ruim que ele não possa nos encontrar em Londres para o fim de semana.

— Tentei fazê-lo ir a Paris — ela sorriu —, mas ele estará cobrindo a folga do chefe da unidade de trauma na próxima semana, que teve de ir a Dallas.

— Vocês levam uma vida horrível. Não sei como conseguem. Bem, talvez possamos ir ao teatro este fim de semana em Londres. Ou ao Annabel's. Você gosta de dançar? — Ele perguntou, e Charlie McIntosh olhou para a janela, parecendo chateado. Misturar trabalho e prazer, para Cal ao menos, claramente não passava pela aprovação de Charlie e, acima de tudo, não com Merrie.

— Adoro dançar — disse ela, sorrindo, tão tocada pelo convite quanto divertida pela óbvia desaprovação de Charlie. Ela gostava de chocá-lo. — E adoro teatro.

— Talvez possamos fazer as duas coisas, então. — Ele sentia que lhe devia alguma diversão por conta de tantos problemas. E ambos estariam a sós em Londres, não fosse por Charlie.

Os três pegaram alguns papéis para olhar juntos quando chegaram ao aeroporto e, na hora de embarcar para Edimburgo, estavam todos cansados. O avião faria uma parada em Londres. Mas, assim que jantaram, Charlie e Cal apagaram a luz e instalaram-se sob os cobertores. Cal e Meredith estavam lado a lado e Charlie estava sentado bem atrás deles. Mas quando Cal colocou seu assento para trás o máximo que pôde, Meredith abriu a maleta.

— Merrie — perguntou ele suavemente no avião às escuras —, o que você está fazendo?

— Achei que poderia ler um pouco.

— Pare com isso! — ordenou ele gentilmente. — Você precisa dormir um pouco. Ordeno que apague essa luz.

— Você "ordena"? — Ela parecia se divertir. — Isso é uma novidade.

— Talvez seja hora de alguém dizer isso a você mais vezes. Vamos lá, deixe isso de lado por uma noite. Apague a luz. — Ela hesitou por um momento e então decidiu que talvez ele estivesse certo, e seu trabalho poderia esperar até a manhã seguinte. Silenciosamente ela fechou tudo e apagou a luz. — Boa garota. Isso ainda estará aí de manhã. — O tom dele era agradável e paternal, e ela subitamente pôde perceber como ele seria com os filhos. Ela sabia instintivamente que ele era um bom pai.

— Esse é o meu medo — disse ela gentilmente —, de que sempre terá algo aí no dia seguinte. Fico esperando que a fada do trabalho apareça no meio da noite e faça tudo para mim.

— Você é a fada do trabalho, Merrie. Mas até mesmo fadas precisam descansar, às vezes.

Aquilo o fez mais determinado do que nunca a dar a ela alguma diversão em Londres. Ela merecia, pois fizera por ele mais do que qualquer pessoa durante muito tempo, talvez mais do que todas.

Meredith inclinou seu banco para trás, como o de Cal, colocou um travesseiro atrás da cabeça, puxou o cobertor e ficou lá, quieta, ao lado dele.

— Você consegue dormir em aviões? — perguntou ele, sussurrando. Eram como duas crianças no repouso de uma festa.

— Às vezes. Depende de quanto trabalho eu tenha em minha maleta — disse ela, sorrindo para ele.

— Imagine que a deixou em Nova York. Imagine que está saindo de férias. — Ela sorriu com o jogo e sussurrou de volta para ele:

— Aonde iríamos nas férias?

— Que tal o Sul da França?... Saint-Tropez...? — Ele ainda estava sussurrando, e ela estava sorrindo

— Parece bom. Eu gosto.

— Então feche os olhos e pense em Saint-Tropez — sussurrou ele gentilmente.

— Isso também é uma ordem? — sussurrou ela de volta.

— Sim... agora, fique quietinha e apenas pense nisso. — E, para sua surpresa, ela o fez. Deitou-se ali com os olhos fechados, imaginando o Sul da França, o pequeno porto, as ruas estreitas, o Mediterrâneo e o mercado de flores. E da próxima vez em que Cal olhou para Merrie, ela estava profundamente adormecida, e ele gentilmente puxou seu cobertor e o acomodou em torno dela.

Capítulo 7

O AVIÃO PAROU EM Londres, depois seguiu para Edimburgo, e Meredith ficou surpresa por ter dormido a maior parte do vôo. Era de manhã na Escócia quando eles chegaram e foram diretamente ao local onde deveriam fazer a apresentação para os investidores escoceses. Era parte da rotina básica do *tour* e o que Meredith conhecia melhor.

Como vinha acontecendo por quase duas semanas, o *tour* estava indo muito bem, e Callan ficou extasiado quando receberam um fax do escritório dela em Nova York dizendo que as ações já estavam valendo dez para uma agora, o que significava que eles tinham uma procura dez vezes maior do que precisavam.

À tarde eles estavam prontos para partir e voaram de volta para Londres naquela noite. Quando chegaram ao Claridge's, até o incansável Callan parecia exausto. Fora um dia cansativo após a longa viagem noturna. E na manhã seguinte eles tinham de estar prontos para nova apresentação em Londres. Callan estava satisfeito com tudo, o *tour* estava indo extremamente bem, melhor do que ele jamais sonhara. e ele devia isso a Meredith.

— O que você vai fazer esta noite, Meredith? — perguntou ele, enquanto se registravam e um empregado uniformizado os levava a seus quartos. Charlie McIntosh estava em outro andar, mas os quartos deles eram lado a lado.

— O que vou fazer? — perguntou ela. — Dormir, espero. Não sei de você, mas estou acabada. Pensei em ir para a cama, para não deixar tudo nas suas mãos amanhã.

— Não há risco de isso acontecer. Quer sair para comer alguma coisa? — Mesmo cansado, como ela sabia que ele tinha de estar, ele queria sair. Callan Dow gostava de trabalhar duro o dia inteiro e sair para se divertir à noite.

— Hoje não, obrigada. Vou pedir serviço de quarto e ir para a cama.

— Tudo bem, você venceu. Que tal jantar no Harry's Bar e depois ir ao Annabel's amanhã à noite?

— De onde você tira tanta energia, Cal? Nunca fica cansado?

— Olha só quem fala. Você nunca pára — disse ele, com admiração.

— Acho que acabei de parar — disse ela, parecendo cansada. Ela finalmente sentia o efeito do *jet lag*, do dia longo e do vôo cansativo, e ela mal podia manter os olhos abertos enquanto o carregador deixava suas malas e depois levava Cal para seu quarto. O dela era belamente decorado em estilo *art déco*. O dele era todo feito em tafetá azul-claro, com cortinas pastel cobertas de flores. E ambos pareciam ter sido reformados há pouco. Mas Meredith teria ficado feliz de dormir num monte de feno naquela noite para estar nova para o próximo dia. Eles fariam a primeira apresentação às oito da manhã. Porém ela não se sentia tão pressionada em Londres quanto se sentira em Nova York. O mercado europeu tinha um pouco menos de interesse para eles. Tradicionalmente, eles tentaram manter baixos os investimentos europeus. Era importante ter a participação deles a longo prazo, mas preferiam manter o grosso dos lançamentos de ações baseado nos EUA, que fariam o estoque girar com mais freqüência, gerando mais comissões.

Cal voltou ao quarto dela depois que trouxeram a bagagem dele. Tentou convencê-la novamente a sair, mas ela disse que naquela noite ficaria no quarto. E um pouco mais tarde ela ouviu a porta do quarto dele abrir e fechar, e soube que ele havia saído. Às nove horas, ela estava na cama, profundamente adormecida. E estava luminosa e alegre no dia seguinte, quando se encontraram para o desjejum.

— O que você fez na noite passada? — perguntou ela, sobre os bolos e cafés no refeitório. O diretor financeiro ainda não se havia juntado a eles.

— Saí com alguns velhos amigos. Conheço bastante gente aqui, alguns deles através de minha ex-mulher.

— Eu estava morta para o mundo às nove.

— Vamos fazer melhor do que isso esta noite.

Ele sorriu, enquanto Charlie McIntosh chegava à sua mesa. Ele estava num humor bem melhor desta vez e os três conversaram amigavelmente, enquanto Charlie pedia salsichas e ovos. E às oito eles já estavam fazendo a agora familiar apresentação. Foi um grande sucesso, exatamente como todas as outras.

Eles se encontraram com investidores privados e, à uma hora, fizeram nova apresentação durante um almoço. E, lá pelas quatro da tarde, os três estavam de volta ao hotel. Charlie tinha planos para passar o fim de semana na França com amigos e eles iam se encontrar novamente em Genebra no domingo à noite. Num gesto raro de generosidade, Charlie desejou-lhes um bom fim de semana antes de partir, e Meredith permitiu-se a esperança de que aquilo significava uma melhora.

— Pronta para uma noitada na cidade? — perguntou Cal, enquanto a levava de volta para seu quarto, às cinco. Eles tinham reservas no Harry's Bar às oito e ainda estavam planejando ir ao Annabel's para dançar depois do jantar.

— Você está certo de que não se importa de perder tempo comigo? — perguntou Meredith, confortavelmente. — Você pode se divertir muito mais com uma namorada — disse ela, com honestidade. Eram como irmãos agora, e ambos pareciam gostar daquilo.

— Prefiro jantar com uma boa amiga a qualquer hora.

Ele sorriu enquanto ficavam no saguão e conversavam um pouco mais sobre os acontecimentos da tarde. As apresentações haviam ido ainda melhor do que esperavam.

— Achei que Charlie também se saiu muito bem aqui — disse Meredith, gentilmente. Mesmo em seus melhores momentos, Charlie McIntosh não era lá muito dinâmico. Mas ao menos ele não pareceu tão truculento quanto em Los Angeles e Nova York. Cal disse que notara isso também. — É uma pena que tenha levado tanto tempo para ele abrandar. — Callan não comentou mais e, depois de poucos minutos, eles voltaram para seus respectivos quartos. Ele disse que viria pegá-la às quinze para as oito, dando-lhe tempo suficiente para tirar as roupas, relaxar e tomar um banho. Assim que ela entrou no chuveiro, o telefone tocou.

Ela estava enrolada numa toalha e tinha os cabelos molhados quando atendeu, e sorriu no momento em que ouviu a voz do outro lado. Era Steve.

— Como estão indo as coisas, meu amor? — Ele parecia de bom humor, ainda que fosse o início da tarde de sexta-feira para ele.

— Tudo muito bem — respondeu ela com um largo sorriso, enrolando ainda mais a toalha em torno de si por causa do ar condicionado. — Estamos quase terminando e já estamos cotados a dez por um. É um sucesso garantido desta vez. — Ele sabia que aquilo significava que eles estariam somando cinco a dez por cento mais associados. Após 12 anos de carreira em Wall Street, o assunto era familiar para ele. — Callan está realmente feliz.

— E o diretor financeiro, ainda está sendo um pé no saco? — perguntou ele, interessado.

— Ele está um pouco melhor aqui. Chegou até a sorrir hoje, foi passar o fim de semana com alguns amigos na França. É muito bom tê-lo longe de nosso pescoço. — A maior parte do tempo, era como ter um avô resmungão por perto. Mas Steve não parecia feliz ao ouvir aquilo.

— Isso significa que você e Dow estão sozinhos?

— Mais ou menos. Com cerca de oito milhões de pessoas em Londres, acho que é bem seguro. — Ela se divertia com a preocupação dele.

— Você sabe o que quero dizer. Ele não está dando em cima de você, está, Merrie?

— Claro que não. Ele é mais inteligente que isso. E agora somos bons amigos. Depois de tantas viagens, a gente acaba se transformando nos melhores amigos da vida, ou nunca mais quer colocar os olhos no outro novamente. Ele tem sido uma boa companhia, e acho que vai continuar sendo um bom amigo. Espero que um desses dias você o conheça.

— Tudo bem... Não sei por quê, mas não acredito nele. Preferia estar eu mesmo aí para passar o fim de semana com você.

— Então venha — provocou ela. — Você ainda pode me encontrar em Paris, na semana que vem.

— Muito engraçada. Você sabe que estou preso aqui. Volte para cá o mais rápido possível, certo? O que você vai fazer no fim de semana?

— Só passear um pouco. Pensei em fazer umas compras amanhã, e Cal e eu vamos jantar hoje à noite no Harry's Bar. — Pelo que ele havia acabado de dizer, ela preferiu não contar que iam dançar no Annabel's mais tarde. Ela sabia que não era nada, mas não valia a pena aborrecer Steve. Era tudo inofensivo, e Cal era um perfeito cavalheiro, exatamente como ela dissera que seria.

— Se ele ficar bêbado, apenas tome um táxi para casa, certo? Não lhe dê chance.

— Meu amor, pare de se preocupar. Ninguém vai ficar bêbado. Nós vamos jantar e voltar para casa. É tudo. É melhor que o serviço de quarto, mas também não é grande coisa.

— Tudo bem — disse ele, parecendo aliviado, mas ainda levemente inseguro. O cara era jovem, muito bem-sucedido e bonito, de tudo o que ouvira e lera sobre ele. Steve não podia imaginar nenhum homem capaz de resistir a sua mulher. Mas mesmo que suspeitasse de Callan, ele confiava completamente na mulher.

— E você? Vai fazer o que esta noite? — perguntou ela.

— Dormir. Amanhã estou de sobreaviso. Mas não tenho nada mais para fazer no fim de semana. Pelo menos no próximo estarei de folga. Negociei isso para que pudesse estar com você.

— Por que não viajamos para algum lugar? — Ela pareceu feliz com a idéia.

— Vamos ver.

Eles desligaram alguns minutos mais tarde, e ela voltou para seu banho, que já estava frio. Colocou mais água quente e se sentou sorrindo na banheira, pensando nele. Parecia bonitinho que ele ainda tivesse ciúmes depois de todos esses anos. Ele não tinha razão para ficar assim e sabia disso. Ela jamais tinha pensado, nem mesmo remotamente, por um simples instante, em ser infiel. Ainda o amava muito, assim como ele a ela.

Quando Callan a pegou pouco antes das oito, ela usava um vestido curto preto com as costas nuas, sandálias de salto alto e colar de pérolas. Ela havia se maquiado e seu cabelo brilhava como ouro. Estava muito bonita, e Cal deu um passo para trás, admirando-a, impressionado. Ela se vestia sempre de maneira tão conservadora quando estava trabalhando, e era dada a usar ternos azuis ou pretos. Mas hoje parecia jovem e *sexy*.

— Uau! Se me permite dizer, senhora Whitman, está deslumbrante. Devia ter usado isso quando fez sua apresentação. Assim teríamos vendido tudo a cem por um

— Obrigada, Callan — disse ela, corando um pouco. Era engraçado estar vestida de maneira diferente e sair com ele.

Quando chegaram ao Harry's, todos os nomes famosos e rostos conhecidos e aristocratas estavam lá. Ainda era um dos restaurantes mais sofisticados de Londres e, porque era um clube, parecia mais um jantar dançante na casa de alguém do que um local público.

Eles tomaram drinques no bar e, quando foram levados para a mesa, Meredith reconheceu as pessoas nas mesas de ambos os lados. Em uma estava um grupo de importantes banqueiros internacionais, alguns ingleses e franceses, um saudita e dois de Bahrain. E à mesa à sua direita estavam dois astros de cinema, um diretor e um conhecido príncipe italiano. Eram muitas estrelas, e era engraçado estar ali com ele.

E ao menos naquela noite os dois não falaram sobre negócios. Eram apenas duas pessoas que saíram para jantar numa sexta-feira. Exceto pelo fato de que ela era casada e ele, seu cliente; parecia mais um encontro, porém melhor, de certa forma. Nenhum deles tinha de se preocupar com o resultado, ou a impressão que estavam provocando, ou as intenções ou compromissos do outro. Eram apenas amigos aproveitando uma noite boa.

— Steve deve ser muito cabeça fresca — comentou Callan enquanto o garçom servia a eles uma taça de Château d'Yquem com a sobremesa. Era um *sauterne* branco que Meredith sempre gostara e tinha o gosto de ouro líquido enquanto ela o sorvia.

— O que faz você dizer isso?

— Não estou certo se eu teria querido minha mulher saindo para jantar e dançar, quando eu era casado. Não estou certo nem se acreditei em Charlotte a esse ponto. — E ambos sabiam que ele não estivera errado em não acreditar.

— Steve sabe que ele não tem por que se preocupar. Eu estou segura — disse ela com um sorriso, quando notou uma morena muito bem vestida entrar no restaurante num vestido vermelho. Muitas pessoas pareciam saber de quem se tratava, e ela estava com um homem mais velho, muito atraente. Meredith achou que ela parecia familiar mas não conseguia saber quem era e, finalmente, observando-a conversar e sorrir de mesa em mesa, perguntou a Cal se ele a conhecia. Ele a olhou por um longo tempo. — É uma atriz? — Ela já passara da idade para ser modelo, mas não muito. E poderia ter sido, quando mais jovem.

— Não, é uma advogada — disse ele com um último olhar, e se virou para encarar Meredith novamente com uma expressão um pouco incomodada.

— Você a conhece? Eu a vi em algum lugar, mas não consigo lembrar onde.

— Você a viu na *W* e em outras revistas. Ela é muito sociável e conhecida, a maior parte de seus clientes é muito importante. Ela frequënta o *jet-set* — disse ele simplesmente.

— Quem é ela? — Meredith mostrou-se confusa, e Cal parecia indiferente, mas havia frieza em seus olhos quando respondeu.

— É minha ex-mulher — disse ele, olhando diretamente nos olhos de Meredith por sobre a mesa. Ele não parecia gostar daquilo.

— Sinto muito. — Ela podia ver que era uma lembrança da qual ele não precisava. E era uma infelicidade que ela estivesse ali.

— Não sinta. Nós temos boas relações agora. Eu a vejo sempre que ela vem visitar as crianças. — Mas Meredith podia sentir facilmente que, não importava o quanto ele escondesse, o encontro era doloroso para ele. Ela imaginou se eles iam se cumprimentar, mas, assim que o pensamento cruzou sua mente, a mulher de vermelho estava subitamente em sua mesa, estendendo a mão para Cal com um sorriso deslumbrante, que brilhava quase tanto quanto os diamantes em suas orelhas e dedos. — Olá, Charlotte — disse ele com simplicidade —, como vai?

— Bem. O que você está fazendo nesta parte do mundo? — Ela deu uma olhada em Meredith, no vestido preto simples e no colar de pérolas, e a elegante e jovem banqueira de investimentos foi instantaneamente descartada como pouco importante.

— Estou aqui a negócios. E esta é Meredith Whitman. — Ele apresentou-a polidamente e, um minuto mais tarde, Charlotte se movimentou e encontrou os amigos numa mesa dos fundos, para uma festa privada. Meredith se surpreendeu com o fato de que ela nem mesmo se importara em perguntar sobre as crianças. Ela disse algo sobre isso a Callan e ele deu de ombros, olhando para Meredith com um sorriso amargo. — Eu lhe disse, Meredith, as crianças não são o tipo de coisa de que ela gosta. Ela gosta de *glamour*, alta sociedade, negócios e brilho. Tudo o que interessa a ela são as grandes estrelas que ela representa. Ela é muito feliz aqui. — Meredith imaginou o quanto o aborrecera encontrar a ex-mulher, mas não o pressionou a dizer.

— Ela é deslumbrante — comentou Meredith, e muito bonita também. Dizia algo sobre o tipo de mulher pelo qual ele se sentia atraído. Era difícil não ficar um pouco ofuscada pela sua aparência e, de tudo o que Cal dissera, ela também era inteligente. Eram as coisas importantes, como valores, compaixão e integridade, que pareciam faltar a ela.

— Era modelo quando criança. Acho que isso subiu um pouco à sua cabeça. Ela gostava de toda a atenção e do dinheiro, mas sabia que não podia durar. Então construiu para si mesma algo que poderia durar. Ela é realmente uma advogada muito boa e adora todo esse mundo do entretenimento. Adora todas as suas pequenas estrelas de cinema, acho que vive indiretamente através delas. E são todos loucos por ela. Talvez seja por isso que ela não está tão interessada em seus próprios filhos. Os clientes são suas crianças, e ela obtém deles todo o carinho de que precisa.

— Mais ou menos como eu. — Meredith sorriu. — Meus clientes

são meus filhos. Como você. Eu preparo tudo e então mando vocês para o mundo para fazerem muito dinheiro e serem um grande sucesso. — Ele sorriu com a comparação e sacudiu a cabeça.

— Acho que é um pouco mais. Mas o que você tira disso, Meredith, fora o óbvio? — Ambos sabiam que ela ganharia muito com a Dow Tech, mas ele também sabia que ela o fazia por algo mais que o dinheiro. Ela amava o que fazia. E era brilhante naquilo. Nos meses em que tinham trabalhado juntos, e particularmente nos últimos dias, ele ficara muito impressionado.

— Eu amo o que faço — disse ela, respondendo à pergunta dele. — E é verdade, de certa forma meus clientes são meus filhos. Não preciso de crianças. Tenho tudo o que preciso de vocês e de Steve.

— Não é a mesma coisa, eu garanto. Você está perdendo algo muito importante. — Ele olhou pela sala e depois para o lugar onde Charlotte estava sentada. — Assim como ela. Ela nunca entendeu o que estava perdendo. E, no caso dela, é um crime de verdade. Pelo menos você não teve filhos, não está magoando ninguém com sua decisão, exceto talvez você ou Steve. No caso dela, não está apenas perdendo alguma coisa, mas está maltratando nossos filhos com o fato de não terem uma mãe de verdade.

— Talvez seja a hora de você se casar de novo — disse ela corajosamente. — Não apenas por você, mas por eles também.

— Ótimo. E depois? Deixá-los passar por outro divórcio? Pelo menos na última vez todos eles eram muito pequenos para entender o que estava acontecendo. Mary Ellen tinha seis anos e ficou com o coração partido, mas Julie tinha quatro e Andy menos de dois. Foi um pouco mais fácil para eles. Da próxima vez, não. Eles estão mais velhos agora. Velhos o suficiente para ficarem machucados.

— O que faz você pensar que vai se divorciar da próxima vez, Cal? Não acha que aprendeu alguma coisa no passado?

— Sim. Não me casar de novo. — Ele sorriu, mas não soava bem-humorado, e sim amargo e sofrido. — E não acreditar, não ser tão estúpido da próxima vez. Charlotte começou seu negócio em Londres com o dinheiro que tirou de mim.

— Sorte a dela.

— Acho que sim — disse ele, enquanto pedia a conta. — Além disso — falou com um olhar divertido —, meus filhos não me deixariam casar de novo. Acho que eles têm bem claro que me querem só para eles agora.

— Isso não é justo nem bom para eles, ou para você.

— Para mim é muito bom. Eles são como três pequenos anjos da guarda, que me mantêm longe de me tornar um tolo, ou de fazer algo estúpido.

— Você é muito inteligente para ser tão cínico, Cal, ou tão covarde. — Ela estava falando com ele como uma amiga, e ele sabia disso.

— Por que você está tentando me vender um casamento? — Ele estava intrigado com a persistência dela.

— Porque eu acho que é uma coisa maravilhosa. A melhor que fiz.

— Então você tem muita sorte. — Ele sorriu calorosamente para ela e pareceu relaxar novamente. — E Steve também. Vamos, garota, vamos dançar. — Ele pegou a mão dela e a levou para fora do restaurante, sem um olhar para trás, na direção de sua ex-mulher. Para ele, era um livro fechado, e Meredith ficou aliviada quando se viu novamente na rua. Ela sentira a tensão dele ao se encontrar com Charlotte. Era óbvio que ele não tinha bons sentimentos em relação a ela, não importava quantos filhos tivessem.

Eles conversaram agradavelmente no caminho para o Annabel's, no Daimler com motorista que ele havia alugado no hotel. Ele pediu champanhe para ambos e a levou para a pista de dança e, uma hora mais tarde, voltaram para a mesa. Ela estava se divertindo muito. Ele era um grande dançarino e muito engraçado. E ela sentia muito por ele, de certa maneira, ser tão amargo. Fora muito machucado, mas em todos os outros aspectos ele era um homem muito charmoso, e ela pensou que ele merecia mais do que estava querendo ter. De certa forma, o trabalho e as crianças não pareciam suficientes para um homem como ele, embora ela não soubesse o que mais ele tinha em sua vida. Em todas as vezes que viajaram juntos, ele nunca mencionara uma namorada, companheira ou mulher, e ela não podia deixar de imaginar o que ele fazia para se divertir, além do trabalho e de sair para dançar com sua banqueira de investimentos.

Permaneceram no Annabel's até as duas da manhã e então voltaram ao Claridge's. Estavam sorridentes, felizes, cansados e relaxados. E, sem um pensamento qualquer além de amizade, ela poderia ter dançado com ele a noite toda. Ele a segurava confortavelmente em seus braços, dançando rápido ou devagar, movendo-se perfeitamente com ela, mas ainda assim sem passar dos limites, e nunca perto demais. Ela não se sentiu desconfortável com ele em nenhum instante. De fato, ela se sentia ainda mais próxima dele que antes. E ver Charlotte no Harry's Bar e a reação dele foram um vislumbre intrigante de seu passado.

— O que temos na agenda para amanhã? — perguntou ele quando a deixou na porta do quarto.

— Pensei em fazer umas compras. Adoro os antiquários daqui.

— Eu também — disse ele simplesmente. — Importa-se se eu for junto?

— Claro que não. — Mas ela se lembrou dos tesouros que tinha visto na casa dele. — Você talvez queira ir a alguns lugares mais chiques. Estava só pensando em dar umas voltas.

— Não posso pensar em nada de que eu gostasse mais — disse ele confortavelmente e então acrescentou. — Passei bons momentos esta noite. Você é uma companhia maravilhosa, Meredith. —

Talvez, mas ela decerto não era tão sofisticada ou deslumbrante quanto sua ex-mulher. Charlotte era inteiramente diferente, e ela imaginou se, em comparação, Callan a achava um pouco maçante. Ela era bem mais conservadora que sua ex-mulher. Mas também bem mais real.

— Também me diverti. Obrigada, Cal. O jantar foi maravilhoso e amei dançar com você. Nunca saio para dançar com Steve. Ele está sempre tão cansado, ou trabalhando, e eu cheguei à conclusão, depois de tantos anos, que os cirurgiões simplesmente não podem dançar. Adorei. Obrigada — disse ela calorosamente e estava falando sério.

— Irei a Nova York e a levarei para dançar qualquer dia. Nós podemos ser os novos Ginger Rogers e Fred Astaire, parceiros dançarinos e bons amigos. — Ela sorriu com a comparação e, depois que lhe deu boa-noite, fechou a porta de seu quarto. Ela estava cansada, mas se divertira bastante. Quando olhou para o telefone, viu que a luz de mensagens estava acesa. Ao ligar para escutá-las, ficou sabendo que Steve a chamara três vezes, mas ela estava cansada e decidiu ligar para ele só pela manhã.

Ela largou o vestido numa cadeira, jogou os sapatos longe, escovou os dentes, colocou o pijama e foi direto para a cama.

Ainda estava adormecida às oito horas da manhã seguinte quando o telefone tocou. Era Steve.

— Onde você esteve a noite toda? — Ele agora parecia aborrecido.

— Eu lhe disse que ia sair com Cal. — Ela ainda estava semi-adormecida e bocejou.

— A que horas você chegou? Às quatro da manhã?

— Não. Às duas. Fomos jantar no Harry's e depois tomar uns drinques no Annabel's. — Ela não tinha segredos para o marido. Sempre tivera a intenção de contar a ele sobre o Annabel's, apenas não quisera preocupá-lo antes.

— Você dançou com ele?

— Não. Mas dancei com muitos garçons e o *maître*. Claro que dancei com ele, seu bobo. Não foi nada demais.

— Talvez seja para mim. — Ele parecia uma criança petulante, e ela estava se divertindo. Steve sabia que não precisava se preocupar com ela em relação a outro homem. Mesmo se eles tivessem saído para dançar.

— Bem, não deveria. Foi uma noite perfeitamente respeitável. Nós até encontramos a ex-mulher dele.

— Isso deve ter sido engraçado. De qualquer maneira, desculpe por estar sendo estúpido. Apenas estou sentindo sua falta e não acho que goste de você viajando por aí com outro homem.

— Daqui para a frente vou pegar apenas clientes mulheres, prometo. Vou dizer isso lá na firma.

— Tudo bem, tudo bem, eu sou um imbecil. Mas eu a amo e você é linda demais para ficar viajando pelo mundo com homens solteiros bonitos.

— Ele é um perfeito cavalheiro, querido, eu juro. — Ela já tinha acordado agora e sentia muito por ele ter se aborrecido com aquilo. Uma coisa era ele ficar levemente aborrecido e outra ele estar realmente preocupado. Provocar ciúmes um no outro era um jogo que nenhum deles jamais havia jogado. — Nós não vamos dançar novamente, eu prometo. Foi apenas uma vez, porque estamos ambos enfiados aqui para o fim de semana e temos trabalhado duro. Acho que queremos celebrar nosso sucesso, mas ele realmente é inocente e somos apenas bons amigos. Você vai gostar dele.

— Tudo bem. Desculpe, Merrie. Acredito em você. Faça o que quiser. O que vai fazer hoje?

— Nada demais. Algumas compras. Pedi à portaria para me conseguir algumas entradas de teatro. — O teatro era tão bom em Londres, que ela sempre ia quando estava lá. — Estou indo para Genebra amanhã à noite e então estaremos de volta ao trabalho.

— Fico feliz porque você vai estar em casa logo.

Ele parecia ansioso e preocupado e ela sentia muito. Não pretendera aborrecê-lo. Ele era muito bom para merecer aquilo.

— Ele continua tentando me convencer a ter filhos.

— Espero que não com ele. — Steve parecia novamente preocupado, e ela sorriu.

— Não, com você. Ele fica me falando o quanto nós temos sorte. Acho que ele foi muito machucado pela ex-mulher. Está divorciado há oito anos, e acho que ainda está perdido. Você deveria ver a ex-mulher dele, ela é deslumbrante, mas uma verdadeira engrenagem de trabalho. Vive aqui. Ela o deixou com as crianças e fugiu com o sócio dele.

— Mulher bacana. Vou ter de dar uma olhada nesse cara um dia desses.

— Ele é pequeno, gordo, feio e tem verrugas.

— Sim, e parece Gary Cooper. Eu lembro dessa parte. Não me lembro de Gary Cooper ter verrugas.

— Talvez você não tenha olhado de perto.

— Bem, não o olhe de perto também. Venha logo para casa, querida, estou com saudades.

Era estranho, mas ele parecia totalmente enervado por Callan Dow, o que não era comum. A maior parte das vezes ele não se importava com os homens com quem ela fazia negócios. Mas, por alguma razão, desta vez parecia diferente. Talvez ele tivesse lido muito sobre ele. Os jornais sempre faziam Callan parecer glamouroso, arrojado e um mago dos negócios. Ele era todas essas coisas, mas, como qualquer um, era humano. E Meredith amava muito o marido.

— O que você vai fazer hoje?

— Não sei. Largo às nove da manhã. São três agora. Mas é tão chato quando você não está aqui para se divertir comigo.

— Estarei em casa na semana que vem e poderemos nos divertir todo o fim de semana.

— Mal posso esperar para vê-la. — Ele estava mais solitário do que o normal e, por alguma razão, parecia inquieto. Talvez estivesse realmente com ciúmes e irritado por sua viagem com Callan. Ela quase se arrependeu por ter contado que saíram para dançar, mas ela nunca mentira para ele. E ele sabia disso. — Faça boas compras hoje. Ligue para mim quando voltar ao hotel.

— Ligo — prometeu ela, e falava sério. Mas ela e Callan vagaram pelas lojas até as seis e depois voltaram correndo para se vestir para o jantar e o teatro.

Eles foram para o Rule's, sentaram-se no andar de cima, numa mesa privativa, e depois saíram para ver uma nova produção de *Romeu e Julieta* e gostaram muito. Foram ao Mark's Club, do qual ele era sócio, para tomar drinques e na hora em que chegou em casa ela estava muito cansada para telefonar.

Meredith ligou para Steve no domingo à tarde, antes de partir para Heathrow, mas ele estava fora, e ela tentou novamente quando chegou a Genebra, mas ele já estava trabalhando. Então ela desistiu e saiu para jantar com Callan e Charlie McIntosh, foi para a cama cedo e na manhã seguinte fizeram a apresentação para os investidores suíços. Charlie, mais bem-humorado do que antes, estava sendo realmente civilizado com Meredith depois do encontro. E Callan ficou feliz por ver aquilo.

Às quatro da tarde os três estavam num avião para Paris e todos foram surpreendentemente agradáveis durante a viagem, o que levou Meredith a crer que Charlie finalmente tivesse começado a compreender o que estavam fazendo. E sua benevolência com ela havia aumentado consideravelmente depois de dois martínis no vôo para Paris.

Eles chegaram ao Ritz na hora do jantar e, antes que Meredith pudesse dizer uma palavra, Callan informou-lhe que ele havia feito reservas no Tour d'Argent. Charlie tinha outros planos. Ela colocou o único outro vestido de noite que levara, um verde-claro de seda, da cor de seus olhos. Quando apareceu no bar do Ritz, várias cabeças se viraram, e Callan sorriu ao vê-la.

— Você está estonteante, Meredith! — ele disse, sem hesitar.

— Obrigada.

O jantar foi previsivelmente maravilhoso, e eles gastaram a maior parte da noite falando de negócios, apesar da refeição suntuosa e do ambiente elegante. Ela queria prepará-lo para a apresentação da manhã seguinte. Os franceses nem sempre eram fáceis, mas as notícias de suas ofertas já haviam alcançado os investidores importantes e eles estavam ansiosos para entrar no barco de Callan. Meredith achava que não teriam problema com os franceses.

O carro levou-os de volta para o hotel, e eles andaram vagarosamente em torno da Place Vendôme para tomar ar. Era meados de setembro, e a noite estava bonita e agradável. E, quando voltavam para o hotel, ela sentiu frio no vestido fino e Callan colocou seu paletó sobre os ombros dela. O tecido cheirava a colônia dele e os dois pareciam um casal feliz enquanto conversavam, sorriam e olhavam as vitrines de jóias. Fora uma noite muito prazerosa. Após a apresentação no dia seguinte, ainda ficariam uma noite em Paris e então voltariam para Nova York na quarta-feira cedo, a tempo do último encontro com os sócios dela sobre a venda das ações. Como estas seriam negociadas no dia seguinte, o sindicato se dissolveria assim que todas fossem vendidas e seu trabalho com Meredith estaria acabado. Ele parecia quase nostálgico enquanto andavam vagarosamente de volta para o hotel através do quarteirão mais elegante de Paris.

— O que eu vou fazer sem ter você para conversar todos os dias, Meredith? Vou entrar em crise.

— Não, não vai. Você vai estar muito ocupado, cuidando de seus acionistas e do que eles querem, até mesmo para pensar em mim.

— Sinto como se estivessse sendo empurrado para fora do ninho para dar meu primeiro vôo — disse ele, enquanto passavam pelo Boucheron e Meredith admirava um enorme colar de esmeraldas.

— Você se virava bem sem mim antes de me conhecer — disse ela com segurança e então sorriu, apertando um pouco mais o paletó em torno de si. — Além disso, você tem Charlie para conversar.

— Essa é uma idéia assustadora — disse Callan, parecendo mais bonito que nunca numa camisa branca com gravata azul-escuro. Ele sempre estava impecável e tinha muito estilo. Parecia mais um cavalheiro do que o dono de uma bem-sucedida empresa de alta tecnologia no Vale do Silício. Aquilo a fazia pensar em Charlotte e no belo casal que eles deviam ter formado anos atrás. Era o tipo certo de homem para uma mulher muito bonita e glamourosa, e havia algo muito prazeroso em ser vista com ele. As pessoas sempre olhavam para eles quando saíam juntos. — De qualquer maneira, minha querida, vou sentir sua falta.

— Você pode me ligar para pedir conselhos gratuitos sempre que tiver um problema.

— Isso, se eu conseguir encontrá-la. Se você não estiver fora ou muito ocupada para ligar de volta — disse ele com tristeza. Ele realmente parecia triste com aquilo, e ela sorriu para ele.

— Meu escritório sempre sabe onde me encontrar — assegurou ela enquanto subiam os degraus do Ritz e entravam no saguão.

Passaram pelo longo corredor de vitrines cheias de jóias e presentes, e ele a deixou em seu quarto com um olhar de pesar enquanto ela lhe devolvia o paletó. Fora outra noite encantadora, e ela concordara em jantar com ele no Lucas Carton no dia seguinte, mas aquele jantar seria debitado para a firma. Ele havia pago a conta no Tour d'Argent, bem como no Harry's Bar, e ambas foram bastante altas. Ele gostava de jantar em restaurantes quatro estrelas da moda e não pensava na conta.

Eles se encontraram novamente no dia seguinte com Charlie

McIntosh e fizeram as apresentações finais. E os franceses ficaram tão ansiosos para investir na Dow Tech quanto todos os outros, desde o início. Seus resultados estavam acima de suas maiores esperanças e bem melhores do que seus analistas haviam previsto. Eles iam fazer uma entrada em cena trinfal quando as ações fossem negociadas pela primeira vez na quinta-feira. E o anúncio no *The Wall Street Journal*, divulgando quem havia subscrito o negócio, estaria cheio de nomes impressionantes. Ela explicara a Cal que algumas das grandes empresas haviam concordado em comprar menos ações e estavam querendo aparecer entre os nomes das empresas menores especializadas em assuntos de alta tecnologia. Era o sinal de um negócio muito bom, e seria muito prestigioso para eles. Era mais um gol que ela fizera para ele.

Quando voltaram para o hotel, às cinco horas, estava claro que eles mereciam uma celebração vitoriosa. No momento preciso, seu *tour* estava oficialmente terminado. Havia sido um sucesso maior do que ela esperara, e mesmo Charlie McIntosh estava sorrindo. Embora ele ainda não concordasse com o que Cal fizera, oficialmente, tinha de concordar que havia sido um trabalho bem-feito. Ele até mesmo comentou com Cal que Meredith era uma mulher extraordinariamente competente. E Charlie apertou a mão dela e congratulou-a por terem sido tão bem-sucedidos. Ele tinha de deixá-los poucos minutos mais tarde, já que ia pegar um vôo às oito da noite, de volta para a Califórnia. Cal ia seguir com ela para Nova York no dia seguinte, para o encontro final com os sócios dela. E eles estavam querendo ouvir que a proposta havia sido aprovada pela Comissão de Títulos e Câmbio naquele momento.

Ela usou um terninho escuro simples para o jantar no Lucas Carton, e ambos tiveram uma noite calma e um jantar extraordinário. Ele disse que havia falado com os filhos e que estavam bem, mas ansiosos para que ele voltasse para casa.

— Steve também — disse ela, enquanto tomavam café com

brandy. — Nós fizemos um trabalho excelente, de qualquer forma. — Estava satisfeita e feliz por ele. Ela amava o que fazia e fora divertido viajar com ele. Gostara mais dele do que da maior parte de seus clientes. Trabalhavam bem juntos e pareciam ter muitas coisas em comum. Partilhavam vários pontos de vista sobre o mundo financeiro, e ela sempre ficara excitada com as companhias de alta tecnologia com as quais trabalhava. Especializara-se nelas nos últimos cinco anos e conhecia seu trabalho, o que havia impressionado muito Callan. Ele fora advertido de que talvez tivesse de fazer um bom trabalho de educação com a firma de banqueiros de investimentos que escolhera. Mas realmente fora ela que o havia educado sobre o processo inteiro do lançamento de ações e o mundo dos investidores, e ele a admirava por aquilo.

— Então, aonde vai agora? — perguntou ele, enquanto bebiam o *brandy*.

— À próxima oferta pública de ações que entrar no meu caminho. Algum velho jogo. E você? O que vai fazer agora para se divertir? — Ela o provocou. Havia uma grande camaradagem entre eles. Mas Merrie tinha uma idéia precisa do que ele iria fazer a seguir. Callan já havia falado sobre uma série de novos produtos cirúrgicos de alta tecnologia que queria desenvolver.

— Na verdade, estou pensando em adquirir outra empresa — confessou ele. — Me dê um par de anos e a Dow Tech terá dez vezes o tamanho de hoje. — Ele estava contando com aquilo e planejando trabalhar a respeito.

— Eu adoraria isso. — Ela sorriu. Conversaram sobre isso por um tempo, ele não mencionara novas aquisições para ela antes. Estava cheio de boas idéias e queria alcançar novos horizontes. Não era homem de ficar acomodado sobre a fama, e ela gostava disso nele. Ela também não era desse tipo. Ambos eram ambiciosos, de maneira bastante similar.

Eles ainda estavam falando sobre suas idéias quando voltaram para o hotel e se sentaram no bar por mais um tempo. Ele tomou outro *brandy*, mas ela apenas se sentou com ele. Não queria ter uma dor de cabeça quando seguissem para Nova York no dia seguinte.

E ele parecia confortável e relaxado enquanto ficavam sentados lado a lado num reservado e conversavam até bem depois da meia-noite. Havia sempre tanto a dizer, dividir e discutir. Eles concordavam sobre muitas coisas, mas ela também o desafiava e ousava discordar dele. Dividiam um mundo que poucas pessoas gostavam ou compreendiam, e ele disse isso a ela com um olhar de admiração.

— Você fala com Steve sobre isso tudo? — perguntou ele, curioso. Não houvera jamais outra mulher com quem ele pudesse ser tão franco. Isso era muito raro em sua área, e ele sabia disso.

— Alguma coisa. Não do mundo da alta tecnologia. Mas ele vem se tornando um bom conhecedor de investimentos e de como tudo funciona. Ele impressiona a todos quando fala sobre lançamentos de ações no mercado financeiro. Algumas pessoas pensam que ele é um banqueiro, em vez de médico. — Ela sorriu ao dizer isso.

— Eu ainda acho que ele é um cara de sorte e espero que ele saiba disso.

— E sabe. — Ela sorriu novamente. — Também tenho sorte. Somos muito diferentes, mas funciona. Talvez porque tenhamos estado juntos desde sempre. Quase metade de minha vida. — Ela estava casada com ele por 14 de seus 37 anos e aquilo era bem impressionante.

— Fiquei casado apenas metade desse tempo e senti como se tivesse sido mandado para o Vietnã e estivesse sendo hospedado pelos vietcongues. De fato, gostei mais de meus dois anos em Da Nang do que de ter sido casado com Charlotte. — Meredith podia ver por quê, mas ela ainda sentia pena dele.

— Pelo menos você teve três lindas crianças.

— Tive. Sou grato a ela por isso. Às vezes é difícil acreditar que são dela. Charlotte parece tão distante deles, mas é como ela quer que as coisas sejam.

Aquilo não surpreendia Meredith, ela não parecera uma pessoa muito calorosa quando a encontraram no Harry's Bar. Bonita e charmosa, mas fria como gelo. Aquilo fazia Meredith questionar o que Callan estivera procurando quando se apaixonou por ela, se apenas as aparências importaram para ele então. E talvez ainda importassem agora.

Eles se sentaram por um longo tempo conversando no bar naquela noite, agarrando-se aos últimos momentos que teriam para dividir. No dia seguinte, iam voltar para suas próprias vidas, seus escritórios, as pessoas que eram importantes para eles, as crianças, no caso dele, e, no dela, Steve. Mas por esse único momento, essa última noite, eles estavam celebrando a vitória nos negócios e o mundo em comum que haviam dividido tão brevemente.

Sabendo disso, não foi surpresa quando ele tocou-lhe a mão e olhou para ela muito gentilmente.

— Quero que você saiba o quanto isso tudo foi importante para mim. Você fez um trabalho incrível, Meredith, e foi uma amiga maravilhosa.

— Gostei de trabalhar com você, Cal. — E viajar, sorrir e falar sobre tudo, desde lançamentos de ações até ter filhos. Ela também aprendera bastante com ele.

— Espero que tenhamos a chance de trabalhar juntos novamente algum dia — disse ele, triste.

— Bem, se você está falando sério sobre comprar outra companhia, eu posso apresentá-lo a algumas propostas. Vou manter os olhos abertos para encontrar a empresa certa para você.

— Isso é razão quase suficiente para fazê-lo, apesar das objeções de Charlie — disse ele com um sorriso, e pouco mais tarde acompanhou-a até o quarto. Ele a deixou do lado de fora, como sempre fazia, mas desta vez hesitou um instante, parecendo querer dizer algo, mas parou quando ela abriu a porta com a chave pesada de metal. — Boa noite, Meredith — despediu-se com simplicidade, observando-a. E então, sem palavra ou explicação, ela se inclinou para ele e beijou-lhe o rosto, virou-se e deu um passo para dentro do quarto.

— Boa noite, Cal — disse ela suavemente e então, enquanto ele ia embora, silenciosamente fechou a porta. Ela se sentou numa cadeira por um longo momento, olhando pela janela e pensando nele. Muita coisa acontecera nas últimas semanas. E ela esperava que, trabalhassem ou não juntos novamente, ele sempre fosse seu amigo a partir de agora.

Capítulo 8

O VÔO PARA NOVA YORK na quarta-feira pareceu rápido demais. Cal dormiu, e Meredith trabalhou. O pessoal de seu escritório lhe havia enviado muitos faxes antes de deixarem Paris. E ela ainda estava trabalhando quando o avião pousou no JFK.

Cal acordou e olhou para ela com um sorriso indolente, para depois dar uma espiada pela janela. O trem de aterrissagem havia acabado de tocar a pista.

— Que horas são? — perguntou ele, encobrindo um bocejo.

— Duas da tarde no horário local. Estão nos esperando às quatro horas no meu escritório. — Meredith sabia que eles demorariam algum tempo para passar pela alfândega, solicitar as bagagens e tomar uma limusine até a cidade. — Todo mundo quer parabenizá-lo.

— Eles deviam estar parabenizando você, Meredith. Espero que percebam isso.

Houve momentos em que ele se preocupou. Cal vira muito claramente que Paul Black não gostava dela, e se perguntava se seus outros sócios eram um pouco mais espertos.

— Eles sabem. — Ela sorriu, guardando a papelada às pressas na pasta.

Mas quando se encontraram com os sócios majoritários às quatro horas para a reunião de avaliação, todos apertaram as mãos de Cal, e os sócios que compareceram felicitaram-se uns aos outros. Em meio à grande quantidade de pessoas que estavam na sala de conferências, Meredith quase passou despercebida. Paul Black fez questão de lhe dizer que havia sido um trabalho muito bem realizado, mas a maior parte dos outros estava com o firme propósito de conversar com Callan e os outros sócios majoritários. Ela estava acostumada, e isso não a chocou. Eles formavam uma espécie de sociedade de velhos camaradas, uma fraternidade secreta que ainda tinha dificuldade para admitir mulheres. Por saber disso, o fato de ter virado sócia havia significado muito. Mas, como Callan dissera durante uma das muitas conversas que tiveram enquanto estavam viajando, havia dúvidas sobre até onde Meredith iria na firma, e se já havia chegado ao seu ponto máximo. Até agora, ela ainda se recusava a acreditar em tal coisa.

— É sobre Meredith que vocês deveriam estar falando. — Callan fez questão de dizer isso a todos. — Foi ela quem fez a mágica de colocar as coisas em ordem. Ela foi incrível — disse mais de uma vez, mas ninguém parecia especialmente interessado em ouvir o que ele estava dizendo, e isso o incomodou. Então foram interrompidos pela conferência telefônica com os vendedores de todas as firmas do sindicato, para discutir os últimos aspectos do negócio. Meredith comunicou a todos que o acordo havia sido aprovado pela Comissão de Títulos e Câmbio, e se tornaria efetivo de manhã, na abertura do pregão. Todos ficaram satisfeitos ao saber que haveria de fato uma provisão feita em acordo assinado, e a única coisa que restava fazer era determinar o tamanho da oferta e o preço por ação. Callan concordou em fechar com o número de ações indicadas na proposta, e em estabelecer o preço em um prêmio de apenas 20% acima daquele ali proposto, para que na negociação inicial, dada a tremenda subscrição excedente em relação aos limites da emissão que eles tiveram, o capital aumentasse rapidamente. Meredith disse que era como "deixar algo em cima da mesa", coisa que ela sabia que faria todos se sentirem bem em relação à oferta, e permitiria que o sindicato se dissolvesse imediatamente. Era o acordo perfeito, havia terminado de forma ideal, e Callan não tinha dúvidas de que ela fora a responsável por esse sucesso, do começo ao fim.

Ele tocou nesse assunto duas horas mais tarde, quando a deixou em seu apartamento numa limusine. Ele estava a caminho do aeroporto, voltando para a Califórnia. Seu negócio de risco já havia sido feito, o registro estava subscrito em onze para um, o acordo seria efetivado no dia seguinte, e o anúncio iria aparecer no *The Wall Street Journal* um dia depois, na quinta-feira. Missão cumprida. Mas Callan ainda não sentia que Meredith recebera a parte que lhe cabia da glória.

— Eles praticamente a ignoraram na reunião, Merrie — disse ele com um olhar de irritação. — O que há de errado com esses caras?

— Eles são assim mesmo. Mas isso não quer dizer nada. Eles sabem o que eu faço. Simplesmente não conseguem externar sua gratidão.

— Bobagem. Eles sabem que podem contar com você. Poderia tê-los deixado no maior rolo, ou ter feito um trabalho pela metade, mas não o fez. Executou, na verdade, um trabalho de primeira linha o tempo todo. Não acredito de jeito nenhum que pudéssemos ter um contrato subscrito em onze para um se não fosse por sua causa. O mínimo que eles poderiam ter feito era reconhecer isso.

— Isso não é importante — disse ela simplesmente.

— Então você é melhor do que eu. Se eu fosse você agora, estaria completamente louco. Você trabalhou como um mouro nessa oferta. Aqueles caras deveriam carregá-la nos ombros. — Calan estava realmente irritado, e ela esbanjava sorrisos na hora em que ambos chegavam ao seu prédio.

— Está tudo bem, Cal. Honestamente. Sou uma boa menina. Tudo o que me interessa são os resultados. Eles não precisam fazer nenhum estardalhaço por causa da minha pessoa. Esse é o meu trabalho.

Ele havia feito bastante barulho por causa dela, aquilo era demais, e as ações haviam sido bem cotadas. Meredith estava esperando que o preço das ações ficasse pelo menos 20% acima do preço da oferta. Tudo havia saído exatamente do jeito que ela queria. E ele achava que seus sócios deviam mais do que agradecimentos superficiais por isso.

— Tenha um bom vôo de volta — falou ela com um sorriso, assim que a limusine parou em frente ao portão principal de seu edifício, e o porteiro pegava as bagagens com o motorista.

— Vou sentir sua falta — disse ele, parecendo triste.

— Também vou sentir saudades. A gente se fala amanhã, quando as ações começarem a ser negociadas. Vou deixá-lo a par de tudo. — Ela hesitou por um instante, antes de sair do carro, e, por um minuto, ele segurou sua mão.

— Meredith, obrigado por tudo. — Aquele era um momento de emoção entre eles. Ela o havia ajudado a realizar seu maior sonho, e isso significava muito para ele. — Cuide-se bem. E diga para aquele seu marido sortudo que vocês têm um amigo na Califórnia.

— Obrigada, Cal. — Ela beijou seu rosto, saiu do carro e ficou de pé em frente à portaria, acenando, enquanto a limusine seguia na direção do aeroporto. Era estranho ter de subir para o apartamento. Estar agora em casa era um anticlímax, ainda mais depois que a encontrou vazia.

Steve lhe havia deixado um bilhete, pois teve de voltar para o hospital naquela noite, mas prometeu que estaria em casa no dia seguinte, bem na hora em que ela chegasse de seu escritório.

"Bem-vinda de volta... Eu te amo", escrevera ele, o que fez com que ela sorrisse enquanto lia.

Não estava desapontada por não tê-lo encontrado, já se acostumara com isso, e podia aproveitar o tempo para ler a correspondência, botar a papelada em ordem e lavar as roupas. E mais tarde, naquela mesma noite, Meredith ficou feliz quando ele ligou. Ela estava lendo na cama, e pulou quando o telefone tocou.

— Bem-vinda de volta, Merrie. Desculpe por eu não estar aí com você.

— Tudo bem. De qualquer maneira, estou muito cansada. Vou para a cama cedo. — Eram seis horas a mais para ela, de acordo com o fuso horário francês, ou seja, aproximadamente cinco horas da manhã. — Como vai o trabalho?

— Uma loucura, como sempre. Dois acidentes de carro, os mesmos membros de gangues que vivem atirando uns nos outros só por prazer e um lunático que pulou na frente do metrô.

— Para o seu mundo, parece uma noite normal. — Ela sorriu. Para os padrões dele, isso era comum.

— É. Mas podia estar trabalhando menos nesta noite. Estarei em casa amanhã. Tudo bem com você?

— Ótimo. Só estou cansada. — E, por algum motivo, deprimida. Mas isso acontecia algumas vezes quando ela voltava para casa após um *tour*. Era bom estar em casa, mas havia um certo abatimento. Seu bebê havia deixado o ninho e voado, e o trabalho com ele estava terminado. Que viesse o próximo. Mas havia um vazio dentro da calmaria.

Ela não dormiu bem naquela noite, pensando nisso, e a caminho do escritório no dia seguinte, viu a prova do anúncio para a edição de sexta-feira do *Wall Street Journal*. Estava exatamente como devia ser, o nome deles colocado no canto esquerdo, o que indicava que sua firma fora a detentora do registro; havia várias outras de grande porte listadas abaixo de firmas menores, uma prova de como o negócio era bom como ela dissera a Callan. E Meredith chegou em seu escritório a tempo de se certificar de que as ações estavam sendo bem negociadas.

Todo mundo estava falando sobre a Dow Tech. O preço de suas ações já estava subindo, mas não tão rápido ou tanto que a fizesse parecer tola por não as ter valorizado mais. Era uma oferta excepcional, o que todos querem que aconteça quando abrem o capital de uma empresa. Ela estava sentada em sua mesa, sentindo-se satisfeita com tudo aquilo, quando Cal lhe telefonou.

— E então, qual é a nossa próxima parada, Meredith? Estou pronto para visitar a próxima cidade — provocou ele.

— Eu também. Não consigo acreditar que acabou. Olhando para trás, tudo parece ter sido tão fácil. — Ela sorriu quando disse isso, mas tudo havia ocorrido com muita tranqüilidade.

— Sim, como um parto. Só parece fácil agora porque tudo correu muito bem, graças a você. Não sei o que fazer de mim mesmo agora que voltei.

— Você vai pensar em alguma coisa. — Ela sabia que ele tinha vários projetos no fundo da manga, haviam conversado bastante sobre isso.

— Como estava Steve quando você chegou? — perguntou ele educadamente. Já pareciam velhos amigos.

— Eu ainda não o vi. Ele estava trabalhando. Vai tirar o fim de semana, e disse que iria trancar com um cadeado a minha pasta.

— Não o culpo. Eu faria o mesmo. Diga a ele para levá-la para dançar. — Ela riu com isso. Steve não era nenhum Fred Astaire, assim como Callan. De fato, ele detestava dançar. Preferia ficar sentado em casa e ver televisão com um copo de vinho.

— Temo que isso não faça muito a sua cabeça. Provavelmente iremos a um cinema amanhã. Tem mais a ver com o seu estilo. E quanto a você? Como vão seus filhos?

— Ótimos. Acho que eles mal sentiram a minha falta. — Cal e Meredith eram como duas crianças que voltavam, depois de uma temporada no campo ou no internato, e ainda não sabiam o que fazer em casa. — Eles estão com inúmeros planos para me torturar durante todo o fim de semana. As meninas querem que eu as leve para passear na cidade, e eu preciso levar Andy para o treino de futebol. Tudo isso é muito estimulante.

Ambos levavam vidas relativamente tranqüilas, embora Meredith suspeitasse que esse nem sempre fosse o caso de Callan. Charlotte havia sugerido isso.

— Não há nenhum grande evento social neste fim de semana? — Ela ainda demonstrava curiosidade por ele, mesmo depois do tempo que passaram juntos, talvez até mais.

— Quer dizer algo como um bingo na igreja? — provocou ele. — Eu faço isso nas terças-feiras.

— É, eu também — ela riu. — Na verdade, vou encontrar um novo cliente na semana que vem para falar sobre a oferta pública de ações de uma empresa. Parece bastante interessante. Trata-se de uma pequena firma de alta tecnologia em Boston.

— Estive fora menos de um dia, e você já está me traindo. Pensei que você fosse pendurar as chuteiras depois dessa e simplesmente viver das lembranças. — Ele parecia poético enquanto dizia isso.

— Como vai Charlie, já que falamos em lembranças? Feliz por estar de volta ao mundo dos falidos?

— Não tenho certeza — disse Cal vagamente. — Ele agendou uma reunião comigo hoje à tarde, e tenho a impressão de que algo está sendo tramado. Ainda está chateado pelo fato de nos termos tornado públicos, mas isso não é segredo algum. Você sabia disso.

— Charlie não é daqueles que mantêm exatamente em segredo seus sentimentos — ela riu. Não sentia falta dele. Charlie havia permanecido intratável até os últimos minutos, mas ficara momentaneamente afável quando os deixou. Até mesmo ele tinha de admitir que todo o processo havia se saído bem melhor do que qualquer um poderia esperar.

— Bem, tenha um bom fim de semana, Meredith, e um bom descanso. Você o fez por merecer.

— Para você também, Cal.

— Vou ligar na semana que vem para ver como estão as coisas — prometeu ele.

Ela desligou, ficou presa no escritório durante toda a tarde, e quando voltou para casa às seis horas, Steve a esperava. Ele a tomou nos braços assim que entrou na sala de estar, envolveu-a e a beijou.

— Meus Deus, como senti a sua falta.

— Só fiquei longe uma semana, seu bobo.

— Pareceu muito mais. Pelo menos para mim. — Ele sorriu e a beijou novamente, serviu uma taça de vinho para ambos e, uma hora depois, após conversarem por algum tempo, começou a preparar o jantar. Estava ansioso para conversar com ela, vê-la e senti-la ao seu lado na cama.

Ele preparou um prato de massa, salada e pão de alho e, durante a refeição, foi muito amoroso. Por isso mesmo, o resto da refeição ficou intacto quando ele a carregou para o quarto. Eles não saíram da cama naquela noite, e quando ela acordou no dia seguinte, jogou fora os restos do jantar e colocou a louça na máquina de lavar. Steve ainda estava dormindo quando ela abriu o *The Wall Street Journal* e viu que o anúncio que havia aprovado no dia anterior estava exatamente do jeito que queria.

Meredith saiu calmamente para o escritório, e Steve telefonou para lá assim que acordou ao meio-dia. Pela primeira vez ela conseguiu voltar para casa cedo. Steve a esperava na sala de estar, já com o jantar servido e, assim que terminaram de comer, foram ao cinema.

De todas as maneiras possíveis, aquele havia sido um fim de semana idílico. Eles conversaram, riram e deram longas caminhadas no parque. O clima ainda estava quente e balsâmico, era aquele momento perfeito do ano em Nova York que parecia com a primavera e que se dava nas últimas semanas de setembro.

E, no sábado à noite, eles saíram para jantar num restaurante da vizinhança do qual ambos gostavam. Ficava bem distante do Harry's Bar, onde ela havia passado a noite do sábado anterior com Callan, mas era exatamente isso o que queria. Pela primeira vez em meses, Meredith e Steve conseguiram passar horas ininterruptas juntos. Ele ficou ausente dos plantões durante todo o fim de semana, e ela obedeceu à promessa que havia feito de não tocar em sua pasta. Tudo estava perfeito. E, na manhã de segunda-feira, quando ela saiu para trabalhar, o marido colocou o jaleco e foi para o hospital. Dessa vez ele ficaria ausente durante dois dias, parte desse tempo ocupado com visitas ao hospital e efetivamente de serviço durante todo o resto. E ambos teriam algumas semanas tranqüilas, ou pelo menos Meredith. Quanto a ele, nada se podia prever.

Ao chegar, ela foi logo checando as ações da Dow Tech, e tudo estava andando num ritmo bom, o que a satisfez. Estava pensando em ligar para Cal para felicitá-lo novamente por isso, quando sua secretária a chamou pela campainha.

— Callan Dow na linha, senhora Whitman — disse ela animadamente, e Meredith parou o que estava fazendo para atender a ligação.

— Tudo bem? Eu ia ligar para você. As ações ainda vão indo muito bem. — Ela havia comprado um lote razoável para si mesma, logo depois da abertura do pregão, como permitia a Comissão de Títulos e Câmbio, e por isso também passou a ter um interesse pessoal por elas. — Quais são as novidades na Califórnia?

— Bem, Meredith — disse ele, parecendo, por um minuto, um estranho. — As coisas mudaram e se agitaram por aqui.

Muita coisa havia acontecido desde sexta-feira, e ele ainda não tinha tido a chance de lhe telefonar desde o começo do fim de semana. Ocupara-se demais com as crianças.

— O que isso significa? — Meredith parecia confusa, mas intrigada com o jeito dele falar.

— Charlie pediu demissão na sexta-feira, o que poderá ser um problema, se houver mal-estar entre os acionistas ou se um processo for desencadeado, mas espero que isso não venha a acontecer. Tivemos uma conversa longa e séria, e ele simplesmente não consegue aceitar o fato de que somos uma empresa de capital aberto. Não quer dar satisfações aos acionistas e se opõe violentamente ao fato de eu ter adquirido outra companhia. Na verdade, ele foi bastante tolerante e disse que eu o superei. Em sua opinião, ele está muito velho para fazer a liquidação. E, honestamente, vendo como se sente, acho que ele tomou a decisão certa.

Meredith inclinou a cabeça em aprovação enquanto pensava no assunto.

— Talvez tenha sido melhor assim, Cal, embora eu saiba que vocês tenham um longo passado juntos. Agora você precisa encontrar alguém que se adapte à direção que está tomando, queira crescer ao seu lado e até se entusiasme com isso.

— É o que estou esperando — disse ele.

— Você já tem alguém em mente? Quanto ele lhe deu de prazo?

— As respostas para ambas as perguntas são "sim" e "duas semanas", nessa ordem.

— É um prazo bastante generoso.

— Para falar a verdade, acho que ele já havia tomado essa decisão antes do *tour*, e só estava esperando para me comunicá-la quando voltássemos. Agora que decidiu que vai embora, ele não julga necessário adiar. — E sair também foi difícil para ele. À sua maneira, Charlie amava a Dow Tech e o que a empresa representava para ele. Callan sabia disso melhor que Merrie.

— Então, quem você está pensando para o trabalho? Alguém de fora ou de dentro da empresa? — perguntou ela, soando pensativa, tentando se lembrar de algum conhecido para sugerir, mas não conseguiu.

— Na verdade, ela é de fora. — Sentado em sua mesa, ele estava sorrindo, mas Merrie não podia ver a cena. — Queria ver o que você acha da minha idéia.

— Será que eu a conheço? — Ela parecia interessada. Afinal, tinha agora um interesse maternal pela Dow Tech, e ficou tocada pelo fato de ele ter lhe telefonado para avisá-la.

— Intimamente. Na verdade, acho que essa pessoa é a substituta perfeita para Charlie.

— Estou morrendo de curiosidade, Cal — disse ela, sorrindo. — Quem é?

— Dê uma olhada no espelho, Merrie — disse suavemente, e houve uma longa pausa até ela absorver o que ele estava dizendo.

— O que isso quer dizer? — Ela parecia assustada.

— Gostaria que você fosse a nossa nova diretora financeira, Meredith. Você é exatamente o que esta empresa precisa. Tem o mesmo tipo de visão que eu e as mesmas metas para a empresa. Você sabe tudo que há para se saber nesse negócio. E já compartilhei todos os meus segredos e planos futuros com você. Merrie, você é perfeita. — A princípio, ela pensou que era uma brincadeira. Pelo menos esperava por isso. Era muito lisonjeiro de sua parte, mas não havia jeito dela aceitar. Meredith já tinha um emprego, um lar e um marido, e não tinha condições de deixar Nova York no momento. O que Steve iria fazer?

— Há anos que ninguém me diz nada tão gentil, Cal. — Ela detestava desapontá-lo, mas sabia que tinha de fazê-lo. — Mas você sabe que eu não posso aceitar.

— Por que não? — Ele não queria uma resposta negativa. — É claro que você pode, se quiser. — Parecia que iria ficar insultado se ela não o fizesse.

— Sou uma gerente de investimentos bancários, Cal. E realmente não conheço o suficiente do seu negócio para me tornar uma diretora financeira eficiente. Por mais insuportável que seja, Charlie conhece muito melhor a empresa do que eu. E mais, sou sócia na minha firma e tenho um marido que trabalha aqui. Não posso simplesmente largar tudo e me mudar para a Califórnia.

— As pessoas fazem isso o tempo todo, Meredith. Elas mudam de carreira, emprego, área; a vida é feita disso, de mudanças e crescimentos. Ter você por aqui seria espetacular. E tem mais, você está caminhando para um beco sem saída onde está, e sabe disso. Pode-se ler isso em todas as paredes da sua firma. Eles não gostam de você, não têm a menor noção de quão extraordinário é o seu trabalho, mas eu tenho. Você seria inestimável por aqui. E, para ser bem direto, iria ganhar muito mais dinheiro. Esta poderia ser uma grande oportunidade. E Steve arrumaria um emprego por aqui. Temos ótimas unidades traumatológicas. O Hospital Geral de São Franscisco é um dos melhores do país. Será que isso responde a todas as suas objeções? — Ela ficou prostrada por um instante enquanto escutava.

— Algumas delas. Mas não posso simplesmente tomar uma decisão como esta de uma hora para outra. Vou ter que conversar com Steve. Ele possui um ótimo emprego.

— Como o número dois. Talvez pudesse ser o número um por aqui. Por que você não conversa isso com ele?

— E dizer o quê? Que estou desistindo de uma carreira de doze anos e quero que ele faça o mesmo, para me acompanhar? Cal, essa é uma decisão muito importante. — Ela parecia ter perdido a respiração enquanto respondia. O que acabara de ouvir realmente a deixara tonta.

— Sei disso, Meredith. Não esperaria que fosse fácil. Mas, como seu amigo, posso dizer que acho que esta é a melhor coisa que já lhe aconteceu. Por que você não aparece por aqui esta semana para conversarmos?

— Não posso — disse ela, parecendo aterrorizada. Era a primeira vez que ele a sentia perturbada.

— Por que não? — Ele era implacável quando queria algo, e ela se sentia como se houvesse um trem expresso vindo em sua direção. Havia razões que explicavam o sucesso de Callan Dow. Quando queria algo, insistia até conseguir.

— Tenho reuniões durante esta semana — disse ela fracamente.

— Então venha na semana que vem, ou neste fim de semana. Mas vamos pelo menos discutir essa possibilidade.

— Eu conheço o trabalho, Cal. Conheço a empresa. Conheço você. Esse não é o problema. Não precisa me cortejar. Mas eu tenho uma vida por aqui.

— Você teria uma vida melhor aqui. Quer que eu fale com Steve sobre isso?

— Não, eu mesma falo. Mas ele vai achar que fiquei maluca, ou que você ficou. — Ela soava preocupada, mas ele parecia eufórico, o que a assustou. E ele nem queria ouvir suas objeções.

— Talvez eu esteja maluco, mas esta é a melhor idéia que tenho em anos. Acho que Charlie McIntosh me fez um grande favor.

— Creio que o que ele fez foi virar a minha vida de cabeça para baixo — disse ela, rindo, enfim tomando fôlego. Cal era surpreendente.

— Você vai pelo menos levar isso em consideração? Converse com Steve e veja o que ele acha. Ele é um sujeito esperto, pelo que você me diz. Pode ser que ele simplesmente veja isso como uma tremenda oportunidade, o que de fato é. Meredith, pretendo oferecer opções para você adquirir mais do que um por cento da empresa, e poderia lhe pagar bem melhor do que eles.

Isso era inquestionável. Em se tratando das opções acionárias a que ele estava se referindo, a oferta era muito tentadora. Mas eles ainda tinham uma vida em Nova York, e precisavam levar o trabalho de Steve em consideração. Palo Alto ficava muito longe de Manhattan e de tudo que eles tinham e conheciam.

— Cal, sua oferta é incrível. Mas eu não sei. Não acho que seria fácil para Steve deixar a unidade traumatológica. Simplesmente, não estou gostando da idéia de pedir para ele fazer isso. Não seria justo com ele.

— E se as coisas fossem diferentes, e ele estivesse recebendo a proposta fantástica que implicasse uma mudança, você iria? — Callan estava fazendo-a pisar em ovos.

— Ele não me pediria para fazer isso, Cal. Steve é muito decente para tal.

— Não é uma questão de decência, Merrie, trata-se de negócios, grandes negócios, uma chance para vocês ganharem dinheiro de verdade e ter uma boa vida por aqui.

— Vou conversar com Steve — disse ela finalmente —, mas não fique muito esperançoso. Tenho de respeitar o fato de que ele tem um bom emprego por aqui, e pode não querer se mudar. Talvez você tenha de encontrar alguém aí na Califórnia, alguém que já esteja na empresa e em quem você não está pensando no momento.

— Ninguém na minha companhia chega aos seus pés, Meredith. Até Charlie sugeriu que eu conversasse com você. Ele ficou muito impressionado com você. Vamos lá... Eu preciso de você... Não me decepcione, não depois de tudo que fizemos juntos. Esta é a minha cria, Merrie, e um pouco sua também. Não quer me ajudar a torná-la ainda melhor?

— Pare de me deixar culpada — disse ela rindo. — Você é terrível!

— Eu só quero que venha aqui para conversar isso comigo. Quanto mais cedo, melhor. Você vem esta semana, Merrie?

— Deixa eu conversar com Steve primeiro. Ele está no hospital, mas vai voltar para casa na quarta-feira. Não quero conversar sobre esse assunto com ele ao telefone.

— Não pretendo esperar tanto tempo. Vá encontrá-lo. Você poderia vir aqui na quarta-feira.

— E o que eu devo dizer para os meus sócios? — Ela mais uma vez parecia aturdida com a perspectiva de largar tudo e correr para a Califórnia, a fim de falar sobre um novo trabalho com Callan. Isso estava começando a parecer assustador. Mas era intrigante.

— Diga-lhes que precisa de umas férias. Você faz por merecê-las.

— Detesto mentir, Cal.

— Oh, pelo amor de Deus, diga-lhes a verdade, que não gostam de você e que não a merecem; eu, sim. Por isso você virá à Califórnia para me encontrar.

— Eles realmente vão adorar isso, Cal.

— É a verdade, você sabe, Merrie. E eles sabem disso também. Agora vá falar com o seu marido no hospital e me ligue à noite.

— Não me coloque na parede.

— Vou pressioná-la até concordar em vir até aqui para, pelo menos, conversar comigo. Você deve isso a si mesma.

— Também devo muito ao meu marido, Cal. Não posso simplesmente acabar com a carreira dele e dizer para ele procurar um emprego na Califórnia porque me convém. Ele pode me dizer para esquecer isso.

— Não se for o sujeito que você diz que é. Acho que ele pode surpreendê-la.

E, como se pôde ver, ele o fez, assim que Meredith o encontrou naquela noite, num restaurante *self-service*, às nove horas, para relatar os fatos. Ela estava se sentindo um pouco maluca por estar lhe contando isso, mas, à medida que enveredava pelo assunto, explicando o que Cal lhe havia oferecido, Steve a olhava com mais atenção.

— É isso que você quer, Merrie? — perguntou ele abruptamente.

— Não sei o que quero, meu bem — disse ela com honestidade. — É uma tremenda proposta, e seria muito empolgante trabalhar na empresa de Cal. Mas nós temos uma vida aqui. Estou onde estou há doze anos e adoro ser sócia de uma firma de investimentos bancários de ponta em Wall Street. E você possui um bom emprego em Nova York. Não acho que seja justo lhe pedir para largar tudo e se mudar para a Califórnia comigo.

— Por que não, se no decorrer vai ser melhor para nós dois? Pode ser que gostemos de lá. — Quase que imediatamente passou pela sua cabeça que, se pudesse afastá-la de Wall Street, ela poderia finalmente querer ter filhos. E a Califórnia seria um ótimo lugar para criar uma família.

— Você realmente gostaria de se mudar para lá? — Ela parecia espantada com o que Steve estava lhe dizendo.

— Talvez. Se eu tenho condições de encontrar um emprego, não vejo por que não poderia ir. As pessoas também atiram umas nas outras na Califórnia. Eles até possuem gangues por lá — disse ele, sorrindo.

Havia recebido a coisa de um jeito muito melhor do que ela poderia esperar. Parecia até estar entusiasmado, possivelmente até mais do que ela. Meredith ainda se sentia muito nervosa em relação à proposta. Era uma mudança grande demais, para uma carreira completamente nova, mas a oferta de Cal era, inegavelmente, muito tentadora. — Por que você não vai pelo menos conversar com ele?

— Foi o que ele sugeriu. — Ela ainda parecia hesitante, mas Steve não. Ele estava empolgado por sua esposa.

— Acho que você devia ir. Quando é que ele quer que você vá até lá?

— Talvez na quarta-feira. Tenho uma reunião com um cliente novo amanhã.

— Então vá. E, se você gostar, eu pego um avião para encontrá-la na sexta. Também estou de licença neste fim de semana.

— Como é que você está conseguindo reagir dessa maneira? — Ela parecia intrigada e tocada pela receptividade do marido para a proposta de Cal. Era óbvio que Steve queria o que fosse melhor para a esposa, e ele estava disposto a fazer sacrifícios para ajudá-la a conseguir o que quisesse.

— Vendi minha alma para conseguir o fim de semana, Merrie. Parece que tive sorte por tê-lo feito agora. Talvez possamos conversar com alguns hospitais enquanto estivermos por lá. Seu amigo deve ter alguns contatos. E eu conheço uns sujeitos em Stanford que se formaram aqui.

— Você é incrível, meu bem — disse ela, esticando o braço através da mesa para pegar em sua mão. Ele era ainda mais maravilhoso do que Merrie tinha dito para Cal.

— Você também. Então vá para casa e ligue para ele.

— Posso ligar amanhã. — Mas no fim das contas, ela não o fez. Ligou assim que entrou no apartamento, e Cal estava ansioso para ouvir o que Merrie tinha a dizer.

— E então, o que Steve achou?

— Quer que eu vá até aí para vê-lo. Ele é incrível. Nem mesmo se opôs à idéia de mudar para aí.

— Isso é porque ele é esperto e sabe o que é uma boa oferta quando a escuta. E, além disso, ele a ama.

— Eu também o amo. Steve deve ser o homem mais decente que existe por estar disposto a fazer isso. Ele disse que, se eu quiser, pega um avião para me encontrar no fim de semana, para dar uma olhada por aí. Ele conhece uns sujeitos em Stanford.

— Posso ajudar nisso, Merrie. Conheço muita gente que trabalha em hospitais. Ele pode arrumar o emprego que quiser por aqui. E se você puder ser minha diretora financeira, poderemos todos viver felizes para sempre.

— Você faz isso parecer tão simples. — Mas ambos sabiam que não era. Não seria fácil transportar duas carreiras para o outro lado do país. Ou talvez ele estivesse certo e as coisas não fossem tão complicadas quanto pareciam. Ela não sabia no que pensar agora. Os obstáculos, que lhe haviam parecido ser tão imensos a princípio, caíam por terra um a um, e ela tinha de decidir agora se era isso que queria. Mas antes que pudesse tomar tal decisão, tinha de falar com Cal.

— Pode ser simples se você quiser, Meredith. Dará certo — disse ele com confiança. — E então, quando é que você vem? Que tal amanhã?

— Tenho uma reunião com um novo cliente — lembrou ela.

— Com um pouco de sorte, você poderá estar perdendo o seu tempo. Pelo menos eu espero.

— Ainda não podemos dar isso como certo, não é? — disse com firmeza. Ela ainda tinha compromissos a respeitar com os sócios em Nova York. — Que tal na quarta-feira? Eu poderia passar três dias aí do seu lado, se você quiser. O resto da minha semana está em aberto.

— Isso é ótimo. — Callan parecia estar encantado, e ela também. Tudo acontecia de forma tão rápida que era até um pouco apavorante. — Vou pegá-la no aeroporto, só me diga quando vai chegar.

— Tem certeza de que não está cometendo um grande erro, Cal? Só porque fizemos um lançamento de ações bem-sucedido não quer dizer que eu vá ser uma boa diretora financeira para você. — Ela nunca havia feito nada igual. Mas sabia muito sobre a Dow Tech e a adorava.

— Confie em mim, Meredith. Sei o que estou fazendo. Se há uma coisa que identifico quando vejo é talento, e há anos não fico tão impressionado. Se eu soubesse que você iria considerar essa proposta, eu teria beijado Charlie quando ele pediu demissão. Esse é o maior favor que alguém já me fez.

— Bem, não fique tão entusiasmado. Vamos conversar primeiro.

— Vamos conversar bastante, eu prometo. Pergunte-me tudo que quiser saber quando chegar aqui, Merrie. Não tenho segredos para você. — Meredith adorava essa característica nele. Era um homem honesto, íntegro e tinha uma mente brilhante. Era uma combinação fantástica, e ela já sabia que ambos trabalhavam bem juntos. Mas, ainda assim, era uma decisão muito importante em sua vida, e também não poderia deixar Steve arriscar a carreira. Tinha de zelar pelos seus melhores interesses, mesmo que ele estivesse inclinado a ser gentil. Ela também queria que seu marido fosse feliz, isso lhe era vital. — Mal posso esperar para vê-la — acrescentou Cal.

— Não achava que o veria de novo tão cedo — disse ela rindo. Tudo isso era tão inesperado. Merrie jamais poderia sonhar que algo assim fosse acontecer como resultado de seu trabalho com a Dow Tech. Isso lhe parecia quase providencial. Mas ainda estava preocupada, pois queria tomar a decisão certa para todos, e essa era uma responsabilidade aterradora.

— Temia ter de abrir outra empresa só para que pudesse torná-la pública e vê-la novamente. As notícias são ótimas, Merrie. E nós dois trabalhamos muito bem juntos.

— Trabalhamos mesmo, não é? — disse ela com um sorriso. Alegria essa que se justificava quando ela via como estavam indo as ações. — Bem, vamos ver o que acontece quando eu for à Califórnia.

— Vou começar a acender velas, Meredith... ou então fazer a dança da chuva ou algo parecido. Sou capaz das maiores mandingas possíveis para convencê-la. Espero que você saiba disso.

— Eu bem que suspeitava que você seria capaz de algo parecido — disse ela sorrindo novamente. Ele não era o tipo de homem que aceitava uma resposta negativa. Mas também estava muito grato ao seu marido por ele ter permitido que a esposa fosse até lá; estava sendo muito generoso ao encorajá-la a fazer isso, especialmente quando isso representava um sacrifício, o que era totalmente possível. Mas, para o bem de Meredith, Steve estava disposto a correr o risco, o que fazia com que sua mulher passasse a amá-lo ainda mais.

— Vejo-a na quarta-feira — disse Cal alegremente, enquanto ambos desligavam o telefone. Depois de pôr o fone no gancho, Meredith se sentou silenciosamente na sala de estar, olhando para o aparelho e imaginando o que iria acontecer na Califórnia.

Capítulo 9

O VÔO PARA A CALIFÓRNIA na quarta-feira foi tranqüilo, e Cal estava esperando por Meredith no portão, enquanto ela descia do avião carregando a conhecida pasta de papéis. Ele estava em pé numa das laterais, esperando, e seu rosto desatou num largo sorriso assim que a viu.

— Tive um momento de pânico enquanto estava ali de pé. Subitamente me perguntei se você havia mudado de idéia e estava com medo de me ligar.

— Jamais faria uma coisa dessas — disse Merrie com um olhar de espanto, enquanto ele tirava a pasta de suas mãos.

— Eu sei. Também costumava me sentir assim quando era pequeno. Ficava sempre com medo que meu pai fosse perder as entradas para o circo. Ele nunca fez isso, mas eu sempre ficava preocupado.

— Bem, aqui estou. — Ela havia pensado bastante durante a viagem, e ainda não podia entender como Steve poderia largar seu emprego na unidade traumatológica. Estava mais preocupada com ele do que com a oferta de Cal. Sabia como sua empresa era sólida, e ele já havia falado sobre as opções acionárias que iria lhe dar. Mas Steve ainda era a sua principal preocupação. — Não posso acreditar que fiz isso — disse ela, ainda se sentindo atordoada com a proposta de Cal e com a boa vontade de Steve em deixá-la averiguar.

— Eu devia ter pensado nisso antes. Nunca me ocorreu que Charlie fosse pedir demissão. — Ele ainda estava um pouco preocupado com o fato de que isso pudesse criar problemas com seus acionistas, mas não havia nada no contrato de Charlie que o impedisse de fazer isso. Teria sido uma traição largar tudo durante o *tour*; e Charlie sabia disso, e foi por esse motivo que esperou até a volta para a Califórnia. — Meredith, esta poderá ser a decisão mais importante de sua carreira. E eu não acho que você vá lamentá-la. Se fosse apenas seu amigo, e não estivesse envolvido na situação, diria que você estaria sendo muito tola se não a tomasse.

— Eu sei. É uma mudança muito profunda. Não apenas uma mudança de carreira, mas passar a viver na Califórnia é uma grande decisão.

— Sei que está preocupada com Steve — disse ele, enquanto pegava a mala no setor de bagagens —, mas há ótimos hospitais por aqui. Já fiz alguns contatos no Hospital Geral. E você me disse que ele tem amigos em Stanford. Há um hospital universitário na cidade, além de um excelente hospital traumatológico em Oakland. Há muitas opções para ele por aqui. Isso poderia se transformar em algo muito estimulante. — Mas quem estava mais empolgado era Cal. No caminho de volta para seu escritório em Palo Alto, ele falou sobre como seria importante a vinda de Meredith. E ela, por sua vez, estava igualmente apaixonada pela idéia. Do ponto de vista empresarial, era a oportunidade de uma vida.

Às duas horas daquela tarde, eles ainda não haviam parado para almoçar. Estavam conversando havia três horas, quando sua secretária trouxe um sanduíche para cada um. Tanto ele quanto Meredith tinham o mesmo tipo de ética no trabalho, o mesmo ímpeto e a mesma paixão pelo que faziam. O amor que tinham pela labuta não era apenas criativo, era quase obsessivo. E, por conta disso, passaram o resto da tarde falando sobre novos instrumentos de diagnóstico e novos produtos.

— Meredith — disse ele, olhando atentamente para seus olhos naquele fim de tarde. — Não posso fazer isso sem você.

— É claro que pode — falou ela com tranqüilidade, embora estivesse adorando tudo o que estava ouvindo desde as onze horas da manhã.

— O problema é que eu não quero. Quero que você fique aqui para partilhar tudo isso comigo.

— O fato é que — disse ela suspirando — eu quero ficar aqui. Mas não sei se tenho o direito de fazer isso. — Ela se sentia incrivelmente dividida entre uma importante decisão profissional e sua vida pessoal. Ainda estava preocupada com Steve, e não importava quão bons Cal disse que os hospitais locais poderiam ser. Seu marido estava firmemente estabelecido em seu emprego, como o número dois numa unidade traumatológica internacionalmente conhecida. E não havia dúvidas de que ele seria rapidamente o número um. Harvey Lucas vinha falando que queria se aposentar e partir para a pesquisa, e Steve fora convencido recentemente de que essa hora estava chegando. Ele andava cansado, havia tido problemas de coração, e a unidade traumatológica estava ficando demais para ele. Havia uma alta incidência de óbitos na unidade e, simplesmente, não era possível viver com esse tipo de pressão para sempre. — Tenho de dar uma chance para Steve pensar nisso seriamente — disse ela para Cal. — Ele é um fator primordial nessa decisão.

— Vou encontrar um trabalho para Steve se for necessário, Meredith. Não quero perdê-la.

— Você ainda não me tem — disse ela com um sorriso cansado. Merrie queria aceitar o emprego tanto quanto ele, pois adorava sua empresa, sabia que trabalhava bem ao seu lado e achava que poderia fazer algumas coisas importantes, se tivesse boas oportunidades. Ele a havia convencido. O único problema de verdade agora era Steve. Ela não se sentia tão culpada por estar largando sua firma de investimentos bancários. Afinal, Cal estava certo, Merrie havia percebido que eles realmente não gostavam dela. E se ainda não tinha dado um ataque, ela sabia que estava muito perto disso. Mas na Dow Tech, como dizia Cal, o céu era o limite.

— O que você acha, Merrie? Vai aceitar? — Ele havia tentado não pressioná-la a tarde toda, mas era difícil se segurar. Apenas queria muito que ela aceitasse o emprego.

Os dois também se encontraram com Charlie McIntosh naquela tarde, e ela ficou surpresa ao ver que até ele a encorajou a aceitar o cargo. Dada a direção que a empresa estava tomando agora, Charlie achava que Merrie seria muito boa para todos.

— Você não vai ter do que se lamentar caso venha para cá — disse ele, parecendo mais com um velho amigo do que com o espinho encravado que havia sido durante todo o *tour*. — E você já conhece a empresa, Meredith. Não haverá muitas surpresas. Além do mais — disse-lhe sorrindo, benevolente —, Cal é um grande sujeito e é um prazer trabalhar ao seu lado. — Ele o tratava mais como um filho ou sobrinho do que como o diretor executivo da companhia que o empregava.

— Nunca trabalhei para uma empresa de capital aberto, e não quero fazê-lo agora. Estou muito velho para começar a me preocupar com acionistas, ou se o mercado de ações está subindo ou descendo e nos levando junto. Mas vocês dois são jovens o suficiente para gostar disso. — Ele parecia aliviado com sua decisão. — Espero que você aceite o emprego, Meredith — insistiu ele, o que fez com que ela se sentisse mais desejada e estimada do que pressionada. Ali, Merrie era realmente necessária.

Cal a convidou para jantar naquela noite, mas ela disse que queria algum tempo para si própria, para pensar seriamente em tudo.

Por isso, pediu para o serviço de quarto lhe trazer ovos mexidos, ligou para Steve no hospital e teve a sorte de encontrá-lo.

— E então, como é que vão as coisas?

— Ótimas, infelizmente. — Meredith parecia atormentada. Havia pesado os prós e os contras durante toda a noite e se sentia mais confusa do que nunca. Uma parte dela queria aproveitar logo a oportunidade e a outra lhe dizia para ficar em Nova York com Steve, e continuar com o que estava fazendo. O simples fato de colocar tal possibilidade em discussão a fazia se sentir culpada. Mas, agora que havia chegado até ali, tinha de ir até as últimas conseqüências. — A oportunidade é excelente. E acho que vou adorar isso aqui, ou pelo menos o trabalho que vou fazer. Não tenho a menor idéia de como seria viver na Califórnia. Para mim, esse trabalho é uma grande jogada. Mas e quanto a você, querido? O que você realmente acha disso tudo?

— Acho que é algo que você deve realmente considerar — disse ele equilibradamente. — É por isso que lhe disse que achava que você devia ir até aí.

— Mas e quanto a você? O que você vai fazer se eu aceitar esse emprego?

— Descobrir outra unidade traumatológica — disse ele com simplicidade. Steve não aparentava estar tão emocionalmente envolvido na decisão quanto ela, o que a surpreendeu.

— Mas o que vai acontecer se você não gostar das coisas por aqui? — Ele vivia na capital da arte, numa cidade muito maior do que São Francisco. Com certeza, e de várias maneiras, São Francisco parecia muito provinciana. Não havia termo de comparação entre as duas cidades, embora Cal houvesse dito que a qualidade de vida era maior na Califórnia. Mas tanto ela quanto Steve haviam tido um caso de amor com Nova York desde que foram para a faculdade.

— Você quer que eu vá até aí e dê uma olhada? — perguntou Steve com sensatez. — Acho que essa é a única maneira de tomarmos uma decisão, você não acha? Vou pegar um avião amanhã depois do trabalho, dar uma olhada aqui e ali, e ver com quem posso conversar nas unidades traumatológicas daí. Talvez eu possa enforcar a segunda-feira também, e por fim, saberemos do que estamos falando.

— Querido, eu o amo — disse Meredith com lágrimas nos olhos. Ele estava sempre empenhado em tornar as coisas mais fáceis para ela, não de maneira limitada, mas com uma grande entrega. — Significaria muito para mim se você pudesse vir, Steve.

— Tudo bem. Vou fazer isso. Além do mais, quero dar uma boa olhada nesse sujeito e me certificar de que ele não é boa-pinta antes de deixar você aceitar o trabalho. Não estou seguro com esse negócio dele ser parecido com Gary Cooper. — Ele só estava brincando com a situação, e ela sabia disso. Mas Steve não tinha com que se preocupar. Os dois tinham uma vida sólida e feliz juntos e nada poderia colocá-la em risco. Ela estava certa disso.

— Não é o que me atrai nesse trabalho — disse ela com facilidade. — Trata-se de uma grande empresa, e Cal é uma ótima pessoa para se trabalhar junto. Possui integridade, uma tremenda energia e algumas idéias fantásticas para o futuro. Acho que ele vai triplicar o tamanho e o impacto da empresa nos próximos dois anos, sem falar nos lucros.

— Então você deve pensar seriamente nisso, Merrie. Estarei aí amanhã à noite. Basta me dizer onde encontrá-la.

— Me diga qual é o seu vôo que o pego no aeroporto. E, Steve... — Ela hesitou por apenas uma fração de segundo, enquanto sentia um amor maior do que nunca, já que ele queria o melhor para ela. Seu marido era completamente altruísta e uma pessoa muito decente, isso era parte do que sempre amou nele. Isso e o fato de que era esperto, tinha um grande senso de humor, trabalhava como um mouro, realmente se preocupava com o que estava fazendo, e tinha o melhor corpo que ela já havia visto, o que a fazia achá-lo incrivelmente *sexy*. Era uma combinação imbatível, não importava quão diferentes fossem seus empregos. E, além do mais, ela adorava esse aspecto. O fato de suas carreiras serem bastante diferentes estimulava a ambos. — Obrigada, querido, você não sabe o que isso significa para mim — disse ela gentilmente.

— Ouça, talvez essa venha a ser a melhor coisa que já nos aconteceu. Quem sabe não decidamos ter filhos na Califórnia? — Ela não fez nenhum comentário e não deu corda. Achava que já tinha muito no que pensar, pois se preocupava com seu trabalho, com a empresa de Cal, e não podia se ocupar com bebês. E, assim que desligou o telefone, sentiu uma força irresistível impelindo-a para a frente, quase como se isso tendesse a acontecer. Isso a assustava um pouco, mas também era incrivelmente estimulante.

Merrie passou toda a quinta-feira com Cal, acompanhando-o em reuniões e conversando com empregados-chave. Por conta disso, passou a ter uma noção da organização e da equipe dele melhor do que havia tido antes, e até agora continuava gostando de tudo. Ela chegou a ligar para o escritório naquela tarde, mas nada importante estava acontecendo e eles não tinham a menor idéia do que sua sócia estava fazendo. Meredith tinha dito que precisava viajar para tratar de negócios familiares.

— Você gostaria de vir jantar na minha casa esta noite? — perguntou Cal, enquanto encerravam o expediente às seis horas. Todo mundo já havia ido embora, e ela notou que grande parte do pessoal não trabalhava até tão tarde, como faziam em Nova York. Sempre havia gente trabalhando até nove ou dez horas em seu escritório, e às vezes até bem mais tarde. Mas, como Cal lhe tinha dito antes de tudo, a qualidade de vida na Califórnia era consideravelmente diferente. As pessoas pareciam se preocupar mais com a saúde, com sua vida particular e com o tempo livre. E, depois do trabalho, elas voltavam para casa, ou saíam para jogar tênis ou fazer exercícios. Era uma existência mais saudável, feliz e equilibrada. Em Nova York, as pessoas que ela encontrava no mundo empresarial viviam pálidas, cansadas e estressadas, e na maior parte do tempo pareciam agitadas e doentes. As coisas eram, com certeza, muito diferentes.

— Adoraria jantar com você, mas tenho de pegar Steve às nove — explicou ela. — Não quero estragar o seu jantar. — Eles trocaram um sorriso; afinal de contas, já tinham um relacionamento de trabalho fácil, próximo e confortável. Depois do tempo que passaram na estrada, e agora explorando os meandros da empresa dele, aquilo era quase como um casamento.

— De qualquer maneira, vou jantar com as crianças mais cedo. Você quer uma carona?

— Não precisa. Vou pegar um táxi, e vamos voltar para o hotel e conversar. — Cal havia agendado uma reunião para Steve no Hospital Geral no dia seguinte e outra no hospital que mencionara em Oakland. E Merrie sabia que Steve havia ligado para os amigos em Stanford. Seu marido iria ter um dia agitado na sexta-feira, enquanto ela iria encontrar alguns clientes importantes com Cal, que ele gostaria que ela conhecesse. Nesse meio tempo, os dois souberam que, naquele dia, suas ações subiram ainda mais. Elas haviam aumentado repentinamente de valor na semana em que ficaram no mercado. Tudo estava sendo flores para ele, o que particularmente se confirmaria caso conseguisse fazer Meredith se juntar à empresa.

— Por que você não vem para a minha casa, para que eu possa grelhar uns hambúrgueres e uns cachorros-quentes? — Esse era o outro lado de sua vida que sempre a intrigou, que estava muito fora de sintonia com o gênio empresarial que ela via nele e com o jovem magnata da alta tecnologia que o resto do mundo via. Pensar nele fazendo um churrasco nos fundos do jardim era engraçado.

— Tudo bem, eu vou — concordou ela —, se você não achar que seus filhos vão se importar. — Ela ainda se lembrava da acolhida fria que recebera na visita anterior.

— Eles vão se comportar bem — garantiu ele. E o fizeram, durante a maior parte do tempo. Andy lembrou-se dela e, dessa vez, apertou sua mão com um sorriso. Ele até se lembrava que seu marido era médico. E Julie foi fria, porém bem mais educada, já que chegou até a perguntar como havia sido a sua viagem, e lhe disse que seu pai havia trazido uma suéter linda de Paris. Meredith não lhe contou que havia ajudado a escolhê-la mas ficou feliz por ela ter gostado. Mary Ellen ainda era a única que se recusava a estreitar os laços. Ela pareceu ter ficado irritada assim que viu Meredith sair do carro com o pai, e subiu para seu quarto logo depois. Desceu na hora do jantar, mas só o tempo suficiente para pegar meio sanduíche e dizer que tinha de voltar para cima, pois tinha de fazer o trabalho de casa. Mas ficou assustada, e particularmente não muito satisfeita, quando Meredith mencionou que havia conhecido sua mãe em Londres. De qualquer forma, isso parecia fazer com que Mary Ellen a achasse cada vez mais suspeita.

— Ela não se dá muito bem com a mãe — explicou Cal depois que as crianças deixaram a mesa que havia sido posta nos fundos do jardim. Naquele instante, ele e Meredith estavam tomando café, e a jovem e simpática empregada, que também tomava conta das crianças, havia arrumado a mesa. Cal disse que já estava há anos com ela, que por sua vez era uma dádiva dos deuses. — Acho que Charlotte tem uma certa rivalidade com Mary Ellen e, agora que está ficando mais velha, tem sido dura com a filha. Mary Ellen a acha simplesmente insignificante. E foi quem mais se ressentiu quando ela partiu. Tinha seis anos naquela época, e as coisas não foram fáceis. — De repente, Meredith sentiu pena da menina. Muito embora não fosse particularmente simpática, ou até mesmo educada, ela obviamente havia sofrido e, talvez como resultado, passou a ter suspeitas de qualquer mulher. Charlotte não parecia com a mãe dos sonhos de ninguém.

Eles conversaram mais uma vez sobre negócios, e as crianças não reapareceram. Quando Cal foi dar um mergulho, Meredith ficou observando-o. Ele tinha um corpo esguio e forte, e disse que havia feito parte da equipe de natação da universidade. Parecia ter bem menos do que seus 51 anos, e não havia como negar que era muito atraente. Mas Meredith estava ansiosa para ver Steve e, quando chegou a hora de pegá-lo, Cal chamou um táxi e mais uma vez se ofereceu para levá-la. Mas Meredith insistiu que queria ela mesma pegar um táxi, e Cal não tinha a intenção de forçá-la a nada. Os dois tinham muito o que conversar, e ele não queria pressioná-la.

Ele os convidou para jantar na noite seguinte, Meredith aceitou e disse que Steve estava ansioso para conhecê-lo. Ela não lhe disse por quê, estava um pouco nervosa com a situação, pois na maior parte do tempo achava que seu marido estava brincando. Mas, na verdade, ela julgava ser importante, por vários motivos, que Steve o conhecesse. Confiava no discernimento e nas opiniões dele. E suspeitava, e esperava, que os dois gostassem um do outro e se respeitassem, embora por razões diferentes.

Quando Merrie encontrou o marido no portão, ele desembarcou com calças cáqui de pregas, uma camisa que parecia nunca ter sido passada e ainda estava com os sapatos que havia usado no trabalho. Veio direto do hospital para o aeroporto. E o velho paletó de lã que ele trouxe tinha buracos em ambas as mangas. Era como ver um garoto chegando em casa, vindo do internato, e imaginar o que havia feito com as roupas decentes que foram enviadas com ele.

— Por que diabos você trouxe esse paletó? — perguntou ela. Meredith o havia escondido, dois anos antes, atrás do armário do *hall*. Mas não adiantava, ele sempre o acabava encontrando. E ela, por sua vez, nunca teve coragem de dá-lo para ninguém. Já havia feito isso uma vez com uma de suas calças favoritas, e ele sempre voltava a esse assunto.

Mas não podia acreditar que ele havia realmente trazido essa relíquia para São Francisco.

— O que há de errado com ele? — Steve ficou pasmo com a pergunta. — Nós não vamos a um jantar *black tie*, vamos?

— Não, mas vamos almoçar na casa de Callan Dow amanhã à noite. Espero que você tenha trazido outro paletó. — Era o papo típico de pessoas casadas e que para os outros sempre parecia estúpido demais.

— Não se preocupe com isso. Os homens sempre entendem essas coisas. Esse paletó tem história e personalidade. — Ele odiava roupas novas, e jamais poderia entender por que ela achava que suas calças tinham de ser passadas a ferro. Steve levou tanto tempo em sua vida vestindo aventais cirúrgicos com pregas que, em sua opinião, o resto não era muito diferente. Ele vivia imaculadamente limpo, mas tudo que ele usava estava sempre amarrotado.

— Acho que esse discurso sobre personalidade e história quer dizer que você não trouxe outro paletó, estou certa?

— Correto. — Ele abriu um sorriso largo e forçado e se inclinou para beijá-la, enquanto ambos pegavam sua única maleta, que parecia ter tijolos em seu interior.

— Meu Deus, o que você trouxe? Uma bola de boliche?

— Não — sorriu ele —, apenas alguma leitura. — Ele não ia a parte alguma sem uma penca de livros médicos novos que achava que tinha de ler para se atualizar. Na verdade, isso era tudo o que lhe importava. Steve era um médico brilhante, mas não um almofadinha. Diferente de Cal, que era incomparável em sua área mas estava sempre impecável e muito elegante. Os dois homens não poderiam ser mais diferentes. — E então, como vão as coisas? Algo de novo aconteceu hoje? — Steve parecia feliz em estar por lá, o que a deixou contente.

— Não, mas estão melhores do que nunca. — Ela sorriu, exultante, enquanto falava com animação sobre a empresa de Cal durante todo o caminho até o hotel, dentro do táxi. E, em seguida, os dois se sentaram no quarto e ficaram conversando até bem depois da meia-noite.

No dia seguinte, Merrie deixou Steve no hotel. Fora encontrar alguns clientes com Cal, e Steve alugara um carro para poder chegar mais rapidamente aos compromissos que já estavam agendados. Ela havia sugerido a seu marido que usasse um carro com motorista, mas esse não era o seu estilo. Ele tinha pegado uns dois mapas no lugar onde alugara o automóvel e disse ter certeza de que poderia encontrar os hospitais para onde estava indo. Meredith o beijou quando saiu e prometeu encontrá-lo no hotel no fim do dia. Desejou-lhe boa sorte e seguiu para a Dow Tech, para encontrar Callan.

Foi outro dia extraordinário ao lado dele. Visitaram três dos clientes mais importantes e percorreram um dos hospitais onde seu instrumento de diagnóstico era mais usado. Foi uma tarde fascinante, e Cal ficou feliz com sua reação. Quando ela o deixou no fim do dia, ele a lembrou de chegar em sua casa às sete e meia.

— Mal posso esperar para conhecer Steve, sinto como se já fôssemos velhos amigos — disse Cal afetuosamente. Ela havia falado tanto sobre o marido durante as viagens, que Cal sentia como se já o conhecesse.

Quando Meredith encontrou Steve mais uma vez no hotel, ele parecia relaxado e estava surpreendentemente entusiasmado. Ficara impressionado com os três hospitais que havia visto, e recebera referências para visitar um quarto que só tratava de casos mais extremos de traumatismo. Eles tinham um heliporto, e aparentemente dirigiam uma unidade muito semelhante àquela na qual trabalhava, e ele mal podia esperar para visitá-la na segunda-feira. Já tinha até uma reunião marcada com o diretor. Os hospitais onde ele havia estado eram importantes e estavam muito interessados em suas aptidões, mas não possuíam vagas que lhe fossem apropriadas, embora todos tivessem ficado muito impressionados com suas credenciais, e prometeram se lembrar dele caso aparecesse uma oportunidade. Mas Steve pertencia a uma categoria muito superior, e era experiente demais para que lhe oferecessem um cargo menor do que o dos superiores; e as vagas deles não estavam abertas. Ele disse que poderia ser feliz em qualquer um dos hospitais, mas suas esperanças estavam concentradas no de East Bay, que iria visitar na segunda-feira.

— E então, no que você está pensando? — perguntou ela sorrindo. Afinal, ambos haviam tido um bom dia, e ela podia ver que seu parceiro estava sendo muito positivo.

— Estou pensando que adoro São Francisco — disse ele, sorrindo de forma exultante para ela. — Esta cidade é uma pequena jóia, e as pessoas são muito legais por aqui. Não é como em Nova York, as pessoas não parecem achar que a qualquer momento você vai assaltá-las. Mesmo nas unidades traumatológicas, todos estão bastante relaxados. A de Oakland era um pouco perigosa, e haviam recebido seis sujeitos com ferimentos a bala dois minutos antes de eu chegar por lá. Para ser honesto com você, eu adorei isto aqui, Merrie. Posso ver por que este lugar lhe agrada. — Ela subitamente se sentiu como que se uma vida completamente nova estivesse se abrindo para eles, e havia algo muito excitante nisso tudo. O único problema é que ainda não tinha trabalho para ele, mas ainda restava o hospital em East Bay, que ele iria ver na segunda-feira. Havia uma esperança, mas não queriam se comprometer com nada pelo telefone. Steve havia mandado seu currículo por fax, mas ainda assim queriam encontrá-lo. — Onde você quer morar? — perguntou ele casualmente, como se a decisão já tivesse sido tomada ou, pelo menos, como se eles estivessem a um passo de tomá-la. — Na cidade ou por aqui? Na verdade, eu gosto mais daqui, e não me importaria de mudar.

— Seria mais fácil para mim ficar por aqui, mas isso depende de você, que precisa sair para trabalhar e voltar em horas mais loucas do que as minhas, e com muito mais freqüência.

— Vamos ver. Eu bem que gosto da idéia de uma casa no subúrbio e — ele fez uma pausa dramática, procurando seus olhos cautelosamente em busca de uma reação — acho que seria um ótimo lugar para criar nossos filhos, bem melhor do que Nova York. E você não estaria sob fogo cruzado do jeito que fica por lá, não precisaria fazer mais tantas viagens ou trabalhar até meia-noite. Essa poderia ser a hora certa, ou o lugar certo, para isso. — Ele quase prendeu a respiração enquanto esperava por sua resposta, enquanto ela fazia uma longa pausa, parecendo refletir sobre o que ele acabara de dizer.

— Talvez — foi tudo o que ela conseguiu dizer. Mas não queria entrar nessa discussão. Pelo menos ainda não. Havia muitos outros fatores a serem considerados.

— É isso? — disse ele, com um ar levemente decepcionado. — Só "talvez"? Eu acho que, se algum dia fizermos isso, Meredith, acho que seria ótimo se fosse por aqui. O que seria melhor do que crescer na Califórnia?

— Ser filho de outros pais — disse ela com um sorriso e depois relaxou um pouco. Ela sempre ficava tensa quando lhe falavam sobre ter filhos. Mas, tinha de admitir, isso não seria nada mal por ali.

Estavam ambos de alto-astral quando saíram às sete e quinze para ir até a casa de Cal, e chegaram pontualmente às sete e meia. Ele os estava esperando no jardim, perto da piscina, com *margaritas* e caviar. As crianças haviam acabado de sair da piscina, e ele estava relaxado e elegante como sempre, vestindo uma camisa azul perfeitamente passada, calça esporte bege de gabardina, e os pés calçados com mocassins Gucci. Steve vestia uma velha camisa listrada e o paletó surrado de lã que a mulher detestava, e ela esperava poder se antecipar e fazer suas malas antes que ele partisse em definitivo para a Califórnia. Meredith jurou a si mesma que o faria na próxima oportunidade, enquanto os dois homens apertavam-se as mãos e se cumprimentavam. Cal lhe falava sobre como estava ansioso para conhecê-lo, depois de tudo que ouviu de Meredith durante o tempo que passaram juntos.

— Sua esposa é sua fã número um, Steve. Espero que saiba disso. Ela nunca parou de falar em você. — Era a coisa certa para dizer, e Steve pareceu satisfeito, enquanto olhava Cal de alto a baixo.

A conversa estava relaxada e fluía tranqüilamente, enquanto eles discutiam uma variedade de temas, e Cal acabou perguntando a Steve sobre os hospitais que havia visitado. Ambos acabaram falando sobre o equipamento de alta tecnologia para diagnósticos. Steve fez um comentário crítico, elogiou bastante duas das máquinas de Cal, e lhe deu opiniões interessantes do ponto de vista médico. E Cal pareceu satisfeito com o que ouviu.

Uma hora depois eles entraram na sala de jantar, e Cal serviu um Bordeaux Mouton-Rothschild que impressionou profundamente a Steve. E, às onze horas, eles ainda estavam conversando enquanto bebericavam. Era quase meia-noite quando o casal foi embora, e Meredith havia tido a impressão de que a noite fora ótima. Os dois homens pareceram ter gostado um do outro.

— O que você achou dele? — perguntou ela no carro, no caminho de volta para o hotel, enquanto Steve dirigia. Estava interessada na opinião do marido.

— Ele é um sujeito brilhante. E você está certa, Callan é muito bem-apessoado, é claro, mas, depois de um tempo, acabei me esquecendo disso. Ele possui muitas idéias inovadoras, e há tanto que ele quer fazer, que você meio que se detém no que ele pensa e se esquece das roupas elegantes e do seu ar de galã de cinema. Posso entender por que você gosta dele. — E, depois, ele acabou lhe dando um sorriso envergonhado. — Desculpe pelo paletó, Merrie. Vou trazer um melhor da próxima vez.

— Quem se importa? — Ela sorriu para o homem que amava. Estava tão orgulhosa dele, amava-o tanto, e ficou feliz por ele ter gostado de Cal. E se sentiu um pouco atordoada com o que ouviu em seguida.

— Creio que você deve aceitar o emprego. Acho que jamais vai se perdoar se não o fizer, pois pode acabar passando a vida imaginando o que teria acontecido se viesse para cá. Querida, você tem que pegar esse trabalho.

— Você é maravilhoso. E quanto ao seu futuro?

— Eu vou encontrar alguma coisa. Há muito trabalho. Eles só

precisam abrir algum espaço para mim. — E ele tinha certeza de que isso iria acontecer com o tempo. — Por enquanto, esse cargo para o qual foi convidada é a prioridade. Quero que você seja feliz. — Brotavam lágrimas dos olhos de Meredith enquanto seu marido lhe dizia isso. Ele era tão bom, tão gentil, e tinha um espírito tão generoso.

— Não vou tomar quaisquer decisões até que saibamos que rumo as coisas vão seguir. Isso envolve a nós dois, não só a mim, independentemente do quão altruísta você esteja sendo em relação a essa situação.

— Vamos ver o que acontece na segunda-feira. E, enquanto isso, vamos nos divertir durante o fim de semana. — Cal havia se oferecido para dar uma volta pela cidade com eles no dia seguinte, mas Steve disse que queriam descobrir a cidade por conta própria, e então combinaram de voltar no sábado à tarde para nadar e jantar com ele e com as crianças. E Cal havia prometido que lhes faria um churrasco. Mas Steve e Meredith não viam a hora de passar algum tempo na cidade antes disso.

No sábado, os dois foram a Marin, e atravessaram a ponte Golden Gate com o teto do conversível que haviam acabado de alugar arriado. Almoçaram em Sausalito, passearam pelas lojas e jantaram no Scoma's. A vista era espetacular. Depois disso, passearam de carro por São Francisco e acabaram parando no Fisherman's Wharf para tomar um café irlandês. Ele a levou para ver a vista à meia-noite e depois os dois voltaram para a península e conversaram sobre o que haviam visto na cidade. Cal lhes dissera que o Pacific Heights seria o lugar ideal para morar, por isso eles rodaram de carro pela área, com seus quarteirões elegantes repletos de casas vitorianas com tijolos e estuque coloridos. Tudo parecia organizado, elegante e limpo, e as ruas eram imaculadas. E Steve havia se apaixonado pela cidade.

No domingo de manhã, eles visitaram o *campus* de Stanford e depois passearam por Palo Alto. Ficaram ambos maravilhados com o que viram. Os dois chegaram na casa de Cal à tarde e se juntaram a todos na piscina. Steve estava jogando Marco Pólo na água com as crianças, enquanto Meredith conversava com Callan.

— Acho que você o converteu — disse Meredith delicadamente, enquanto os dois o observavam. — Ele está apaixonado por São Francisco.

— E você, Merrie?

— Eu adoro sua empresa e o trabalho que há para se fazer por aqui. — Ela sorriu. Ficaria feliz até no pólo norte com um emprego como o que ele estava lhe oferecendo, e ambos sabiam disso.

— Você é fanática por trabalho, assim como eu. Não há esperança para nós. — Ele deu uma olhadela para seu marido, que brincava com as crianças, e lhe devolveu o sorriso. — Steve é um bom sujeito, Merrie. Você tinha razão. E ouvi que ele é um ótimo médico. — Cal havia feito uma sondagem, antes de recomendá-lo aos hospitais para onde o havia mandado. — Como vai a busca por empregos?

— Ainda não apareceu nada. Ninguém tem vagas, mas ele não parece estar muito apavorado com isso. Há uma entrevista em East Bay na segunda-feira.

— Espero que dê tudo certo — disse Cal ardorosa e sinceramente. Ele estava mais desesperado do que nunca para fazê-la se juntar a ele. Os três últimos dias lhe haviam confirmado tudo o que pensava sobre Merrie.

— Eu também — disse ela calmamente, enquanto Steve jogava a bola para Mary Ellen, que gritava de prazer. Embora as crianças tivessem se portado de forma cautelosa com Meredith, pareciam não ter problemas com seu marido. Ela nunca ficou muito à vontade com crianças em volta, e elas sentiam isso.

Foi uma tarde tranqüila para todos, e Steve, Cal e Meredith emendaram longas e interessantes discussões naquela noite, a maior parte delas sobre política e o seu efeito nos negócios. Steve tinha suas próprias dúvidas em relação à medicina, todos trocaram pontos de vista durante horas. Quando foram embora, Cal desejou boa sorte a Steve na entrevista do dia seguinte e disse a Merrie que a veria de manhã.

Ela estava ao lado de Cal, no escritório, quando Steve ligou à noitinha, bastante animado.

— O que houve? — perguntou ela, parecendo estar distraída. Eles estavam revisando algumas projeções para o trimestre seguinte.

— Eu achei que você queria ouvir algumas notícias.

— Quais? — perguntou ela, sorrindo, enquanto Cal a observava atentamente.

— Já tenho um emprego. E você também, suponho. Querem que eu comece no primeiro dia de janeiro. O chefe da unidade traumatológica daqui está saindo e, se minhas referências forem de acordo, e serão, como poderão confirmar assim que ligarem para Lucas, serei o novo chefe da unidade. Que tal?

— Uau! — Seus olhos se encontraram com os de Cal enquanto ela dizia isso. — Parabéns, querido! — Merrie ficou quase sem fala. Estava tudo se encaixando com muita facilidade. Era como se as coisas tivessem de ser assim. Era, obviamente, o destino.

— Para você também. Vai dizer a Cal que aceita o emprego?

— O que você acha? — perguntou ela enigmaticamente. Queria se certificar de que realmente estaria tudo bem para ele se o fizesse. Mas agora ambos tinham novos e ótimos empregos, e isso tirou umas dez toneladas dos ombros dela. Agora estava livre para aceitar o trabalho que Cal estava lhe oferecendo e que tanto queria.

— Acho que se você não disser que aceita, eu mesmo vou fazer isso. Vá em frente, querida. Você merece.

— Obrigada, Steve — disse ela, sentindo-se grata, feliz e aliviada ao mesmo tempo. Ainda estava sorrindo quando ele desligou o telefone alguns minutos depois. E Cal a olhava com uma expressão preocupada.

— Isso pareceu auspicioso.

— Melhor ainda — disse ela, exultante. — Ele conseguiu o emprego. — Cal abriu um largo sorriso, pois estava tão aliviado quanto ela.

— Onde isso nos deixa, Merrie?

— Onde você gostaria que isso nos deixasse? — perguntou ela diretamente, e seus olhos não o largaram por um instante. Era como dançar novamente com Fred Astaire, eles se entrosavam perfeitamente, e suas mentes sempre trabalhavam juntas.

— Quero que isso a deixe como a nova diretora financeira da Dow Tech. Você vai aceitar?

Ela inclinou a cabeça lentamente. Agora tinha certeza. Era como um casamento, um grande passo, e um compromisso importante.

— Sim, vou, se é isso que você quer.

— Você sabe que sim, Meredith. — Ele esticou a mão e apertou a dela. — Chegamos a um acordo?

— Sim. Mal posso acreditar que isso aconteceu. — E tudo havia acontecido muito rapidamente. Duas semanas antes, eles estiveram juntos num *tour*; agora ela era sua contratada e estava de mudança para a Califórnia.

— Nem eu. — Ele foi para o bar pequeno mas bem abastecido que ficava na ante-sala de seu escritório e pegou uma garrafa de champanhe e duas taças. E, quando voltou, estava sorrindo de orelha a orelha. — Vamos comemorar. Esta é a melhor notícia que eu recebo em anos. Talvez a melhor de todos os tempos.

Eles brindaram, sentaram-se para tomar champanhe e conversar um pouco, e então começaram a falar sobre os detalhes.

— Quando é que você me quer, Cal? — Ela sabia que Charlie McIntosh tinha dado duas semanas a ele, mas supôs que quisesse ficar mais um tempo, especialmente agora que saberia que ela viria e precisaria de algum tempo para amarrar as coisas de acordo com seus objetivos. Duas semanas, se ele permanecesse, significavam que ela começaria no dia 8 de outubro, e não havia tempo para ela conseguir fazer isso. Além do mais, precisava comunicar a decisão para a sua firma de maneira decente. Estava pensando em um mês, e tinha de vender o apartamento de Nova York. E Steve tinha dito que eles o queriam em East Bay no primeiro dia de janeiro. Isso lhe parecia quase perfeito.

— Antes do dia quinze de outubro — respondeu Cal calmamente. Ela riu, pois achava que ele estava brincando.

— Muito engraçado. Estou falando sério. Steve tem de estar aqui no dia primeiro de janeiro. Talvez quinze de dezembro, ou logo depois do Natal.

— Não dá, Meredith. — O homem de negócios astuto que ela vira em ação havia acabado de se colocar em primeiro plano. Ele precisava pensar agora em suas próprias necessidades e nas da Dow Tech. Não podia esperar três meses até ela ir para a Califórnia. — Charlie já me disse que não vai ficar nem um dia a mais, o que é nojento de sua parte, mas ele é assim. Mal pode esperar para se mandar daqui. Ele e a mulher já planejaram uma viagem de dois meses pela Ásia.

— Cal, não há como eu estar aqui em três semanas. Isso é loucura. — Ela estava mais do que um pouco sobressaltada, e não queria partir dois meses e meio antes de Steve, isso não seria justo com nenhum dos dois. Mas também tinha de pensar nas necessidades da Dow Tech e de Callan.

— Não posso ser operacional sem um diretor financeiro. Gostaria realmente que você estivesse aqui em duas semanas, assim que Charlie sair. Posso agüentar uma semana sem alguém para essa função, mas não mais do que isso. Você tem de chegar aqui antes. Steve pode vir para cá alguns fins de semana, ou então você pode ir para lá. Sinto muito, Merrie, odeio ter de fazer isso. Mas preciso de você. — Ela gostou dessa parte, mas detestava ter de dizer a Steve que teriam um casamento à distância até o fim do ano. E Cal não parecia disposto a ceder nem um pouco. — Quero lhe dar um bônus assinado, evidentemente. Suponho que você saiba disso. Achei que duzentos e cinqüenta mil dólares poderiam compensar o golpe. — Como ela poderia argumentar assim? Callan Dow sabia o que estava fazendo. — Vou lhe dar um apartamento aqui em Palo Alto por três meses, à nossa custa, é claro, ou por mais tempo, se você precisar. Isso vai lhe dar tempo para onde quer morar, e para encontrar uma casa do seu gosto. — Ele estava fazendo mais do que ela poderia pensar em pedir.

— Isso tudo é muito generoso da sua parte, Cal. Só estou um pouco atordoada pelo fato de você me querer aqui tão rapidamente. Não estava esperando por isso. — Ela ainda parecia preocupada com a situação, a despeito do bônus assinado, que era mais do que generoso, era estonteante.

— Eu não esperava que Charlie me desse um aviso de duas semanas. Sinto muito por pressioná-la, Meredith, mas a pressão recai sobre todos nós. Podemos fechar com o dia quinze?

— Acho que vai ter de ser assim, não é? Só vou ter de voar para Nova York nos fins de semana, quando Steve não estiver trabalhando. Ele poderá vir nos meios de semana, quando estiver de folga. Vamos resolver isso. — Ela, porém, estava preocupada com o que Steve iria achar disso. Iria encontrá-lo no hotel às quatro horas, e ambos voltariam para Nova York no vôo das seis.

Cal lhe deu um forte abraço quando ela saiu, falou para ligar caso houvesse alguma coisa em que ele pudesse ajudar, e ela lhe disse para telefonar caso precisasse de alguma informação antes de sua chegada, o que o fez rir.

— Você está brincando? Vou ficar no seu pé a cada dez minutos durante as próximas três semanas, Meredith. Espero que tudo seja tranqüilo por lá. — Ele sabia que os sócios dela iriam ficar magoados, mas, até onde lhe dizia respeito, eles mereciam. A pessoa com quem ela estava realmente preocupada era o marido. Seriam dois meses e meio difíceis, em que um ficaria longe do outro, e ela não estava esperando por isso, e sabia que ele iria sentir a mesma coisa.

Mas, como sempre, Steve a surpreendeu.

— Se as coisas tiverem de ser desse jeito, querida, que assim sejam. Você deve agarrar essa oportunidade agora, ela não vai esperar, e eu estarei lá antes que você possa perceber. — Mais uma vez ela lhe disse que ele era incrível.

Falaram mais uma vez sobre isso no avião, e Steve disse que podia se encarregar de vender o apartamento, reafirmando que estava disposto a voar até São Francisco para vê-la, sempre que tivesse uns dias de folga na unidade traumatológica.

— Você sabe — confessou Steve em algum lugar sobre as Montanhas Rochosas, com um copo de vinho na mão —, gostei muito mais de Cal do que achava que iria gostar. Pelo que você dizia — confessou ele, parecendo um pouco envergonhado —, eu estava sentindo um pouco de ciúmes dele. Mas acredito que suas razões são puras. Acho que ele tem um respeito enorme por você, mas só está interessado em sua empresa. — Meredith estava feliz em ouvir isso, pois sempre tivera a mesma impressão. Eles haviam ficado muito próximos um do outro durante a viagem, mas de maneira alguma ela havia se preocupado com isso. Os dois eram bons amigos e colegas dedicados. — Gosto de seus filhos também. Eles são ótimos. É uma pena o que aconteceu com a mãe deles. — Meredith concordou inclinando a cabeça, olhando pela janela, para depois reparar que Steve a estava olhando com um sorriso meigo, e ela tinha suspeitas sobre o que viria a seguir. — Por falar nisso, o que você acha de, após estar morando lá por algum tempo, talvez alguns meses, talvez uns seis... nós começarmos a pensar em ter um bebê? — Ela estaria então com 38 anos, e não havia como negar que estaria chegando a hora, se é que seria isso que ambos iriam querer. Ela sempre dizia que, se tivesse filhos, queria tê-los antes dos 40. E, se começassem a sair em busca de uma gravidez nos próximos seis meses, ela estaria com 39 quando o bebê chegasse. Do ponto de vista médico, Steve sempre se mostrou inseguro quanto a começar sua família depois desse prazo.

— Por que não vemos como vão estar as coisas então? — disse ela vagamente. Era um velho chavão que ela conhecia muito bem. E ele ficou decepcionado com a resposta.

— Se ficarmos esperando para "ver", eu vou estar com noventa anos e ainda estaremos falando sobre isso. Num dia desses, Meredith, você vai ter de morder a isca. — Ele achava que a mulher tinha um medo físico da gravidez e do parto, e não estava totalmente errado. Ela tinha um medo muito maior da responsabilidade que um bebê iria demandar.

— Por que eu tenho de morder a isca? — disse ela, parecendo perturbada. Já sabia que lhe devia muito depois de tudo que ele estava disposto a deixar para trás em Nova York, mas não tinha certeza se queria fazer do bebê uma parte do acordo. De fato, ela sabia que não, e não queria lhe fazer falsas promessas. Tudo que ela queria agora era ajudar Cal a expandir os negócios. Para Merrie, isso era muito mais empolgante do que ter filhos.

— Cal parece capaz de administrar uma família por conta própria e tocar uma empresa. Acho que você poderia fazer o mesmo, Merrie. Eu ajudo.

— Eu sei que você o faria — disse ela, parecendo desapontada. — Simplesmente ainda não sei o que quero.

— Talvez nunca venha a saber até fazê-lo.

— E o que virá depois? O que vai acontecer se eu não gostar? E o que será de tudo se a maternidade for demais para mim, se atrapalhar a minha carreira ou se decidirmos que não podemos lidar com ela por causa de nossos trabalhos? Você não pode devolver uma criança caso não goste dela.

— Não consigo imaginar que você não vá amar um bebê — disse ele com ternura.

— Crianças me apavoram — disse ela honestamente. — Não sou como você, que age como uma espécie de encantador de serpentes. Elas sempre olham para mim como se eu fosse a bruxa da *Bela adormecida*. — Steve riu com a comparação e se inclinou para beijá-la.

— Nenhum filho meu vai achar que você é uma bruxa. Eu prometo.

— Vamos falar sobre isso de novo quando estivermos estabelecidos. — Ela rejeitou a idéia tão sumariamente como sempre fez durante os últimos quatorze anos, desviando a atenção para outras coisas. Sempre ficava ansiosa quando o assunto era engravidar. — Quando é que você vai avisá-los no hospital? — Ela lhe fez a pergunta tanto para distraí-lo de um tema inconveniente quanto para saber a resposta.

— Assim que voltarmos, acho. Quero avisá-los com três meses de antecedência. Desse jeito eu vou poder estar com você na Costa Oeste por volta do Natal. — Isso parecia perfeito, exceto pelo tempo que eles passariam viajando antes disso, mas Steve lhe garantiu que o tempo passaria rápido, e até lá ela certamente estaria muito ocupada. — E quanto a você? — perguntou ele.

— Vou comunicar tudo para o pessoal amanhã. — Ela havia ficado ausente um dia a mais, e estava começando a se perguntar se estavam suspeitando de alguma coisa. — Eles não vão gostar nada disso.

— Quanto a isso, Cal tem razão. Eles merecem. Não gostam de você.

Mas, aparentemente, eles gostavam mais dela do que ele ou Cal podiam imaginar. Ficaram arrasados quando ela contou tudo na manhã seguinte. Não podiam acreditar naquilo. Especialmente quando ela disse que em três semanas estaria partindo para a Califórnia. Mas, depois do choque inicial, eles até que foram generosos e lhe ofereceram um jantar muito agradável uma semana antes dela partir. Era difícil acreditar que um capítulo de vinte anos de duração em sua carreira estivesse terminando.

E quando ela sentou em seu apartamento com Steve uma noite antes de partir, com as malas abertas espalhadas, ela olhou para o marido e estava pasma.

— É como ir para a faculdade ou algo do tipo, não é? Eu ainda não consigo acreditar.

— Nem eu — admitiu ele com um largo sorriso —, mas estou amando a idéia. — Ele dissera no hospital que estava saindo, e eles ficaram chocados, mas felizes por ele. Particularmente, Lucas lamentou muito, pois sabia que isso significava pelo menos mais um ano antes que ele pudesse deixar a unidade traumatológica e partir para a pesquisa. Mas já estavam procurando alguém para o lugar de Steve, embora ainda não tivessem perspectivas. E, se achassem alguém logo, Steve prometera treiná-lo. A única coisa que ele havia prometido é que não iria embora até que fosse encontrado um substituto. E o hospital na Califórnia concordara com isso, mesmo se ele se atrasasse um pouco. O pessoal da unidade foi totalmente razoável quanto a isso.

Steve saiu para o hospital assim que ela foi para o aeroporto no dia seguinte. Era um domingo, e aquela havia sido uma semana emocionante para Meredith. Ela saíra de seu escritório pela última vez na sexta-feira, e lamentava estar abandonando os amigos. Brotaram algumas lágrimas, algumas despedidas calorosas e um monte de votos de sucesso. E quando ela se virou para sair do apartamento, olhou em volta como se nunca mais fosse voltar, tentando se lembrar do que havia esquecido.

— Tenha calma, meu bem — disse Steve gentilmente. — Você vai estar de volta no fim de semana que vem.

— Eu sei. Só estou um pouco nervosa.

— Não fique assim — disse ele, tranqüilizando-a. — Tudo vai dar certo. Vai ser fantástico.

— Eu sei. — Ela sorriu e fechou a porta atrás deles.

Capítulo 10

O EMPREGO na Califórnia era tudo que Meredith havia esperado. Era excitante, desafiador, e trabalhar com Callan Dow era ainda melhor do que ela imaginava. Profissionalmente, era a chance de uma vida. Os dois trabalhavam juntos em perfeita harmonia, de reunião em reunião, e ficavam nos escritórios um do outro por horas, falando sobre novos projetos. Meredith sempre encerrava seu dia de trabalho feliz.

E o apartamento mobiliado que ele alugara para ela era arejado, espaçoso e agradável. Ela ligava para Steve sempre que podia, para que o marido pudesse saber o que estava acontecendo em sua vida, mas, como sempre, não era fácil encontrá-lo. Quando conseguiam conversar, ele ficava feliz por sua mulher. Foi até compreensivo quando ela lhe disse que estava com muito trabalho para poder fugir e voltar a Nova York no primeiro fim de semana. Merrie ainda estava tentando analisar a pilha de projetos inacabados que Charlie McIntosh lhe deixara.

— Desculpe, querido — disse ela no fim da noite de quinta-feira. Tinha ficado na Califórnia e no trabalho durante quatro dias, e ainda não havia tido tempo para respirar.

— Não se preocupe com isso. Talvez você possa ver casas para nós durante o fim de semana. — Ambos haviam concordado, já que ele iria trabalhar em East Bay, que teriam de procurar casas na cidade. Desse jeito, os dois teriam de percorrer um longo trajeto diariamente para o trabalho, mas as coisas seriam mais fáceis para Steve assim do que se morassem em Palo Alto. Dessa maneira, ele levaria duas horas para chegar ao trabalho, o que já era muito. A cidade era uma boa solução conciliatória, e Meredith havia concordado com isso.

— Vou procurar no domingo — prometeu ela. E tinha toda a intenção de fazer isso, mas, àquela altura, estava afundada no trabalho, sentada com uma boa quantidade de papéis no terraço de seu apartamento. Cal a havia convidado para jantar na noite anterior, mas ela recusou sua oferta e comeu um sanduíche enquanto trabalhava. Mas quando ele ligou no domingo à tarde, depois de dar conta de uma quantidade maior de trabalho, Merrie relaxou.

Ela havia jantado anteriormente com Cal e seus filhos, mas dessa vez todos foram muito simpáticos. Estavam se acostumando com a presença dela e, depois de terem conhecido Steve, até Mary Ellen acreditava finalmente que ela não era a namorada de seu pai.

A segunda semana na Dow Tech foi ainda melhor do que a primeira e, lá pela quarta ou quinta-feira, Meredith tinha certeza de que poderia ir a Nova York no fim de semana. Só que, desta vez, foi Steve quem ligou. Harvey Lucas estava doente, e ele tinha de cobrir sua ausência. Mas Meredith não ficou tão desapontada como seu marido. Tinha muita coisa para fazer, e estava grata por poder ficar em Palo Alto mais uma vez e dar conta de mais trabalho.

— Nós não estamos exatamente sendo premiados com essa situação, estamos? — disse Steve, meio deprimido. Ele estava muito ocupado no trabalho, mas sentia a sua falta. Era triste voltar para aquele apartamento vazio de noite, quando ele finalmente conseguia se desvencilhar dos compromissos, e se sentia como uma criança que não tinha com quem brincar. Fazia duas semanas desde que a vira pela última vez.

Mas o fato realmente decisivo aconteceu na terceira semana dela na Califórnia. Eles haviam prometido um para o outro que nada iria ficar em seu caminho dessa vez. Ela fizera reservas num vôo para Nova York na sexta-feira à noite, e na quarta Cal soube que uns clientes que iriam ser recebidos na quinta só poderiam chegar na sexta e lhe pediu para ficar. Os clientes eram importantes para ele.

— Sei que você estava planejando ir a Nova York neste fim de semana — disse ele, desculpando-se —, mas eu realmente gostaria que você ficasse por aqui. Só dessa vez. Acho que faria uma grande diferença para o pessoal, e eles ainda não a conhecem.

— É claro, Cal — disse ela, sem hesitar. Sabia como isso era importante para ele e esperava que Steve também pudesse entender. Mas ela ficou mais surpresa e perturbada ainda quando ele não reagiu dessa maneira.

— Pelo amor de Deus, Merrie. Já faz três semanas. É assim que as coisas vão ser durante os próximos dois meses? Quando diabos eu vou vê-la? — Pela primeira vez, estava furioso com ela, que ficou magoada por ele não ter sido mais compreensivo. Meredith também se sentia um pouco culpada de não estar indo para Nova York e por isso ficou na defensiva.

— Não estou ficando aqui por causa de um torneio de tênis ou do meu clube de jardinagem. São negócios, querido. Eu tenho de ficar aqui.

— Besteira. Cal pode recebê-los sem você.

— Não, não pode. Ou pelo menos não quer. E eu trabalho para ele. Não posso simplesmente sair quando ele me pede para ficar. Não planejamos as coisas dessa maneira. A conta da TIQ é a maior que temos.

— Grande. Então, o que eu devo fazer? Tenho de trabalhar no domingo, por isso não posso ir até aí. Você sabia disso. — Ele estava irritado e desapontado.

— Estarei aí no próximo fim de semana. Eu juro, palavra de escoteiro. — Mas ele ainda estava irritado quando ela desligou. Mais tarde, ele ligou de novo e continuou a reclamar. Estava transtornado por não poder vê-la. Mas não havia nada que ela pudesse fazer. Negócios eram negócios.

Cal contratara um bufê para preparar o jantar em sua casa na sexta-feira à noite. Havia convidado mais três casais, e foi uma noite muito agradável. Ele pediu a Meredith que chegasse antes dos outros convidados, e ela o fez, usando um vestido preto, liso, sofisticado e muito chique, o que fez com que Cal ficasse exultante.

— Que arraso, Merrie! — Ele falou rapidamente sobre os outros casais, e sabia que ela já havia lido bastante sobre o pessoal da TIQ.

E quando todos chegaram, Meredith foi uma anfitriã bastante afável. Fluía facilmente entre os convidados, conversava com os homens sobre temas empresariais, e depois passou uma quantidade de tempo apropriada entre as mulheres. Mas a maioria delas falava sobre os filhos, e Meredith acabou voltando para as conversas masculinas sobre negócios. E Cal ficava radiante enquanto a observava; ela era perfeita.

Quando os convidados finalmente foram embora, todos concordaram que havia sido uma noite maravilhosa, com ótima comida, pessoas interessantes e conversas animadas. E o homem da TIQ parecia estar apaixonado por Merrie.

— Você o impressionou muito — disse Cal com um olhar de admiração. — Você foi demais. Obrigado por ficar. Sei que você estava planejando ir a Nova York, mas isso era importante para mim.

— Eu sabia que era — disse ela simplesmente.

— Steve ficou chateado? — perguntou ele, preocupado, e ela hesitou.

— Um pouco. Mas eu vou para casa no fim da semana que vem. — Ela havia percebido que não era tão fácil voltar a Nova York nos fins de semana quanto pensava. Mas os dois só teriam de fazer isso por mais dois meses. Não era para sempre. E Steve tinha de ser compreensivo em relação a isso. Ela estava se estabelecendo num novo emprego.

— Lamento muito — disse Cal, com sinceridade. — Por que você não vai embora na sexta-feira bem cedo, no fim da semana que vem?

— Obrigada. Vou usar este fim de semana para procurar uma casa aqui na cidade — disse ela, enquanto os dois andavam lentamente até o carro dele, que estava estacionado na entrada da garagem. Merrie sentia-se feliz pelo fato de a noite ter sido tão agradável para seu chefe.

— Posso ir com você? — perguntou ele inesperadamente.

— É um programa um tanto monótono — disse ela, que havia planejado fazer algumas compras. — Você provavelmente vai querer ficar com as crianças — completou, enquanto ele abria a porta do carro.

— Na verdade, todas vão estar ocupadas. Nem meus serviços de chofer serão necessários. Eu realmente adoraria ir com você. Adoro ver casas.

— Tudo bem — disse ela com um sorriso —, se você quer tanto.

— A que horas devo pegá-la?

— Que tal às dez e meia. Tem uma que eu quero ver às onze.

— Chegarei às dez e quinze para não corrermos riscos. E, mais uma vez, muito obrigado por esta noite... Você foi demais — disse ele com um sorriso afetuoso e, um minuto depois, ela partiu com um aceno. Cal estava na portaria de seu apartamento às dez e quinze da manhã seguinte, usando calças cáqui, camisa com gola de marinheiro, um *blazer* e, como sempre, estava muito elegante. Ela começava a se perguntar se alguma vez em sua vida ele esteve amarfanhado. Conhecendo Cal, era difícil imaginar.

Ele a levou de carro até a cidade, enquanto conversavam à vontade, sobre negócios, como sempre. E a primeira casa que os dois viram foi decepcionante. Mas depois eles foram a mais duas, ambas em

Pacific Heights. Uma precisava de muitos reparos, embora fosse uma casa antiga e bonita, com uma bela vista, e a outra pareceu um pouco pequena para ela, embora Cal tivesse gostado. Mas ela a achou um pouco abafada.

— Depende de quantos filhos você pretende ter — disse ele, enquanto voltavam para o carro. Acabou por sugerir que fossem almoçar no The Waterfront, ambos estavam famintos.

— Muito engraçado. Você sabe que eu não quero filhos, Cal. Agora eu tenho a Dow Tech. Ela é o meu novo bebê.

— Não tenho certeza se seu marido está tão a par disso quanto eu — sorriu ele. — Steve me falou algo sobre isso quando vocês vieram jantar, e depois de nadar com meus filhos.

— Eu sei — disse ela constrangida. Era um assunto que a incomodava. — Ele fica insistindo, e acredito que esse seja um dos motivos que o está levando a se mudar para cá. Eu simplesmente não consigo me ver nesse papel, e agora mais do que nunca.

— Acho que você está com medo, e eu ainda acredito na minha teoria anterior.

— Qual? De que eu não estou comprometida com Steve? Agora que o conheceu, como é que pode dizer isso?

— Não estou dizendo que você não está comprometida com ele — corrigiu Cal. — Acho que está, tanto quanto qualquer esposa. Talvez não confie na relação ou no futuro. — Essa era uma de suas velhas teorias. Merrie a havia escutado naquela primeira semana e aqui estava ela novamente.

— Depois de quase quinze anos, não sei o que não é confiar. Ele não vai a parte alguma. Nem eu. Simplesmente confio nos meus próprios instintos. Eu me conheço, e assim como Charlotte, de acordo com o que você disse há algum tempo, eu não sou muito maternal. Acho que é um erro ir contra isso.

— É isso que você sempre achou desde o início? — perguntou ele, enquanto desciam a Divisadero Street.

Ela hesitou antes de responder.

— Talvez não. Mas eu tinha vinte e três anos quando nos casamos, não tinha certeza de que me conhecia tão bem àquela altura nem entendia o quanto minha carreira viria a significar para mim. Demora um pouco para se entender isso — disse ela muito claramente.

— Eu sei. Mas isso é mais importante do que qualquer carreira, e acho que você sabe disso.

— Não sei aonde você quer chegar, Cal.

— Conheço pessoas que ficaram casadas com as mesmas pessoas durante anos e nunca tiveram filhos, porque não quiseram ou achavam que não podiam. Sobre o que aconteceu em seguida, o que se sabe é que elas se apaixonaram por outra pessoa, se casaram de novo e, pimba, engravidaram. Não se trata de uma teoria recente. É assim que a banda toca — disse ele de forma trivial.

— Você está dizendo que acha que Steve e eu vamos nos divorciar? — Ela ficou assustada com a sugestão. Era algo em que nunca havia pensado.

— Por Deus, espero que não. Acho que só estou dizendo que nada é previsível na vida, e, se me permite ir mais fundo, apostaria que há outros motivos que levam você a não querer filhos e nem todos eles estão relacionados ao trabalho. Talvez vocês não achem que serão bons pais.

— Acho que ele seria, se não tivesse de fazer plantões de quarenta e oito horas. Não tenho tanta certeza em relação a mim. Talvez você tenha razão. Se nós quiséssemos ter filhos, provavelmente já os teríamos. Parece que as pessoas os têm sem se importar, sem se dar conta de quão erradas são as circunstâncias ou de quão ruim é determinada ocasião.

— Talvez ele realmente não queira tê-los e a esteja usando como bode expiatório. — Todas essas idéias eram novas, mas algumas mereciam uma análise mais minuciosa, enquanto ela se perguntava se Cal estava mais perto da verdade do que queria acreditar.

O almoço no The Waterfront foi divertido, e a vista era espetacular. Depois disso, os dois se dirigiram ao Palácio da Legião da Honra e andaram por seus interiores durante algum tempo, conversando e admirando as pinturas. E quando foram embora, ele a convidou para jantar em sua casa com as crianças.

— Você vai acabar se cansando de mim, se fizer três refeições por dia ao meu lado — brincou ela. Mas ele insistiu.

— Por tê-la deixado aqui sozinha durante todo o fim de semana, o mínimo que posso fazer é alimentá-la. — Mas ela estava se divertindo tanto com ele que não resistiu. Era muito fácil conviver com seu patrão, e ambos sempre tinham muito para conversar, quase sempre sobre negócios.

As crianças não pareceram surpresas ao vê-la naquela noite.

Mary Ellen estava na casa de uma amiga, e Andy e Julie estavam vendo vídeos. Mas quando eles desceram e a viram, cumprimentaram-na como se Merrie fosse uma velha amiga. Andy estava todo alvoroçado por causa do jogo de rúgbi que eles iriam ver no domingo. Os Niners iam jogar contra os Broncos.

— Você vai com a gente? — perguntou Andy durante o jantar, com interesse.

— Não, não posso — disse ela educadamente.

— Por que não? — perguntou Cal, enquanto sorria para ela. — É uma ótima idéia. Você gosta de rúgbi?

— Às vezes. Sou uma grande fã de beisebol. Sempre faz muito frio em Nova York para que se possa ir a jogos de rúgbi sem ficar congelada até os ossos.

— É bem melhor aqui — tranqüilizou-a Julie. De algum modo Meredith foi contagiada pelo entusiasmo de todos e acabou concordando em se juntar à turma.

— Você tem certeza de que as crianças não vão se importar? — perguntou ela depois que todos saíram da mesa.

— Claro que não. Por que haveriam? Você faz parte da família agora, Meredith. Eles estão totalmente à vontade com você.

— Eles apenas gostaram de Steve porque ele jogou Marco Pólo.

— Sim, é verdade. Mas eles gostam de você também. Julie diz que você é inteligente, e Andy acha você muito bonita. Ele tem bom gosto — disse Cal orgulhoso —, puxou a mim.

— E Mary Ellen me detesta — disse ela, rindo por causa do elogio em dobro. — Talvez você devesse perguntar a ela.

— Ela também gosta de você. Só demora um pouco mais para se entrosar com as pessoas do que os outros. Mas, na última vez em que você esteve aqui, ela adorou o que você estava vestindo. Em sua idade, essa é uma questão primordial. Mary Ellen disse que você estava "legal", o que é muito para ela. Se quer saber, eu não sou "legal", pois sou seu pai. Ela acha que eu tenho duzentos anos de idade e, na maior parte das vezes, sou um idiota. Na semana passada, me disse que eu era patético.

— Veja bem — disse Meredith, olhando estupefata para ele, que lidava tão facilmente com tudo, de negócios a bebês. — Eu não saberia como lidar com isso. Se minha filha dissesse para mim que eu era patética, eu ficaria muito magoada.

— A gente acaba se acostumando. Depois que eles dizem que a odeiam pela milionésima vez, você começa a sentir que algo está faltando quando eles não o dizem. "Patético" é um grande elogio, vindo de uma menina de quatorze anos de idade. É melhor que "retardado". Fui "retardado" no ano passado e "do mal" no começo desse verão. E, na semana passada, Julie me disse que eu era realmente estúpido, mas isso foi porque eu lhe disse que não podia passar batom. Você precisa aprender o jargão. — Ele estava rindo, assim como Meredith. Ele fazia as coisas parecerem muito fáceis.

— Acho que administrar empresas é muito mais fácil do que ter filhos.

— São coisas diferentes — disse ele, para depois tocar-lhe delicadamente a mão. — Você é uma grande mulher, Merrie. E uma ótima companhia. Obrigado por ter ficado aqui este fim de semana. — Ele sabia que isso havia sido um sacrifício e queria compensá-la. Era muito agradável estar ao seu lado. Foi até interessante ficar olhando casas com ela, e ambos riram quando o corretor imobiliário achou que ele era seu marido, mas essa havia sido uma suposição normal. Cal notara que ela estava muito ansiosa para encontrar uma casa e parecia ver problemas em todas. Tinha suas dúvidas se ela realmente queria morar na cidade. Ele sabia que essa era uma concessão que Meredith estava fazendo para Steve, e começava a suspeitar que sua diretora financeira preferiria ficar em Palo Alto. Certamente seria mais fácil assim. — Que tal o apartamento? Você está bem instalada?

— Eu o adoro — admitiu ela. — Vou ter que desistir dele e me mudar para a cidade. Steve está louco para morar numa casa por lá. De fato, eu acho que prefiro um apartamento.

— Posso muito bem imaginar por quê. Não há lugar para um bebê. Deus, você é teimosa!

— Olha quem está falando! — Ela agora brincava por causa de algumas posições que ele assumiu durante a semana e que não eram totalmente razoáveis, mas Cal não arredava o pé e se recusava a ser dominado, não importavam quais fossem os argumentos dela.

— Então você percebeu, não é? — Ele parecia vagamente embaraçado enquanto lhe servia mais um copo de vinho. As horas se passavam, e os dois ficaram sentados na sala de estar, conversando. Já era mais de meia-noite quando Merrie finalmente foi para casa. E Cal estava de volta à portaria de seu prédio às onze horas da manhã seguinte, para levá-la ao jogo de rúgbi, e seus filhos o acompanhavam. Eles invadiram o apartamento dela como se fossem pequenas abelhas. As duas meninas o acharam "legal", e Andy disse que gostou dele.

E o time das crianças não teve sorte no jogo de rúgbi. Os Broncos venceram, e Andy ficou arrasado. Mas, apesar disso, todos se divertiram bastante e comeram cachorro-quente, amendoim e sorvete. E, quando saíram, sem nem mesmo pensar, ela voltou para casa com eles e ajudou Cal a preparar o jantar. Era ótimo ficar na companhia de todos, ser parte da família, e Merrie ficou triste de fato quando Cal a levou em casa naquela noite e agradeceu a ele pelo fim de semana maravilhoso.

— Aproveitei ao máximo. — Ela o vira nos três dias, em várias ocasiões, todas elas agradáveis. — Espero que seus filhos não tenham se importado de eu ter ficado grudada em vocês.

— De jeito nenhum. Eles adoraram. Você é um bom exemplo para as meninas, pois é a prova viva de que as mulheres podem ser inteligentes, bonitas, bem-sucedidas *e* gentis. Foi importante para elas.

— Bem, eu me diverti muito. Por favor, agradeça a eles por mim. Obrigada, Cal.

— Você é a melhor coisa que me aconteceu em muito tempo, Meredith. E espero que você saiba disso. — Parecia ser um momento sério entre ambos, mas ele imediatamente tornou as coisas mais leves. — Além do mais, Charlie McIntosh não chega aos seus pés em termos de beleza. — Os dois riram, e ele a deixou, dizendo que a veria no escritório. Alguns minutos depois que ela entrou em casa, Steve ligou.

— Onde diabos você esteve durante todo o fim de semana?

Meredith ficou surpresa com seu tom de voz, não era do seu estilo ficar zangado. Mas a organização atual de suas vidas estava criando uma tensão grande entre eles, e ela estava disposta a ser compreensiva.

— Estive em toda a parte. O jantar com os clientes, sobre o qual eu lhe falei, foi na sexta-feira à noite. Procurei casas na cidade no sábado. Jantei na casa de Cal na noite passada. E eles me levaram a um jogo de rúgbi hoje. Faz cinco minutos que eu entrei em casa, querido. — Ela achou que dera conta perfeitamente de seu paradeiro, mas ele ficou ainda mais furioso quando ela terminou.

— Você está me dizendo que passou o fim de semana inteiro com seu patrão? Por que não vai logo morar com ele?

— O que é isso, Steve? Não seja bobo. Eu não tinha nada demais para fazer nesse fim de semana.

— Você devia estar aqui. — Ele parecia petulante e infantil.

— E você trabalhou hoje, por isso eu não poderia estar de jeito nenhum ao seu lado. Por que então fazer um escarcéu disso?

— Encontrou alguma casa? — cortou ele. Ela não estava gostando do tom da conversa e se perguntava se ele havia tido um dia ruim, ou estava apenas cansado. Não seria nenhuma surpresa.

— Ainda não. Mas estou procurando.

— Não pode ser tão difícil. Os classificados estavam cheios de casas à venda quando eu estive aí.

— Não gostei de nada do que vi, Steve. Relaxe. Temos tempo, e o apartamento aqui é ótimo.

— Então talvez você devesse tentar passar algum tempo nele, em vez de ficar o tempo todo na casa de Cal.

— Ora, Steve, pelo amor de Deus. Eu estive lá por causa de um jantar de negócios na sexta, e fomos passear com os filhos dele hoje. Não faça disso uma tempestade quando não é. — Ela estava perplexa ao perceber que ele estava com ciúmes.

— Você detesta crianças. Então me diga, qual é a graça, ou será que ambos sabemos qual é? É disso que se trata, Merrie? Você está se deixando seduzir por ele? É por isso que você não vem para casa há três semanas? Será que eu estou sendo um idiota?

— É claro que não. Somos apenas amigos, querido. Você sabe disso. Você o conheceu. Ainda não conheço muita gente por aqui, e ele se sentiu mal por eu ter ficado presa durante todo o fim de semana.

— Ele tinha mais é que se achar um merda por causa disso — falou Steve, quase gritando —, passou o fim de semana com a minha mulher e eu não.

— Meu bem, fique calmo. Eu já lhe disse. Vou para casa no próximo fim de semana. Não há absolutamente nada entre mim e Callan Dow, exceto trabalho e amizade.

— Não estou tão certo disso. Eu vi o sujeito. Ele é boa-pinta, bem-sucedido, atraente, e parece que pularia sobre você se tivesse metade de uma chance. Conheço o tipo. — Ele estava sendo completamente irracional e sabia disso.

— Se ele fosse fazer uma bobagem como essa, faria quando viajamos juntos, e eu não estaria trabalhando para ele agora. Não tenho o menor interesse de que ele "pule" sobre mim. E Cal *não* é esse tipo de sujeito. Ele é um perfeito cavalheiro, e você sabe disso.

— Não sei mais nada, mas, seja o que for, não estou gostando. Você está levando uma vida completamente independente, como se fosse uma mulher solteira.

— Isso é uma completa tolice, Steve Whitman. Estou fazendo o meu trabalho e tentando encontrar uma casa para que possamos viver por aqui. As coisas não estão sendo fáceis para nenhum de nós dois, mas se você quer se portar de maneira estúpida em relação a isso e fazer acusações insensatas a Cal Dow, vai tornar as coisas ainda mais difíceis. Ele é meu patrão. O que você espera que eu faça? Não o veja mais? — As coisas que ela dizia faziam sentido, mas ele ainda não estava gostando da situação.

— Não... acho que não... Só detesto o fato de você estar tão longe. É mais difícil do que eu imaginava. Por mim, você viria para casa todo fim de semana. Não sabia que só iria vê-la uma vez por mês. Isso não está dando certo. — Subitamente, ele pareceu mais deprimido do que irritado.

— Eu sei, meu bem. Vou para casa no fim de semana que vem, chova ou faça sol. Eu prometo — disse ela docemente.

— É bom que venha.

— Eu irei.

E quando começou a ficar resfriada na quinta-feira à noite, Merrie não disse nada. Só tomou alguns comprimidos no dia seguinte e entrou no avião. Mas, na hora em que chegou em Nova York, ela estava tossindo, e sentia uma dor de cabeça latejante e dor de ouvido. Quando chegou ao apartamento, estava se sentindo péssima. Ela havia ficado presa no escritório e perdido o vôo que saía mais cedo. Só aterrissou no JFK depois da meia-noite.

Steve estava com o jantar e uma garrafa de champanhe esperando, e era uma hora da manhã quando ela transpôs a porta. Tudo que Merrie queria era ir para a cama, mas acabou se sentando para jantar com ele, beber champanhe e fingir que estava bem. Mas ele podia ver que sua esposa estava passando mal. Estava louco para fazer amor com ela, mas o corpo dela estava todo doído na hora em que foram para a cama. Até sua pele doía. Quando Steve a tocou, pôde ver que sua mulher estava com febre.

— Pobrezinha — disse ele, sentindo pena. Depois de tomar-lhe a temperatura, viu que Merrie estava com 38,5º. Ele lhe deu um Tylenol e a deixou de cama, mas de manhã ela havia piorado.

— Você não devia ter vindo — comentou ele, sentindo-se culpado.

— Você me mataria se eu não voltasse para casa — retrucou ela, tossindo.

— Tem razão. Eu provavelmente o teria feito — disse Steve sorrindo.

Ela passou o fim de semana todo na cama. No domingo, a febre tinha baixado, e os dois deram uma caminhada à tarde. Mas Steve parecia deprimido, embora ele e sua esposa tivessem finalmente feito amor naquela manhã. Mas nenhum dos dois estava de alto-astral. Ela planejava pegar o último vôo para São Francisco naquela noite e chegar tarde, mas teria de estar no escritório de manhã.

— Isso só vai durar mais sete semanas — lembrou ela, enquanto ele preparava o jantar. Meredith não estava com fome, mas comeu um pouco para agradá-lo.

— Parece que vai durar para sempre — disse ele impiedosamente. E parecia mesmo, para ambos, mas não havia nada que eles pudessem fazer em relação a isso. Só tinham de ranger os dentes e superar as adversidades.

Ela não pensava em voltar antes de duas semanas, para passar o Dia de Ação de Graças. Eles haviam prometido ir à casa dos Lucas para jantar.

Steve a levou ao aeroporto naquela noite, deu-lhe alguns descongestionantes antes de ela entrar no avião e se despediu com um beijo, parecendo arrasado. E ainda ficou pior quando voltou para o apartamento. Agora ele vinha levando uma vida solitária, e a falta dela fazia com que sentisse uma dor quase física. Pouco depois, deitou-se na cama e quase chorou ao sentir o cheiro do perfume e do xampu da mulher no travesseiro.

— Como foi o fim de semana? — perguntou Cal quando Merrie chegou no escritório na segunda-feira. Ela parecia péssima, tossindo e espirrando. O vôo fez sua gripe e sua saúde piorarem bastante.

— Bem ruim — disse ela honestamente. — Fiquei doente, e Steve estava infeliz. Não foi muito divertido. Foi muito azar eu ter adoecido antes de viajar — disse ela arrasada.

— Sinto muito, Merrie. É melhor você cuidar da sua saúde. Essa viagem foi pesada para você, e há algumas reuniões importantes durante a semana.

— Eu sei. Vou ficar melhor — tranqüilizou-o Merrie, mas ela se sentiu fraca durante toda a semana e passou o sábado e o domingo seguintes na cama. A última coisa que ela queria era ficar doente demais para viajar no Dia de Ação de Graças. Meredith sabia que Steve jamais a perdoaria, e não queria perder a chance de passar o feriado ao seu lado.

Cal a tinha convidado para passar o Dia de Ação de Graças com ele, caso não fosse para casa, mas ela havia garantido que passaria o feriado em Nova York com o marido.

— Só queria que você soubesse que não está sozinha aqui — disse ele gentilmente, e Merrie agradeceu. Cal era muito bom para ela. Tinha todo o interesse em deixá-la feliz. Queria que ela ficasse na Dow Tech para sempre.

O que havia da semana seguinte passou voando. Ninguém trabalha muito antes do feriado, e na quarta-feira à tarde ela foi para Nova York como planejado. Ela se curara do resfriado e não via a hora de chegar o Dia de Ação de Graças. Steve tinha dito que a pegaria no aeroporto, mas não estava lá, por isso Merrie ligou para seu *bip* quando chegou ao apartamento. Ele ligou de volta uma hora depois.

— Você não vai acreditar — disse ele impiedosamente. — Houve um incêndio durante a hora do *rush*. E mandaram todos os feridos para cá. Não houve mortes, mas estou às voltas com pessoas bastante feridas. Não vou conseguir sair daqui até amanhã.

— Não se preocupe com isso — disse ela cordialmente. — Estarei por aqui, esperando você voltar para casa.

— Estarei livre amanhã de manhã. O residente principal vai cobrir a minha ausência e a de Harvey, para que possamos, pelo menos, aproveitar o Dia de Ação de Graças. Pobre rapaz, eu sei como é isso.

Mas o filho de seis anos de idade do residente acabou tendo uma ruptura no apêndice à meia-noite. Nem Harvey Lucas nem Steve tiveram coragem de forçá-lo a ficar de serviço. O menino estava realmente mal, em outro hospital, naturalmente, e o pai queria acompanhá-lo. E Lucas não passou bem durante toda a semana. Não havia ninguém para ficar, exceto Steven.

Ele parecia estar a ponto de chegar às lágrimas quando ligou para sua esposa.

— Estou preso aqui — disse ele abruptamente. — Não posso sair, Merrie. — Ele hesitou por um instante; ultimamente, quando um dos dois não conseguia se livrar de seus compromissos era um deus-nos-acuda. Era como se eles estivessem pisando em ovos. Mas, para sua sorte, ela se recuperou rapidamente.

— Não se preocupe com isso. Vou levar um peru para o seu jantar.

— Como é que você vai fazer isso? — Ele parecia assustado.

— Vou descobrir uma maneira — prometeu Meredith. E, cumprindo a palavra, ela apareceu com um frango assado recheado que havia comprado numa mercearia na Segunda Avenida, com salada de batata e molho de frutas silvestres, às duas horas daquela tarde, e ambos o devoraram em pratos de papel que havia no consultório. Ela até comprou uma torta de abóbora, o que o fez sorrir, enquanto olhava para aquela refeição improvisada, e beijá-la.

— Você é demais — disse Steve, abraçando-a, quando uma enfermeira passou por perto e sorriu. Eles ficavam bem juntos.

— Você não é tão mal — disse Meredith, sorrindo. Os dois conseguiram ficar uma hora inteira juntos antes de Steve iniciar uma cirurgia com um paciente que levara um tiro na virilha. Seus pacientes conseguiam atirar uns nos outros até mesmo no Dia de Ação de Graças.

— Estarei em casa assim que puder — prometeu ele. Coisa que finalmente conseguiu fazer na sexta-feira de manhã. E, durante o resto do fim de semana, os dois passaram três dias ininterruptos juntos.

Foram ao cinema, deram-se as mãos, fizeram amor e dormiram até tarde. Conseguiram até patinar no Rockefeller Center. Era exatamente disso que eles precisavam, e ambos estavam se sentindo mais uma vez revigorados quando ela entrou no avião no domingo à noite. Steve ficou no aeroporto e a beijou, e eles pareciam jovens amantes.

— Tive um ótimo fim de semana, Merrie. Obrigado — murmurou ele.

— Eu também — respondeu sua mulher, que o beijou novamente. Meredith tinha de se afastar dele contra sua vontade. Ele prometera pegar um avião para vê-la no fim de semana seguinte. O casal só tinha cinco semanas pela frente antes de Steve se mudar, quatro se pudesse partir antes do Natal. O apartamento ainda não tinha sido vendido, mas havia algumas pessoas interessadas. E o Dia de Ação de Graças que eles partilharam deu a ambos a força que precisavam para superar o período final dessa separação aparentemente interminável.

Ela já estava vivendo há seis semanas na Califórnia, sem a companhia do marido.

As boas vibrações que eles partilharam durante o feriado fizeram com que levassem a cabo os dias seguintes. Meredith ainda estava flutuando quando Steve lhe telefonou na quinta-feira.

— Você está sentada? — perguntou ele. Meredith não podia imaginar o que o marido iria dizer. Quem sabe ele havia vendido o apartamento pelo dobro do valor que estava sendo pedido. Do jeito que estava falando, tinham de ser boas notícias.

— Claro. Por quê? — disse ela com um sorriso.

— Acabei de perder o emprego na Califórnia. — Meredith sentiu como se uma bomba a tivesse atingido.

— *O quê*? Você está brincando? Isso é uma piada, não é?

— Não é piada. O sujeito que estava saindo, o tal do número um, desistiu. Mudou de idéia. E não podem forçá-lo a ir embora. Eles, provavelmente, possuem a única unidade traumatológica do mundo que está com os quadros totalmente preenchidos. Não há como abrir espaço para mim. — Steve parecia arrasado, e era assim também que ela estava se sentindo. — Liguei para todos os hospitais que vi, e tudo que consegui foi uma vaga como subalterno na sala de emergência do Hospital Geral. — Meredith não podia suportar a idéia de vê-lo fazer algo assim. O emprego em East Bay era tão perfeito. — Eles lamentaram muito quando me ligaram de East Bay. Mas não podem pedir para o cara ir embora e, além do mais, não querem fazer isso. Eles gostam do sujeito.

— Oh, droga, Steve. O que você vai fazer agora?

— Não sei. Esperar, eu acho. Não há nada mais que possamos fazer. Algo vai acabar aparecendo. E, enquanto isso, posso ficar por aqui. Lucas ficou eufórico quando lhe contei.

— Ele tinha de ficar. Não sei o que dizer, querido. Nunca achei que isso fosse acontecer. — Se tivesse pensado que não era a coisa certa, ela não teria aceitado o emprego oferecido por Callan. Agora os dois estavam presos numa situação infeliz.

Ela contou tudo para Cal no fim da tarde, quando terminaram uma reunião.

— Isso é terrível. Por que você não me deixa dar alguns telefonemas para ver o que posso fazer? — Mas a conclusão a qual ele chegou no dia seguinte foi a mesma de Steve. Parecia não haver nenhum lugar para ele no momento, a não ser que quisesse um cargo bem abaixo de suas capacidades. E Cal disse a Meredith que Steve não deveria aceitar funções subalternas. — Ele precisa ter paciência.

Mas as coisas foram muito difíceis para o casal durante as últimas sete semanas. E agora, sem esperanças à vista, a situação dos dois ficaria ainda mais estressante. Atravessar o país de costa a costa o tempo todo não estava sendo tão fácil quanto eles esperavam. Na maior parte do tempo, um ou outro não conseguia viajar. A vida de ambos era atribulada demais quando estavam trabalhando.

Meredith ficou deprimida com isso pelo resto da semana, e Steve parecia cada vez pior sempre que conversavam. E, como estava se tornando corriqueiro, ele ficou trabalhando naquele fim de semana. Ela planejava folgar na semana entre o Natal e o Ano-Novo para que então eles pudessem se mudar de verdade para a Califórnia. Mas, agora, tudo estava suspenso. O que ela poderia fazer era esperar que abrisse rapidamente uma vaga numa unidade traumatológica em algum lugar.

Dezembro foi um mês extenuante para ambos, como se pôde ver. No trabalho, Cal estava tentando amarrar tudo antes do fim do ano, o que os fez trabalhar dia e noite. E com o gelo e a neve em Nova York, houve um fluxo constante de acidentes, atropelamentos, quadris quebrados e colisões de veículos. Só as guerras de gangues é que pareciam ter diminuído com o tempo ruim. Na semana antes do Natal, os dois foram atingidos por mais um golpe. Harvey Lucas havia escorregado no gelo em frente a sua casa em Connecticut e quebrou o quadril e a bacia. Ele ficaria fora de ação por oito semanas e, mesmo se Steve tivesse um novo emprego para onde tivesse de ir, jamais poderia deixar a unidade traumatológica onde estava trabalhando. Steve achava que estava em débito com Harvey por este ter segurado as pontas enquanto ele se recuperava. Só melhorou um pouco para ele quando contrataram uma médica substituta especializada em traumatismos para assessorá-lo durante esse período. Seu nome era Anna Gonzalez, e ela vinha tocando sua carreira até ali substituindo uns e outros. Steve disse que ela era esperta, diplomara-se em Yale e era, no momento, a única coisa que fazia sua vida se tornar suportável. Ela atuava como sua assistente, enquanto ele assumia o posto de Harvey Lucas e dirigia a unidade.

Por isso, tudo o que Meredith e Steve sabiam agora era que, acontecesse o que acontecesse, ambos tinham mais dez semanas de separação pela frente. E Merrie já estava sozinha na Califórnia havia mais de dois meses.

— O que fizemos para merecer isso? — perguntou Meredith, quase chegando às lágrimas, quando eles falaram sobre o assunto.

— Pelo menos você virá para casa daqui a uma semana. Vou ver se consigo tirar algum tempo para mim quando você estiver por aqui, Anna já disse que me cobre.

— Agradeça a ela por mim — disse Meredith, sentindo-se tão arrasada quanto na hora em que ouviu as notícias sobre Harvey Lucas.

Durante os dias seguintes, Meredith fez tudo o que tinha de fazer e se aprontou para voltar para casa no Natal. Ela levava consigo todos os presentes que havia comprado para Steve. E enquanto arrumava as malas alguns dias antes de partir, uma tempestade de neve atingiu toda a Costa Leste. Isso só tornou as coisas mais difíceis para Steve, pois houve mais acidentes e mais ossos quebrados. Parecia que ele nunca teria um momento livre.

Meredith estava planejando seguir para a Costa Leste na noite de Natal e, no dia anterior, jantou na casa de Callan com ele e os filhos. Havia uma linda árvore de Natal na sala de estar e, ao contrário de Nova York, fazia um calor que não era característico da estação. Parecia ironia.

— Talvez você não consiga viajar amanhã — falou Andy, enquanto todos falavam do tempo ruim que fazia na Costa Leste e das constantes tempestades de neve que a atingiam. Havia mais de meio metro de neve cobrindo Nova York, e Steve dissera que a cidade estava paralisada.

— Espero que você esteja enganado, Andy — disse Meredith fervorosamente. Ela já havia dado os presentes para as crianças. Uma saia para Mary Ellen, que fez ela gritar de emoção, outra para Julie, com um par de sapatos que ela disse serem "maneiríssimos", e um robô que podia jogar bola com Andy e até lhe servir um copo de refrigerante. — Steve vai ficar realmente chateado se eu não chegar em casa amanhã. — Essa foi uma declaração dada sem ênfase, mas capital.

— Você poderia passar o Natal com a gente — sugeriu Julie espontaneamente. Eles iam passar o Natal com Cal, e sua mãe chegaria no dia seguinte para levá-los para esquiar em Sun Valley. Ela não os via desde o verão anterior, e todos aguardavam essa ocasião com indiferença. Compreensivelmente, as crianças pareciam ter muitas reservas com a mãe.

— Adoraria passar o Natal com vocês — disse Meredith —, mas preciso ir para casa, ficar com meu marido.

Cal ia para o México com alguns amigos, e ela sabia que ele havia fretado um iate por lá, enquanto as crianças estivessem distantes com a mãe. Tudo o que ela queria era uma semana em Nova York com Steve. A vida dos dois, naquele momento, parecia não ter nada a não ser problemas e decepções, e preocupar-se com isso naquele instante estava eclipsando o amor que ela sentia por seu trabalho. Por saber que iriam ficar separados por mais alguns meses, Merrie estava começando a se preocupar com seu casamento. E Cal podia ver que ela estava com problemas.

Por isso, depois do jantar, ele conversou com ela a respeito.

— Vocês têm de se manter firmes até ele encontrar alguma coisa por aqui, Merrie. Ele vai achar algo. A qualidade de seu trabalho é boa demais para não conseguir nada. — Cal se preocupava com a possibilidade de ela se sentir pressionada a pedir uma licença, ou pior, e voltar para seu marido.

— Está sendo um pouco mais difícil do que pensávamos — admitiu ela, deprimida com a revelação.

— Os homens passam por isso o tempo todo. Arrumam empregos em outras cidades, e às vezes leva um ano para que suas famílias se juntem a eles. Casas têm de ser vendidas, crianças precisam terminar o período letivo. As pessoas superam isso. E você e Steve também vão conseguir. Só tente ser paciente.

— Estou sendo... estamos sendo... mas sinto como se o tivesse deserdado quando vim para cá. Acho que é o que ele pensa. Não tenho certeza se Steven entende isso.

— É claro que sim. Ele é um homem adulto. Sabe que esse emprego era importante para você. E, no fim das contas, vai ser bom para ele também. Tenho certeza de que ele está disposto a fazer alguns sacrifícios pela sua carreira, Merrie. Steve a ama. As mulheres fazem esse tipo de coisa para seus maridos o tempo todo. Desistem de empregos, de amigos, de lares, para acompanhar os maridos quando eles são transferidos. Ele só precisa ser paciente. Você fez a coisa certa quando veio para cá, Meredith, e tenho certeza de que Steve sabe disso. — Ela não estava mais certa sobre o que Steve sabia, exceto que detestava a vida que levavam. Ele estava preso a Nova York por força das circunstâncias e parecia achar que ela estava se divertindo bastante na Califórnia. Com certeza, Merrie amava seu trabalho, mas sentia muito por não poder estar com o marido.

— Espero que ele encontre logo um emprego por aqui, e que seja dos bons, não daqueles de subalterno como o que encontrou no Hospital Geral — disse ela com tristeza, enquanto Cal colocava um braço solidário em volta de seus ombros. Ele queria fazer algo para animá-la, e a única coisa na qual conseguia pensar era lhe dar um presente de Natal.

— Tenho uma coisinha para você, Meredith. É uma bobagem. — Callan lhe entregou uma pequena caixa que guardava no bolso, enquanto falava. E ela também tinha algo para ele. Havia deixado a caixa laranja no *hall*, com sua bolsa, e foi pegá-la antes de abrir seu presente. Enquanto ela lhe entregava o pacote, ele reconheceu imediatamente a caixa e a fita. Eram da Hermès. Merrie havia comprado o presente na última vez em que esteve na cidade.

Os dois se sentaram um ao lado do outro e começaram a abrir os presentes. Enquanto ela abria o seu, respirou fundo rapidamente. Cal lhe dera um lindo relógio de ouro Bulgari, que era exatamente o que ela teria comprado se ousasse gastar tanto dinheiro num relógio de pulso.

— Meu Deus, Cal, você não devia ter... ele é tão lindo. — A peça coube perfeitamente em seu pulso, e ele ficou feliz por ela ter gostado do presente.

E então ele abriu a caixa que ela lhe dera e ficou igualmente impressionado. Havia sido presenteado com uma pasta de couro muito vistosa da Hermès. O couro era liso, de qualidade, e tão elegante quanto ele. Cal adorou o presente, e a abraçou e a beijou no momento em que o viu.

— Você está me estragando com esses mimos, Merrie! Adorei! — Seus olhos cintilavam enquanto olhavam para a pasta, e ela ficou igualmente empolgada com o relógio, ao mesmo tempo em que também o abraçava.

— Veja quem está falando! Eu nunca tive um relógio como este.

— Bem, você deveria ter. — Era algo que ela poderia usar todo dia com seus conjuntos bem-talhados e com os terninhos que ela usava no escritório. A peça tinha um ar executivo e, ao mesmo tempo, parecia chique e cara.

Os dois se sentaram e conversaram por algum tempo até que, às onze horas, Cal ligou no noticiário, para que ambos pudessem ver como estava o tempo na Costa Leste. Havia histórias de pessoas que tinham ficado presas por causa da neve, encalhadas durante toda uma semana, e as cidades importantes e aeroportos tinham sido interditados um a um enquanto as tempestades continuavam. As coisas não haviam melhorado enquanto eles estavam jantando. Outra frente fria tinha chegado, e montes de neve fresca estavam sendo despejados em Nova York, Nova Jersey, Connecticut e Massachusetts.

— Você sabe, detesto dizer isso, mas não estou certo de que você conseguirá viajar amanhã, Meredith. É melhor confirmar seu vôo antes de sair para o aeroporto.

— Steve vai me matar se eu não estiver em casa no Natal — disse ela taciturna. Seria o auge de uma situação que já estava terrível. Merrie realmente sentia a falta do marido.

— Não será culpa sua se você não conseguir chegar, ele tem de entender isso.

Callan a levou em casa de carro depois disso e, mais uma vez, ela agradeceu pelo presente. Estava usando-o, e sorriu quando levantou a manga de sua camisa para admirá-lo novamente.

— Obrigada, Cal, eu realmente adorei.

— Fico feliz — disse ele com um olhar de prazer. — Também adorei minha pasta.

— Vamos ser as duas pessoas mais elegantes do escritório — disse Merrie sorrindo.

— O que você vai fazer se não puder ir para casa? — perguntou ele, preocupado.

— Chorar — disse ela, para depois sorrir, arrependida. — O que posso fazer? Se eles fecharem o aeroporto, ou cancelarem o meu vôo, não vai haver porcaria nenhuma que eu possa fazer.

— Se isso acontecer, quero que você passe a noite de Natal conosco. Não quero que fique sozinha por aí.

— Obrigada, Cal, fico muito grata. Mas, com sorte, vou embora daqui amanhã.

— Espero que sim. Mas no caso de... Não quero que você fique sentada em casa sozinha, sentindo pena de si mesma.

— Não vou. Prometo. Vou sentir pena de mim mesma se for para a sua casa. — Ambos riram, mas ela estava desesperada para viajar, e ele sabia disso.

Mas não importava o grau de desespero. No dia seguinte, a neve ainda estava caindo em Nova York e, por volta das nove horas da manhã na Costa Oeste, meio-dia em Nova York, o Aeroporto Kennedy havia sido fechado. Merrie ainda conseguiu encontrar Steve no hospital, que por sua vez ficou desapontado mas foi um pouco filosófico com a situação.

— Você chegará aqui mais cedo ou mais tarde, querida. Teremos de adiar o Natal até você chegar. O que vai fazer à noite?

— Não sei. Os Dows disseram que eu podia aparecer caso isso acontecesse. — Ela não tinha mais nenhum outro amigo por lá. Não havia tido tempo para conhecer outras pessoas, pois ficara muito tempo ocupada no escritório.

— Pelo menos você vai estar com crianças — disse ele. Mas Merrie demonstrava, pelo tom de voz, que não estava totalmente satisfeita com a situação. Mas Steve não podia querer que ela ficasse sozinha na noite de Natal, e não lhe disse nada. Ele ia ficar no hospital. Também não queria ficar sozinho. E grande parte da equipe estava trabalhando.

Cal soube pelos noticiários que os aeroportos estavam fechados e, antes de sair ao meio-dia, lembrou-a de seu convite. Ele iria fazer umas coisinhas com as crianças naquela tarde, e disse para ela aparecer por volta das quatro horas, quando todos já estariam de volta.

Meredith chegou com uma vasilha grande de pipoca doce e maçãs carameladas, que as crianças devoraram com alegria. Todos se sentaram em volta da árvore que estava na sala de estar, enquanto Cal colocava um CD com músicas de Natal. Merrie jantou com eles naquela noite e, depois, as crianças foram para seus quartos. Cal acendeu a lareira e os dois ficaram falando sobre o Natal, a juventude e a infância. Ele lhe disse que sua mãe havia morrido quando era bem pequeno, e falou sobre como eram difíceis os feriados de fim de ano depois disso. Enfim, ela começou a entender a relutância dele no que dizia respeito a compromissos com mulheres. Embora Callan não tivesse expressado a coisa dessa maneira, ele parecia acreditar que as mulheres sempre o abandonavam, de um jeito ou de outro.

— Seu pai tornou a se casar? — perguntou ela com interesse.

— Só quando eu já era adulto. Tanto ele quanto minha madrasta morreram há muito tempo. Não tenho família, a não ser meus filhos.

— Eu só tenho Steve. E ele também não tem família. Acho que é por isso que quer tanto ser pai, para formar sua própria família. Creio que não sou normal, pois não quero filhos.

— Não necessariamente. Talvez você tenha as suas razões. Mas é por isso que eu quis ser pai. Queria uma família perfeita, e agora a tenho... Só escolhi a mulher errada — disse ele, enquanto se servia de um punhado de pipoca.

— Seus filhos são maravilhosos — disse ela, também comendo pipoca, e ele a fitava de onde estava. A sala estava aquecida e a madeira em brasa crepitava suavemente.

— Você também é maravilhosa — disse ele com delicadeza. Não esperava que fosse passar o Natal com ela. Era ótimo ter uma pessoa adulta para conversar, e ela estava grata por não ter de ficar sozinha em seu apartamento. Merrie não sabia como responder ao elogio, e ficou simplesmente olhando para ele; depois se virou para o fogo, pensando em Steve. Ela sentia mesmo a sua falta. — Não queria deixar você constrangida, Merrie... Desculpe.

— Você não me deixou assim — disse ela, olhando mais uma vez em sua direção. — Eu só estava pensando... sobre você... e Steve... e em quão diferentes vocês são. Ambos são muito importantes para mim, por motivos bastante distintos. Gosto do jeito que trabalhamos juntos. Gosto de um monte de coisas em você. — Não era isso que queria lhe dizer, mas tratava-se da mais pura verdade. Ela o admirava muito e apreciava sua companhia. Ela e Cal tinham opiniões parecidas e muito em comum, no que dizia respeito ao trabalho e ao estilo. De uma certa maneira, mais do que com Steve. Uma das coisas que Meredith sempre gostou no marido era o fato de eles serem opostos, pois pareciam que completavam um ao outro. Mas com Cal era mais do que um sincronismo, eles partilhavam uma similaridade, o que fazia com que ficar juntos fosse fácil para eles. — Me sinto tão bem com você.

— Nunca me senti tão à vontade com alguém em toda a minha vida quanto me sinto com você — confessou ele, partilhando de sua opinião. — É assim que os casamentos deveriam ser, e normalmente não são. Pelo menos o meu não era.

— Steve e eu sempre fomos muito amigos. Mas agora também sinto a mesma coisa por você. — Ela se achou um pouco desleal com Steve quando disse isso.

— Talvez isso não seja uma coisa tão ruim, já que passamos tanto tempo juntos. Muitas pessoas passam mais tempo com seus colegas de trabalho e suas secretárias do que com os cônjuges. — Ambos riram com isso, e ela pegou um pouco mais de pipoca. — Você vai à igreja conosco esta noite, Meredith? Vamos à missa da meia-noite na Saint Mark's.

— Adoraria. — Ela sempre freqüentava igrejas e Steven nunca era muito religioso.

Eles se sentaram e conversaram durante um longo tempo e, às quinze para a meia-noite, ele reuniu as crianças. Andy estava meio sonolento, mas queria ir de qualquer jeito. E os cinco seguiram no carro de Cal até a Saint Mark's. Andy estava dormindo no banco de trás quando chegaram. Cal o pegou no colo, levou-o para dentro, colocou-o delicadamente entre as irmãs no banco da igreja, e não chegou a acordá-lo. As meninas estavam sérias, cantaram os hinos, e ela e Cal dividiram um livro de orações e um hinário. Foi uma bela cerimônia, e Merrie olhou uma ou duas vezes para ele, que, por sua vez, sorriu em retribuição. Ele tinha uma voz profunda e melódica, e suas vozes se elevaram em uníssono enquanto cantavam *Noite feliz* juntos. E depois, quando andaram de volta para o carro, havia um sentimento estranho entre ambos. Era como se ela fizesse parte de sua pequena família. Era uma ilusão estranha, e ela ficou quieta quando ele a deixou em casa naquela noite. Cal subiu ao seu lado, levou-a até a porta de seu apartamento, para se certificar de que havia chegado direito, e não lhe disse nenhuma palavra. Delicadamente, ele a puxou para si e a beijou. E, sem hesitar, ela retribuiu o beijo, enquanto ele a segurava em seus braços, para depois olhá-la nos olhos e se assustar ao vê-la chorar.

— Desculpe-me... não sei o que está acontecendo comigo, Cal... Sinto como se todo o meu mundo estivesse desmoronando, sou parte de uma existência totalmente diferente por aqui, e nem estou muito certa de que este é o meu lugar.

— Eu não devia ter feito isso, Merrie... Desculpe... — Isso parecera tão apropriado, para ambos, por um instante. Mas um beijo poderia levá-los a um mundo ao qual ambos sabiam que não tinham direito. — Desculpe... Isso não vai acontecer novamente... Acho que perdi meu autocontrole por um minuto.

— Eu também — disse ela com delicadeza. Havia tantas coisas nele das quais gostava, mas ela não tinha direito a nenhuma delas e sabia disso. — Acho que os feriados deixam todos um pouco doidos — reafirmou Meredith. — Eles fazem com que todos pensem no que não têm e acham que deviam ter. Estar com seus filhos esta noite quase me fez ter vontade de ter um bebê.

— Talvez você venha a ter — disse ele gentilmente. Mas ela apenas balançou a cabeça. O que Merrie não podia lhe dizer era que o bebê que subitamente manifestou vontade de ter seria dele, e não de Steve. E ela não entendeu esse sentimento. De repente, tudo em sua vida parecia ter virado de pernas para o ar. E tudo o que ela sabia é que teria de voltar para Steve antes que um perdesse o outro. Pela primeira vez, ela temeu essa possibilidade, e esse sentimento era apavorante.

— Feliz Natal, Merrie — disse Cal suavemente antes de partir.

— Feliz Natal para você também, Cal — respondeu ela, mas ambos estavam perturbados pelo que tinha acontecido. De uma certa forma, isso era fácil de se explicar, ambos estavam com as emoções à flor da pele por causa do feriado, e ela já estava vivendo longe do marido havia três meses. Cal não tinha nenhuma mulher importante em sua vida. E ambos estavam solitários. Mas também sabiam que isso não era motivo suficiente para que ela arriscasse seu casamento e ambos destruíssem a amizade.

No dia seguinte, ela telefonou para ele e disse para não aparecer.

— Por causa do que aconteceu na noite passada? — perguntou ele delicadamente.

— Sim, acho que ambos precisamos respirar um pouco antes de fazer uma bobagem. O aeroporto vai abrir daqui a algumas horas, de acordo com o que foi divulgado. Tudo estará bem quando eu voltar de Nova York. Vamos esquecer isso, Cal.

Ele não queria que ela se demitisse porque havia sido estúpido. Não importava o que tivesse de fazer, ele não queria perdê-la.

— Desculpe por ter sido tão idiota. Sei como você e Steve estão apaixonados. Não sei o que deu em mim. — Mas ele sabia, e ela também, que aquilo tinha de parar rapidamente. Meredith tinha certeza de que, se o assunto não voltasse mais à tona, o momento iria passar e ambos iriam esquecer, para que pudessem voltar à amizade tranqüila que partilharam durante meses. — Não gosto de pensar que você vai ficar sozinha no apartamento durante o Natal.

— Ficarei bem, prometo.

— Foi tão bom conversar com você na noite passada. — Havia anos que ele não falava com ninguém sobre seus pais.

— Não vamos perder isso, Cal. Eu prometo. Vou ficar bem após ver Steve. E você vai voltar a ser o mesmo de sempre depois que voltar das férias no México. Eu lhe disse, são só os feriados. Vejo-o depois do Ano-Novo.

— Você vai realmente ficar bem, Merrie? — Ele se preocupava com ela e sabia que a havia magoado.

— Vou, claro. Ambos ficaremos. Feliz Natal, Cal. Beije as crianças por mim. — E por algum motivo insano, depois que desligou, ela descobriu que sentia a falta deles.

Foi um alívio quando reabriram o aeroporto de Nova York naquela noite, e ela conseguiu um lugar no primeiro vôo. Ela ficou acordada durante todo o percurso até Nova York, pensando em Cal, e na tolice que quase fizeram. Coisa suficiente para mantê-la desperta. Merrie sabia que Steve e ela tinham de fazer alguma coisa. Não podiam viver assim para sempre.

Ela pegou um táxi até o apartamento quando chegou, e a cidade parecia um reino encantado, toda coberta de neve. Uma outra fina nevasca já havia começado a cair quando ela entrou no apartamento. O Natal ficara para trás, mas pelo menos ela estava em casa. E, quando entrou no quarto, Steve estava lá, adormecido na cama. Ela tirou as roupas e se enfiou silenciosamente debaixo das cobertas ao seu lado. E, em seu sono, ele a puxou para mais perto e a abraçou.

Capítulo 11

A SEMANA em Nova York voou. Steve também havia tirado uma semana de folga, e o tempo que eles compartilharam foi idílico. Os dois brincaram na neve, andaram de trenó no parque, deram longas caminhadas e saíram para jantar. Fizeram amor como não faziam havia anos, como se ambos estivessem desesperados para se apegar um ao outro. E depois dos primeiros dias, eles finalmente conversaram sobre o problema que tinham.

— O que vamos fazer? — Meredith foi a primeira a perguntar. — Não podemos viver assim para sempre.

— Espero que não tenhamos de fazê-lo — disse ele com tristeza. Com Meredith por perto e, evidentemente, apaixonada, Steve estava mais calmo do que aparentava ultimamente.

— Quer que eu largue o meu emprego? Posso fazer isso se você achar necessário — disse ela honestamente. Eles já estavam separados havia quase três meses e, como não havia nenhum trabalho para ele na Costa Oeste, não tinham previsão sobre quando a separação dos dois teria um fim.

— É claro que eu não desejo isso. Quero o que for bom para você.

Algo vai acabar aparecendo, mais cedo ou mais tarde — disse Steve calmamente.

— E se for mais tarde? E se demorar seis meses? Ou um ano?

— Então vamos ter de viver com isso. E se nada legal aparecer, eu arrumo um emprego numa unidade de emergência qualquer e espero pela oportunidade certa enquanto estiver por lá. Isso não é uma tragédia, é só um período mais difícil. Outras pessoas já passaram por isso.

— Algumas delas não conseguem superar as adversidades — disse ela, parecendo preocupada. O incidente com Cal na noite de Natal lhe fizera ver que ninguém era invulnerável e, não importava quanto eles amavam um ao outro, a distância era uma verdadeira ameaça ao casamento deles. Para Meredith, aquilo havia sido um aviso, mas ela não tinha a menor intenção de lhe dizer isso. Não queria magoá-lo.

— O que isso quer dizer? — perguntou Steve, parecendo confuso.

— Isso quer dizer que, quando a vida é levada dessa maneira, os casamentos de algumas pessoas vão para o buraco. Esta situação tem nos deixado muito tensos. Ultimamente, as coisas não têm sido fáceis.

— Sei disso. Mas podemos segurar as pontas. Vai valer a pena. Não quero que você desista de um emprego que adora, ou de uma oportunidade como a que Cal lhe deu. Você adora trabalhar para ele, esse é o trabalho mais emocionante da sua vida, e sua conta bancária vem crescendo a passos largos.

— Não vale a pena perder você por causa disso — disse Merrie com clareza. — Nada poderia pagar o nosso amor, Steve. Nenhum emprego no planeta tem tanto valor, assim como nenhuma quantia.

— Sei disso — disse ele, puxando-a para si e beijando-a. — Vou estar lá dentro de alguns meses. Vamos nos lembrar disso e rir para valer. Podemos fazer isso, Merrie. Eu prometo. — Ela às vezes se sentia como se estivesse sendo afastada dele por uma força maior do que os dois, como se o destino estivesse conspirando contra seu casamento. Mas Meredith não queria lhe dizer isso. — Vamos pelo menos tentar passar os fins de semana juntos com mais freqüência. — Desse ponto de vista, os últimos meses haviam sido um desastre. Ela parecia ficar presa em Palo Alto todo fim de semana, e ele sempre estava de plantão no hospital. E, entre resfriados, reuniões, tempestades de neve e má sorte, eles mal se haviam visto.

— Acho que isso vai ajudar — disse Meredith melancolicamente, enquanto Steve inclinava a cabeça, concordando.

— Vou continuar correndo atrás de trabalho em São Francisco. No entanto, não vou poder sair daqui para ir a lugar nenhum durante os próximos dois meses, até que Lucas se recupere do traumatismo no quadril. Sabemos então que eu terei de ficar aqui durante esse período. E talvez, quando acabar essa fase, uma vaga se abra para mim na Bay Area. — Ele parecia esperançoso, mais do que vinha aparentando há muito tempo. Estar com ela havia elevado o seu espírito.

— Meu Deus, espero que sim — disse ela e, com isso, os dois caíram novamente na cama. Eles até conseguiram passar a noite de Ano-Novo juntos, sem nenhuma interferência da unidade traumatológica, o que se deve principalmente a Anna Gonzalez, que estava cobrindo a ausência de seu colega. Steve disse que ela havia proibido qualquer um de lhe telefonar. — Devo a ela um imenso obrigado — disse Meredith, enquanto arrumava as malas para voltar à Califórnia no primeiro dia do ano. Ambos estavam tristes por ela ir embora, mas aquela havia sido uma grande semana para ambos, e até Meredith se sentia mais segura com a relação dos dois do que se sentiu na manhã do Natal. Era como se eles estivessem seguros novamente. E tudo que seu marido tinha dito fazia sentido. Um emprego teria de aparecer mais cedo ou mais tarde. E, caso isso não se concretizasse, ele disse que iria para a Costa Oeste de qualquer maneira, mesmo que tivesse de ser um paramédico, embora ela soubesse que Steve não tinha essa intenção.

— Quero que você conheça Anna na próxima vez em que vier para cá — disse Steve durante o jantar que ele havia preparado antes de sua partida. — Ela é uma mulher fantástica. Vem de San Juan, e cresceu na pobreza. Conseguiu uma bolsa de estudos completa para Yale, e depois uma outra para a escola de medicina. Esteve casada com um sujeito rico da escola de direito, e, na minha opinião, a família dele não estava totalmente satisfeita com essa situação. Eles acabaram forçando-o a se livrar dela, mas não antes dela ter um bebê. Ele a abandonou sem dinheiro e com uma filha recém-nascida durante a residência dela. Atualmente a menina está com cinco anos, e ambas vivem num apartamento miserável e sem elevador na Zona Oeste. Ela é uma médica incrível. Tivemos sorte de encontrá-la.

— Como ela é? — perguntou Meredith, e Steve riu.

— É uma pergunta típica de mulher — brincou ele.

— Eu sou uma mulher.

— Já havia notado. — Os dois tinham acabado de fazer amor mais uma vez há uma hora. Foi, de acordo com ele, a "saideira". — Ela é bonita, mas nada espetacular. Um pouco magra, um pouco nervosa, um tanto estressada. Anna tem uma filha para criar, e parece que vive sem pensar muito no futuro, fazendo substituições. Estou tentando convecê-los a contratá-la em definitivo. Poderíamos realmente usá-la na unidade. E, quando eu sair, ela poderá me substituir. Ela adoraria.

— Essa moça parece ser um modelo de virtude. — Algo no jeito dele falar sobre sua colega fez Meredith ficar inquieta. E, de algum modo, a vaga descrição física dela parecia superficial demais. — Quantos anos ela tem?

— Trinta e três. Não é nenhuma garotinha. E é bastante amarga em relação a seu ex-marido. — Steve parecia compreender a situação.

— Ele não tem que bancar a filha?

— O sujeito manda duzentos dólares por mês. Aparentemente, não quer falar com ela, não quer ver a filha e se casou com uma debutante qualquer, que acabou de ter gêmeos.

— Bom sujeito — comentou Meredith, para depois perceber que estava com ciúmes, o que era ridículo. Não fora Steve quem beijara Cal na noite de Natal. Ela ainda lamentava que isso tivesse acontecido e se sentia culpada, pois sabia que Steve jamais teria feito tal coisa. Ele sempre fora fiel, assim como ela. Mas Merrie também sabia que isso jamais iria acontecer novamente, e Cal tinha noção do tamanho de sua decepção.

Steve levou Meredith ao aeroporto, e os dois pareciam recém-casados enquanto se abraçavam e se beijavam. Ela havia prometido voltar em duas semanas, não importava o quanto estivessem ocupados. Sabia que agora, mais do que nunca, as visitas lhes seriam vitais. Merrie deu-lhe um último beijo, embarcou no avião e pensou nele durante todo o trajeto até a Califórnia. E se sentiu bem melhor do que na semana anterior, quando havia chegado um dia depois do Natal.

Ela entrou no apartamento em Palo Alto logo depois da meia-noite, adormeceu e sonhou com Steve. Estava lépida e fagueira na manhã seguinte. Trabalhava em sua mesa, feliz, quando Cal entrou e ficou encostado no vão da porta de sua sala por alguns instantes. Ele estava procurando sinais de constrangimento no rosto dela, mas não havia nenhum. Merrie olhou para cima e sorriu. E ele pôde ver que as coisas estavam diferentes. Ela parecia estar mais feliz do que estivera em semanas, o que o deixou contente.

— Como estava Nova York? — Mas ele não precisava perguntar. Estava na cara.

— Ótima. E como estava o México? — Ela parecia estar à vontade ao seu lado, o que o deixou aliviado.

— Quente e ensolarado. Com montes de tequila e *margaritas*.

— Nenhum turista? — disse ela rindo, o que fez com que ele também abrisse um sorriso. Cal estava muito feliz por ela não aparentar irritação ou insegurança ao seu lado, depois da estupidez que fez ao beijá-la na noite de Natal. Ele havia aprendido uma importante lição. E tivera sorte. Desta vez. Ela poderia ter pedido demissão, ou ficado furiosa com ele. Obviamente, esse não era o caso.

— Acho que o álcool mata todos os insetos. Foi bom.

— Fico feliz. Como estão as crianças?

— Um pouco irritadas. Sempre ficam assim depois de passar um tempo com Charlotte. Ela parece irritá-las sempre.

— Agora que estão em casa elas vão sossegar.

— Como vai Steve? — perguntou ele cautelosamente, enquanto entrava em seu escritório carregando a pasta que ela lhe dera no Natal. Ele a adorou. E Meredith usava o relógio Bulgari que ganhara dele. Havia-o deixado em São Francisco para não magoar Steve, quando foi a Nova York. Mas agora tudo estava em paz no mundo para ambos, e os negócios estavam fervilhando.

— Pela primeira vez, Steve tirou uma semana inteira de folga. — Ela parecia feliz enquanto dizia isso. — E está sendo bastante razoável em relação ao seu problema de trabalho. De qualquer maneira, ele vai ter de ficar mais dois meses preso por lá. Eu simplesmente vou ter de fazer mais do que um mero esforço para vê-lo nos fins de semana. Vou voltar daqui a duas semanas. — E o fato de ela dizer isso fez Cal lembrar de algo.

— Estou organizando um retiro no Havaí para a gerência principal, que vai acontecer daqui a três semanas. Ia lhe falar disso. Acho que todos poderão aproveitar. — Ele lhe deu as datas e ela as anotou em sua agenda.

— Para mim está tudo bem. — Ela sorriu, para depois lembrá-lo de que haveria uma reunião do comitê financeiro em dez minutos.

— Sua feitora de escravos! Onde está minha *margarita*? Cadê minha praia? — Ela riu e mexeu o dedo para os lados em resposta.

— Deixa para lá. As férias acabaram. Temos muito trabalho pela frente, senhor Dow.

— Sim, senhora — disse ele, batendo continência, enquanto sumia na direção de seu escritório, para reunir seus documentos.

Eles trabalharam juntos durante a tarde toda depois da reunião de finanças, e Cal podia notar uma pequena mudança de atitude de sua diretora financeira em relação a ele. Ela estava se comportando de um jeito mais sério, com um pouco mais de cautela, mas, no fim do dia, tudo pareceu voltar ao normal. E, quando ela partiu, acenou animadamente e disse que o veria na manhã seguinte. Era como se ela estivesse lhe fechando um pouco as portas, mas ele não podia dizer que estava errada ao fazê-lo. Callan pensara bastante nela quando tinha estado no México, e se preocupara com o rumo que as coisas tomariam quando eles se encontrassem novamente. Mas o pior é que ele sentia falta de poder conversar com ela diariamente, e se surpreendeu ao perceber o quão feliz ficou ao vê-la naquela manhã.

Por isso a convidou para jantar com as crianças naquele fim de semana, mas Meredith lhe disse que tinha muito trabalho a fazer. Ela passou o sábado no escritório, e no domingo foi procurar mais casas na cidade, mas dessa vez ele não se ofereceu para acompanhá-la. Quando seus filhos perguntaram onde ela estava, Cal lhes disse que Merrie estava ocupada. Eles reclamaram por não a estarem vendo, o que o fez perceber que, de uma certa forma, ele e sua colega de trabalho haviam se afastado um pouco. Ambos haviam se aventurado por águas perigosas durante um certo tempo e, por sorte, conseguiram nadar para longe delas. Os dois sabiam que era melhor assim. Mas, a cada momento em que olhava para a sua pasta no fim de semana, ele se assustava ao perceber que a havia perdido. Por mais estranho que parecesse, Cal se sentia mais próximo dela do que de qualquer pessoa que ele conhecera durante anos.

Capítulo 12

ANNA GONZALEZ veio para a unidade traumatológica para trabalhar com Steve, mas dois dias depois de sua chegada ele havia percebido que ela era extremamente independente, pois sabia o que tinha de fazer e possuía suas convicções. Obedecia bem a sua direção, mas também tinha suas opiniões próprias. E, tão logo ele voltou de sua semana de folga com Meredith, Anna já havia ganhado o respeito de todos com quem trabalhava. E mais, eles gostavam dela.

Ela o atualizou sobre tudo o que havia feito na manhã em que ele retornou, fez anotações minuciosas, e, quando as leu, ele ficou boquiaberto.

— Você fez tudo isso? — perguntou Steve, com um olhar de admiração. Ela havia feito reuniões de departamento e reorganizado algumas coisas em nome da eficiência. Alterara alguns horários e ainda conseguira fazer cirurgias e tratar de um número assombroso de pacientes. — Você não vai nunca para casa ficar com sua filha? — brincou ele.

— Não muito — disse ela num tom meio severo. A despeito da vaga descrição que havia sido feita para Meredith, Anna era uma mulher bonita e parecia jovem para sua idade. Mas, de algum modo, quando estava a seu lado, ele mal notava isso. Ela não ria muito e era bastante intensa no que dizia respeito ao trabalho. Havia algo nela que dizia que tudo era trabalho. Apesar disso, Anna era extremamente gentil e afetuosa com os pacientes. Era, com certeza, uma mulher de muitas facetas.

Ela havia começado a trabalhar antes de sua folga, mas foi só no correr do mês de janeiro que ele começou a sentir que a conhecia. Anna era incansável e estava sempre disposta a trabalhar durante horas intermináveis. Nunca parecia ansiosa para voltar para casa, embora ele soubesse, pelas coisas que dizia, que ela se dedicava a sua filha. Quando Steve perguntava por que ela se dispunha a trabalhar por tantas horas, e durante tantos dias, ela o encarava e dizia honestamente:

— Há dois motivos. Gosto do que faço e preciso do dinheiro.

— O que você faz com sua filha quando está aqui? — Havia algo nela que o intrigava. Algo muito duro, ou talvez fosse uma proteção; era como se ela usasse uma couraça, embora, ao mesmo tempo, Anna fosse muito gentil.

— Eu a deixo com meus vizinhos. Eles têm cinco filhos, e ela fica feliz ao lado deles.

— E quanto a você? Não precisa ir em casa de vez em quando? Todos precisamos sair daqui para nos manter sãos — disse ele com um sorriso cansado. Àquela altura, ele já estava de serviço havia quatro dias.

— Você também não parece que vai muito para casa — respondeu. Anna tinha cabelos cheios e escuros e olhos castanhos e delicados como chocolate.

— Minha mulher mora na Califórnia — disse ele para se explicar.

— Você é divorciado? — Ele balançou a cabeça. — Separado? — Ele também lhe inspirava curiosidade. Havia muitos rumores a seu respeito. As pessoas diziam que ele era um bom sujeito, tinha uma relação estranha com a mulher, e ela não sabia o que isso queria dizer. Por isso perguntou. Anna Gonzalez nunca tinha medo de fazer perguntas, e algo em seus olhos dizia que ela esperava respostas. E Steve a descreveu da melhor maneira possível, dizendo que ela era mais dura do que Meredith por fora e mais mole por dentro. Às vezes, Anna tinha um jeito rude e áspero de lidar com ele no trabalho, e depois dizia algo que o tocava profundamente. Mais do que qualquer coisa, ela parecia bastante reservada. Era uma mulher que havia sido ferida, e não estava disposta a deixar que isso acontecesse novamente. Tratava-se de uma lutadora, e uma sobrevivente.

— Um continente me separa da minha mulher — disse ele, com um sorriso, e tal resposta a fez rir.

— E o que isso significa, doutor?

— Significa que durante noventa por cento do tempo vivo no celibato e que sou louco por uma mulher que mora numa cidade que fica a cinco mil quilômetros daqui, onde não consigo arrumar emprego. Mas estou procurando. Um trabalho. Não outra mulher.

— Parece complicado — comentou ela, enquanto se sentavam no consultório dele, bebendo café em copinhos de isopor. Haviam acabado de terminar uma difícil cirurgia abdominal, na qual Anna trabalhara incessantemente, até retirar a bala. Seus dedos ágeis, técnicas delicadas e sua nítida obstinação haviam salvado o paciente. Steve tinha quase certeza de que não poderia fazer o mesmo sozinho.

— É complicado — admitiu ele, referindo-se ao que havia combinado com sua mulher. — Estamos nessa há apenas quatro meses. Ela conseguiu um emprego na Califórnia em outubro, e o que eu havia arranjado foi cancelado no mês passado. De qualquer maneira, estou preso aqui por causa de Lucas.

— Isso não parece bom. — Seus olhos se fixaram nos dele e estavam cheios de perguntas. Ela achava que Steve era um bom cirurgião e uma pessoa interessante, embora talvez fosse marginalmente excêntrico. Às vezes ele gostava de verbalizar opiniões que chocavam as enfermeiras.

— Isso não é bom — disse ele. — Ela recebeu uma boa oferta de emprego, e eu a encorajei a aceitá-la. Haviam me prometido um emprego e eu começaria em janeiro, mas depois deram para trás. Na verdade, foi uma armadilha. Mas não há muito que eu possa fazer no momento. Tudo que me ofereceram por lá foi uma vaga numa emergência que trata basicamente de hemorróidas e tornozelos torcidos, além das eventuais asmas e urticárias. Seu diário de ocorrências quase que me fez pegar no sono.

— Você está sendo prejudicado ao ficar aqui — disse ela de forma trivial. Anna usava os mesmos trajes que ele, mas nem mesmo os dois podiam esconder o fato de que ela tinha uma bela figura.

— Talvez. Talvez eu não precise mais ter todas essas dores de cabeça. Talvez esteja pronto para algo fácil. Poderia ser uma compensação.

— Duvido. Parece que você está tentando se convencer disso. Como pode sair daqui para fazer algo que não seja desafiador? — Ela estava sendo prática em relação à situação. Anna Gonzalez era o tipo de pessoa que não admitia disparates. Precisou aprender a ser assim.

— Talvez seja apenas fácil. Não quero acabar com meu casamento.

— Se ele for seu, não vai acabar. Se não for, nada que você fizer poderá salvá-lo.

— Você cobra a mais por esse tipo de conselho, doutora? — brincou ele, o que a fez rir.

— Não, dou-os de graça, porque eu mesma não aceito esse tipo de conselho.

— Ouvi dizer que você é divorciada — disse ele, para que ela inclinasse a cabeça afirmativamente.

— Bastante.

— O que isso quer dizer?

— Quer dizer que detestamos um ao outro, e espero que nunca mais veja aquele filho da puta. Ele me abandonou quando eu estava no oitavo mês de gravidez, porque seus pais lhe deram um fundo de crédito para que fizesse isso.

— Que coisa. — Steve tentou suavizar o que ela dissera, mas seu olhar deu mostras de que ela estava profundamente ferida.

— Ele nunca viu a filha.

— Pelo que você disse, essa pode ser a sorte dela. Ninguém precisa de um pai assim, Anna — disse ele gentilmente.

— Não, todo mundo precisa de um pai. Ele sempre será um mistério para ela, uma fantasia, uma espécie de herói perdido, pois ela não o conhece.

— Talvez venha a conhecê-lo algum dia. Talvez ela o encontre.

— Quem sabe. Não acho que ele a veria. Ficaria embaraçado por minha causa. — Anna ainda parecia ter uma grande mágoa por causa disso. O pai de sua filha a fizera passar um mau pedaço, e ela nunca o perdoara por isso.

— Por que ele se casou com você então?

— Eu estava grávida. Ele era nobre. Depois foi um medroso.

— Ah, a raça humana e suas fraquezas encantadoras.

— Posso imaginar. — Era fácil falar sobre a vida real no meio da noite quando se estava suspenso entre dois mundos, salvando vidas e ajudando pessoas. O mundo lá fora, o mundo que ficava além das paredes, parecia às vezes com outro planeta. E tudo o que eles tinham era isso e um ao outro. Isso criava vínculos estranhos entre as pessoas. Como estar num barco no meio do oceano. Mas Steve estava triste por ela, que parecia magoada, irritada, amarga e desapontada. A única vez em que seus olhos se acenderam e ela pareceu ter retomado sua juventude foi quando falou sobre a filha. Steve sabia por Anna que seu nome era Felicia.

Depois disso, ambos foram convocados para uma outra emergência e, dois dias mais tarde, após algum tempo de descanso, estavam juntos de novo, trabalhando. Era um fim de semana. E, à meia-noite, ambos estavam morrendo de fome e pediram uma *pizza*. Ela parecia mais feliz do que na última vez em que conversaram, e ele a fez rir com algumas piadas bem sujas e velhas histórias sobre algumas figuras específicas que haviam rondado a unidade traumatológica ao longo dos anos.

— Você tem namorado? — perguntou ele, enquanto ambos lutavam contra a mozarela da pizza. Ela riu da pergunta.

— Você está brincando? Quando? Será que todo mundo que trabalha aqui tem um namorado? Como é que pode?

— Alguns sujeitos conseguem — disse Steve casualmente, e ela riu em resposta. — Com as mulheres não acontece a mesma coisa.

— E quanto a você? Você sai com outras garotas?

— É claro que não. — Ele parecia chocado. — Já lhe disse, sou casado.

— Sim, com uma mulher que está em outra galáxia, longe, bem longe daqui. Só perguntei. — Mas Anna havia ouvido que seu parceiro era fiel, gostava dele por causa disso, e ficou feliz com sua resposta. Mais do que um amante, ela precisava de um amigo.

— Quando ela vem aqui?

— Não com a freqüência que eu gostaria. Meredith vem nesse fim de semana.

— Isso é ótimo. Você tem filhos, Steve?

— Não tenho essa sorte.

— Por quê? — Ela o havia visto com crianças na unidade, e era óbvio que ele gostava delas.

— Merrie sempre foi muito ocupada. Acho que ambos somos. Não posso culpá-la. Ela acha que não os quer.

— Se é isso que ela pensa, e é isso que ela diz — disse Anna prosaicamente —, então ela não quer. Acredite nela. Os homens sempre acham que podem convencer as mulheres a terem filhos, mas não têm essa capacidade. E, se conseguem fazê-lo, isso acaba se tornando um grande erro.

— Foi isso que aconteceu com você? — Ele pareceu confuso e não concordou com o que ela disse. Steve ainda achava que podia convencer Meredith a ter um bebê. Para ele, sua mulher só estava um pouco insegura. Anna não a conhecia. Mas ele sempre achou que Meredith seria uma grande mãe, se ela se desse tal chance.

— Não — respondeu Anna honestamente. Ela sempre era honesta com ele. Era seu estilo, e ela gostava de Steve. — Apenas engravidei. Foi só isso. Estávamos saindo havia cerca de dois meses e então... bingo. Ele ficou apavorado. E eu também não fiquei muito feliz.

— Por que você não fez um aborto? Teria sido mais fácil.

— Muito mais. Mas sou católica e não queria. Não podia causar um. Sempre achei que pudesse, se houvesse a necessidade. Mas não podia. Meu pai ficou maluco. Minha mãe chorou. Minhas irmãs sentiram pena de mim. Meus irmãos queriam matá-lo. Não foi o período mais agradável da minha vida. Eu ia voltar para Porto Rico depois da minha residência, você sabe, para ajudar minha gente, cuidar dos pobres. Pensei durante algum tempo em me especializar em doenças tropicais, mas foi melhor ficar por aqui, trabalhando na emergência. De qualquer maneira, agora seria muito complicado voltar para Porto Rico. As coisas são mais fáceis para mim aqui. Para meus parentes também. Eles não precisam pedir desculpas por mim ou mentir sobre Felicia. Meu pai diz para as pessoas que eu sou viúva. — Eram incríveis as coisas que determinadas famílias faziam, mas nada mais surpreendia Steve. Ele já havia escutado muitas histórias. E a dela também não o surpreendeu. Ele só sentia pena. Anna vivia por conta própria, em circunstâncias difíceis, e de algum modo conseguia se virar. Era uma situação tão completamente oposta à de Meredith, com seu excelente emprego, seu salário vultoso, a carteira de ações que ela havia reunido e seu apartamento aconchegante. Isso fazia com que ele se sentisse um pouco mais culpado enquanto escutava tudo. Sua vida era muito mais fácil do que a de Anna. Isso fez com que ele quisesse ajudá-la de alguma maneira, mas não havia muito o que ele pudesse fazer, exceto arrumar-lhe um emprego de verdade algum dia na unidade, em vez de uma vaga como substituta. — E quanto a você? — perguntou ela depois. — Já pensou em fazer alguma outra coisa? Um consultório particular? Ou quem sabe trabalhar numa clínica de um país do Terceiro Mundo?

— Só nos meus piores pesadelos — disse-lhe sorrindo, o que fez com que ela desse uma risada. — Isto já é ruim o suficiente. Não preciso de cobras e parasitas para tornar as coisas ainda piores. É isso que você quer fazer quando crescer, Anna?

— Sim. Um dia. Talvez quando Felicia estiver mais velha. Não posso fazer isso com ela agora. Doenças infecciosas eram a minha especialidade quando eu era residente. Mas, depois que Felicia nasceu, optei por ficar no ambulatório e me fixar em Nova York. É mais seguro.

— Essa é uma declaração lamentável. Se você não for atingida por um tiro nesta cidade, jamais será. É mais seguro ficar no metrô depois da meia-noite do que dando sopa por aí. Todos esses doidos que ficam atirando uns nos outros acabam aparecendo aqui de vez em quando e poderiam vir atrás de você.

— Mas pelo menos Felicia leva uma vida normal. Não posso dar isso a ela trabalhando no Terceiro Mundo.

Isso era um fato, mas Steve sabia que a vida também não era fácil para elas em Nova York.

Eles trabalhavam juntos no dia-a-dia, e Steve aos poucos ia gostando cada vez mais dela. A couraça era superficial; por dentro havia uma mulher extraordinária e sensível. E a embalagem também não era de se jogar fora. Numa noite ele a viu deixando a unidade usando *jeans*, camiseta e jaqueta de esquiador; tinha os cabelos soltos, e seu visual estava desconcertante. Ele mal podia começar a imaginá-la usando roupas de verdade e maquiada. Mas ela não as tinha e não as queria. Era uma mulher totalmente natural, com um corpo incrível, uma mente boa e um bom coração.

Lá pelo meio de janeiro, eles já haviam se tornado amigos, e ele já era de sua confiança. Era uma pessoa com a qual se podia contar, e ele o fazia. Às vezes Anna era um pouco dura, quando achava que ele estava errado em alguma coisa, e não tinha medo de discutir. Mas o que mais o surpreendeu é que ele gostava dessa característica nela. Anna tinha opiniões próprias e as expressava com facilidade. De vez em quando, até chegava a gritar com ele em espanhol, o que o divertia bastante.

Uma vez Anna o chamou de "*hijo de putana*". Ele agradeceu o elogio e disse que ninguém lhe tinha dito algo tão lindo, o que a deixou furiosa.

— Eu o chamei de filho da puta!

— Que merda, Anna, eu achei que você estava dizendo que me amava. — Isso a fez rir e a discussão acabou. Além do mais, como costumava lembrar-lhe freqüentemente, ele era seu superior.

— Isso não quer dizer que você pode me intimidar — salientou ela.

— Infelizmente, você tem razão. Mas eu posso me divertir bastante tentando — disse ele com um largo sorriso.

— Você não tem jeito. — Anna adorava fustigá-lo, só para desabafar, mas era fácil ver como ela gostava dele e o respeitava.

Ela ficou feliz por ele quando sua esposa chegou a Nova York. Mas foi um fim de semana difícil para Meredith e Steve. Eles estavam tentando desesperadamente fazer com que suas vidas se enredassem com o pouco tempo que tinham um para o outro, e isso parecia ficar mais difícil com o passar das semanas. Steve fez cirurgias todas as noites antes de Meredith chegar e, quando a encontrou, sentiu-se irritado por causa da falta de sono. Ela havia saído de sua rotina para tornar o fim de semana mais agradável para o marido. Trouxera o pão que ele adorava, caranguejos frescos e duas garrafas de um excelente vinho californiano. Mas ele estava cansado demais para comer ou beber e, depois que ambos discutiram por causa de motivos banais durante o almoço, acabou dormindo a tarde toda. Meredith ficou em casa, esperando o marido acordar, mas eram nove horas da noite quando ele finalmente o fez.

Os dois conversaram durante umas duas horas, o que tornou as coisas melhores, mas não havia como negar que a atmosfera entre eles estava diferente do que era antigamente. Agora, de vez em quando, eles se sentiam meio estranhos um com o outro, e estavam cada vez mais conscientes de que viviam em mundos distintos. Seus encontros não aconteciam mais com tanta facilidade, e eles pareciam estar constantemente fora de sintonia.

No momento em que Meredith voltou para a Califórnia na noite de domingo, ambos estavam deprimidos, e as guloseimas que ela havia trazido ainda estavam guardadas na geladeira. E, uma hora depois que Meredith partiu, Anna ligou e convidou Steve para almoçar em sua casa. Num impulso, ele levou o vinho e os caranguejos frescos.

O apartamento dela era minúsculo, sem o aquecimento necessário, com uma janela quebrada que o proprietário se recusava a consertar e um exército de baratas que andava por toda parte. Acima da Rua 102, era o melhor que Anna podia dar para a filha com o dinheiro que ganhava. Ele ficou chocado ao ver como ela vivia. Especialmente por saber que o pai de Felicia tinha um fundo de crédito.

— Não é grande coisa — disse ela, e não era mesmo, ambos sabiam disso. Mas algo na dignidade, no orgulho e na obstinação o tocava profundamente. E a garotinha era uma adorável versão loura da mãe. Era igualzinha a Anna e quando não gostava de algo que sua mãe falava, batia o pé e lhe dizia que ela era malcriada.

— Ela tem a sua personalidade. Daqui a uns alguns anos você vai ter muito trabalho.

— Eu sei — sorriu Anna orgulhosa. — Seu pai era um bunda-mole, mas era bem atraente — disse ela, o que fez Steve rir. Mas algo nele deve tê-la atraído, a aparência, a inteligência ou suas origens. Conhecendo Anna, era improvável que tivesse sido por causa do dinheiro. Ela não parecia ligar muito para isso. Steve gostaria de tê-las convidado para jantar em sua casa, mas estava incomodado por causa da opulência de seu apartamento. Era mais fácil para ele ir até o delas. Anna ficou acanhada por causa do caranguejo e do vinho que ele havia trazido, mas mesmo assim gostou da surpresa. Naquela noite, os dois conversaram sobre o estresse que era viver a cinco mil quilômetros da pessoa amada. Anna era compreensiva e sentia muito por ele. E, ao ir para casa, Steve se deu conta de que tinha bebido muito, mas, apesar disso, ambos se comportaram. Ele e Anna eram apenas bons amigos.

Quando foi para a cama, Steven sentiu falta de Meredith e quis telefonar para dizer que lamentava o fato do fim de semana não ter sido melhor. Mas ele percebeu, enquanto olhava para o relógio, que ela ainda estava no avião. Pensou em deixar uma mensagem na secretária eletrônica mas, por estar cansado e um pouco alcoolizado, resolveu dormir.

Ele esteve mais uma vez com Anna e Felicia para jantar naquela semana, depois de um dia em que ambos trabalharam juntos o tempo todo, e as levou a uma *delicatessen* perto da casa dela para comer sanduíches e tomar sorvetes. Felicia se divertiu muito com os dois, depois ele caminhou com ambas até em casa e leu o jornal, enquanto Anna colocava Felicia para dormir. Era fácil e relaxante estar com elas.

— Você é um bom sujeito, sabia? — disse ela, enquanto voltava para a sala e se sentava no sofá quebrado que estava ao lado dele. — Sua mulher é uma tola por deixar você solto aqui. — Ambos estavam cansados, mas bem aconchegados na apertada sala de estar. Aquela havia sido uma bela noite após um dia longo e duro.

— No momento ela não tem escolha — disse Steve honestamente —, enquanto eu não encontrar um emprego na Califórnia. Não temos escolha, Anna — disse ele taciturno, pensando novamente nisso.

— Tem de haver alguma coisa para você fazer por lá, Steve — disse ela solidária, enquanto ele tentava não olhar para a doutora de camiseta e calça colante. A amizade que partilhavam era importante para ambos.

— É isso que eu vivo dizendo para mim mesmo também, que tem de haver um emprego para mim em São Francisco, mas até agora não apareceu nada. — Ele tinha ligado para todos os hospitais de São Francisco para lhes dizer que estava disponível. — Estou quase me acostumando com isso. — Mas suas palavras não convenceram nenhum dos dois, e o fato de, na semana seguinte, Meredith partir para o retiro no Havaí não ajudou em nada. Seriam mais duas semanas antes que ele pudesse vê-la novamente.

— Isso não o incomoda? — perguntou Anna seriamente. — Você não se preocupa com a possibilidade de ela se envolver com o cara para o qual trabalha? — Ela fazia perguntas que às vezes iam muito fundo e o deixavam inquieto, mas obrigavam-no a pensar. E ele sempre dava respostas honestas, não importava o quanto isso lhe ferisse.

— Às vezes eu me preocupo. Ele é um sujeito bem-apessoado e, de fato, eu gosto dele. Mas confio nela. Merrie não faria isso.

Anna foi elegante o suficiente para não dizer que ela não estava tão certa disso. Pessoas eram pessoas e, se ficassem sozinhas o suficiente, faziam coisas insensatas.

— Nunca enganamos um ao outro.

— Admiro isso em você — disse ela honestamente. Ela sabia o tamanho da solidão e infelicidade dele, mas ele nunca lhe havia feito uma proposta indecorosa, nem a envolveu em nada, ou mesmo lhe deu a impressão de que o faria. Meredith era uma mulher de sorte. Talvez ambos fossem. Ela esperava que sim, pelo seu bem.

— Eu simplesmente não acredito que se deva vadiar por aí. Além do mais, Meredith saberia de tudo. Acho que ser honesto em relação a isso é a única maneira de se levarem as coisas. — Já fazia quatro meses que ela deixara Nova York, e viverem separados por um continente era o maior desafio que eles já haviam enfrentado. Significava que, quando ela estava na Califórnia, ele não tinha ninguém com quem se divertir nos fins de semana, conversar à noite quando voltava para casa, reclamar quando as coisas estavam difíceis no trabalho, rir ou fazer amor pela manhã. Era uma situação difícil, mas apenas temporária, e ambos sabiam disso. Ele não queria fazer nenhuma estupidez que estragasse o seu casamento para sempre. E deixou isso bem claro para Anna.

— Bem, é melhor você ir até lá um dia desses, Steve, antes que um de vocês fique tão sozinho, ou beba tantos drinques numa festa numa noite dessas, que estrague tudo.

— Eu sei — concordou. Ele vinha realmente pensando no emprego na emergência do Hospital Geral de São Francisco desde que Meredith fora embora no fim de semana anterior. Estava ficando muito difícil viver longe dela. — Merrie se ofereceu para abandonar seu emprego há algumas semanas, mas eu não quero que ela faça isso. É um trabalho excelente, e eu não estaria sendo justo com ela — disse Steven com um suspiro.

— Você é um bom sujeito, Steve Whitman. Só espero que ela o mereça.

— E merece — garantiu. Mas, quando foi para casa naquela noite, ele se viu pensando em Anna e na vida difícil que levava no apartamento infestado de baratas que dividia com a filha. Ela merecia muito mais. Era difícil aceitar o fato de a vida às vezes ser injusta. Ele e Meredith tinham muito, gente como Callan Dow e o ex-marido de Anna tinham mais, e ela tinha tão pouco, quase nada. E mesmo assim ela parecia não se importar muito. Ela acreditava na integridade do que estava fazendo.

Quando foi sozinho para a cama naquela noite, o que estava se tornando comum, ele se viu pensando no que ela tinha dito, sobre Meredith partir para seu retiro no Havaí e se ele se importava ou não. E no fato de que, num dia desses, um dos dois iria ficar tão solitário, tomar tantos drinques ou, talvez pior, conhecer alguém de quem gostasse. Essa perspectiva era terrível, se é que Steve realmente pensava nela. Mas também sabia que, para ele e Meredith, pelo menos, isso jamais poderia acontecer. Mesmo assim, ficou acordado durante um longo tempo naquela noite, pensando primeiro em Meredith, e depois em Anna e Felicia. E estava feliz por eles serem amigos. Em pouco tempo, elas acabariam significando muito para ele.

Capítulo 13

O RETIRO QUE CALLAN havia planejado para a gerência sênior fora previsto para durar quatro dias, e marcado para Mauna Lani, uma ilha do Havaí. Mais de trinta pessoas de seu *staff* tinham sido convidadas, e dezoito delas estavam levando cônjuges. Era um grupo grande, e fazer os preparativos era como organizar o transporte de um exército invasor. Refeições tinham de ser planejadas, assim como atividades para todas as noites, luaus, jantares festivos, exibições de *hula-hula* e, evidentemente, reuniões.

Mas, um dia antes da partida, Meredith estava pronta para jogar tudo pela janela. Quando ela reclamou com Cal por causa disso, ele achou tudo engraçado.

— As pessoas viram crianças quando viajam — queixou-se ela, enquanto repassavam os últimos detalhes das reuniões. Elas teriam de ser reservadas para as manhãs, para que as pessoas pudessem jogar tênis ou golfe, ir à praia, fazer passeios de barco pelas ilhas ou fazer compras. As reuniões não seriam longas, não iriam exigir muito dos participantes nem seriam cansativas. Na verdade, a viagem era uma desculpa para entrosar todo mundo, mas de repente havia pedidos para quartos e refeições especiais e, em dois casos, massagens.

— Basta fazer o melhor — disse ele para Meredith e para as duas moças que estavam encarregadas dos preparativos. Merrie estava muito envolvida, pois tinha de manter o controle das despesas. Mas ele confiava em seu bom senso.

— Por que não enviamos simplesmente um cheque para todos e os mandamos a Las Vegas para passar o fim de semana? — resmungou Meredith.

— Vamos tentar fazer isso no ano que vem — concordou Cal, ainda bem-humorado. Ele aguardava tudo ansiosamente, e só lamentava não poder levar seus filhos. Conhecia bem o hotel, pois já havia estado lá com as crianças anteriormente, e sabia que elas iriam adorar fazer tal viagem. Mas essa era estritamente para adultos, embora todos estivessem se comportando como colegiais que viajam com a banda do colégio. Várias pessoas estavam familiarizadas com o hotel e tinham preferências quanto a andares, alturas, vistas e refrigeração de ar.

Meredith falara com Steve sobre essa viagem e perguntara se ele gostaria de ir. Mas seu marido estava de serviço e ela sabia que estaria ocupado. Com a escala que tinha, ele realmente não poderia dar nenhuma escapada.

— Vou sentir a sua falta — disse ela ao telefone uma noite antes de partir.

— Você nem vai se lembrar de mim. Acho que você vai estar ocupadíssima, tentando fazer todo mundo ficar satisfeito. — Ele estava feliz por ela. Parecia uma boa mudança de ares e, apesar das dores de cabeça, ele tinha certeza de que a viagem lhe seria muito agradável. Meredith, no entanto, não tinha tanta certeza. Todos haviam sido uns chatos até agora.

Mas, no dia em que partiram, e enquanto se congregavam no aeroporto usando desde camisas havaianas até conjuntos e ternos de linho branco, todos estavam no maior alto-astral. Parecia um coquetel itinerante. Assim que se acomodou no avião ao lado de Cal, na primeira classe, Merrie estava exausta. Só alguns poucos funcionários estavam viajando na primeira classe, mais exatamente os diretores da empresa. Os outros estavam numa só área, num amplo bloco de assentos que ela havia conseguido com um ótimo desconto.

— Será que quero saber quanto isso vai nos custar? — perguntou-lhe Cal com um olhar descontraído, enquanto uma aeromoça lhes oferecia champanhe e Meredith recusava. Eram nove da manhã, cedo demais para começar a beber, e por isso ela pediu um café.

— Você só vai querer saber se eles me deixarem lhe dar oxigênio na decolagem — disse ela, bebericando o café.

— Foi o que pensei. Não me diga. É bom para o meu ânimo. Ou deveria ser, de qualquer maneira. — Assim que o avião decolou, ela relaxou e se ajeitou na poltrona com uma pilha de papéis. Ele a repreendeu por trazer a pasta.

— Não posso ir a parte alguma sem ela, Cal — riu ela acanhada. — Isso me faz sentir muito culpada.

— Vamos ter de marcar aulas de *hula-hula* para distraí-la. Não quero vê-la trabalhando demais nessa viagem, Meredith. Você tem de se divertir um pouco. Todos vão relaxar.

— Não, se eles não fizerem suas dietas especiais, se seus quartos forem nos andares errados ou se não puderem ir ao luau.

— O pessoal vai sobreviver a isso. — Dito isso, eles repassaram a agenda das reuniões, dos grupos e das linhas gerais que ele havia redigido para os debates. Em seguida, Meredith guardou seus papéis e deixou-se convencer a ver o filme. Eles estavam num vôo direto até Kona, e este durava tempo suficiente para uma refeição, um lanche, um filme e uma rápida cochilada entre a decolagem e o pouso. No meio do trajeto, ela reparou que Cal estava olhando pensativo pela janela, e não podia deixar de se perguntar o que se passava na cabeça dele.

— Está tudo bem com você? — perguntou gentilmente.

— Estou bem. — Ele olhou para ela. — Só estava pensando. Fizemos com que essa empresa crescesse tanto em tão pouco tempo. Acho que sou muito sortudo.

— Isso não é sorte, Cal. Você trabalhou duro para conseguir isso.

— Assim como você também o fez nos últimos quatro meses. — Ninguém jamais havia trabalhado com tanto afinco. Toda vez que pensava que Charlie se fora e Meredith havia se juntado a eles, ele se sentia grato. Ela era um de seus maiores trunfos. — Espero que você esteja feliz conosco, assim como estamos com você — disse ele, agradecido.

— Estou. Se conseguíssemos arrumar um emprego para Steve por aqui, minha vida seria perfeita. — Ela estava triste enquanto dizia isso. Era difícil não tê-lo mais como parte de sua vida cotidiana. Nesse momento, ele parecia muito distante. E estava mesmo. Era alguém que ela visitava uma ou duas vezes por mês, como se fosse um velho amigo ou um antigo namorado. Havia horas em que ele não parecia mais seu marido. Não fazia mais parte de suas atividades diárias, nunca estava por perto para conversar, rir ou partilhar os problemas, exceto quando conseguia alcançá-lo via *pager*. Ultimamente, ele parecia estar cada vez menos em casa. Assim como ela, Steve estava sempre trabalhando. Ele não tinha mais nada para fazer sem ela por perto.

— Sei que isso é difícil para você, Merrie — disse Cal tranqüilamente. — Quem dera houvesse algo que eu pudesse fazer.

— Talvez haja um dia. Por enquanto, só tenho de tentar resolver este problema. — Mas não era fácil. Ele era o único cônjuge que não estava na viagem. E ela odiava o fato de ele não ter podido vir.

— É muito chato saber que seu emprego em East Bay foi por água abaixo. É muito azar.

— Talvez tenha sido o destino — disse ela, filosofando. — Mas algo melhor deve aparecer logo. — Ela ainda nutria esperanças.

— Espero que sim. — Cal parecia sincero ao dizer isso. Mais do que qualquer coisa, ele queria que sua principal contratada ficasse feliz. Se isso não acontecesse, sempre haveria uma chance de ela pedir o boné, e essa possibilidade o apavorava. Agora, tanto ele quanto a Dow Tech precisavam dela para administrar o braço financeiro da empresa. Mais do que isso, ele necessitava da figura humana. Ele lhe contava tudo e dividia com ela todos os seus medos, alegrias e confidências. Eram quase parceiros no negócio. E não era só isso. Ele chegava a fazer confidências a ela a respeito dos filhos. Os dois eram confidentes, coconspiradores e ótimos amigos.

— É pena ele não ter podido vir. Isso teria feito muito bem a vocês dois — disse Cal. Ele lamentava de verdade tal infortúnio, e sabia que ela havia ficado desapontada quando Steve disse que não poderia ir.

— Tudo bem. Vou estar muito ocupada trabalhando. — Ela iria fazer três apresentações com Cal e outra por conta própria numa reunião à parte.

— É melhor você arrumar algum tempo para se divertir. Não quero ver você se arrebentando para satisfazer a todos. Deixe que eles se defendam sozinhos. Você não foi contratada para ser guia turística.

— Diga isso a eles. — Ela riu. — Você não estaria dizendo isso se tivesse visto as listas de pedidos que eu tenho recebido.

— Rasgue-as. Isso é uma ordem.

— Sim, senhor — disse ela, batendo continência de um jeito sarcástico, enquanto ele ria furtivamente.

Depois disso, os dois conversaram sobre outros assuntos, e ele lhe contou histórias engraçadas de retiros anteriores, dando exemplos das coisas malucas que as pessoas faziam quando estavam num ambiente diferente. Contou, por exemplo, que Charlie McIntosh havia se embebedado e dormido de fato com uma das garotas do *hula-hula* há alguns anos, e nunca conseguiu desmentir. A história circulou durante anos, e ele passou todo esse tempo dizendo que era balela. Mas todos sabiam que a história era verdadeira, exceto a mulher dele.

— Vou tentar me comportar — disse ela, rindo da história. Cal olhou pensativo para ela durante um bom tempo, o que a fez subitamente se lembrar do Natal.

— Espero que não — disse ele delicadamente. Ela não deu nenhuma resposta; eles às vezes eram tão íntimos, que isso a apavorava. De uma certa maneira, Cal estava fazendo o papel que Steve costumava exercer, quando os dois moravam na mesma cidade. Não havia nada que ela não falasse para Cal. E fosse qual fosse a falta de naturalidade que se desenvolveu entre eles por causa da tolice da noite de Natal, esta se dispersara quando Merrie voltou depois do Ano-Novo. Eles já tinham retomado a amizade tranqüila de antes. Mas havia momentos em que a força de sua personalidade funcionava como um ímã que a atraía, não exatamente de forma romântica. Ela tinha a sensação, quase sempre, de que eles eram almas gêmeas. Era como se ambos estivessem destinados a se conhecer, trabalhar juntos e construir um império. Pareciam duas metades de uma mesma entidade que se encaixavam perfeitamente, e às vezes ela não entendia isso. Era difícil acreditar que haviam passado a vida inteira sem se conhecer. Às vezes Meredith tinha essa sensação, mais ainda em relação a Steve. De uma certa maneira, ela e Callan tinham mais em comum, partilhavam os mesmos objetivos, as mesmas necessidades, o mesmo ímpeto, a mesma paixão pelos negócios. Para ela, Steve vivia num mundo diferente, pois suas motivações lhe pareciam mais puras. Ele era um ser humano completamente diferente. E quase não ligava para dinheiro. Não entendia que tipo de trabalho ela fazia e, de fato, não queria entendê-lo. Só queria saber se ela estava gostando do que estava fazendo. Como ela o fez e por que não tinham a menor importância para ele. Mas Cal entendia tudo. De uma certa maneira, ele fazia com que as coisas ficassem mais fáceis.

O avião aterrissou logo depois do meio-dia, horário local. Ela e

Cal reuniram o grupo e fizeram com que todos entrassem no ônibus que levava ao hotel. A bagagem viria depois, e o que quer que se perdesse acabaria sendo encontrado. Todos teriam a tarde livre e só se encontrariam na hora do jantar. Um luau havia sido organizado para o pessoal e depois haveria uma dança. As reuniões só estavam agendadas para começar na manhã seguinte. Merrie e Cal iriam começar os trabalhos com um rápido discurso e em seguida exibiriam alguns *slides*. Ela estava com tudo organizado, como ambos puderam constatar depois de conversar sobre isso no avião. Não havia nada a fazer a não ser relaxar, ir à praia ou à piscina, e depois encontrar os outros para jantar.

— Você quer almoçar no meu quarto? — perguntou Cal enquanto eles faziam o *check in* no hotel. Seu quarto era ao lado do dela e, como logo se pôde ver, eles dividiam um terraço.

— Claro — concordou ela no mesmo instante. — Depois quero nadar. Talvez possamos sumir até a hora do jantar.

— Parece uma ótima idéia — disse ele e a ajudou a levar a pasta para o quarto. Meredith estava surpresa ao ver que tinha uma suíte, assim como ele, para depois perceber que Cal havia reservado a dela pessoalmente. O cômodo possuía uma sala de estar ampla e bela, toda decorada com tons de areia, e um quarto branco maravilhosamente projetado. Parecia um anúncio de página dupla de alguma revista, e havia grandes abóbadas em forma de concha e banhadas em prata em cima da mesa de café. Havia também uma pequena quitinete, um bar e música tocando quando ela entrou no quarto, seguida por Cal.

— Isto aqui é espetacular — disse ela, enquanto olhava para as palmeiras que moldavam a vista do oceano.

— Achei que o pôr-do-sol aqui seria lindo. E queria você ao meu lado, para que os outros não a perturbassem. — O resto do pessoal estava nos outros andares, o que havia sido uma esperteza de sua parte. Não lhe havia ocorrido que todos poderiam achar estranho o fato de seus quartos ficarem um do lado do outro. Nunca havia circulado nenhuma fofoca sobre eles, e todos sabiam que ela era casada. Merrie falava freqüentemente sobre Steve.

Cal foi para seu quarto depois, acomodou-se, e a bagagem de todos chegou alguns minutos depois. Aparentemente, nada se havia perdido, o que era um milagre, num grupo daquele tamanho. Cal tinha pedido sanduíches, e tudo estava arrumado em seu terraço quando ela se juntou a ele, que pediu um *mai-tai* para Merrie.

— Se não tomar cuidado, vou acabar seguindo os passos de Charlie — ela riu — e ficar bêbada na hora do almoço.

— Se você começar a perseguir as garotas do *hula-hula*, Meredith, eu vou mandá-la para casa.

— Vou tentar não fazer isso — disse ela, recatadamente.

Os sanduíches estavam deliciosos, e o *mai-tai* era muito forte, mas Merrie só tomou alguns goles e os dois ficaram sentados no terraço, admirando a vista e relaxando, durante um bom tempo. E depois, finalmente, ela se levantou e disse que iria sair para nadar.

— Vou acompanhá-la — ofereceu-se Cal, e ambos foram mudar de roupa. Ela voltou alguns minutos depois usando sandálias e um biquíni com uma camiseta grande por cima, e estava tão impecável como sempre. Da mesma forma, ele usava uma roupa de banho com uma camiseta combinando e um par de sapatos de passeio. Os dois formavam um par muito bonito, e ninguém jamais poderia suspeitar que não eram casados. Pareciam tão íntimos e à vontade um com o outro que seria difícil acreditar que nunca haviam dormido juntos. Cal fez esse comentário durante a descida, e ela mostrou surpresa.

— Você realmente acha que as pessoas pensariam que nós somos casados? — Ela se divertia com isso. Pelo menos para Meredith, era uma suposição muito estranha.

— Claro. Somos até parecidos. Ambos somos louros e nossos olhos são quase da mesma cor. Gostamos das mesmas coisas e, às vezes, até nos vestimos de forma semelhante. — Ele havia notado isso mais de uma vez, mas Merrie balançou a cabeça e riu do que ele estava dizendo.

— Isso prova que você está errado. As pessoas nunca saem com as roupas combinando como nós. Elas se assemelham a mim e a Steve, um moreno, uma loura, e ele sempre parece que se veste no escuro dentro de uma loja de terceira. Eu o amo, mas ele está sempre desarrumado. Quase o matei quando ele foi à Califórnia pela primeira vez, para conhecer você, com aquele paletó de duzentos anos de idade. Vivo tentando jogá-lo fora, mas ele o adora. Enfim, desisti e aceitei o fato de que ele vai guardá-lo para sempre. E usá-lo.

— Ele me pareceu legal — disse Cal, benevolente. Mas ela tinha razão, Steve era um estranho ao seu lado. Merrie sempre estava lindamente vestida, e tudo dela era limpo, arrumado e perfeito. Cal acertou quando disse que Steve ficava mais à vontade em seus trajes hospitalares do que em roupas normais, ou num terno apropriado. Ele até se questionava se o marido de sua diretora financeira já tivera um algum dia. Mas Steve de fato tinha alguns, graças a Meredith, que os comprou para ele, que, por acaso, nunca os usou.

Eles desceram para ir à praia, e um dos garotos os acomodou em espreguiçadeiras com toalhas. Meredith tirou a saia e deitou na areia com seu biquíni. E, embora tivesse ficado tentado, Cal não esboçou qualquer comentário. Ela ficava fantástica usando roupas de banho. Muito mais do que jamais poderia ter imaginado. Ele pegou um livro, mas, com Meredith tão próxima, com sua pele macia e suas curvas generosas, descobriu que era impossível se concentrar na leitura.

— Você não está gostando do livro? — Ela havia notado que Cal estava olhando para o nada e lhe dirigiu um sorriso. Mas ele tinha uma expressão estranha enquanto olhava para o horizonte. Como se tivesse subitamente visto alguém ou algo que não esperava encontrar por lá.

— Não... não... quer dizer, sim... é legal... só estava pensando numa outra pessoa.

— Há algo errado? — De repente ela começou a se perguntar se havia feito algo para ofendê-lo, mas ele simplesmente balançou a cabeça, levantou-se e andou sozinho na direção da praia. Merrie ficou preocupada e o seguiu lentamente alguns minutos depois. Ela não queria ser uma intrusa, mas tinha a estranha sensação de que ele estava perturbado. — Você está bem? — perguntou assim que o alcançou. Não queria incomodá-lo, mas Callan parecia estar tão magoado que isso a deixou inquieta. E, dessa vez, ele hesitou antes de responder. Estava andando pela praia de cabeça baixa com os pés na água. Levantou os olhos, virou-se em sua direção e acenou com a cabeça.

— Estou bem, Merrie. — Mas não estava sendo convincente.

— O que há?

— Ah, não sei... é a vida, acho. Você já parou e se questionou se perguntando se teve uma boa cabeça durante os últimos dez anos, e não soube para onde estava indo? — Ela ficou surpresa ao vê-lo tão infeliz. Era como se uma nuvem escura houvesse encoberto o sol e, naquele instante, tudo tivesse ficado na sombra, o que parecia não ter nada a ver com ele.

— O que fez com que você pensasse assim? Você parecia estar bem um minuto atrás.

— Eu estava. E estou. Só fico às vezes questionando minha vida. Fico tão concentrado em algumas coisas que me esqueço de outras.

— Todos nós fazemos isso — disse ela gentilmente, enquanto ambos se aproximavam do fim da praia e se sentavam juntos na areia, com as ondas rebentando perto de seus pés, o oceano adiante e o hotel atrás. Não havia ninguém em volta. — Você não perdeu de vista as coisas importantes, Cal. Tem ótimos filhos, uma vida boa, uma empresa importante. Não perdeu o seu tempo.

— O que faz com que você tenha tanta certeza? E como qualquer um de nós sabe o que é realmente importante? Como eu poderei saber que meus filhos não me odiarão daqui a dez anos por algo que fiz ou não fiz, ou falhei ao ver ou entender? Acho que estou certo a maior parte do tempo, e de vez em quando fico me perguntando se estou seguindo na direção certa. Às vezes penso que deixei tudo para trás. Quem vai ligar para a Dow Tech e para tudo que eu acho importante daqui a cinqüenta anos? Talvez tudo que realmente importe sejam as pessoas pelas quais você nutre afeição — disse, hesitando, para depois concluir o pensamento que o havia magoado em primeira instância. — Ou a falta delas. Fiquei tanto tempo furioso com Charlotte durante os últimos oito anos que não abri espaço para mais ninguém em minha vida. Só havia lugar para a minha raiva. Tudo com o que eu me preocupava era o quanto ela havia me magoado. — Era a primeira vez que Cal dizia isso para alguém. — Você sabe, durante um longo tempo eu achava que a odiava. Agora sinto que perdi todo o meu tempo com sentimentos que não me levaram a lugar algum. E agora?

— O que você quer dizer com "agora"? — Ela ficou assustada com o que ele estava lhe dizendo. Eram pensamentos muito sérios para serem ditos enquanto os dois estavam deitados numa praia em Kona, bronzeando-se.

— Estou com cinqüenta e um anos. Fiquei irritado com alguém que se foi há oito anos. Tenho três filhos maravilhosos que vão crescer a qualquer momento. E toda a minha vida é o meu trabalho.

— Parece que você está se remoendo, Callan Dow. — Meredith era sempre franca e honesta com ele. — Você está com pena de si mesmo. Está com cinqüenta e um anos, não com noventa. Tem muito tempo para fazer as coisas de forma diferente, se quiser. Ninguém disse que você tem de ficar sozinho pelo resto da vida, se é que é isso que o está incomodando. Não precisa ficar furioso com Charlotte.

— De fato, não acho que ainda esteja. Talvez este seja o problema. Além do que sinto pelas minhas crianças, odiá-la tem sido a principal emoção da minha vida há quase dez anos. Sem isso, o que tenho? Talvez não o suficiente, Merrie.

— Talvez seja hora de pensar numa nova direção — disse ela simplesmente. Meredith tinha um jeito de evitar emoções e situações complicadas e ir direto ao âmago da questão. Era um dos aspectos que ele gostava nela no trabalho. Mas havia um monte de outras coisas que ele apreciava em Merrie. Coisas demais.

— O que você está sugerindo? Para onde devo olhar? Para meus filhos, que vão ser toda a minha vida até me abandonarem para viver as suas próprias vidas? Para uma mulher pouco importante e insignificante que poderei levar para jantar uma dúzia de vezes antes de perceber que ela me entedia, ou alguma que está mais interessada no que tenho do que no que sou? Merrie, não há muitas opções por aí.

— Isso é bobagem — disse ela, esticando suas longas pernas até a água e deixando os dedos dos pés brincarem na areia molhada enquanto ele a observava. — Nem todo mundo é chato ou está atrás do seu dinheiro.

— É melhor você não apostar nisso. E quanto a você? — perguntou ele, aparentando uma certa infelicidade. — O que vai fazer se sua relação com Steve for por água abaixo? Você já pensou nisso?

— Tento não pensar. — Mas a verdade é que ela já vinha pensando nisso. Viver do outro lado do continente trouxe uma tremenda tensão para sua relação com o marido que, às vezes, a deixava apavorada. Merrie sentia como se eles estivessem sendo separados pelo destino, por uma força maior do que ambos. Ela nunca havia sentido isso antes, e esse era um sentimento aterrorizante. — Eu não sei o que fazer — disse ela honestamente. — Steve tem sido minha vida por muito tempo. Estaria perdida sem ele. Sua presença me faz bem porque eu o amo. Minha vida seria um grande buraco negro se não fosse meu marido. — Agora ela se sentia assim, como se fosse cair num abismo de tormento e terror caso o perdesse. Não gostava sequer de pensar nisso. Mas sabia que, se as coisas não melhorassem, e um dos dois não tomasse logo uma atitude, isso poderia acontecer. Meredith estava apenas começando a encarar essa situação. Depois de quase quatro meses vivendo separados, eles pareciam estar seguindo direções diferentes e tinham de fazer alguma coisa para resolver esse problema.

— O que você faria caso acontecesse um divórcio? — Ela sequer aceitava ouvir essa pergunta, muito menos pensar nisso.

— Me matar — disse ela imediatamente, para depois pensar melhor na questão. — Não sei. Catar os pedaços e começar tudo de novo, imagino. Mas levaria muito tempo para fazer isso. Assim como você demorou muito tempo para se recuperar, Cal. Isso é compreensível. Você tinha muita coisa investida naquele casamento, três filhos, sete anos, e com certeza acreditava e confiava em Charlotte, mas ela o traiu. Acho que se leva um bom tempo para se recuperar de algo assim, se é que isso é possível.

— Levei muito tempo — admitiu ele com tranqüilidade, deitado na areia quente ao lado dela, admirando seu corpo. Merrie estava completamente alheia ao efeito que estava provocando nele. Tal efeito, por acaso, fazia com que Cal se sentisse agradecido. Era mais simples assim. Ele não estava disposto a cometer o mesmo erro do Natal. — Talvez tempo demais — disse ele. — Estou começando a me sentir como se tivesse perdido os últimos oito anos. Só queria mostrar para todo mundo como eu era duro e cínico, para que ninguém pudesse saber como estava machucado. Mas acabei ficando assim por muito tempo — mas ele parecia se sentir melhor enquanto dizia isso.

— E agora? — insistiu ela. Mas Cal não se importava. Ele sempre se abria com Meredith.

— Só quero seguir adiante e ter uma vida novamente. De repente, passei a sentir falta de tudo que não tive em todos esses anos, e agora estou sentado aqui me perguntando onde diabos estive e em que andei pensando.

— E você quer isso *agora*. — Ela riu. Como se portava em qualquer situação, ele era impaciente, queria resultados instantâneos e soluções imediatas.

— É claro — afirmou ele exultante, sentindo-se melhor do que nunca. Cal adorava conversar com ela. Merrie não só acrescentava muito ao seu negócio como era a melhor amiga que já teve. Cal estava com sorte no dia em que a encontrou. — Tudo bem, então encontre a mulher perfetita para mim. — Ele a tratava como amiga, já que não tinha escolha. Em conseqüência da conversa especulativa que tiveram sobre o que aconteceria caso as coisas não dessem certo com Steve, Callan sabia que ela ainda estava muito apaixonada pelo marido e profundamente dedicada ao seu casamento. O único homem que ela queria era Steve. Cal era apenas o melhor amigo.

— Será que entre minhas funções no trabalho estava a de cupido? — perguntou ela, parecendo estar se divertindo.

— É claro. Estava no contrato em letras miúdas.

— Ótimo. E onde eu poderei encontrá-la?

— Sei lá — disse ele com um sorriso largo de menino. — Eu, com certeza, não sei. Não acho que haja muitas mulheres perfeitas por aí. Há várias mercadorias danificadas, e algumas chatas e estúpidas, como dizem meus filhos. As perfeitas se escondem. — Ele olhou de cima a baixo para Merrie, enquanto ambos estavam deitados lado a lado. — Ou são casadas. — Ela entendeu a cortesia e ficou tocada, mas não disse nada.

Os dois ficaram ali quietos por algum tempo, até que ele finalmente se levantou, deu-lhe a mão, para que ela fizesse o mesmo, e caminharam pela praia, de mãos dadas, como se fossem duas crianças. Cal estava se sentindo melhor após ter conversado com ela. E, ao voltarem para suas cadeiras, descobriram que alguns dos outros também haviam descido para a praia e estavam deitados por perto. Mas Cal voltara a ser ele mesmo novamente, e a nuvem que parecia ter pairado sobre sua alma durante um tempo tinha se dissipado. Ambos pediram drinques na praia e conversaram com o resto do pessoal. E, depois de algumas horas, Meredith e Cal voltaram aos seus quartos para mudar de roupa.

Quando ele a encontrou mais tarde, ela havia tomado uma ducha, que deixou seu cabelo limpo e brilhante. Merrie usava vestido branco de seda e colar de turquesa, com sandálias brancas de salto

alto. Ela estava bonita, mas ele jamais poderia esquecer do biquíni que usara na praia. Tudo nela era inesquecível. Mas quando sua diretora financeira lhe dirigiu um sorriso no terraço, Callan pôde sentir algo enfraquecendo dentro de si. Ambos tinham tanta intimidade, que ele ficou preocupado com a possibilidade de ela notar alguma coisa. Mas Merrie não deu o menor sinal de que havia percebido algo.

— Pronta para a batalha? — perguntou ele, dando-lhe um copo de vinho branco. Os dois ficaram bebendo durante algum tempo, olhando para um glorioso pôr-do-sol. — É lindo aqui, não?

— Muito. — Ela ficou triste por estar vendo algo tão bonito sem ter Steve ao seu lado. Ultimamente, o casal andava perdendo muitos momentos especiais. E Meredith ainda não havia conseguido falar com o marido desde que chegara. Quando ela ligou, as enfermeiras disseram que ele estava ocupado com cirurgias durante toda a manhã. — Gostaria de não ter de me juntar aos outros. Bem que poderíamos ficar por aqui e jantar sossegados.

— Não estamos com tanta sorte, minha querida — disse ele, rindo. Ambos iriam jantar ao lado de cinqüenta pessoas, todas com muita vontade de se divertir e de fazer muito barulho no luau. Mas ele compartilhou do desejo de Meredith de que os dois poderiam ter uma noite mais tranqüila.

Como sempre, ela foi atenciosa com todos, apresentava algumas pessoas que não se conheciam, prestava atenção no que estava acontecendo e parecia dissipar os problemas antes de eles ocorrerem. Todos pareciam alheios a isso, exceto Cal, que sabia de tudo que ela estava fazendo para garantir a melhor noite possível para todos.

— Você é surpreendente, Merrie. — Ele fez esse comentário enquanto ambos voltavam para seus quartos à meia-noite. — Você é como um mágico que passa pela multidão, vê tudo, levanta sua varinha de condão e deixa todo mundo feliz. Até a mim. — Ela sabia que Cal não gostava de comida havaiana, de acordo com uma confissão feita durante os preparativos para a viagem, e se certificou de que lhe serviriam bife, batatas fritas e salada. Ele ficou espantado quando lhe serviram tal refeição, e soube na hora o porquê disso ter acontecido. — Será que não há nada em que você não pense?

— Com sorte, não muitas coisas — disse ela, feliz por seu chefe ter notado. Não era função dela se preocupar com tantas coisas, mas Meredith as fazia por prazer, e era óbvio que ninguém iria se dispor a tanto.

— Graças a você, foi uma ótima noite. No entanto, é impossível que você tenha se divertido, já que estava trabalhando o tempo todo.

— Para ser sincera, eu também gostei da noite. — O visual estava espetacular, e a atmosfera confortável e festiva.

— Você quer se sentar no terraço por um instante? — sugeriu ele, no que ela concordou inclinando a cabeça. Cal tinha uma garrafa de champanhe em seu bar, e serviu duas taças. Merrie não bebia nada desde o vinho branco que dividiram no começo da noite. Todos os outros se haviam esbaldado com drinques típicos e com certeza haveria algumas ressacas na manhã seguinte. Mas eles estavam limpos, frescos e sóbrios quando se sentaram lado a lado na noite quente e tropical. Simplesmente ficaram ali, tranqüilos e relaxados. Não precisavam dizer nada, só estavam gozando da sensação de harmonia e cumprimento do dever.

Meredith tirou os óculos por um instante e, sem dizer nada, ele esticou o braço, pegou em sua mão e os dois sorriram um para o outro.

— Obrigado por ser uma amiga tão boa, Merrie.

— Você já fez bastante por mim, Cal.

— Isso é só o começo. — Ambos iriam levar a empresa longe, e ele já estava pensando em entregar um novo departamento para ela. Vinham falando nisso havia meses, mas não era nisso que Cal estava pensando naquele momento, enquanto olhava para os olhos de Meredith. E, como havia feito seis semanas antes, ele chegou mais perto dela, incapaz de resistir ao ímpeto que o dominou, e a beijou. Sentiu, então, uma corrente elétrica atravessá-lo, e uma sensação de pânico que dizia que aquela não era a coisa certa a ser feita. Mas Callan não conseguiu resistir. Nem Merrie. As mãos dela envolveram-lhe o pescoço e ela o beijou, enquanto os dois ficaram sentados durante um bom tempo, abraçados um ao outro. Ele sabia que teria de se desculpar novamente, mas dessa vez não poderia fazê-lo, pois sabia que as desculpas não seriam honestas. — Eu não devia lhe dizer isso — sussurrou ele —, mas eu a amo, Merrie. — Era um grito que vinha do coração, da alma. Ele sabia disso havia algum tempo. E ela também. Soubera disso inconscientemente, e inclinou a cabeça em sinal de afirmação. Era essa a força que a estava afastando de Steve. Era Callan.

— Eu também o amo, Cal — disse ela suavemente. Não era só o desejo que fluía entre eles. Era muito mais. Era como se eles fossem partes de um só corpo, de uma só alma. E, independentemente do que acontecesse depois, ela sabia que, naquele momento, pertencia a ele.

Cal a pegou nos braços novamente, e cada poro de seu corpo a desejava. Ele a queria havia muito tempo. Merrie o beijou com uma paixão que nunca havia sentido por ninguém, nem pelo marido. As mãos dela deslizaram para dentro da camisa dele e sentiram seu peito, enquanto ele fazia as alças de seu vestido de seda branco deslizarem por seus ombros. E quando ela se levantou, a peça de roupa caiu no chão, deixando-a ali de pé, em toda a sua glória, usando uma calcinha branca de cetim e sandálias de salto alto. Ela o fez perder o fôlego, como na praia. Pouco depois, ele a pegou e a carregou para seu quarto. Deitou-a gentilmente na cama, enquanto ela jogava os sapatos para longe, ele tirava a camisa e as calças, para, em seguida, despi-la das roupas de baixo e admirar a beleza de Merrie.

— Você é incrível — sussurrou Callan.

— Nunca fiz isso antes — disse ela suavemente, parecendo amedrontada.

— Eu sei. — E sabia havia muito tempo que Meredith sempre fora fiel a Steve. Mas essa era uma situação diferente, um desejo tão profundo e poderoso, que nenhum dos dois poderia resistir. — Não tenha medo, Merrie... — Suas mãos percorreram todo o corpo dela e, quando seus lábios se encontraram, brotaram gemidos suaves. — Eu a amo tanto... Nunca amei ninguém assim antes — disse ele, ecoando tudo que sua parceira sentia, e havia percebido em alguma parte de si desde o começo. Meredith queria acreditar que tudo estava errado, mas, do fundo do coração, não podia nutrir tal sentimento. E sabia que ele era a sua alma gêmea, a pessoa para a qual tinha nascido, e com quem deveria ficar.

Capítulo 14

O TEMPO que Callan e Meredith passaram no Havaí foi meio conto de fadas, meio pesadelo. Nenhum dos dois havia sido tão feliz antes, mas mesmo assim sabiam que o fruto proibido que haviam provado iria mudar, inexoravelmente, suas vidas. Meredith não tinha a menor idéia sobre como iria resolver isso. Não havia mais dúvidas, ela estava apaixonada por Cal, e ele por ela, mas a questão era o que fazer com esse sentimento, se é que havia alternativa. Eles não tinham direito ao que partilharam, ainda que nenhum dos dois pudesse sequer pensar na possibilidade de terminar tudo. O sonho estava apenas começando.

— O que vamos fazer? — perguntou ela, assim que deitaram na cama bem tarde numa determinada noite, depois de terem finalmente se livrado dos outros. Ambos estavam sendo completamente reservados em público, e tinham certeza de que ninguém sabia de seu segredo. Mas tudo que queriam fazer agora era voltar para o quarto e ficar sozinhos, fazer amor e conversar até tarde. Numa dessas noites eles ficaram conversando até o amanhecer e finalmente dormiram um pouco até a hora da reunião que estava agendada.

Os dois estavam trabalhando juntos como sempre, mas a nova dimensão que haviam dado ao seu relacionamento mudou tudo. E, entre a diferença de fuso e os plantões de seu marido, Meredith ainda não havia falado com Steve desde que chegara ao Havaí.

— O que você quer fazer em relação a isso, Merrie? — perguntou Cal seriamente, enquanto estava deitado ao seu lado, olhando para ela, deslizando um dedo preguiçoso pelas curvas generosas de seu corpo. O que eles haviam compartilhado até agora eram vulcões de paixão e ilhas de calmaria. Mas o que os esperava além das praias onde estavam hospedados era uma tempestade de proporções terríveis e águas perigosamente profundas. Isso não era segredo para nenhum dos dois, e Cal parecia estar feliz e em paz enquanto olhava dentro de seus olhos. Eles tinham certeza de que amavam um ao outro, mas não sabiam nada mais. E ele não tinha a menor idéia de qual caminho Meredith optaria por seguir. Será que tomaria a direção do passado ou do futuro? Qualquer um deles era possível, e ela estava rumando lentamente na direção do desconhecido, sem qualquer sentido real de direção. Ela era como um navio que se afastara sutilmente de seu cais.

— Eu simplesmente não sei — disse Meredith com honestidade, enquanto se aconchegava cada vez mais em seus braços, sentindo sua força e seu calor sedutor perto dela. O que sentia por Callan era tão forte que ainda a deixava sem fôlego. — Não posso fazer isso com Steve, Cal... Não posso... Não posso deixá-lo. — Mas agora ela também não podia deixar Cal, sabia bem disso. Estava presa entre dois mundos e se sentia puxada para direções opostas.

— Não tomemos quaisquer decisões agora — disse ele com sensatez, tentando ficar calmo, para não assustá-la. — Não temos de fazer nada imediatamente. Por que não aproveitamos enquanto podemos? — Como resposta, ela inclinou a cabeça, para que ele a beijasse e depois começasse lentamente a fazer amor com ela.

Os dois não conseguiam manter as mãos afastadas um do outro enquanto estavam no quarto, mas eram extremamente prudentes ao lado de outras pessoas da firma, ou quando participavam de reuniões. Eles deram as palestras que haviam preparado, lideraram pequenos grupos e se juntaram aos outros tanto para almoçar quanto para jantar. Seria muito difícil, mesmo para o mais observador de seus colegas, descobrir algo fora do normal na relação dos dois. Mas o que Meredith sentia quando estava com ele era, mais do que qualquer coisa, um tipo de intimidade inexprimível e que tinha uma profundidade superior. Era intangível, mas bastante real, e aumentava tudo que ambos haviam partilhado até aquele momento. E isso era tão óbvio para Merrie que parecia incrível o fato de ninguém conseguir enxergar.

— Eles devem ser cegos — comentou ela, enquanto se sentavam no terraço, enrolados em toalhas, antes de se vestir para o jantar. Eles haviam nadado na praia, acabado de tomar um longo banho quente e, inevitavelmente, feito amor.

— Às vezes as pessoas não vêem o que está bem na frente delas — disse ele com tranqüilidade, tomando um martíni. Ele não havia bebido durante o dia, mas tinha saboreado um coquetel antes do jantar, no que era ocasionalmente acompanhado por Merrie. Mas naquela noite ela não o fez. Queria estar sóbria para a reunião de logo mais. O que estava acontecendo parecia precipitado demais para Meredith. — Você está feliz? — perguntou Cal, assim que ela recostou na cadeira da varanda, para ver o pôr-do-sol ao seu lado.

— Muito mais do que mereço. — O que eles haviam descoberto era muito especial, mas Merrie também sabia que, pelo menos até o momento, era emprestado, senão roubado. E, mais cedo ou mais tarde, os dois teriam de saldar suas dívidas. Mas ainda não era hora. Por enquanto, aquilo ainda era deles, e nenhum dos dois podia resistir. A força que os atraiu era mais poderosa do que ambos.

— Você merece tudo que quiser — disse Cal carinhosamente, enquanto se encostava para lhe dar um beijo.

— Isso às vezes não é verdade — disse ela com a voz suave. — Nem sempre as coisas andam do jeito que a gente quer. Quem dera tivéssemos nos conhecido antes!

— Também acho — disse ele com um suspiro. — Mas talvez nenhum de nós estivesse pronto. — E também não estavam agora. Callan podia estar desimpedido, mas ela era casada. — Fazemos tudo tão bem juntos, Meredith.

— Sim, eu sei — ela sorriu —, como Fred Astaire e Ginger Rogers.

— Não. Como Callan Dow e Meredith Whitman. Somos pessoas especiais, Merrie. Os dois. Sabemos o que queremos, e não temos medo de trabalhar muito para isso. O mesmo poderia acontecer conosco agora, se quisermos. Juntos, poderemos ter uma vida maravilhosa, se decidirmos buscá-la? Não quero pressioná-la de maneira alguma. A questão é: o que você quer? E com que intensidade? Ir daqui até ali pode não ser fácil. — Não era exatamente uma declaração de amor, mas era a primeira vez que ele se oferecia para dividir sua vida com ela, embora as bases ainda não estivessem claras. Seria como amante, mulher ou namorada? Era fácil perceber que nem mesmo ele sabia.

— Não estou disposta a magoar Steve por nossa causa, Cal — disse Merrie mansamente. — Ele não merece isso. — Apesar do que estava sentindo agora por Cal, ela não conseguia imaginar uma vida sem seu marido. Era tempo demais de convivência para se jogar tudo fora. Ele fazia parte de seu corpo e de sua alma. As coisas eram mais complicadas do que Cal podia fazer idéia. Ela nunca fora infeliz com Steven. Foram as circunstâncias que os afastaram um do outro, não as opções. A única escolha que ela havia feito fora se mudar para a Califórnia, e Steve a fizera ao seu lado, o que não quer dizer que tenha sido uma boa alternativa.

Os dois jantaram com os outros naquela noite, ficaram na rua até mais tarde do que o normal, dançando sob as estrelas, para depois caminhar pela praia no escuro, andando de mãos dadas e conversando suavemente. Eles nunca se beijavam quando estavam longe do quarto, com medo de que alguém os visse.

Finalmente, na manhã seguinte, Steve telefonou. Cal havia acabado de sair de seu quarto, e ela ficou assustada quando o telefone tocou e ouviu a voz de seu marido. No momento em que a escutou, Meredith se sentiu totalmente culpada.

— Como é que vão as coisas, Merrie? — perguntou Steve alegremente. — Está se divertindo?

— Até agora tem sido ótimo — disse ela, sentindo-se uma criminosa e igualando seu tom de voz ao dele. — Temos estado muito ocupados.

— Posso apostar que sim. Deve ser como levar escoteiros para o acampamento.

— Mais ou menos — disse ela rindo. Mas era um som oco, resultante de um estremecimento que vinha quando ela pensava na dor que lhe poderia causar.

Eles conversaram rapidamente, até que Merrie lhe disse que tinha de ir para uma reunião.

— Vou ligar assim que puder — prometeu ela. Steve acabou liberando-a, e até a tranqüilizou.

— Não se preocupe com isso, querida. Sei que você está ocupada. Só me ligue quando for conveniente. — Tudo que ele disse fez com que ela se sentisse pior. E quando ela viu Cal depois de sua primeira reunião do dia, ele pôde sentir sua tensão.

— Há algo errado, Merrie? — perguntou ele delicadamente, enquanto ambos saíam para almoçar com o pessoal.

— Conversei com Steve. — Ela aparentava infelicidade enquanto dizia isso e, por um instante, entrou em pânico. Ele ficou apavorado por não saber o que ela poderia dizer em seguida. Não queria que seu romance terminasse.

— Você falou com ele sobre nós? — Cal tinha noção de que essa era uma possibilidade remota e, além do mais, parecia muito cedo para isso. Eles ainda estavam sentindo o terreno por onde caminhavam, e tentando descobrir para onde iam. A situação era muito nova, e ele achava que ambos precisavam de algum tempo para se adaptar, antes de ela contar tudo para o marido, embora ele tivesse esperança de que ela acabasse fazendo isso. A única coisa que Cal sabia no momento era que, se possível, queria ter um futuro com Merrie que não incluísse Steve.

— Não, é claro que não — respondeu ela. — Mas meu marido foi tão gentil ao telefone... Eu me senti péssima. Ele não merece isso.

Callan inclinou a cabeça, sem saber o que lhe dizer, e depois sussurrou:

— Não, mas nós sim. Talvez tenhamos feito por merecer isso.

— Não à custa dele — opôs-se ela. E não havia como esconder o fato de que alguém iria se machucar. As coisas teriam de ser assim. Não poderia haver três vencedores numa situação como essa. Alguém sairia perdendo.

— O que você está me dizendo? — perguntou Cal com um olhar de pânico enquanto os dois seguiam lentamente os outros. Ele se perguntava se Merrie já queria lhe dizer que estava tudo acabado. Mas ela não poderia fazer isso.

— Só estou dizendo que me sinto mal por causa dele. Pelo menos, ele não sabe nada sobre nós.

— Entendo — disse Cal, aliviado. E, juntos, foram almoçar.

Durante o resto da viagem, os dois fizeram o que tinham ido fazer, e o retiro foi extremamente positivo de todos os pontos de vista. E, à noite, Callan e Meredith descobriam novos mundos um nos braços do outro, e cimentavam o vínculo que havia meses ia crescendo entre eles. Quando deixaram o Havaí, ela estava tão apaixonada por ele que, de uma certa maneira, desejava que o mundo pudesse partilhar de sua felicidade. Mas não havia jeito disso acontecer. Mais do que nunca, eles tinham de ser discretos.

Ao voltarem para casa, Cal a levou ao apartamento que lhe cedera e passou algumas horas com ela. Quando o telefone tocou, Merrie não atendeu. Sabia que poderia ser Steve, e simplesmente não tinha como enfrentar a situação. Aquilo estava se tornando, rapidamente, maior do que ela era capaz de agüentar.

Cal teve de ir embora contra a vontade e, depois que chegou em casa e viu as crianças, telefonou para ela, que atendeu dessa vez, esperando que fosse ele.

— Sinto sua falta — disse ele amavelmente, o que a fez rir. Pareciam dois secundaristas, loucos de paixão um pelo outro.

— Também estou com saudade. Quer voltar mais tarde? — sussurrou ela.

— Pensei que você nunca fosse perguntar — disse ele, rindo para si próprio, e feliz por causa de Merrie. Deu boa-noite para as crianças, deixou-as com a empregada quando foram para a cama e voltou para a casa dela às onze. E, na manhã seguinte, os dois saíram para trabalhar juntos. Ele havia pedido para a empregada dizer a seus filhos que tinha uma reunião bem cedo, no caso de não o virem de manhã.

— Como é que você vai fazer isso? — perguntou ela, enquanto lhe preparava o café da manhã e lhe passava o *Wall Street Journal*.

— Com cuidado, imagino. Com inteligência, sensibilidade. Lentamente. Nós temos de pensar bastante, Meredith. — Os dois conversaram muito sobre sua situação, e ambos queriam fazer as coisas com calma. Tinham muito no que pensar. Ela lhe tinha dito, desde que tudo começou, que não iria deixar Steve. E ele disse que entendia. Mas o que aquilo queria dizer, para ambos é que a relação poderia ter um fim. Era só uma questão de quanto duraria, como poderiam lidar com aquilo com o mínimo de seqüelas para todos e se valia a pena. Até o momento, ambos estavam convencidos de que as coisas seriam assim, não importava quão limitado fosse o futuro. E Cal sabia que teria de aceitar isso, embora não gostasse. Ele queria Merrie em sua vida já, fazendo um papel que ia muito além do de amiga e empregada.

Eles passaram o dia de trabalho lado a lado, como sempre. E Steve ligou antes do almoço. Muito ocupado, entrando e saindo de cirurgias, ele ainda estava cobrindo Harvey Lucas, que ficaria ausente por mais um mês ou, pelo menos, três semanas. Mas Anna estava ajudando a manter as coisas nos eixos. A unidade traumatológica parecia um picadeiro de circo, e, na maior parte do tempo, Steve estava lá no alto do trapézio, andando num monociclo e fazendo malabarismos com tochas flamejantes.

Steve mal teve tempo de perguntar como foram as coisas no Havaí, mas quis saber se ela ainda estava indo para casa no fim de semana. Meredith disse que sim e, na hora em que desligou, lamentou ter tomado tal decisão, quando Cal entrou e a chamou para ir a Carmel com ele e seus filhos.

— Adoraria — disse ela, parecendo desapontada —, mas acabei de dizer a Steve que iria para casa. — Merrie notou um certo estremecimento nos olhos de Cal, mas ele não disse nada. — Talvez eu deva telefonar para ele e adiar minha ida a Nova York.

— Você é quem sabe — disse ele, calmamente. Não queria pressioná-la. Mas, tão logo ela pensou no assunto, decidiu que seria péssimo deixá-lo, e sabia que ainda não estava pronta para ver Steve depois de tudo que havia acontecido no Havaí.

Ela ligou para Steve naquela tarde e lhe disse que algo havia acontecido no escritório e que teria de ver clientes naquele fim de semana. Ele disse que entendia, mas não parecia estar feliz. Merrie sentiu-se, mais uma vez, uma assassina quando desligou. Ela estava fazendo algo que nunca fizera com seu marido antes, mentindo. Também lhe ocorreu que ela estava fazendo a mesma coisa que a ex-mulher de Cal havia feito, e ele a odiara por causa disso. Meredith estava dormindo com o patrão e mentindo para o marido. Não era um belo quadro, e ela disse isso para Cal naquela noite, quando os dois estavam em seu apartamento. Ele havia chegado depois de jantar com os filhos e estava cansado. Mas não gostou da comparação com Charlotte.

— *Não* é a mesma coisa, Merrie — disse Callan enfaticamente.

— Como é diferente? É quase a mesma situação.

— Ela já estava envolvida com o amante quando me casei, e nunca me disse nada. Continuou com a relação depois de nosso casamento, que permaneceu estável enquanto estávamos tendo filhos. Ficamos casados durante sete anos, e ela esteve envolvida com o sujeito o tempo todo. Ela nunca me disse o que estava acontecendo e me deixou por causa dele. Diria que isso é muito diferente. Nunca soube que as coisas poderiam ser assim até sentir na minha própria carne. É um milagre que nenhum de meus filhos seja dele. Se não parecessem tanto comigo, eu ficaria preocupado.

— Deve ter sido terrível — solidarizou-se Meredith, que ainda não gostava das semelhanças entre as duas situações já que, inegavelmente, havia algumas.

Naquele fim de semana, os dois foram para Carmel com as crianças. Ficaram num chalé em Pebble Beach, com um quarto separado para ela, mas, surpreendentemente, nenhum de seus filhos pareceu se importar com a presença dela. Eles a haviam aceitado como amiga. Merrie acabou indo às compras com as meninas enquanto Cal e Andy jogavam golfe. Foram para o Platti, em Carmel, e jantaram numa casa de massas. A conversa foi muito animada. As crianças mexeram com o pai por causa de várias coisas; o cabelo, o jeito de se vestir, o tipo de mulher de que ele gostava, ou não, e até o jeito dele jogar golfe. Mas tudo dentro de um clima bem-humorado. Era óbvio, apesar de todos os pontos fracos que viam, que eles o amavam de verdade. Além disso, Meredith acabou recebendo um salvo-conduto, pois sabiam que ela não era a namorada do pai e estava casada com Steve.

— Deve ser difícil não ter seu marido morando aqui — disse Mary Ellen em solidariedade, o que assustou Meredith. Era uma coisa surpreendentemente adulta para se dizer, e ela concordou inclinando a cabeça.

— É sim. Ele está tentando arrumar um emprego, mas não é fácil. E agora, de qualquer maneira, está preso em Nova York, pois o chefe dele sofreu um acidente — explicou.

— Ele conserta gente que leva tiro, não é? — disse Andy conscientemente, o que a fez rir.

— Faz isso e muitas outras coisas.

— As pessoas devem atirar muito umas nas outras em Nova York para precisar de um médico só para isso — acrescentou ele, e todos caíram na gargalhada. Era uma percepção interessante, não totalmente imprecisa, mas que a fez lembrar mais uma vez de que Steve representava grande parte de sua vida, e ela não poderia evitá-lo para sempre.

Ela e Cal conversaram mais uma vez sobre isso naquela noite, e Meredith disse que teria mesmo de ir para casa no fim de semana seguinte. Mas, na quinta-feira, descobriu que precisaria realmente ver alguns clientes que vinham de Tóquio. E não sabia o que dizer para Steve, pois já havia usado essa desculpa para passar o fim de semana em Carmel com Cal e seus filhos.

— Outra vez? — disse Steve num tom infeliz, quando ela anunciou que não poderia voltar para casa naquele fim de semana. — Meu Deus, Merrie, você pretende algum dia voltar aqui? Você sabe como eu estou preso, sem Lucas por aqui.

— E quanto a Anna? Ela não pode cobri-lo, para que você possa vir à Califórnia?

— Não nessa semana. Ela simplesmente trabalhou seis dias sem parar, tanto de serviço como de plantão. Não vê a filha há dias. Eu lhe disse que ficaria de plantão para ela, pelo menos no domingo.

— Pois é, se eu fosse até aí, você talvez estivesse ocupado do mesmo jeito. Talvez seja bom que eu não possa ir. — Ela estava dando desculpas que não colavam com Steven.

— Veja, Merrie. Não me importa quem vá para onde. Quero ver você. O último boletim que recebi dizia que ainda estávamos casados. E, se este for o caso, gostaria de vê-la mais de uma vez por mês, se você estiver de acordo. — Steve estava realmente irritado com ela.

— Vou aí na semana que vem. — Ela parecia arrependida enquanto dizia isso.

— Você diz isso toda semana, e depois, na quinta-feira, me liga para dizer que vai ter de encontrar clientes, ir para o Havaí ou soltar pipa com Callan Dow. Nem imagino que diabos você está fazendo aí; tudo que sei é que não a vejo mais. — Ele parecia irritado, cansado e enciumado, e ela não podia culpá-lo.

— Sinto muito. Não sei o que dizer. — Merrie se sentia desesperadamente culpada e com medo do que estava fazendo. Não importava o que sentia por Cal, ou como esse sentimento era agradável, ela estava colocando o casamento em risco e sabia disso. Não podia esperar que Steve agüentasse isso para sempre.

— Não se preocupe, Meredith. Vejo-a quando puder. Se estiver pensando em vir a Nova York, me ligue. Tenho de voltar ao trabalho agora. — Ele quase desligou o telefone na cara dela, que por sua vez se sentiu incomodada o resto do dia, pensando em tudo. Mas não disse nada para Cal. Steve era seu problema. E seu marido.

Na sexta-feira à noite, ela e Cal receberam clientes no Fleur de Lys, já que os japoneses adoravam comida francesa e achavam o restaurante excelente. E, no sábado, eles foram levados ao Masa's. As reuniões que fizeram também foram boas, e todos ficaram entusiasmados com o novo sistema que Cal estava implantando. Meredith ficou com eles todo o tempo, até a hora de irem embora, no domingo. E, quando ligou mais tarde para Steve, ele não estava em casa. Por isso, resolveu pegar o carro e ir jantar com Cal e os filhos.

Como tinha de ser, Steve trabalhou durante todo o fim de semana em Nova York, e se Meredith tivesse estado por lá, não poderia tê-la visto. Houve outra nevasca, e a temperatura caiu brutalmente. Havia camadas de gelo no chão, e Steve disse que nunca havia visto tantas fraturas. Ele andou ajudando os ortopedistas em cirurgias dia e noite, pois quatro acidentes com veículos envolveram crianças.

Ele tinha liberado Anna no fim de semana, mas ficou encantado ao vê-la chegar no domingo à noite, quando ainda estava trabalhando.

— Ouvi dizer que você se divertiu bastante nesse fim de semana. — Anna deu um sorriso. Ela havia se divertido bastante deslizando na neve com a filha em cima de tampas de latas de lixo e sacos de plástico no Central Park.

— Obrigada pela folga. Nós nos divertimos bastante.

— Sorte sua — resmungou ele. — Cada uma das senhoras de Nova York esteve aqui com a bunda fraturada desde que você se mandou na sexta-feira.

— Gostei do diagnóstico. Disse isso a elas?

— Sim. E elas o adoraram. — Steve sorriu de má vontade. Estava de baixo-astral desde quinta-feira.

— Meredith veio? — indagou ela casualmente, perguntando-se se os dois teriam brigado ou até mesmo se ele a vira. Ela estava com a sensação de que as coisas entre os dois não estavam bem.

— Não. Ela teve de ver alguns clientes. De novo — emendou.

— De qualquer maneira, você não poderia tê-la visto se ela tivesse vindo — disse Anna com conhecimento de causa, já que tinha noção da carga de trabalho dele.

— Foi o que ela disse. Mas Merrie poderia, pelo menos, ter tentado.

— Veja, meu bem. Os dois andam muito ocupados. Você sabia, quando a deixou se mudar, que as coisas não seriam fáceis, mas achava que ambos teriam empregos. Só que você não conseguiu um e ambos estão tentando lidar com a situação da melhor maneira possível. Não foi culpa dela se seu trabalho por lá não deu certo. — Anna estava sendo razoável, mas o fato de não estar sentindo tanta pena de Steve quanto ele achava que deveria o incomodou.

— Você tinha de trazer isso à tona? Ou só está fazendo isso por prazer? — disse ele em tom ríspido, resmungando, para um minuto depois pedir desculpas. — Sinto muito. Tive um fim de semana de merda. Não durmo desde sexta-feira à noite. Estou de saco cheio dessa baboseira. Sinto falta da minha mulher. E tenho a sensação de que ela não quer mais voltar para cá, e isso está me deixando louco.

— Então vá encontrá-la — disse Anna com sensatez. — Que tal no sábado que vem, no Dia dos Namorados? Por que você não a pega de surpresa?

— E se ela fizer a mesma coisa, voar para cá, e eu a perder de vista? — Steve estava cansado demais para resolver isso, mas Anna não. E, no fundo do coração, apesar de suas gafes e palavras rudes, ela ainda era uma romântica.

— Então diga a Meredith que estará de serviço, não poderá vê-la e assim ela não virá. Aí você pega o avião e lhe faz uma surpresa... Você sabe, chocolates, rosas, toda aquela coisa de Dia dos Namorados. Muito romântico. Ela vai adorar. — Anna sorriu para ele, desejando que alguém fizesse o mesmo por ela, mas não havia ninguém. Não havia fazia anos.

— Anna — disse Steve, sorrindo de forma alegre e exultante —, você é um gênio. — Ele fez reservas no telefone naquela noite, e estava planejando seguir na sexta-feira ao meio-dia, assim que saísse do trabalho. Com a diferença de fuso, poderia estar em Palo Alto antes dela deixar o escritório. — Obrigado — falou ele para Anna antes de ir para casa dormir um pouco e lhe prometer que estaria de volta na manhã seguinte.

— É só me chamar de cupido — gritou ela, enquanto o via sair. Steve estava muito cansado e tonto. E ela ficou feliz por seu amigo não estar dirigindo. Sabia que ele pegaria um táxi até o apartamento que ainda não a levara para conhecer. Havia muito Anna achava que ele não queria que ela se sentisse mal quando visse o quão luxuosa era sua moradia. Mas ela sabia que a mulher dele ganhava bastante dinheiro. Em vez disso, Steven foi visitá-la algumas vezes em sua residência para tomar uma taça de vinho ou comer *burritos*, quando ela se arvorava a prepará-los. Ele e Felicia já eram amigos, e as duas gostavam de suas visitas.

Aquela noite foi das mais tranqüilas na unidade traumatológica, e Anna não precisou telefonar para ele. Como sempre, ela tomou conta de tudo sozinha, e todos os enfermeiros e residentes gostavam dela. Ela alimentava esperanças de que esse emprego acabasse se tornando permanente, mas ainda não havia qualquer sinal de que isso viesse a acontecer. Steve parecia não estar indo a parte alguma. E quando pensava nisso, sentada no consultório dele naquela noite, ela ficava feliz.

Capítulo 15

— O QUE VOCÊ VAI FAZER NO SÁBADO? — perguntou Cal enigmaticamente para Meredith na sexta-feira de manhã.

— Nada demais — disse sorrindo. Ela sabia que dia seria aquele e o que ele provavelmente tinha em mente. Sábado era Dia dos Namorados, e ela estava ficando mais um fim de semana na Califórnia. Steve lhe dissera, dias antes, que estaria trabalhando e não faria sentido ela pegar um avião para Nova York. Os dois tinham cancelado mais um fim de semana, e preocupava Meredith o fato de eles estarem se distanciando de forma tão rápida. Preocupava-a mais ainda o fato de que o que ela estava construindo com Cal tornava-se cada vez mais sólido. Os dois se viam quase toda noite, e ele dormia no apartamento dela sempre que possível. Merrie jantava com ele e com as crianças, ia a jogos de basquete, ao cinema e a outros lugares com a família, todo fim de semana. Isso ia se tornando uma fixação. E Callan estava começando a se sentir seu marido.

Ninguém no escritório havia percebido nada, e eles tinham o maior cuidado para não deixar nada transparecer. As crianças também pareciam não suspeitar de nada. Todos achavam que eles eram os mesmos amigos que sempre foram desde que Meredith começara a trabalhar na Califórnia. Porém, mais cedo ou mais tarde, ela sabia que alguém iria descobrir, o que acabaria criando um sério problema. Não seria nada apropriado que as pessoas soubessem que Merrie estava traindo seu marido.

— Que tal jantar amanhã à noite no Fleur de Lys? — sugeriu ele casualmente, o que a fez sorrir de prazer.

— Eu adoraria. — Parecia estranho não passar o Dia dos Namorados com Steve, o que a fez se sentir culpada por querer ficar com Cal em São Francisco. Mas, na verdade, ela queria ficar com Cal, e não com Steve, pelo menos por enquanto.

— Por que você não passa a noite lá em casa? Vou alugar alguns vídeos e podemos fazer pipoca — sugeriu ele.

— Você quer que eu leve os vídeos? — ofereceu-se Meredith enquanto colocava seu material de trabalho na pasta. Ela parecia estar levando cada vez menos trabalho para casa nos fins de semana. Em vez disso, estava passando esse tempo com ele, e não tinha muito astral para "trabalhos de casa".

— Tudo bem, pode trazer os vídeos. Vou preparar um jantar depois de alimentar as crianças — ofereceu-se Cal. Isso parecia uma boa idéia para ambos, e Meredith tentou não pensar no que estavam fazendo. Tratava-se de uma fantasia boa para os dois, mas que não poderia durar para sempre, especialmente quando Steve arrumasse um emprego e se mudasse para a Califórnia. Não importava como estavam evitando isso agora, no fim das contas eles sabiam que teriam de encarar a situação. Mas ainda não era hora, disse ela para si mesma. Não ainda. O que Merrie estava partilhando com Cal era muito doce para ser deixado de lado. Ela sabia que era egoísmo de sua parte, mas ainda não havia maneira de se quebrar esse encanto, não importava o quanto se sentia culpada em relação a Steven.

— Daqui a umas duas horas estarei aí — prometeu. Ela queria tomar um banho, relaxar e lhe dar algum tempo para ficar com seus filhos antes de sua chegada. Não pretendia se desgastar com a família.

Meredith pegou o carro e foi para o apartamento mobiliado no qual ainda estava vivendo. Ela ainda não havia encontrado uma casa de seu agrado e estava dedicando uma quantidade de tempo menor para realizar essa tarefa. Andava ocupada e, enquanto Steve ainda estava em Nova York, não conseguia ver sentido em morar na cidade. Ela queria ficar em Palo Alto para estar perto de Cal. Ele tinha dito que Merrie poderia manter o apartamento pelo tempo que quisesse.

Ela girou a chave e, ao entrar no apartamento, teve subitamente uma sensação estranha. Sentiu, mais do que viu, algo diferente. Havia um clima sinistro enquanto ela entrava na sala de estar e largava sua pasta. Assim que o fez, Steve saiu do quarto com um enorme buquê de flores. Meredith quase deu um pulo quando o viu. A última pessoa que ela esperava encontrar ali era seu marido.

— O que você está fazendo aqui? — perguntou ela, como se ele fosse um intruso. Steve, por sua vez, olhou para ela com uma expressão estranha, enquanto se aproximava com as flores.

— Pensei que você iria ficar feliz em me ver — disse ele, parecendo desapontado.

— Mas estou. — Merrie despistou-o imediatamente e correu em sua direção. — Eu apenas... Não esperava... Você disse que iria trabalhar neste fim de semana.

— Queria fazer uma surpresa — disse ele, colocando as flores em cima da mesa de café. Steve envolveu-a nos braços, e ela rezou para que o marido não sentisse qualquer resistência. Ela não o via desde que as coisas mudaram com Cal, e estava desesperada com medo de que isso pudesse ser notado. Mas teve certeza de que esse não havia sido o caso quando ele a beijou. — Feliz Dia dos Namorados, Merrie — disse Steve alegremente, feliz com o que havia realizado. Sua expressão deixava claro que ela não o esperava e sua mente estava em polvorosa.

— Que grande surpresa! — disse ela com coragem, enquanto ele silenciava sobre aquilo ter sido uma sugestão de Anna.

— Percebi que era mais fácil vir até aqui do que tirá-la de seus afazeres. É bom que você esteja livre neste fim de semana, vou levá-la para jantar amanhã. — Cal havia feito o mesmo convite, pensou ela quase na mesma hora em que seu marido disse isso, mas agora era impossível aceitá-lo. Ela teria de passar o Dia dos Namorados com o marido. Como ele havia enfrentado a problemática viagem até São Francisco, Meredith sabia que teria de passar cada instante ao seu lado.

— E então, o que vamos fazer à noite? — perguntou, exultante. Ele sabia bem qual era a primeira coisa a ser feita, mas, depois disso, estava pensando em levá-la para jantar ou ver um filme.

— Não sei. Por que simplesmente não ficamos aqui? — Ela se sentia completamente desorientada e, por alguma estranha razão, parecia estar recebendo um estranho em casa. Por ter dormido com Cal, Merrie sentia como se toda a sua vida estivesse desequilibrada.

— Posso cozinhar, se você quiser — ofereceu-se Steve —, ou podemos pedir uma pizza.

— Claro, querido — disse ela, amável —, pode fazer o que quiser. Você deve estar exausto. — Pelo menos Meredith esperava que sim, mas ele parecia surpreendentemente revigorado, apesar da diferença de fuso e dos dias seguidos e intermináveis nos quais esteve trabalhando.

— Dormi no avião e, de fato, estou me sentindo muito bem — afirmou Steve, colocando os braços mais uma vez em volta dela. — Senti tanto a sua falta. — Eles não se viam havia cinco semanas e, durante as últimas três, ela se permitiu viver a ilusão de que seu marido não mais existia. Mas agora ele parecia bastante real.

— Também senti a sua falta — mentiu ela, sentindo-se aturdida e constrangida enquanto colocava as flores em cima da mesa de jantar. Mas, enquanto a observava, sem saber por quê, ele sentia que algo estava diferente entre ambos. Talvez fosse a surpresa, e ela não tivesse tido tempo para absorvê-la.

— Como foi sua semana? — perguntou Steve casualmente.

— Legal.

— Parece que você tem trabalhado dia e noite desde que chegou do Havaí. — Ele havia lhe telefonado, mas ela mal atendera, e só tinha falado com seu marido do escritório, pois Cal passara todas as noites no apartamento.

— Estive bastante ocupada — disse ela vagamente.

— Vou tomar uma ducha para relaxarmos um pouco — sugeriu ele com um sorriso. Ela sabia o que isso significava. Às vezes, quando os dois passavam algum tempo longe um do outro, fazer amor os colocava de volta nos trilhos e à vontade um com o outro novamente, mas dessa vez, ao pensar nisso, ela entrou em pânico.

— Adoraria fazer isso, mas tenho más notícias. — Merrie de fato ficou corada quando disse isso, por vários motivos.

— O que houve? — perguntou ele, momentaneamente preocupado.

— Esta não é a época certa do mês para romances ardentes... — Ela tentava fazê-lo chegar às próprias conclusões.

— Você está menstruada? — Meredith inclinou a cabeça, afirmativamente. Não era verdade, mas ela percebeu que não queria lidar com os aspectos físicos de sua vida dupla e de sua situação complicada. Ainda não havia tido tempo de se preparar para o significado de seu próximo encontro com o marido. — Isso não é nada demais — sorriu ele. — Nunca foi um grande problema quando estávamos na faculdade, lembra? — Essas palavras a deixaram atordoada e encurralada. — Se vamos viver em lados diferentes do continente, teremos de ignorar algumas preferências.

— Obrigada — sussurrou ela, enquanto Steve entrava no quarto para tirar a roupa e tomar um banho. Assim que ouviu a água cair,

Merrie correu para o telefone e ligou para Cal. Ele atendeu no segundo toque da campainha e ficou feliz ao ouvir sua voz.

— A que horas você chega? Comprei alguns bifes e uma garrafa de um vinho delicioso.

— Não posso ir — disse ela rapidamente.

— Por que não? Há algo errado? — Ele podia sentir a tensão em sua voz e, embora não fosse necessário, Meredith estava quase sussurrando.

— Steve está aqui. Ele me pegou de surpresa. — Houve uma longa pausa e um silêncio doloroso.

— Entendo... Bem, isso é interessante. Ao que devemos o prazer... Não, deixe-me adivinhar. Ele veio por causa do Dia dos Namorados, em busca de algum romance. — Cal soava cínico enquanto dizia isso para aliviar sua mágoa. Mas era o preço que ele tinha de pagar por estar tendo um caso com uma mulher casada.

— Acho que sim. Não sei, Cal. — Agora ela estava mentindo para ele também. O sonho estava lentamente se transformando em pesadelo, mas ambos sabiam que as coisas seriam assim. Eles vinham se enganando desde as últimas semanas, mas agora a verdade estava encarando-os de frente. A única pessoa que não sabia o que estava acontecendo era Steve. — Não posso ver você amanhã — disse ela com tristeza.

— É óbvio. — E depois ele pareceu se recuperar. — Está bem, Merrie. Eu entendo. — Os dois tinham desistido de discutir o futuro, pois perceberam que poderiam viver a fantasia até Steve aparecer. Mas agora ele estava ali e ambos tinham de encarar a verdade e todas as suas implicações. — Vamos jantar na semana que vem e conversar sobre isso. Vejo você na segunda-feira. Acredito que ele vá voltar no domingo no vôo noturno. — Apesar do que estava sentindo, Cal parecia esperançoso.

— Ele ainda não falou nada. — A água havia parado de cair, e Meredith viu que era hora de desligar. Toda a situação a estava deixando extremamente nervosa. — Ligo assim que puder.

— Não se preocupe com isso. Vou passar um fim de semana tranqüilo com as crianças. Só se lembre de uma coisa.

— O quê? — sussurrou ela.

— Eu te amo. — Enquanto escutava, ela percebeu que Callan era mais do que ela merecia. Ambos eram. Merrie se sentia culpada em relação aos dois. Eram bons homens e ela os amava. Mas dar a cada um deles metade de seu coração era menos do que ambos faziam jus, e isso a estava enlouquecendo.

— Eu também — disse ela enquanto Steve entrava na sala de estar enrolado numa toalha, ainda com água pingando do corpo. — Tenha um bom fim de semana — disse Meredith antes de desligar, enquanto Steve a olhava com um sorriso.

— Quem era?

— Minha secretária... Joan... Precisava que ela fizesse um trabalho para mim neste fim de semana. — As mentiras eram intermináveis, e Merrie estava se odiando por causa disso. Mas não havia como ser honesta com o marido. O que poderia dizer? Que era Cal e que ela havia acabado de lhe dizer que o amava?

— Todos vocês trabalham demais — proferiu Steve enquanto entrava na cozinha e abria a geladeira. Ele gostava de beber cerveja e não havia nenhuma, apenas um vinho branco que Cal deixara por lá. — Você está sem cerveja — disse Steve, depois viu a garrafa de vinho e levantou a sobrancelha. — Ultimamente você anda bebendo coisas muito caras. Nunca se bebe vinho quando se está sozinho — emendou, mas era mais uma pergunta do que uma acusação.

— Recebi algumas visitas. Os japoneses da semana passada.

— Que pena que você não comprou um saquê. Eu prefiro. Podemos sair mais tarde para comprar cerveja.

— Não o esperava, por isso não comprei.

— Sem problemas — disse Steve com um sorriso infantil. Ele parecia um garotão, em comparação com a sofisticação de Cal. Era estranho perceber que agora ela ficava mais à vontade com o amante do que com o marido. Os quatro últimos meses não lhes foram nada generosos. — Por que não vamos para a cama? — sugeriu Steve com um olhar travesso, enquanto a pegava pela mão e a empurrava para dentro do quarto. Ela ainda estava usando o conjunto azul-marinho com o qual havia ido ao trabalho, um colar de ouro e um par de brincos de pérola. Estava elegante, com um ar sério, e a última coisa que passava pela sua cabeça era sexo e romance. Mas não havia como recusar ao seu assédio. Já tinha tentado enrolá-lo com a história da menstruação e não conseguira. E nos dias anteriores a Cal ela andara ansiosa para dormir com o marido por causa do longo tempo que passaram distantes. Os dois sempre tiveram uma vida sexual ativa.

Ela tirou seu conjunto, ajeitou-o sobre uma cadeira, livrou-se dos sapatos, das bijuterias, da meia-calça e, um minuto depois, se deitou na cama com a roupa de baixo, após uma rápida passada no banheiro. Ela se sentiu como uma daquelas esposas típicas que se trancam no banheiro e se recusam a sair. Mas se fizesse isso seu marido provavelmente iria achar que ela estava doida.

Durante um minuto, ele ficou ali deitado e a abraçou. Meredith podia sentir o quanto Steve a queria e, por esse motivo, todos os seus sentimentos para com ele começaram subitamente a voltar, não em forma de paixão, mas de pena.

— O que há de errado, querida? — Ele a conhecia muito bem, e ficou chocado ao perceber que ela estava tremendo.

Havia lágrimas nos olhos de Merrie quando veio a resposta. Ela fora muito injusta. Fizera uma verdadeira confusão e nem podia lhe falar sobre o assunto. Isso só iria magoá-lo. Não sabia exatamente o que queria lhe dizer. O que poderia dizer? Que estava tendo um caso com outro homem e estava apaixonada? Seria muito cruel.

— Não sei. — Meredith esforçou-se para explicar, sem de fato lhe dizer nada muito condenador. — É difícil ficar sem ver o parceiro durante tanto tempo, para depois se reencontrar dessa maneira... É estranho, você não acha?

— Não para mim — disse ele num tom amável, com a voz rouca de desejo —, mas as mulheres são diferentes. — Sim, elas são fundamentalmente desonestas, pensou ela consigo mesma, lembrando de algo que Cal tinha dito uma vez sobre Charlotte. Merrie se odiava pelo que estava fazendo com Steve. E não se achava nem um pouco melhor que Charlotte.

— Desculpe — disse ela, agarrando-se a ele como se fosse uma criança perdida. Steve havia sido seu amigo, seu conforto, seu conselheiro, e agora ele parecia um estranho para ela.

— Não fique se lamentando, Merrie. Deixe-me apenas abraçá-la. — Ele a envolveu durante algum tempo e, enfim, ela acabou relaxando. Mas quando Steve tentou fazer amor, Meredith ficou tão dura e travada que pensou que estava ficando frígida. Pelo menos com ele. Desde o Havaí, as coisas com Cal vinham sendo muito diferentes. — Talvez não tenha sido uma boa idéia vir de surpresa — disse ele enfim. Steve não queria forçá-la a fazer amor, mas não podia suportar a idéia de que não iria tê-la. Ele saiu da cama, ficou dando voltas no quarto e viu o relógio de ouro que ela havia deixado em cima da mesa. — O que é isso? — perguntou casualmente, enquanto o pegava. Era pesado e parecia bem caro.

— Meu relógio — disse ela, olhando para ele.

— Posso vê-lo. Onde o conseguiu?

— É um Bulgari. Foi um presente de Natal dado por Cal. — Não havia sentido em mentir sobre isso também. Ela precisava ser honesta em relação a alguma coisa.

— É um tremendo presente — disse ele, com ar infeliz. — Deve ter custado uma boa grana.

— Ele é muito generoso com os empregados — disse Merrie calmamente, enquanto Steve se virava para olhar em sua direção, com os olhos cheios de dor e perguntas.

— Será que eu preciso perguntar se sua relação com ele tem algo a mais? — perguntou ele. Quando seus olhos se encontraram,

Meredith balançou a cabeça lentamente. Ela não queria que o marido soubesse de nada, e nada iria lhe dizer. Estava certa disso. Seria mais fácil dar-lhe um tiro. E para isso ela não tinha nem vontade nem coragem.

— De jeito nenhum. O relógio não quer dizer nada. — Ele abaixou a cabeça e colocou a peça de volta em cima da mesa. E o nome de Cal não veio mais à tona durante o resto do fim de semana.

Os dois saíram para comer pizza naquela noite e ficaram no apartamento durante o dia seguinte. Ele a levou para comer hambúrgueres no sábado à noite, e essa era a idéia que ele fazia de comemoração do Dia dos Namorados. Finalmente, no sábado à noite, ela fez amor com Steve. Não havia nada do calor e da chama que outrora ardia, e ele logo soube que algo estava errado, quando a pegou nos braços depois.

— O seu estilo de vida não está fazendo bem para a nossa relação — disse ele com tranqüilidade. — Vamos ter de tomar uma atitude um dia desses. As coisas estão descendo a ladeira rapidamente, você não acha? — Era mais uma afirmação do que uma pergunta.

— Sei disso. Mas temos de ser pacientes — admitiu ela suavemente.

— Esta situação está nos custando muito caro — acrescentou ele, enquanto ia pegar uma cerveja. Os dois haviam comprado um pacote com seis latinhas naquela manhã. Mas o que Steve não sabia é que o preço já havia sido pago. — Telefono pra você, assim que chegar em casa, para ver o que posso fazer. Isso não pode durar para sempre. — Meredith inclinou a cabeça, não respondeu nada e ficou acordada durante horas naquela noite, enquanto ele dormia ao seu lado. Estava ardendo de vontade de ligar para Cal, mas não tinha coragem suficiente. Se Steve acordasse e a ouvisse, seria um desastre.

No dia seguinte, os dois se sentaram perto um do outro, leram o jornal e olharam uma lista de casas à venda em Pacific Heights. Ele estava chateado por ela ainda não ter encontrado uma que fosse adequada, mas Meredith lhe disse que andava muito ocupada.

— Acho que somos dois — disse ele, para depois acrescentar que ambos deviam se visitar com mais freqüência. O afastamento dos dois o estava preocupando de verdade.

Steve não tentou fazer amor com ela novamente. A noite anterior não foi o que se pode chamar de um sucesso. Afinal de contas, ela irrompera em lágrimas na hora em que tudo acabou. O casal jantou mais tarde no aeroporto antes dele partir, e ela ficou de pé, olhando para seu avião, depois que seu marido pegou o último vôo. Ele a havia beijado antes de embarcar, e ela o abraçara com força. Meredith sentiu como se fosse perdê-lo para sempre se ele partisse novamente, e queria implorar para que ele ficasse, mas as palavras não saíram de sua boca. Ela também sabia que, de qualquer maneira, ele não podia ficar. Tinha de voltar para Nova York e para seu trabalho.

Enquanto o avião se aproximava da pista de decolagem, ela se virou, afastando-se, e chorou durante todo o caminho de volta para seu apartamento. Havia sido um fim de semana horrível. E quando o telefone tocou, assim que chegou em casa, ela pensou que era Cal e atendeu. Mas era Steve do avião.

— Lembre-se apenas de uma coisa, Merrie.

— De quê? — As palavras lhe pareciam familiares.

— Do quanto eu a amo. — Era exatamente o que Cal tinha dito na última vez em que conversaram, na sexta-feira.

— Eu também o amo — disse ela com a voz engasgada. — Lamento muito que tenha sido um fim de semana tão ruim. — Ela lhe devia muito mais do que isso, mas as coisas também haviam sido muito difíceis para ela, que não sabia o que iria fazer em relação a Cal.

— Não foi tão ruim. Só precisamos nos reajustar um pouco quando voltarmos a viver juntos. Vou tentar voltar daqui a duas semanas. E por que você não tenta vir para cá no fim de semana que vem? Vamos entrar nos trilhos novamente, querida. Se eu não arrumar logo um emprego, eu vou para aí e passo a pilotar um táxi, caso seja necessário.

— Eu não deixaria você fazer isso — disse ela com tristeza.

— Vamos ver o que vai acontecer quando Lucas voltar. Só faltam mais duas semanas. Talvez eu simplesmente arrume as malas e me mande para aí. — Tais palavras soavam como o dobrar dos sinos da morte. Ela teria de agüentar as conseqüências com o marido ou terminar tudo com Cal. A perspectiva de optar por qualquer uma dessas duas alternativas era apavorante.

— Eu o amo, Steve — disse ela, e desta vez estava certa disso. Sentia-se totalmente infeliz e mais confusa do que jamais esteve. E mais: sabia que merecia se sentir assim.

— Eu também a amo, meu bem — afirmou ele antes de desligar. Com isso, ela se sentou para chorar um pouco, sem saber o que fazer.

A ligação seguinte, uma hora depois, foi de Cal. Ele parecia arrasado, e confessou que aquele havia sido um fim de semana de pesadelos. Havia enlouquecido ao ficar pensando nela. Não queria lhe dizer até onde foi seu ciúme, enquanto a imaginava na cama com Steve. Tudo que ele queria agora era vê-la.

— Posso ir até aí? — perguntou Callan. Ela queria lhe dizer que não, mas sentiu o mesmo ímpeto de sempre. Este era movido mais pela química do que pela razão.

— Estou me sentindo um trapo — avisou ela. — Este foi o pior fim de semana de toda a minha vida.

— O meu também. Vamos tentar dar a volta por cima juntos. — Ela não tinha a menor idéia do que iria fazer quando o visse novamente, ou de como iria se sentir. Mas, no momento em que abriu a porta para ele, passou a saber. Caiu em seus braços e se dissolveu em soluços, colada ao seu corpo. Tudo o que ele podia fazer era beijá-la e abraçá-la. Numa questão de minutos, os dois já estavam na cama que ela havia dividido com Steve na noite anterior. Mas Meredith mal podia pensar nisso agora. Tudo que ela queria era Cal, tanto quanto ele a desejava, sentimento que demonstrou ao tê-la com toda a força da paixão que partilhavam. Os dois ficaram deitados até o amanhecer, um nos braços do outro, unidos como se fossem duas almas perdidas.

Capítulo 16

— ENTÃO, COMO FOI? — perguntou Anna para Steve, na segunda-feira de manhã, quando ele chegou. Ele havia pegado um táxi do aeroporto para o hospital, parecia cansado e esgotado e, como sempre, suas roupas estavam amarrotadas.

— Como foi? — Por um instante, ele a olhou perplexo. — Foi péssimo, se você quer que eu seja honesto. Não sei o que está errado, mas diria que é tudo. Ela agiu como se eu fosse um estranho. E quando não se recusava a fazer amor comigo, chorava. Tive um fim de semana realmente fantástico. Obrigado por perguntar. — Ele estava exausto.

— Droga. — Anna parecia se lamentar por ele, e ficou se perguntando se havia feito a sugestão errada quando lhe disse para ir até lá e surpreendê-la. — O que você acha que está acontecendo com ela? — Anna estava intrigada com o que o amigo estava descrevendo.

— Honestamente? Não sei. Acho que ela está trabalhando demais. E talvez esteja se tornando uma pessoa esquisita por morar sozinha. O que eu poderia saber?

Havia uma pergunta na ponta da língua de Anna, mas ela estava com medo de fazê-la. Gostava muito de Steve para querer magoá-lo.

Mas ele podia ver que Anna tinha algo em mente, enquanto ele se servia de café num copinho de isopor.

— O que você não está me dizendo? — Eles acabaram se conhecendo muito bem nesses dois meses em que vinham trabalhando juntos.

— Provavelmente é uma pergunta bastante idiota. Ia perguntar se você acha que ela está saindo com alguém. Talvez ela esteja agindo de forma esquisita por causa disso e porque se sente culpada.

— Meredith? — Ele parecia achar que Anna estava brincando. — De jeito nenhum. Nunca fomos desonestos um com o outro. Confio totalmente nela. Acho que o fato de estarmos separados está fazendo com que ela fique frígida e neurótica. É uma boa associação.

— Talvez ela precise de terapia — disse Anna com senso prático.

— Talvez ela precise de mim. E estou preso aqui, trabalhando para burro, sem um emprego que justifique a minha ida para a Califórnia. É uma situação de merda.

— Ninguém disse que seria fácil.

— Obrigado, doutora, pela sessão psiquiátrica de cinco centavos. Agora me diga o que aconteceu com você nesse fim de semana. — Ele parecia implacável na hora em que ambos se sentaram no consultório e mergulharam no trabalho.

— Duas cirurgias no cérebro, uma fratura de fêmur, três acidentes de automóvel envolvendo um total de treze pessoas, e quatro vítimas de tiros à queima-roupa, das quais duas morreram e as outras foram para casa no dia seguinte. É mais ou menos isso. Ah, e duas torções de tornozelo. — Ela foi relatando tudo como quem se refere a três sanduíches de *bacon*, tomate, alface e dois salames.

— Meu Deus, você está brincando?

— Nada disso. Tivemos um fim de semana bastante atarefado. No entanto, parece ter sido mais divertido do que o seu.

— Nisso você tem razão. — Steve, com certeza, se sentia melhor por estar de volta ao trabalho. De uma certa maneira, a labuta era mais saudável e ele a entendia melhor. Aqui, pelo menos, sua presença fazia diferença.

Anna lhe mostrou os gráficos e recapitulou os casos com ele, que ficou impressionado com tudo o que ela havia feito e grato por ela ter lhe dado seu ombro para chorar por causa do fim de semana perdido.

Os dois trabalharam juntos durante toda a tarde, dividiram uma cirurgia à noite e, na terça-feira de manhã, ela foi para casa a fim de ficar com a filha. Steve estaria liberado naquela noite; o chefe da residência cobriria sua ausência.

— Você quer vir até aqui para comer um macarrão com queijo e cachorro-quente?

— Isso é que é combinação. Que tal se eu levar alguns bifes para você e Felicia?

— Não precisamos de caridade, Steve — disse ela, parecendo insultada. — Se você quiser o que está no cardápio, venha. Se quiser algo mais caprichado, vá a um restaurante. — Anna tinha muito orgulho, um grande coração, e mais colhões do que muitos homens que ele conhecia. Steve gostava disso. Ela não tinha vergonha de ser pobre e não queria esmolas de ninguém.

— Não quis ofender a sua comida. Adoro macarrão com queijo — disse ele com um olhar de admiração. — A que horas eu posso aparecer?

— Venha assim que sair do trabalho. Você pode tomar um banho por aqui, se quiser, ou ficar sentado e emporcalhado caso se sinta melhor assim. Para ser mais exata, venha do jeito que estiver. — Ele também gostava disso nela. Anna não tinha meias palavras, e nem esperava que ele as tivesse. Era uma pessoa honesta e leal.

— Estarei aí por volta das sete. Posso levar algumas cervejas ou você também vai me pichar por causa disso? É que eu não sou muito fã de suco de laranja — que era tudo que ela havia oferecido em sua última visita.

— Tudo bem, pode trazer cerveja. Mas nada de vinho ou champanhe. — Ela sabia como ele era bem abastado, por causa da esposa, e não queria dividir a sua riqueza. Na verdade, Anna ficava extremamente tensa por causa disso.

— Você se importa se eu for de limusine?

— Claro que não. Venha no seu jato, se quiser. — Ela estava sorrindo, e Steve sabia que havia sido perdoado por ter oferecido os bifes. Anna às vezes era um porco-espinho, mas por dentro era puro *marshmallow*.

— Posso pousar meu helicóptero na cobertura?

— Ah, vá se foder, e volte para o trabalho — resmungou ela e foi para casa ficar com Felicia.

Naquela noite, ele chegou ao apartamento dela no West Side às seis e meia. Para variar, o residente havia chegado cedo, e Steve aproveitou a oportunidade para ir embora enquanto podia, antes que outros pacientes chegassem e ele acabasse tendo de ficar.

Quando Anna abriu a porta para ele, usava *jeans* e uma suéter de lã angorá branca. Ela estava linda e macia, e o corpo que sumia dentro de um jaleco estava bem em evidência no traje angorá. Os *jeans* pareciam ter sido feitos sob medida, e a suéter havia sido moldada para seus seios de um jeito muito perturbador. O cabelo estava solto, e seus pés calçavam um par de chinelos velhos e confortáveis. E Felicia estava pulando pela sala num pijama rosa de flanela. Pela primeira vez, as baratas haviam desaparecido. O senhorio as havia "exterminado" fazia alguns dias, coisa que Anna alegou que costumava durar cerca de dez minutos.

Apesar dos pratos simples, o jantar que Anna preparou estava delicioso. O macarrão e o queijo estavam bons, os cachorros-quentes eram enormes, e ela fizera umas broas de milho. Steve havia levado dois pacotes com seis cervejas cada, para que ele pudesse lhe deixar um, e um bolo de chocolate que lhe pareceu gostoso na *delicatessen*.

— Você não precisa comê-lo — brincou ele —, se achar que eu a estou comprando.

— Mas eu vou — intrometeu-se Felicia.

— Vou ajudá-la — disse ele, para depois cortar um pedaço grande, enquanto Anna lhe dirigia um largo sorriso. Steve era sempre doce com Felicia, o que a fazia lamentar o fato de ele não ter seus próprios filhos. Às vezes, ficava se perguntando como seria Meredith, que tipo de mulher ela era realmente. De vez em quando, tinha a sensação de que Steve alimentava muitas ilusões em relação à mulher.

Steve também deu a Anna um pedaço do bolo de chocolate, e no fim todos concordaram que ele estava delicioso.

Às oito horas, Anna colocou Felicia na cama, e Steve se ofereceu para ler uma história para ela, enquanto Anna lavava a louça. Quando ela terminou, a filha já dormia a sono solto e Steve havia voltado para a pequena cozinha.

— O que você leu para ela? — perguntou Anna com curiosidade. Felicia tinha várias favoritas.

— Um dos meus livros médicos. Achei que você gostaria que eu a influenciasse logo.

— Muito engraçado — disse ela, enquanto secava as mãos numa toalha limpa. Tudo no apartamento era meio surrado, mas não havia manchas. Ela era muito asseada, e havia conseguido transformar o apartamento num lar aconchegante, o que fora um verdadeiro desafio. A pintura estava descascando das paredes, e os cômodos eram pequenos e davam de frente para um prédio igualmente feio. Aquele lugar parecia estar a anos-luz de distância de seu apartamento, mas Anna nunca o havia visto.

Steve lhe deu outra cerveja e ambos se sentaram no sofá, para conversar e beber. Falaram sobre o hospital, como era de hábito, e depois sobre Porto Rico, quando Anna admitiu que sentia falta de sua terra natal.

— Sinto falta da minha família, dos meus amigos. Sinto saudades de um monte de coisas. — Depois disso ela falou sobre seus sonhos. Ainda almejava visitar um país do Terceiro Mundo algum dia, para ajudar pessoas que estivessem passando maiores necessidades do que as dos garotos e das gangues que os dois viam constantemente na unidade traumatológica. — Talvez algum dia — disse ela, enquanto largava a garrafa de cerveja em cima da mesa de café.

— Tudo que eu quero fazer é ir para a Califórnia um dia desses — comentou ele. — Isso é o máximo de Terceiro Mundo que me permitiria. Você é muito mais corajosa do que eu.

— Só não sou tão mimada — brincou ela. Anna sempre insistia em dizer que não dava importância para coisas materiais. Como todo mundo, ela ligava, mas até certo ponto. Não tanto quanto algumas pessoas que ambos conheciam, inclusive o próprio Steve ou até mesmo Merrie. Às vezes ela tentava fazer com que ele se sentisse culpado, mas não adiantava.

— Você é tão politicamente correta que às vezes me deixa aflito — provocou ele com um largo sorriso. Ele se sentia feliz e relaxado ao seu lado. A ferida provocada pelo fim de semana desastroso na Califórnia havia começado a cicatrizar. Steve estava achando que talvez ela não tivesse sido tão dolorosa como pensou a princípio. Pela primeira vez, não estava falando com Anna sobre Meredith. Os dois simplesmente conversaram sobre si próprios. Ela falou de Yale e das aspirações que tinha para com Felicia.

— Quero que ela seja uma advogada. Eles ganham mais dinheiro do que nós.

— O sujeito que recolhe o meu lixo ganha mais dinheiro do que nós. E, por falar nisso, eu pensei que você desaprovasse quem ganha dinheiro demais.

— Não a minha filha. — Ela sorriu bem-humorada. Anna era uma boa mãe, uma boa pessoa, e Steve gostava dela. Além disso, era bonita, *sexy* e de fácil convívio.

— Como é que você não tem um namorado? — perguntou ele algum tempo depois, sendo recompensado com um sorriso. Os dois tinham um jeito especial de colocar o outro em apuros com perguntas difíceis. Mas ambos davam respostas honestas.

— Não tenho tempo. Trabalho muito. Além do mais, há anos não encontro ninguém que me atraia. Todos os sujeitos que eu conheço são *gays*, babacas ou casados.

— Isso parece interessante — disse ele, relaxando no sofá. — O que há de errado com os *gays*? — brincou.

— Detesto dividir minhas roupas com os caras com quem saio. Elas normalmente ficam melhores neles do que em mim.

— Isso não seria fácil. — Ele lhe dirigiu um cumprimento sarcástico e ela sorriu. Anna adorava ficar ao lado de Steve. — Bem, isso nos livra dos *gays*. Acho que os babacas são um pouco chatos, mas às vezes são interessantes. Eles têm um certo charme, você tem de admitir. E quanto aos casados?

— Não gosto de ficar em desvantagem — respondeu ela simplesmente. — Não entro em jogos que não posso ganhar. Aprendi essa lição bem cedo. — Todos os tipos de desvantagens lhe foram impostas pelo pai de Felicia. A família dele ganhou essa.

— Parece sensato — disse Steve trivialmente. — De fato, eu nunca perdi meu tempo dessa maneira. Isso não seria justo com Merrie. Além disso, nunca conheci ninguém de quem gostasse mais.

— Mesmo agora que ela não está aqui? — Os olhos de Anna penetravam nos dele com suas perguntas oportunas. E ele tentava não olhar para seus seios dentro da suéter. — Você acabará se tornando um sujeito bastante honesto caso consiga ser fiel a uma mulher que vê uma ou duas vezes por mês, às vezes menos. Isso é impressionante.

— É só estupidez, acho. — Ele era um bom sujeito, e ela sabia disso.

— O que aconteceria se você soubesse que ela não está sendo fiel, Steve?

— Não existe essa possibilidade. Eu a conheço bem. De qualquer maneira, tudo em que ela está pensando agora é no trabalho. Meredith vive, dorme, come e respira trabalho.

— Isso não é muito *sexy* — disse Anna abruptamente.

— Não tem sido. — Ele estava sendo honesto com ela. E havia algo triste em seus olhos enquanto dizia isso. Steve não achava que Meredith o estivesse traindo, mas que ambos estavam perdendo terreno, perdendo o tato e, o que era pior, perdendo um ao outro. Sentira isso com clareza no fim da semana passada, na Califórnia.

— Você a ama muito, não é? — Ele inclinou a cabeça afirmando, mas havia algo mais. Ao sentir os olhos dela investigando os seus, foi mais a fundo.

— Eu a amo. Mas tenho de admitir que alguma coisa mudou desde que ela partiu. Às vezes parece que não somos mais casados e que só estamos namorando... Ou somos apenas amigos... Ou algo parecido. Por estarmos vivendo afastados, parece que agora, quando nos vemos, eu não consigo atingi-la. É uma sensação ruim.

— Deve ser. — Anna tinha as suas próprias teorias, mas não queria magoá-lo, e por isso não expôs seus pontos de vista. Conhecia melhor as mulheres e havia começado a achar que ele jamais conseguiria se mudar para a Califórnia. Além do fato disso simplesmente não estar acontecendo, a mulher dele não parecia muito ansiosa para tê-lo por lá. Mas também resolveu não lhe dizer isso. Afinal de contas, Steve amava a unidade traumatológica, e ela não poderia vê-lo partir. — É engraçado o jeito como as pessoas se afastam. Uma vez estive apaixonada por um cara que, de repente, se mudou. Fiquei obcecada por ele durante um ano. Era tudo em que eu conseguia pensar. E quando o vi novamente, era como se fosse uma pessoa diferente. Tinha uma fantasia em relação a ele que não tinha nada a ver com a realidade. Era, de fato, um sujeito meio babaca — admitiu ela, enquanto Steve ria.

— Pelo menos ele não era *gay* e nem casado. Deve haver alguns solteiros por aí, Anna. Talvez você não esteja correndo atrás.

— Eles não estão por aí, acredite em mim. E é muito difícil encontrá-los.

— É esse o problema. Você é preguiçosa. — No hospital, ela não era assim. Mas Steve achava que ela poderia estar com medo de se envolver com alguém. Anna tinha feridas e cicatrizes antigas que precisava proteger. E estava se escondendo.

Os dois ficaram sentados, conversando durante um longo tempo e, às dez horas, a anfitriã bocejou e ele olhou para o relógio.

— Acho que é hora de ir embora — disse, embora estivesse detestando a idéia de ter de voltar para seu apartamento vazio. Era uma delícia ficar conversando com ela.

— Você não precisa fazer isso. Normalmente eu não vou para a cama antes da meia-noite.

— O que você fica fazendo aqui sozinha?

— Leio a maior parte do tempo.

— Isso me parece uma atividade solitária — comentou ele suavemente. Ambos estavam sozinhos, numa cidade cheia de gente.

— É, mas eu não me importo. A solidão às vezes é boa. Faz você pensar e saber de coisas das quais não poderia ficar a par de outra maneira. Não tenho medo de ficar sozinha.

— De vez em quando eu fico — disse Steve com honestidade. — Minha vida estava muito melhor quando minha mulher morava comigo. Agora não tenho ninguém que me estimule a voltar para casa. Você tem Felicia.

— É verdade — concordou Anna, inclinando a cabeça, enquanto ele a fitava; quase que instintivamente ele tocou no rosto dela, para depois ficar surpreso ao perceber como era sedoso. Ela, aliás, era extraordinariamente atraente e muito *sexy*. E ela não deu um passo para trás quando Steve a tocou, o que o surpreendeu. Isso fez com que ele se sentisse mais confiante, puxasse-a delicadamente para perto de si e a beijasse. Anna não o interrompeu.

— Será que estou fazendo uma bobagem? — perguntou ele num sussurro. — Não sou *gay*, mas sou casado e posso muito bem me tornar um babaca.

— Acho que não — murmurou ela de volta. — Sei qual é o jogo... E quais são as regras básicas.

— Quais são elas? — Steve ficou assustado ao perceber como ela era aberta. Ambos eram pessoas solitárias e ávidas, e havia uma refeição quase irresistível em cima da mesa. Tanto para um como para o outro era difícil recusar. E os dois se sentiam seguros.

— As regras básicas dizem que você ama a sua mulher e pode acabar na Califórnia — disse ela simplesmente.

— Posso não, vou. — Ele não queria iludi-la.

— Entendo — disse Anna, enquanto enfiava a mão por dentro da suéter dele. Steve estava usando uma calça limpa, e ela, delicadamente, a tirou. — Você quer ficar aqui esta noite? — perguntou ela, no que ele concordou imediatamente, para depois beijá-la, desta vez com mais intensidade. Tudo nela fazia com que ele a desejasse mais. Aquilo era tão diferente de como as coisas haviam sido durante o fim de semana. O que acontecia agora era doce, puro, simples e honesto. Enquanto ele a tocava, podia sentir seu desejo e sua paixão. Ela não tinha nenhuma ilusão e não queria ouvir promessas. O que quer que quisesse estava ao alcance de sua mão. — Vamos para o meu quarto. — Trair Meredith era algo que Steve nunca havia feito. Contudo, tudo parecia permitido com Anna, e ele a queria muito.

Ele a acompanhou até um quarto que tinha o tamanho de um gabinete. Este era pouco maior do que a cama, e havia uma única luz, na cabeceira. Anna acendeu-a por um minuto, a fim de que ambos pudessem se orientar, para depois desligá-la e trancar a porta. Steve tirou a roupa de Anna no escuro, deitou na cama ao seu lado e pôde senti-la mais do que vê-la. Mas havia luz suficiente vinda da rua para que pudesse ver os traços de sua beleza.

Não houve diálogo, juras de amor e nenhuma mentira; só o desejo puro e natural que os dois tinham um pelo outro. Quando ele a tocou, ela gemeu, se mexeu e o excitou de maneira inacreditável. Steve se sentia completamente dominado pela paixão. Estar com Anna era como explodir tal qual uma bala de canhão. E quando descansaram nos braços um do outro depois de tudo, ambos ficaram sem dizer nada durante um bom tempo. Em seguida, ela afagou delicadamente seu cabelo, como se ele fosse uma criança, e o abraçou com força. Há muito tempo ela não ficava tão feliz, mais do que ela podia se lembrar.

— Não quero magoá-la, Anna — disse ele com tristeza. — Isso pode vir a ter um final ruim para nós. — Era quase certo que sim.

— Assim como a vida. Por enquanto está bom. Se você pode viver com isso, eu também posso. — Ela queria tão pouco, não queria nada dele, e tudo que tinha para lhe dar estava nos braços dele naquele instante; e era bem mais do que sua mulher estava disposta a lhe conceder. — Só não deixe de me avisar quando tudo acabar ou você quiser sair fora. Não há necessidade de bater a porta na minha cara. Ela pode ser fechada com delicadeza. — Mas não havia portas que ele quisesse fechar agora. Ele ainda as estava abrindo e, enquanto explorava mais uma vez o corpo dela com as mãos e a língua, ela fazia o mesmo. O que Anna lhe deu foi uma noite da qual ele iria se lembrar para sempre.

Capítulo 17

MEREDITH NÃO VIU Steve durante todo o mês seguinte, depois do fiasco que foi o fim de semana do Dia dos Namorados. Enquanto ela e Callan tiveram de ir a Tóquio e a Cingapura, Steve parecia não ter como deixar o hospital. Ambos estavam se afastando mais a cada dia e falavam ao telefone com uma freqüência cada vez menor.

Ela já havia partido havia cinco meses, estava emocionalmente envolvida com Cal havia quase dois, e agora se sentia mais parte de sua vida do que da de Steve. Os dois estavam o tempo todo juntos; no trabalho, em casa, em seu apartamento à noite e com os filhos dele no fim de semana. Até que, finalmente, em meados de março, Andy lhe dirigiu um olhar curioso e fez uma pergunta que a balançou.

— Seu marido vai realmente se mudar para cá? — Ele não estava sendo rude com ela, mas tinha essa dúvida.

— Não sei, Andy — disse ela honestamente. Isso não parecia que iria acontecer, e ela não tinha certeza se essa era a sua vontade. Uma semana depois, Andy perguntou a seu pai se Merrie era sua namorada.

— Somos apenas amigos — explicou Cal. Mary Ellen levantou uma sobrancelha, mas não disse nada. Os dois não enganavam a mais ninguém, a não ser eles mesmos. E Steve não estava mais falando sobre os empregos que não conseguia. Na verdade, ele nem mesmo reclamava do fato de sua mulher não estar mais indo passar os fins de semana em Nova York. Ela ficaria preocupada se pensasse nisso, e tentava evitar que isso passasse pela sua cabeça. E Cal não lhe fazia nenhuma pergunta. Tudo que queria era ganhar tempo, pois achava que só mais tarde chegariam a uma decisão. De qualquer maneira, ele ainda não estava pronto para se comprometer. Isso era, de certo modo, perfeito para ambos. Mas se Meredith tivesse ligado de vez em quando para Steve, teria notado que ele não estava mais dormindo no apartamento. Simplesmente pressupunha que ele estava na unidade traumatológica. E se sentia aliviada por não ter de falar com ele.

Harvey Lucas já tinha voltado ao trabalho havia duas semanas, mas Steve não falou nada sobre ir embora. E havia dito ao colega para considerar a contratação de Anna em definitivo. Depois de trabalhar com ela durante duas semanas, Harvey pôde ver que ela era excelente. Por enquanto os dois estavam tentando mantê-la, mesmo que fosse temporariamente.

Mas quando Meredith voltou de Cingapura, Steve disse que queria vê-la. Ultimamente, ele vinha pensando bastante nisso e se preocupava com o que estavam fazendo.

Dessa vez, ele avisou que estava indo. Não queria surpreendê-la. Em princípio, ela pareceu hesitar, mas não tinha motivos para impedi-lo. Não o via havia um mês e sabia que não poderia evitá-lo para sempre.

— O que você vai dizer? — perguntou Cal dessa vez. — Vai contar tudo?

— Contar o quê? — disse Merrie com honestidade. — Que estou tendo um caso? Que nosso casamento acabou? — Ela não sabia o que lhe dizer, ou mesmo o que pensar.

— Depende de você, Merrie.

— O que somos nós, Cal?

— Isso faz diferença?

— Pode fazer — respondeu ela.

— Acho que você tem de tomar suas próprias decisões. Não quero ser responsável pelo fim do seu casamento. — Isso lhe falou muito. Deixou claro para ela que ele era uma pessoa decente, mas também que estava confuso. A única coisa que Callan sabia é que não gostava da idéia dela passar o fim de semana com Steve, embora não tivesse feito nenhum comentário em relação a isso. Não queria colocá-la sob pressão nem tornar a situação mais difícil.

Quando Meredith encontrou Steve, ficou mais confusa do que nunca. Havia algo nele que era muito leve e familiar. Mas, dessa vez, quando ele falou que queria fazer amor, ela disse que queria conversar primeiro. Os dois se sentaram no sofá, e Merrie ainda não tinha idéia do que iria lhe dizer. A única coisa que sabia é que não queria magoá-lo.

— Tomei uma decisão, Meredith — disse Steve, e ela se preparou para o que estava por vir. Achou que ele iria pedir o divórcio e não tinha como culpá-lo. Não estava certa do que iria dizer depois que Steven se pronunciasse. Mas ele a surpreendeu. — Não acho que nos sobre muito tempo — disse ele com cuidado. — Se esperarmos alguns poucos meses a mais, vivendo dessa maneira, acho que tudo vai se acabar entre nós. Nós nos afastamos, Merrie — disse, gentilmente. — Acho que nós dois sabemos disso. — Ela concordou, não o contradisse, e imaginou se iria lhe perguntar por quê, mas ele não o fez. Ocorreu-lhe que Steve talvez soubesse de tudo e não quisesse ouvir as explicações vindas de sua boca. Mas ela não falou nada enquanto escutava. — Vou deixar a unidade traumatológica em Nova York. Conversei com um outro hospital aqui, na cidade. Ele é pequeno, porém respeitável, e possui um setor de emergência decente. Não é nada demais, mas eles têm uma vaga para trabalho em meio expediente. Atendem a casos comuns, como fraturas, dores de estômago e bebês chorando com dor de ouvido. Posso viver um tempo assim, se for necessário. Se eu for esperar pelo emprego perfeito, nosso casamento já estará acabado. Por isso, quando retornar a Nova York, vou participar a todos da minha decisão e logo volto para cá. — Meredith ficou atordoada com o que o marido disse, mas sabia, assim que ele o fez, que só iriam salvar seu casamento se um dos dois tomasse uma decisão como essa.

— Quando você viria? — perguntou ela, sem se comprometer de maneira alguma. Sua mente estava disparando enquanto ele falava. O aviso de Steve significava que Merrie teria de dar um basta no romance com Cal, embora ainda não se sentisse preparada para isso. Mas sabia que teria de fazê-lo.

— Em duas semanas — explicou Steve. — Harvey voltou, e agora eles têm Anna para me substituir. — Ele ainda não havia contado nada para Anna. Queria falar com Meredith primeiro, mas tinha a sensação de que Anna já havia pressentido essa possibilidade. As coisas haviam ficado boas demais entre eles no último mês, o que era perigoso. Steven queria sair fora antes de magoá-la de verdade. Estava vivendo com ela havia mais ou menos quatro semanas e sabia que, se não estivesse preparado para se comprometer de fato, as coisas ficariam ruins para ela e para Felicia. E ele gostava muito das duas para fazer algo assim. Para ela, Steve era casado e estava a um passo de se tornar um babaca.

Meredith parecia chocada com o que ele havia acabado de lhe dizer.

— Duas semanas? — Sua voz começou a falhar. Mas ela também sabia que era agora ou nunca. Ambos sabiam. E os motivos eram os mesmos, embora nenhum dos dois soubesse o que o outro andava fazendo.

— Não tem sentido esperar, Merrie. O hospital não vai sentir a minha falta. Harvey vai ficar bem sem mim. Acho que, se tivermos de fazer isso, é melhor que seja agora. Quando eu vier para cá, estaremos encerrando um período de separação de quase seis meses. Isso é tempo demais. Muito, de acordo com as minhas regras.

— Eu sei — concordou Meredith. Mas ela só conseguia pensar em Cal e em como lhe contar isso. E em quanto ele sentiria falta de sua companhia.

— Você não parece muito feliz, Merrie — disse Steve com tristeza. O casamento dos dois havia chegado a um ponto difícil, e ambos sabiam disso. Mas ele queria lhe dar uma chance antes de acabar com tudo, e Meredith também não estava preparada para abandoná-lo. — Você ainda acha que podemos conseguir?

— Eu quero — disse ela calmamente, e era verdade. Só não sabia se ainda era capaz de começar tudo de novo. Mas estava certa de que precisava tentar. Quinze anos era um tempo longo demais para ser jogado fora, independentemente de quão ligada ela estivesse a Cal. Meredith questionava-se sobre a possibilidade de ter de se demitir quando contasse tudo a ele. Não havia jeito de medir sua reação. E ela percebeu que teria de lhe contar logo, antes de Steve se demitir. Se perdesse o emprego na Dow Tech, não teria sentido a ida de seu marido para a Califórnia. E então voltaria para Nova York.

— Vamos fazer isso, Merrie — disse Steve, e ela concordou. Não conseguia pensar em nada para dizer. Estava soterrada por suas próprias emoções.

Depois disso, os dois passaram uma noite calma, conversaram sobre o assunto, e ele sentiu algo diferente nela. Meredith parecia tão triste, e estar nutrindo sentimentos de dor e perda, sem qualquer motivo aparente. Anna tinha dito havia algum tempo que achava que Meredith estava envolvida com alguém, mas Steve dissera, e acreditava, que isso era improvável.

O casal não fez amor para comemorar. Aquilo não parecia motivo de comemoração para nenhum dos dois, mas era uma decisão importante. Steve foi ao hospital da cidade no sábado e, assim que ele saiu, Merrie ligou para Cal.

— Preciso vê-lo — disse ela sem dar explicação. E o encontrou na casa dele minutos depois.

— O que há de errado? — Cal parecia preocupado, e com razão. E ela foi direto ao ponto quando lhe falou tudo.

— Steve vai se mudar para cá daqui a duas semanas. Ele arrumou um emprego num hospital pequeno, numa sala de emergência. Ele acha que, se não vier agora, tudo vai acabar entre nós, e não tiro sua razão. Atualmente, eu nem mesmo me sinto casada com ele. Sinto-me casada com você, Cal. Mas não acho que é isso que você quer. E também não tenho certeza de que quero isso. Tenho de fazer uma última tentativa. E, se não der certo, poderemos falar sobre nós mais tarde, se essa ainda for a sua vontade. Mas, no momento, eu devo uma chance a ele. Precisamos ver o que ainda temos em comum. Não acho que reste muita coisa, mas temos uma grande história em comum. Eu e você temos dois meses, e um futuro muito incerto. Nós sempre soubemos que isso iria acabar acontecendo — disse ela com tristeza. Cal ficou em silêncio enquanto ela lhe explicava tudo, mas parecia completamente arrasado. Muito embora soubesse que isso acabaria acontecendo, ele não estava preparado para essa possibilidade. Por isso ele não discutiu, não se ofereceu para casar nem disse que a amava. Não queria confundi-la nem pressioná-la. Ficou ali sentado, inerte. Mas o problema era que, depois de apenas dois meses, ele também não sabia o que queria. Evidentemente a desejava, mas não sabia em que condições. Um compromisso era uma coisa importante, e não algo que ele estivesse disposto a encarar por causa de sete semanas de paixão. Já havia passado por isso. Devia estar se sentindo aliviado por ela o estar forçando a tomar essa decisão. Contudo, enquanto a ouvia, ele sentia como se seu mundo tivesse acabado. De fato, seu mundo com ela havia chegado ao fim.

— O que eu preciso saber de você — prosseguiu ela — é o que vai acontecer com o meu emprego. Você quer que eu vá embora? Não quero que ele se demita e se mude para cá para depois descobrir que eu estou sendo despedida. Se você quiser que eu vá embora, eu me demito agora e só volto para lhe dizer que decidi voltar para Nova York com Steve. O que você quer, Cal? — Ela disse isso do jeito mais delicado possível. O emprego dela era o menor dos problemas no momento, e não era o que realmente os preocupava.

— Quero que você fique aqui como minha diretora financeira — disse ele simplesmente, com a voz carregada de emoção. — Não quero perdê-la. — Também não queria perder o que tinha com Meredith, mas sabia que não estava em posição de dizer isso, e ela não estava se oferecendo para ficar com ele. Já havia tomado sua decisão. E lhe tinha dito, desde o começo, que não desistiria de seu casamento e, por menos que gostasse do marido, sabia que tinha de respeitá-lo.

— Tem certeza, Cal? — perguntou ela gentilmente. — Isso vai ser difícil para nós dois. As coisas não vão ser fáceis se você quiser que eu continue trabalhando para você.

— Quando é que ele vem?

— No dia primeiro de abril, daqui a duas semanas.

— De qualquer maneira, tenho de passar a maior parte do mês na Europa, examinando novos produtos. Isso vai nos dar uma chance de nos adaptarmos, e a você de resolver o que irá fazer. Não é possível que ele resista tanto tempo por aqui. — Cal não queria demonstrar, mas estava esperançoso.

— Ele é mais determinado do que você imagina. Tenho certeza de que Steven vai tentar fazer com que as coisas dêem certo. — O que ela não sabia é se eles ainda conseguiriam salvar o casamento. — Parece horrível lhe dizer isso, mas eu o amo, Cal. Talvez mais do que amo Steve agora. Mas preciso descobrir o que é real. Meu casamento, ou o que quer que eu tenha com você. Acho que nenhum de nós dois sabe o que temos. — Ele não discutiu com Merrie, mas, enquanto a escutava, aparentava irritação. Callan Dow não gostava de perder, e o que tinha dito a ela nos últimos dois meses era verdade. Ele a amava. Mas também sabia que ela era casada, e ambos não podiam evitar a realidade para sempre. E ele não estava preparado para lhe oferecer estabilidade ou casamento.

— Vou viajar para a Europa antes dele chegar aqui. E não quero que você saia da Dow Tech, Meredith.

— Obrigada — disse ela antes de se levantar. Havia lágrimas em seus olhos, mas Merrie não correu em sua direção nem o abraçou. Só ficou olhando para Cal durante um bom tempo e andou na direção da porta, quando ele a interrompeu.

— Quando é que ele vai embora desta vez?

— Amanhã de manhã — disse sem se virar. Já estava com a mão na porta, e sentiu seu coração ser puxado quando Callan fez a pergunta. Ela ainda queria ficar ao seu lado, mas sabia que não podia. Não agora. Não mais. Não até que soubesse o que iria acontecer com Steve. Talvez nunca.

— Ligo para você — disse Cal, e seu coração pulou novamente, apesar de tudo que ela lhe tinha dito. Meredith queria desistir enquanto ambos ainda podiam. Se é que isso era possível. Mas, pelo menos, tinham de tentar.

— Não acho que você deva fazer isso — sugeriu ela suavemente. E ele ficou em silêncio, enquanto sua amada fechava a porta delicadamente.

Steve estava esperando quando ela chegou em casa, e parecia tenso, mas falou que havia acertado tudo no hospital da cidade. Os dois elaboraram planos e conversaram o resto do dia. Mas não fizeram amor durante todo o fim de semana. A situação parecia mais com negócios do que com romance. Ele partiu no domingo de manhã. Tinha muito que fazer em Nova York agora. E quando ele se foi, Meredith ficou sentada de um jeito soturno no apartamento. Ela precisava encontrar um lugar na cidade para morar com ele, e também não estava a fim disso. Não queria fazer nada. Não queria largar Cal. Não queria viver com Steve. Não queria nada a não ser o que havia tido nos últimos dois meses, mas sabia que teria de desistir de tudo agora. Ainda estava sentada, pensando em Cal, quando a campainha da porta tocou na tarde de domingo.

Era Cal. Ele simplesmente ficou de pé, olhando para Merrie e, sem dizer uma palavra, puxou-a para seus braços e a beijou. Parecia estar tão infeliz quanto ela. Quisera odiá-la pelo que ela havia dito, mas não podia. Ele a queria demais. E, sem dizer uma palavra, arrastou-a para o quarto e ela não opôs resistência.

— Temos duas semanas, Merrie — foi tudo o que Cal disse. Era o prenúncio do fim para ambos, mais do que uma promessa. Mas eles não podiam parar agora. Não até que tivessem de fazê-lo.

Os dois passaram a tarde na cama, aproveitando para desfrutar daquilo que tão cedo não poderiam ter de novo. Duas semanas. E então, tudo iria acabar.

Capítulo 18

QUANDO STEVE voltava para Nova York, ligou para o hospital para ver se Anna estava de serviço naquele dia. A enfermeira de plantão checou a escala e disse que ela estaria de dispensa até terça-feira. Ele não teria de trabalhar até segunda-feira ao meio-dia, e por isso foi ao apartamento da moça para vê-la na manhã do mesmo dia em que chegou. Convenientemente, Felicia estava no colégio e Anna estava sozinha quando ele tocou a campainha. Steve havia ligado antes para dizer que estava indo, e ela ficou feliz ao ouvir sua voz.

Mas assim que viu o rosto dele naquele dia, ela soube que algo estava sendo maquinado. Ele estava mais sério do que o normal e parecia tranqüilo quando se sentou no sofá, enquanto ela lhe preparava uma xícara de café.

— Como foram as coisas? — perguntou Anna calmamente. — Ou não devo me meter onde não fui chamada? — Ela não estava certa do que havia acontecido por lá, mas podia ver em seus olhos que algo estava diferente. E Steve não lhe telefonara durante todo o fim de semana. Anna também sabia que ele voltaria no domingo à noite e, no entanto, não havia aparecido para uma visita.

— Foi tudo bem — disse ele, para depois pegar a xícara de café e a colocar em cima da mesa. — Não foi tão ruim quanto da última vez. Conversamos bastante.

— Boas ou más conversas? — perguntou ela, observando-o, tentando ler seu rosto, que, no entanto, estava fechado. O caso dos dois já durava quatro semanas e, embora o conhecesse bem, Anna sabia também que havia momentos em que ele ficava muito reservado. Especialmente no que dizia respeito a Meredith e à situação na Califórnia. Ela não queria se intrometer, apenas ajudá-lo.

— Boas conversas, acho — respondeu Steve, para depois respirar fundo e ir direto ao assunto. Ele sabia que seria difícil, mas não havia sentido em adiá-lo. Mais do que qualquer coisa, a despeito do que tinha para dizer, não queria magoá-la. — Anna. — Bastou o jeito dele pronunciar seu nome para que os fios de cabelo atrás do pescoço dela se arrepiassem. Ela sentia mais do que sabia o que estava por vir. — Estou me mudando daqui.

— Isso não é exatamente uma novidade — disse ela calmamente. Estava sendo evasiva para ganhar tempo e manter sua compostura.

— Quero dizer agora. Logo. Daqui a duas semanas. Vou comunicar ao pessoal.

— Você conseguiu um emprego? — Sem querer demonstrar, ela parecia sobressaltada. Seu rosto mostrava o olhar de um animal acuado.

— Mais ou menos. Encontrei um cargo subalterno numa sala de emergência. Não é nada demais. Mas por enquanto vou manter esse emprego. Você significa muito para mim — disse Steve cuidadosamente, escolhendo as palavras como se fossem diamantes, mas sabia que qualquer coisa que dissesse iria feri-la. Era por isso que queria acabar com tudo agora, em vez de deixar para mais tarde. Ele havia percebido que estava se apaixonando por Anna e, por causa disso, decidira pressionar Meredith no que dizia respeito a sua mudança para a Califórnia. Sabia que, se esperasse, os prejuízos para Anna seriam maiores. E queria acabar logo com tudo antes que as feridas se tornassem profundas demais. — Tenho de me mudar agora — disse ele. — Se eu esperar um pouco mais, as coisas vão piorar. Não quero estragar sua vida mais do que já fiz nas quatro últimas semanas. Estamos vivendo um sonho. Um sonho que eu adoro. Quero ficar aqui com você, trabalhar com você, dormir com você à noite, brincar com Felicia. Mas não posso. Estou casado com Meredith, e temos quinze anos nas nossas costas. Não importa o quão ruim esteja a situação para mim no momento. Tenho de ir para lá e tentar colocar as coisas em ordem.

— É isso que ela quer? — perguntou Anna. Os braços dela estavam cruzados e ela parecia estar curvada, como se seu estômago ou seu coração estivesse doendo. E Steve detestava o que estava fazendo com Anna.

— Ela concordou. Acho que sabe o que estou fazendo e tem consciência de que tudo vai acabar se nós esperarmos mais tempo. Essa é a nossa última chance. Temos de ajeitar as coisas ou desistir de tudo. E não precisa esperar por mim. Você tem de aceitar o fato de que eu vou ficar por lá. Precisa me esquecer. — Ele disse isso suavemente, mas com firmeza. Por um instante, ela achou que tais palavras iriam derrubá-la.

— Isso não é tão fácil — disse ela, enquanto as lágrimas enchiam seus olhos. — Esquecer tudo é um pedido absurdo. Às vezes você é meio babaca, mas eu o amo.

— Basta lembrar que eu sou um babaca.

— Isso não seria difícil — disse ela, com as bravatas costumeiras, mas Steve podia perceber que a estava ferindo. E nem queria pensar em Felicia. Também havia se apaixonado por ela, que era a garotinha que ele nunca havia tido e que merecia muito mais do que Anna podia lhe dar. A menina precisava de um pai. Mas ele não podia ser contratado para fazer esse trabalho. Ele já tinha um, como marido de Merrie.

— Não sei o que lhe dizer — suspirou Steven, sufocando as próprias palavras. — Eu a amo. Quero ficar com você. Se estivesse livre, e você fosse tola o suficiente para me aceitar, iria pedi-la em casamento. Mas não posso lhe oferecer nada parecido. Estou enganando a nós dois ficando aqui. Tenho uma responsabilidade para com Merrie.

— Ela é uma mulher de sorte — comentou Anna com a voz rouca. E depois perguntou: — E se não der certo? Você vai voltar?

— Não — disse Steve, e as palavras pareceram severas demais, até mesmo para ele. Não queria lhe dar nenhuma esperança. Não seria justo. Porque, com sorte, seu destino acabaria se ligando ao de Merrie. E, se as coisas não corressem dessa maneira, só Deus sabia o que iria acontecer.

— Se não der certo — disse ele, convencendo a ambos —, vou fazer algo muito diferente. Talvez seja aquilo que você sugeriu. Pode ser que eu passe alguns anos tocando uma clínica num país subdesenvolvido.

— Vocês ricos têm sorte — disse Anna com amargura. — Podem fazer o que bem entendem e não têm de se preocupar em alimentar ninguém, pagar as contas ou criar filhos. Só precisam se levantar da cadeira, arrumar as malas e ir para onde diabos quiser. — Steve sabia que ela gostaria de fazer aquilo de que estava falando, talvez muito mais. Mas ele realmente achava que aquela poderia ser uma boa idéia, caso a tentativa de salvar seu casamento falhasse. Era hora de contribuir com alguma coisa para o mundo, em vez de ficar apenas tratando de sujeitos que atiravam uns nos outros.

— Não sou rico — lembrou ele. — A minha mulher é. É muito diferente. E o que ela tem é dela. Não quero nada de Meredith, a não ser filhos algum dia. Estou roubando algo de você, Anna, tenho feito isso há um mês. A chance de conhecer o cara certo, alguém que possa casar com você, tomar conta de você e de Felicia, e lhe dar mais filhos. — Steve sabia que ela queria tudo isso, mas mal podia sustentar a filha no momento. — Não tenho o direito de lhe tirar isso. E agora estou devolvendo tudo. Estou lhe dando de volta sua vida e sua liberdade.

— Que gesto nobre da sua parte — disse Anna com tristeza. — Será que tenho direito a uma opinião? — perguntou ela, irritando-se aos poucos com Steve. Que direito ele tinha de tomar todas as decisões, especialmente uma que a afetava tão profundamente? Ela o amava mais do que já amara qualquer homem e sabia das regras básicas desde o começo. Anna simplesmente não esperava se apaixonar tanto e tão rapidamente. Isso fez com que ficasse mais difícil desistir de tudo agora.

— Você não tem escolha — falou Steve com firmeza. — Pode me detestar se quiser, ou decidir que nunca mais vai falar comigo novamente. Mas você não pode influenciar na minha decisão de ir para lá.

— Eu não me atreveria a isso — disse ela abruptamente. — Nem gostaria. Você sempre foi livre para fazer o que quiser, assim como eu. Sabia qual era o jogo desde o começo. Só não imaginava que você fosse partir tão cedo. Achava que levaria meses para que arrumasse um emprego, ou talvez mais tempo. Não percebi que você estaria disposto a ir sem nada, ou com um emprego que estivesse abaixo do seu nível. — Isso fez com que ela percebesse mais uma vez o quão desesperado ele estava para salvar seu casamento com Merrie. Anna não achava que tal mulher merecesse tanto. Mas o importante é que Steve achava. — Há algo mais que você queira me dizer? — perguntou ela, de pé.

— Na verdade, não. Só que a amo, Anna. Quero tudo do bom e do melhor para você. Desejo que você tenha uma vida feliz, sem mim.

— Entendo. Sempre entendi. Você não me deve nada. Quero que saiba disso. Nunca quis nada de você, exceto algum tempo. Você era um cobertor quente no inverno.

— Você era mais do que isso para mim. Quero que saiba disso. Eu realmente a amo.

— E daí? Você ainda está indo embora — disse ela, enquanto as lágrimas inundavam seus olhos. — O pai de Felicia também disse que me amava, mas não teve colhões para enfrentar os pais. Talvez você não tenha coragem de encarar o fato de que seu casamento já acabou.

— Não sei de nada disso. É por isso que estou indo para lá. E, se esse for o caso, terei de enfrentar a situação. — Anna acenou com a cabeça, concordando, andou lentamente até a porta e a abriu. Ele queria abraçá-la novamente, beijá-la e deitar com ela mais uma vez, mas a amava demais para fazer isso, e por esse motivo andou lentamente na direção da porta, olhando-a, como se quisesse gravá-la em sua memória para sempre. Seria duro trabalhar ao seu lado durante as duas semanas seguintes, mas pelo menos ele poderia vê-la. Assim que Steve deu um único passo após transpor a entrada, ela segurou a porta por um momento e, dirigindo-lhe um último olhar, sem dizer qualquer palavra, a fechou. Ele ficou ali de pé durante um bom tempo, imaginando se Anna iria abri-la novamente, enquanto podia ouvi-la chorando baixinho lá dentro. Mas não bateu na porta, tocou a campainha ou disse qualquer coisa; simplesmente ficou ali de pé. Anna não abriria mais a porta e, depois de alguns minutos, Steve desceu lentamente as escadas, pensando no significado de ter passado quatro semanas por lá. Aquele lugar havia se tornado um lar, uma enseada, um refúgio. E agora ele a havia jogado de volta no mundo e se exilado para uma vida na Califórnia na qual nada estava garantido.

De lá Steve foi para o hospital, passou uma hora com Harvey Lucas e lhe disse que estava indo embora. Harvey ficou desapontado, mas entendeu. Disse a Steve que estava grato por ele ter ficado depois do seu acidente. Mas ele sabia que Steve queria ficar com Merrie. Lamentava muito o fato de ele ter aceitado um emprego na emergência, mas também compreendeu isso. Se ele queria manter o casamento, teria de estar na Califórnia, e Harvey sabia disso.

— Por falar nisso, o que você fez com Anna Gonzalez? — perguntou Harvey no fim da reunião.

— Nada. Por quê? — Ele ficou constrangido quando respondeu e se perguntou se Harvey poderia saber alguma coisa sobre os dois. Tanto Steve como Anna haviam se convencido de que ninguém sabia de nada, e achavam que era melhor assim.

— Ela ligou pouco antes de você chegar. Disse que você tem sido duro com ela ultimamente, por causa de opiniões diferentes, e não quer mais trabalhar nos seus turnos. Pediu para eu mudar a escala e manter você distante. Tenho a impressão de que Anna não quer mais vê-lo. — Steve sentiu como se levasse uma punhalada, enquanto escutava Harvey Lucas. Ele vinha contando com o fato de que pelo menos pudesse vê-la todo dia até ir embora e que trabalharia ao seu lado. Mas Anna tinha razão. Ela queria um rompimento completo, e Steve tinha de permitir que ela fizesse isso, se é que essa era a sua vontade. Ele mal podia imaginar o que ela iria dizer para Felicia e o que a menina iria pensar. Talvez achasse que todos os homens têm por hábito abandoná-las. Não era um belo quadro. Assim como também não era bonito o fato de Steve as ter abandonado, e ele sabia disso.

— Acho que deixei minha posição subir à cabeça, como sempre — confessou a Harvey. — Passamos alguns dias longos e noites difíceis juntos, sem dormir, e houve uma hora em que eu explodi. Discordamos em relação a um diagnóstico. Ela estava certa, é claro, e eu pedi desculpas. Mas Anna é muito inflexível. Acho que não me perdoou. É uma tremenda médica, Harvey. Você vai adorar trabalhar com ela.

— Já estou gostando. Estou triste em perdê-lo, Steve. E, evidentemente, você mandou para o espaço minha tentativa de me dedicar às pesquisas. Agora, nunca mais vou conseguir sair daqui. Vai levar dois anos para que eu consiga arrumar alguém para o seu lugar.

— Isso é bobagem, mas fico lisonjeado. E lamento muito quanto ao seu projeto de pesquisa.

— Eu também. Se as coisas não derem certo na Califórnia, pode voltar para cá. Trago-o de volta para o hospital em cinco minutos e caio fora daqui em mais cinco. Estou me sentindo mal aproveitado aqui.

— Você adora este lugar e sabe disso — declarou Steve, para depois acrescentar, melancolicamente —: Vou sentir falta daqui.

— Não vai não, a não ser que fique de saco cheio de colocar compressas de gelo em machucados. Isso provavelmente irá cansá-lo com rapidez. Mas você vai encontrar outra coisa para fazer. Mantenha-me informado.

— Prometo. — E depois, no tom mais sereno que era capaz de dar à voz, disse —: Tome conta de Anna. Seja mais gentil do que eu fui.

— Godzilla poderia ser mais gentil com ela do que você quando fica quatro dias de plantão e não dorme em três. Meu Deus, quando você fica assim, eu chego até a detestá-lo. — Os dois riram e saíram na direção da sala de operações. Ambos tinham cirurgias marcadas para aquela tarde, e Steve se perguntava se veria Anna outra vez. Ele não achava que conseguiria. E não conseguiu.

Durante as duas semanas seguintes, ele ficou no hospital em horários diferentes dos dela, alternando dias e folgando mais vezes do que o normal para que pudesse se organizar, arrumar as malas e mostrar seu apartamento. O corretor de imóveis já havia arrumado um comprador no começo da primeira semana, a um preço mais baixo do que eles queriam, mas, depois de discutir o assunto com Meredith, ambos decidiram que as cifras estavam dentro de padrões aceitáveis. No fim das contas, ela decidiu que seria mais fácil vendê-lo do que esvaziá-lo e tentar alugá-lo. O apartamento foi posto à venda antes de ele se mudar para a Califórnia. E toda a mobília já havia sido encaixotada e enviada para Palo Alto. Steven ficou num hotel durante as últimas 72 horas e, em seu último dia de trabalho, as enfermeiras deram uma festa em sua homenagem. Anna não estava por lá, como era de se esperar, e a maior parte das funcionárias chorou quando ele partiu. Ninguém conseguia imaginar a unidade traumatológica sem ele.

Estava chovendo no dia em que Steve deixou Nova York. Ao seu lado viajavam sua maleta de médico e uma pequena valise. O resto das coisas havia sido enviado junto com a mudança. Enquanto embarcava no avião, ele percebeu que era primeiro de abril, dia da mentira. Mas tudo no que conseguia pensar era em ver Merrie. Sentiu uma falta terrível de Anna nas duas últimas semanas, mas sabia que tinha feito a coisa certa, tanto para um quanto para o outro. Se tivesse ficado e dado continuidade ao seu caso com ela, as coisas teriam sido piores para ambos. Steve sabia que as coisas que lhe tinha dito eram verdadeiras. Anna merecia mais do que ele poderia lhe dar. Sua vontade era que ela encontrasse um grande sujeito, que não fosse casado nem babaca. Ela merecia o melhor, pensava ele, enquanto o avião fazia uma volta, seguia para oeste e Nova York ficava para trás

Capítulo 19

AO CONTRÁRIO de Anna e Steve em Nova York, Meredith e Cal passaram cada um dos momentos finais juntos. Havia uma intensidade maior do que houvera antes entre eles, que passaram o último fim de semana num pequeno hotel em Carmel Valley. Passaram dois dias na cama, fizeram longas caminhadas, deram-se as mãos e se beijaram, ficaram deitados e acordados durante horas, conversando à noite, depois de fazer amor, mas não falaram sobre o futuro. Não havia futuro para eles. Só esses momentos finais.

No dia em que Steve chegasse, Cal pegaria um avião para Londres. Uma noite antes de partir, ele ficou no apartamento de Merrie até depois de meia-noite. Mas tudo passaria rápido. Ela havia alugado um apartamento na cidade, e logo começaria a fazer a mudança.

— Gostaria de dizer que espero que tudo dê certo com Steve — disse Callan enquanto a deixava —, mas estaria mentindo para você. Não quero que dê certo, Merrie. Quero que você volte para mim. Ligue para mim na Europa e conte o que está acontecendo. — Mas o pior de tudo é que ela não podia mais imaginar a vida sem ele. A parte mais confusa era que Meredith se sentia quase casada com Cal, e que iria traí-lo com Steven. Mas o relacionamento que eles tiveram foi uma fantasia, uma ilusão, uma distorção mental. Eles estavam apaixonados, mas não tinham um compromisso verdadeiro um com o outro. O compromisso dela era com Steve, e Cal sabia disso. E embora Cal tivesse dito que entendia tudo, estava furioso com Merrie por ter deixado Steve vir e por querer dar prosseguimento ao casamento deles, e irritado consigo mesmo por não se ter comprometido enquanto era possível. E ambos sabiam que era tarde demais para que ele fizesse isso agora. Merrie tinha de levar as coisas com Steven a cabo.

— Não posso jogar quinze anos fora sem lhe dar uma última chance, Cal. Não posso fazer isso. Sempre me perguntaria o que poderia ter acontecido. — Cal sabia que ela estava certa, mas, de uma certa maneira, ele a odiava por estar sendo tão justa com o marido. Mas o senso de justiça era uma das coisas que ele mais gostava nela.

— Não vai dar certo e você sabe disso — disse Cal com amargura. — Está tudo acabado entre vocês, Merrie. Aceite isso. — Mas ambos estavam tendo problemas para encarar o fato de que ela estava voltando para o marido e, pelo menos por enquanto, o caso com Cal estava encerrado. Ela parecia arrependida. Cal estava perturbado. E, além do mais, achava que Steve não era a pessoa certa para ela. — Vocês dois não têm nada em comum.

— Tínhamos o suficiente para manter nosso casamento durante todos esses anos — argumentou ela, que, no entanto, também não estava tão convencida.

— Você teve sorte e sabe disso. Há anos vocês trilham carreiras distintas. Nem estou muito certo de que ele entende o que você faz, ou se importa, ou tem noção da sua competência. Você está se perdendo com seu marido. — Aquilo era um apelo desesperado, mas Meredith sabia que tinha de tentar de qualquer maneira. Ela tanto devia isso para Steve como para si mesma, mas, em vez de respeitá-la por isso, Cal estava furioso e se sentia rejeitado. Ele parecia um animal ferido quando finalmente a deixou em seu apartamento. — Cuide-se, Merrie — disse com tristeza, para depois beijá-la pela última vez antes de partir. Ela chorou durante horas depois que ele se foi e, quando Steve chegou no dia seguinte, ainda estava tão magoada que parecia doente. Ela estava mortalmente pálida e com os olhos inchados.

— Você está doente? — perguntou Steve quando chegou, preocupado com ela.

— É uma gripe, alergia ou coisa do gênero.

— Você está horrível, querida. — Ele lhe deu alguns anti-histamínicos, mas ela não os quis tomar. E em duas horas Steve já havia feito a maior bagunça, suas roupas estavam espalhadas pelo chão do quarto, o aparelho de barbear jogado na pia, enquanto ele preparava o jantar.

Mas nada que dizia respeito a sua chegada parecia uma celebração, e ele ficou desapontado ao ouvir que Meredith havia alugado um apartamento na cidade. Ele queria que ela tivesse comprado uma casa, ou que pelo menos alugasse uma. Logo na noite em que chegou, começou a insistir na história de ter filhos. Era parte do plano de reunificação. Steve achava que isso iria aumentar o vínculo entre o casal.

— Isso nem sequer é hora de pensar nisso — devolveu ela, imaginando onde Cal estaria naquele momento. Pelos seus cálculos, ele havia acabado de chegar a Londres. Mas ambos prometeram não ligar um para o outro, e Merrie estava tentando evitar fazê-lo, pelo menos por enquanto. Seu marido ainda não havia ficado em casa uma noite sequer.

— Este seria o momento perfeito para se ter um bebê — insistiu Steve. — Você está feliz no trabalho e, por um bom tempo, não vou estar muito ocupado. Se você não se sentir bem durante os primeiros meses, eu estarei por perto para lhe dar uma mão. E, se eu ficar na emergência, posso até tomar conta do bebê.

— Eu não *quero* um bebê. *De jeito nenhum*. Você não consegue entender isso? — perguntou ela, com muita má vontade. Nem sequer estava certa de que ainda o queria, quanto mais uma criança. — Um bebê vai estragar a minha vida, complicar tudo. Não quero me sentir mal por "alguns meses". Simplesmente não quero.

— Quando você decidiu isso? Quero dizer, definitivamente.

— Não sei — disse Merrie, parecendo cansada. Seus nervos estavam além da flor da pele. Eles estavam se mudando, Steve estava em casa e o caso com Cal havia se acabado. A última coisa que queria acrescentar ao seu tormento era um bebê. — Acho que jamais quis ter um. Você nunca quis me ouvir.

— É bom saber disso agora. Quando nos mudamos? — perguntou Steve, passando a outro assunto.

— No fim de semana que vem — respondeu ela, que pulou quando o telefone tocou. Era um garoto qualquer tentando lhes vender um jornal que ela já assinava.

— Nossas coisas deverão chegar de Nova York daqui a duas semanas. — E ele ia começar na emergência na segunda-feira seguinte. Meredith sentia uma espécie de caos cercá-la por todos os lados.

Era um alívio ir para o trabalho. Pelo menos, ela não precisava se mudar logo. Recebia fax de Cal todos os dias, falando sobre clientes em potencial e laboratórios de pesquisa que ele estava visitando na Europa. Mas todos os fax eram impessoais, e ela era apenas um entre todos os destinatários. E Callan jamais lhe telefonou.

Lá pelo fim da semana, Merrie estava em frangalhos e isso era visível. Parecia menos impecável do que o normal, enquanto seus nervos estavam desgastados. Ela sentia que a bagunça que Steve instaurou parecia um pântano que havia invadido o apartamento. Havia se esquecido de como era viver com seu marido. Era como morar num dormitório escolar; ela ficava o tempo todo catando meias, camisetas e calças espalhadas pela sala de estar. Para Steve, o conceito de sapatos sociais era um par novo de tênis Nike. Logo, tudo aquilo passou a importar muito. Em sua cabeça, as comparações com Cal eram constantes, já que, logo depois que se levantava de manhã, este se apresentava imaculado, bem vestido e com as roupas bem passadas. E tudo que ele fazia e tocava estava tão organizado quanto as coisas dela.

Como era de se prever, a mudança naquele fim de semana foi um pesadelo. A cama nova que ela havia comprado não tinha chegado. E metade dos pratos que comprara na Gump's foi derrubada pelo pessoal da mudança e se quebrou instantaneamente. Eles ainda não tinham onde dormir, cadeiras para se sentar nem comida suficiente.

— Vamos lá, meu bem, tenha calma. Vamos nos virar até a mudança chegar de Nova York. Vamos comer em pratos de papel, e eu vou comprar um colchonete. — Não era assim que ela queria começar seus dias antes de empreender uma jornada até Palo Alto. Meredith já estava desanimada por ter de passar uma hora e meia dirigindo até chegar lá. E no domingo à noite, enquanto os dois estavam sentados no chão, comendo *pizza* com as mãos, ela se viu sentindo falta dos filhos de Cal. Mas não disse nada disso para Steve. Não havia jeito de lhe explicar o que estava acontecendo.

E as tensões só pioraram quando ele começou no novo emprego. Logo constatou que haviam mentido. Steven ocupava o cargo mais baixo no setor de emergência e estava sendo usado como um paramédico. Até as enfermeiras tinham mais responsabilidade. Obrigavam-no a fazer balancetes, e tudo que ele fez nas duas primeiras semanas foi arrumar documentos. Steve detestava seu novo cargo mais do que era capaz de verbalizar. Quando voltou para casa à noite, exausto do trabalho e da viagem, ficou sentado em frente à TV que havia comprado, com uma embalagem de seis cervejas vazia. E estava deprimido demais até para se oferecer para preparar o jantar. O casal estava sobrevivendo com comida chinesa entregue em casa, *burritos* e *pizza*.

— Isso é o fim — disse ela uma noite, depois de passar um dia especialmente ruim no trabalho, com absolutamente nada para fazer a não ser tomar conta de uma garotinha de quatro anos de idade cuja mãe estava tendo um bebê. — Você detesta o seu emprego. Eu odeio a viagem que tenho de fazer para chegar ao meu.

— E estamos começando a detestar um ao outro — finalizou Steve por ela.

— Eu não disse isso.

— Não, mas está escrito em tudo o que faz e diz. Você chega aborrecida em casa à noite e descarrega tudo em cima de mim. O que aconteceu com você? — Mas ela não podia lhe dizer o que havia acontecido. A verdade é que estava sentindo falta de Cal, e adaptar-se a uma vida nova com Steve estava sendo mais difícil do que ela jamais poderia ter sonhado. Cinco meses e meio morando sozinha, sendo que dois e meio ao lado de Cal, haviam mudado sua vida de alguma forma. Meredith não se sentia a mesma pessoa que era quando vivia ao lado de seu marido em Nova York. E, agora, tudo que dizia respeito a Steve a irritava.

— É que eu detesto ficar acampada, dormir no chão — admitiu ela — e viajar até Palo Alto toda manhã.

— E eu detesto meu emprego e este apartamento — acrescentou ele. — A questão é do que gostamos um no outro? Costumava haver muitas coisas que eu apreciava em você, Merrie. A inteligência, a aparência, o senso de humor. Você anda tão infeliz ultimamente que só tem destilado veneno. — Isso era verdade, e ela se sentiu culpada assim que Steven disse isso.

— Desculpe, querido. Prometo que as coisas vão melhorar.

Mas isso não aconteceu. E quando Cal voltou da Europa quatro semanas depois, as coisas pioraram novamente. Ele a tratava como uma inimiga e uma estranha. Foi como se, nas quatro últimas semanas, ele houvesse lhe fechado as portas para sempre. Ela nutria esperanças de que os dois pudessem ser amigos como antes. Mas agora estava percebendo que muita coisa havia acontecido. Muito amor, esperança, perda e decepção. E Cal, obviamente, estava furioso com

Merrie por causa dela. Para ele, a decepção se transformou em raiva. E havia passado as quatro semanas na Europa agitado por causa dela. Parecia gostar disso. Pegava em seu pé constantemente, pedia relatórios e projeções dez vezes por dia, e questionava todas as suas conclusões e opiniões. Eles quase brigaram na frente de todos numa das reuniões da diretoria, coisa que nunca havia acontecido antes. Mais tarde, ela o mandou para o inferno, o que fez com que se sentisse uma megera.

— Estou me lixando para o fato de você discordar de mim, Cal. Pode discutir esse assunto comigo a portas fechadas, não precisa me humilhar em público.

— Sua reação está sendo exagerada, Meredith — disse ele laconicamente, para depois sair esbaforido de sua sala. Mas também estava agindo da mesma forma. Para todos, isso parecia evidente. Os colegas não sabiam por quê, mas estavam começando a se questionar se ele iria demiti-la, o que também passava pela cabeça dela. Cal parecia querer se vingar. Mas a verdadeira vingança que queria promover era contra ele mesmo, por não tê-la pedido em casamento antes; mas tinha muito medo de ter de se comprometer para fazer isso e sentia-se muito agradecido por ter simplesmente deixado o caso rolar. Agora Callan tinha dúvidas quanto à possibilidade de que essa atitude pudesse mudar alguma coisa em relação à lealdade que Meredith tinha para com Steve, mas se perguntava se teria se sentido melhor. E, mais do que qualquer coisa, ele detestava perder.

— Você parece estar num bom astral — comentou sarcasticamente Steve quando Meredith chegou em casa naquela noite. Aquilo foi a gota d'água para que ela irrompesse em fúria, antes mesmo de largar sua pasta.

— Na verdade, não estou — disse Merrie num tom áspero. — Meu dia foi uma verdadeira merda. Detesto minha vida. E ainda tive de trocar um pneu furado na maldita auto-estrada. Como foi o seu dia?

— Melhor do que o seu. Mas não tanto. Hoje tratei um caso de hemorróidas, tirei um pedaço de chiclete de dentro do ouvido de um garoto e coloquei uma tala num dedo quebrado. Acho que mereço ganhar o prêmio Nobel por isso. — Ele estava na quinta cerveja e a mobília estava atrasada há duas semanas por causa das enchentes repentinas em Oklahoma.

— Por que não nos mudamos para um hotel até ela chegar? — sugeriu Meredith quando Steve lhe contou o que estava acontecendo.

— Porque seremos fedelhos mimados se não pudermos dormir no chão durante algumas semanas. Você sabe, havia vida antes de surgirem as camas e os sofás.

— Estou de saco cheio de ficar acampada aqui. — Ela simplesmente não estava a fim de fazer isso. Nem com ele nem com ninguém, por assim dizer. E estava furiosa com Cal por causa de sua maneira de agir. Ele estava sendo petulante, infantil, e fazendo com que seus momentos no escritório fossem muito desagradáveis. Não havia nada em sua vida que estivesse bem no momento.

— Estou cansado da sua atitude. — Steve olhou de volta para ela, que o encarou com um ar de completa frustração.

— Desculpe, Steve. Não posso ficar melhor do que estou agora. Estou tentando. Mas é difícil. Essa viagem maldita ainda vai acabar comigo. Por que não procuramos casas em Palo Alto?

— Porque a porra do mundo não gira em torno do seu trabalho, Meredith. Se eu arrumar um emprego decente por aqui, preciso estar perto do hospital. Não posso passar uma hora no trânsito para chegar aonde estão meus pacientes.

— Eu diria que um garoto com um pedaço de chiclete no ouvido poderia esperar um ou dois dias pela sua chegada. — Era um pouco-caso que não era característico dela e que fez com que Steve, alguns minutos depois, saísse do apartamento vociferando. Quando voltou, estava bêbado, por causa de algo mais que cerveja. Havia tomado três tequilas e uma dose de conhaque. Mas Merrie não lhe disse uma só palavra. Estava deitada no colchonete que ele havia comprado, e fingia que dormia. Mas ficou chorando desde que o marido saiu. Não era assim que ela queria viver. Não havia camaradagem, paixão e amizade entre ambos. Os dois quase não faziam mais amor e, quando isso acontecia, era como se fossem dois estranhos. Ambos haviam tido coisa melhor recentemente, mas não contaram nada do que acontecera. Resignaram-se ao tormento da solidão, enquanto o muro entre eles crescia cada vez mais. Pior do que o mês de abril foi só o de maio. Apesar da temperatura agradável, suas vidas pareciam cheias de nuvens e tempestades. E ambos passaram a maior parte do tempo se evitando.

Quando a mobília finalmente chegou, houve um conforto muito relativo. Era como se fossem as relíquias de um mundo perdido, e nenhum dos móveis parecia caber no apartamento. No que dizia respeito a Meredith, o ambiente era melancólico.

Por volta do fim de maio, eles estavam prontos para matar um ao outro, e ela estava pensando em largar o emprego. Estava se tornando cada vez mais impossível trabalhar com Callan.

— O que você quer de mim? — perguntou Steve numa determinada noite. — Vim aqui para salvar nosso casamento. Arrumei um emprego que detesto, pois queria ficar com você. Desisti de tudo que achava importante em Nova York. E você está irritada comigo desde o dia em que cheguei aqui. O que há em mim que lhe desagrada tanto, Merrie? — O pior era que o que ela detestava nele era o fato de não ser Callan. Na verdade, não o detestava. Só não o amava mais e mal podia enfrentar essa situação. Estava irritada com todos, principalmente consigo mesma, pelo que havia acontecido. Mas o tempo os tinha jogado em um rio turbulento, e Meredith não conseguia mais encontrá-lo. Tudo o que podia achar quando olhava em volta eram as ruínas de seu casamento.

— Não o odeio, Steve — disse ela tranqüilamente uma vez. — Só estou infeliz.

— Eu também — falou ele com tristeza. No dia seguinte, Steve estava à espera de Meredith, que voltava do trabalho. E, assim como nos velhos tempos, ele preparara o jantar. Enquanto lhe servia uma taça de vinho depois da refeição, ele lhe contou o que havia decidido.

— Estou indo embora, Merrie — disse suavemente, ao mesmo tempo em que se parecia mais com o homem do qual ela se lembrava. Não o via assim havia dois meses. Ambos andavam muito hostis um com o outro. Havia, simplesmente, muita distância e decepção.

— Indo para onde? — Ela parecia confusa. Mas Steve não. Havia finalmente tomado uma decisão e não estava feliz por causa disso, mas se sentia melhor.

— Vou voltar para Nova York.

— Quando?

— Amanhã.

— Amanhã? Por quê? — Ela estava perplexa.

— Porque acabou. Ambos sabemos disso, e nem eu nem você tivemos coragem para fazer alguma coisa a respeito. O que estamos tentando fazer não vai dar certo para ninguém. Não sei o que você vai fazer em relação ao seu trabalho. A decisão é sua. Mas não posso mais ficar aqui. E não podemos continuar casados.

— Você está falando sério? — Ela estava atordoada. Agredira-o como se fosse um saco para treinamento de pugilista, mas, de fato, não lhe ocorrera que ele poderia deixá-la.

— Sim, estou sendo bem sério.

— E quanto ao seu emprego?

— Pedi demissão hoje de manhã. Estaria sendo mais útil enrolando bandagens para a Cruz Vermelha. Acredite, eles não vão sentir a minha falta.

— Você vai voltar para a unidade traumatológica?

— Acho que não. Liguei hoje para algumas pessoas em Nova York. Estou a fim de ver se posso fazer algum trabalho beneficente por algum tempo, talvez em países subdesenvolvidos, ou em alguma parte do país, como nos Apalaches. Ainda não sei. Vou falar com elas quando voltar e ver onde podem me aproveitar.

— Você odeia esse tipo de coisa — lembrou Merrie, e ele sorriu com tristeza. Ela ainda era muito bonita, mas não lhe pertencia mais. Steve a perdera quando ela deixou Nova York, e nunca soube disso. Mas agora sabia. E estava finalmente disposto a encarar essa realidade. Precisava fazê-lo.

— Acho que cresci — disse ele com tranqüilidade. — Acho que gostaria de fazer esse tipo de trabalho durante um tempo, e sentir como se estivesse devolvendo alguma coisa de volta para a raça humana, em vez de ficar engessando corpos quebrados.

— E quanto a nós?

— Não acho que haja mais um "nós". Na verdade, estou certo disso. É por isso que estou indo embora.

— Não quero que você vá — disse Meredith, enquanto as lágrimas começavam a rolar-lhe pelo rosto e ela ia ao encontro dele com um olhar de pânico. Steve era tudo que tinha no mundo, pois ela não tinha família e nenhum amigo por lá. E não tinha mais Cal. Não tinha ninguém. Era um sentimento apavorante.

— Não posso ficar aqui, Merrie. Não será bom para nenhum de nós dois.

— Você quer que eu largue meu trabalho para ir com você? — perguntou ela. Steve balançou a cabeça.

— Não. Você tem uma vida por aqui. Eu não. Sempre estarei por lá ao seu alcance. Onde quer que esteja, se você precisar, eu virei correndo. É difícil esquecer quinze anos de casamento, Merrie. Mas não posso mais me agarrar a ele. Acabou. — Ele estava calmo e aliviado, e sabia que, quando ela se adaptasse à situação, também se sentira assim. — Sinto muito, querida — disse Steven mansamente.

— Não me deixe — sussurrou Meredith.

— Não diga isso. — Ele andou em volta da mesa e a envolveu

nos braços, mas não podia mais ser desviado de seus objetivos por nada que ela fizesse, dissesse ou oferecesse.

— Quando é que você vai? — perguntou ela novamente.

— Amanhã de manhã.

— E quanto aos nossos investimentos e sua parte do dinheiro do apartamento? Você não pode simplesmente desaparecer. Temos de fazer cálculos. Você já ligou para um advogado? — Ela estava chocada com o que seu marido estava dizendo.

— Não, não liguei para nenhum advogado. Você pode fazer isso quando quiser. E não quero fazer cálculo algum, nem dos nossos investimentos ou do apartamento. Foi você quem ganhou esse dinheiro, não eu. Ele é seu. Não quero nada, Merrie. Eu queria você. Mas agora tudo acabou.

— Não posso acreditar nisso — disse ela, horrorizada com o que Steve estava dizendo. — Você realmente quer que as coisas fiquem assim?

— Quero. Devíamos ter feito isso há alguns meses, quando você arrumava desculpas para não ter de ir a Nova York. Eu não queria ver o que havia acontecido e não acho que você também quisesse. — Ele não perguntou a ela se havia mais alguém, embora estivesse começando a suspeitar que pudesse sim. Mas não havia agora. Meredith parecia estar tão sozinha e infeliz quanto ele. E Steve, por sua vez, não lhe falou nada sobre Anna. Isso não tinha mais importância, e Steve não queria magoá-la. Em sua opinião, o casamento estava acabado; Anna era coisa do passado e nunca exerceu nenhuma influência no casamento deles. Se tanto, ela havia servido de inspiração para que tentasse salvá-lo. Mas agora ele sabia que nada seria capaz de manter a chama acesa. Era um alívio o fato de que finalmente estava reconhecendo isso.

Meredith caiu em seus braços, soluçou a noite toda e ligou para dizer que estava doente e não poderia trabalhar na manhã seguinte. Ficou ao seu lado até ele ir embora, e o momento exato de sua partida foi terrível. Ela chorava copiosamente, e ele a abraçou durante um longo tempo, até que finalmente disse que tinha de ir. Não queria perder o vôo, e havia um táxi na rua, esperando para levá-lo ao aeroporto.

— Eu o amo, Steve — disse Merrie chorando. — Estou tão arrependida. — Estava sendo quase incoerente.

— Eu também a amo. — Ele a beijou pela última vez, pegou sua bolsa e desceu correndo as escadas na direção do táxi. E, assim que ela olhou pela janela, Steve acenou e partiu, deixando-a estática e incrédula. Quinze anos de sua vida haviam terminado. Agora, Meredith não tinha ninguém. Nem Steve. Nem Cal. Ninguém. Só podia contar consigo mesma. Steve havia partido para uma nova vida. E, enquanto ela ficava lá de pé, olhando pela janela, teve a sensação de que não tinha mais nada.

Capítulo 20

MEREDITH FICOU dois dias em casa sem trabalhar, e quando finalmente voltou ao trabalho, estava bastante quieta, o que era pouco comum. Callan continuava discordando dela como sempre, e ela não lhe disse nada do que havia acontecido. Sua vida pessoal não era mais problema dele, exceto no que dizia respeito ao trabalho.

À medida que o choque da partida de Steve ia assentando um pouco, Merrie começou a perceber que o marido tinha razão. Os dois vinham carregando um corpo morto há sete meses, e este precisava ser enterrado.

E, enquanto se acalmava, ela se sentia mais apta a lidar com os negócios. Steve havia ligado de Nova York, para se certificar de que tudo ia bem, dizer onde estava morando com amigos e deixar o número. Mas, por mais sozinha que se sentisse à noite, ela não lhe telefonava. Ele tinha direito a uma nova vida e ela sabia que precisava se recuperar.

Meredith vinha pensando em se demitir da Dow Tech para voltar para Nova York. Mas decidira esperar um mês, para ver se as coisas com Callan melhoravam um pouco. Ele ainda parecia estar irritado, mas agora ela estava mais firme e, quando seu patrão não agia de forma razoável, Meredith o repelia e ele, aos poucos, recuava e captava a mensagem. O respeito que os dois outrora tiveram um pelo outro parecia estar voltando, se não a amizade.

Três semanas depois que Steve partiu, ele pediu para que ela o ajudasse a distrair alguns analistas de Londres. Ela não estava ansiosa para sair com ele à noite, mas Cal disse que iria levá-los para jantar na cidade, o que tornou as coisas mais fáceis para ambos. Ele disse que havia reservado uma mesa no Fleur de Lys e que iria pegá-la no caminho. Merrie disse que preferia encontrá-lo lá, mas Cal insistiu.

Tudo correu muito bem no jantar, e ele parecia relaxado. Ela estava usando um novo vestido, cortara o cabelo naquela manhã, e vinha começando a se sentir como a velha Merrie, não aquela que esteve apaixonada por Cal, mas a pessoa que tinha sido antes de conhecê-lo. E ele parecia estar sentindo isso. O clima entre os dois no jantar daquela noite foi de muito respeito, quase agradável, mas nem tanto. Depois de tudo, ele a levou para o apartamento dela.

— Como vai Steve? — perguntou Callan educadamente, enquanto parava o carro em frente do prédio dela.

— Muito bem — respondeu Meredith, enquanto agradecia-lhe pelo jantar. — Como vão seus filhos? — perguntou então, e Cal disse que os três iriam viajar dentro de alguns dias para passar um mês com a mãe. Era fim de junho, e não havia aulas. Meredith não lhe disse o quanto sentiu a falta deles nem perguntou se reclamaram de sua ausência. Os filhos dele não eram mais parte de sua vida, assim como o que ela fazia não dizia respeito a ele. Agora, os dois eram apenas patrão e empregada.

— Você está gostando de morar na cidade? — perguntou ele na hora em que ela saíra do carro.

— A viagem até o trabalho é um pouco cansativa, mas eu gosto do apartamento. — Isso também era uma mentira. Mas agora ele não tinha direito à verdade. Havia um monte de coisas novas com as quais ela precisava se acostumar. Estar sozinha. Estar divorciada. Ela havia ligado para um advogado e iniciado os procedimentos do divórcio. Era tudo muito simples. Steve não queria nada. Fora embora sem nada no bolso, e preferia as coisas desse jeito.

— Gostaria de conhecer o seu apartamento algum dia — disse Cal, enquanto a levava até o portão do prédio. Ela queria lhe perguntar por quê, mas não o fez.

— Você vai ter de vir até aqui para tomar um drinque, na próxima vez em que estiver na cidade. — Mas isso era só papo furado. Ela não tinha a menor intenção de convidá-lo para nada no futuro.

— Em que andar fica? — perguntou ele, olhando para cima. Era um prédio razoavelmente aprazível na Pacific Heights, mas não tinha nada de especial.

— No último — disse Merrie, para depois perceber que as luzes estavam apagadas.

— Steve está no trabalho?

— Não, está em Nova York — disse ela honestamente e depois decidiu que não faria diferença se ele soubesse a verdade agora. Tudo já estava acabado havia muito tempo mesmo. — Na verdade — disse, hesitando por uma fração de segundo —, ele não mora mais aqui. Estamos nos divorciando. Steve foi embora no mês passado. Está em Nova York neste momento. Vai fazer um trabalho beneficente num país subdesenvolvido. — Callan a olhou como se tivesse recebido um tapa.

— Por que você não me contou, Meredith?

— Não achei que fosse importante.

— Teria sido antes — disse Cal, repreendendo-a. Ele parecia magoado por não ter sabido de nada, mas isso fazia sentido. Queria dizer que ela não esperava nada dele, e essa era exatamente a verdade.

— Isso foi há três meses, Cal. E tínhamos um acordo. Assim que Steve voltasse, nosso caso estaria encerrado. Você nunca disse que queria mais do que isso. Eu não queria pressionar você quando ele partiu. —

Merrie havia percebido que, desde que Steve se fora, ela não queria simplesmente mais um caso. Queria mais do que isso; uma vida verdadeira com um homem que quisesse firmar um compromisso. — Não julguei que fosse correto ligar para você quando Steve se foi. E você andava muito irritado comigo desde que tudo acabou.

— Estava magoado. E havia ficado bravo comigo mesmo por ter sido tão idiota. Tinha medo de me comprometer, Meredith. E talvez fosse mais fácil deixar que você voltasse para ele, não importava o quanto eu a amasse. Além do mais, você precisava fazer isso.

Ela acenou com a cabeça, concordando. Não podia negar isso.

— E se eu não o tivesse feito? O que seria diferente? Você não acredita em compromissos, Cal. Você mesmo disse isso. Respeito sua opinião.

— Devem ter sido três meses muito duros — disse ele gentilmente, sem contestar o que ela tinha dito sobre seus sentimentos em relação ao compromisso. Mas o que ele disse sobre tê-la amado trouxe lágrimas aos seus olhos, e ela não queria que Callan as visse.

— Foi difícil. Mas aprendi bastante. Não só sobre Steve, mas sobre mim mesma, quem eu sou e o que quero. — Algo nela havia sido atenuado nos últimos três meses, e ele podia sentir isso.

— O que você quer, Merrie? — perguntou Cal, observando-a cuidadosamente. Aos seus olhos, ela parecia diferente, e ele estava gostando.

— Quero várias coisas. Honestidade, alguém e algo de verdade. O que fiz foi errado. E paguei um preço por isso. Um preço muito caro. Mas sei que quero estar pronta para alguém e gostaria que alguém estivesse pronto para mim. Não só para os bons momentos. — Ela sorriu para ele, mas de uma grande distância. — Eu até quero ter filhos um dia. Você provavelmente estava certo quanto a isso. Acho que não teria dado certo com Steve, e não daria por um bom tempo. Éramos muito diferentes, e creio que você sabia disso. — O que veio depois o surpreendeu ainda mais. — Estou pensando em voltar para

Nova York. Ia lhe falar sobre isso daqui a algumas semanas. Eu realmente não pertenço a este lugar.

— Achei que você amava a Califórnia. — Cal se sentiu pessoalmente atingido, enquanto conversavam em pé na calçada.

— Eu também achava isso. Mas creio que não foi uma boa decisão ter vindo para cá. — Isso havia lhe custado seu casamento. Ela ainda poderia estar casada se tivesse permanecido em Nova York, mas agora era tarde demais para isso. Meredith foi levada a se mudar, e sua separação foi orquestrada por forças irresistíveis.

— Acho que você estaria errando ao voltar para lá — disse ele com firmeza.

— Não se preocupe, vou avisá-lo com bastante antecedência, Cal. Não vou fazer como Charlie.

— Só poderia esperar isso mesmo. Mas estava pensando em você quando disse isso.

— Vou deixá-lo a par da minha decisão.

— Quero ser parte dessa decisão. Vamos conversar sobre isso.

— De jeito nenhum — disse ela com tranqüilidade. — Não temos muito o que conversar, temos?

— Pensava que éramos amigos. — Ele pareceu magoado com o que ela disse e confuso por tudo que lhe contou. Era muito para ser digerido de uma só vez.

— Eu também pensava assim — disse Meredith calmamente. — Talvez não tenhamos sido.

— Você fez algumas coisas maravilhosas para mim, Merrie. Não apenas para a minha empresa, mas para mim. Fiquei muito decepcionado quando voltou para Steve. Você sabe disso.

— Sei — disse ela com tristeza. — Você tinha esse direito. Lamento muito ter colocado você nessa situação.

— Eu sabia o que estava fazendo. Só não sabia como as coisas iriam se desenrolar. Nem você. Na verdade, eu achava que tudo iria dar certo para nós dois. Fiquei surpreso por isso não ter acontecido.

— Senti muito a sua falta. — Ela sorriu para ele, e estava sendo honesta. — Mudei muito depois que deixei Nova York. Cresci muito por aqui. Em parte por sua causa.

— É, deu para ver. Será que seria pouco apropriado eu perguntar o que vai fazer amanhã à noite e convidá-la para jantar?

— Não seria inadequado — sorriu ela —, mas provavelmente uma tolice. Já fizemos isso. Já desistimos. Já superamos tudo. Por que insistir?

— Porque eu quero conversar com você. — Ele demonstrava uma grande intensidade enquanto falava.

— Desista dessa idéia. Sobre o que falaríamos, Cal? Sobre seu medo de assumir compromissos? Os motivos pelos quais duas pessoas não devem confiar uma na outra e não podem contar com quem está mais próximo? Não quero falar sobre isso. Já ouvi essa conversa. Já aprendi. Tivemos nosso tempo. Aproveitamos bastante. Ambos amadurecemos. Vamos deixar as coisas assim. — Ela parecia determinada.

— Você não está me dando nenhuma chance.

Meredith sorriu com suavidade.

— Estou tentando bravamente. Não quero que você me confunda. — Ela não queria começar um novo caso com Callan, e com isso correr o risco de se magoarem. Sentia-se mais velha, mais sábia e muito mais cautelosa.

— Deixe-me pelo menos tentar — disse ele sorrindo, e foi aí que Merrie viu o homem pelo qual uma vez havia se apaixonado. Mas ela não queria mais vê-lo. Steve se fora. E Cal também. Tudo que queria ver naquele homem agora era seu diretor executivo. — Vou ligar para você amanhã — afirmou ele. Meredith disse a si mesma que não iria atender ao telefone, agradeceu-lhe mais uma vez pelo jantar e o deixou na calçada, enquanto subia os degraus na direção de seu apartamento. Ele ainda estava ali de pé quando a viu acender as luzes, depois entrou no carro e dirigiu para bem longe; enquanto isso, ela estava em frente à janela, pensando nele. Não iria aceitar o convite para jantar. Não havia sentido. Pelo menos em sua maneira de ver as coisas, estava tudo acabado.

Cal lhe telefonou no dia seguinte, como disse que o faria, Merrie disse que estava ocupada naquela noite e que havia esquecido. E quando o telefone tocou mais tarde, naquela mesma noite, ela não atendeu. Não tinha nada para lhe dizer. E não havia nada que quisesse ouvir dele. Sentiu-se estranhamente em paz quando deixou o telefone tocar.

No domingo de manhã, ao sair para dar uma caminhada, ela o viu esperando na rua e ficou surpresa.

— O que você está fazendo aqui, Cal? — perguntou Meredith, confusa, enquanto ele ria e aparentava estar meio envergonhado.

— Esperando você. Já que não atende aos meus telefonemas nem vem jantar comigo, você não me deixa escolha a não ser ficar plantado aqui como um delinqüente juvenil.

— Você poderia ter me visto no escritório.

— Não quero discutir negócios com você, Merrie.

— Por que não? Sou boa nessa área.

— Eu sei. Ambos somos. Mas somos péssimos nesse outro ramo de atividade. Pelo menos eu sou. Acho que você evoluiu um pouco mais nesse campo, pois teve mais prática. Eu não sou tão corajoso. Na verdade, tenho sido medroso demais nos últimos nove anos... Tenho medo de tudo o que você representava. Amor, carinho, partilhar a vida com alguém, confiança, ser vulnerável... Eu a amo, Meredith. Volte para mim. Ensine-me a fazer isso tudo. — Ele parecia tão vulnerável quanto dizia estar, e ela queria correr para abraçá-lo, mas não o fez.

— Como posso lhe ensinar alguma coisa se estraguei minha própria vida? — Havia lágrimas em seus olhos enquanto ela lhe dizia isso.

— Você não a estragou. Fez as coisas certas. Acho que nós dois estávamos com medo. Achei que iria enlouquecer quando você voltou para Steve. Eu parecia um débil mental na Europa.

— Por aqui as coisas também não estavam nada espetaculares — admitiu Merrie. — Pobre Steve. Fiz de sua vida um inferno enquanto ele esteve por aqui.

— Foi por isso que ele a deixou? — perguntou Cal com interesse.

— Ele me deixou porque foi inteligente o suficiente para perceber que não nos amávamos mais. Não o suficiente. E foi bastante corajoso para fazer alguma coisa em relação a isso. Eu não fui. Ele fez o que era certo. Eu mesma demorei um pouco para ver isso.

— Levei um tempo para perceber o que você significa para mim, Merrie... O quanto você ainda significa para mim... Eu ainda a amo.

— E daí? Ficamos juntos durante anos, muito apavorados para estender a mão um ao outro. Quero mais do que isso, Cal. Eu preciso.

— Eu também. Estou estendendo a mão para você agora. Dême uma chance... Vamos tentar. Vai dar certo desta vez. Não foi tão ruim antes.

— E daí? E se não der certo?

— Então nos casamos — disse ele, o que fez com que Meredith ficasse olhando em seus olhos, tentando absorver o que ele estava lhe dizendo. Mas ainda havia mais para ser dito. — Na verdade — prosseguiu, parecendo estar apavorado, porém determinado —, quero me casar com você agora.

— Por quê? — Ela estava em pé na calçada, olhando para Cal, perguntando a si mesma se havia escutado bem.

— Porque eu a amo, é por isso. Não é assim que as coisas têm de ser?

— Não sei, Cal. É? — Havia lágrimas em seus olhos enquanto ele a puxava para si e a abraçava.

— Nunca deixei de amar você. Tentei odiá-la por um tempo, mas não deu certo. Senti tanto a sua falta que achei que este sentimento iria me matar.

— Eu também — disse ela delicadamente, querendo acreditar nele, mas com medo.

— Case comigo, Merrie... Por favor...

— E se não der certo? — sussurrou ela. Ela já havia visto quinze anos de sua vida descerem pelo ralo. Era difícil acreditar em mais alguma coisa. Porém, em algum lugar de seu coração, ela sabia que teria de fazê-lo. Não tinha escolha, assim como não tivera no começo de tudo. Havia sido atraída para ele por algo tão forte, tão real, tão enraizado em ambos, que nenhum dos dois poderia resistir a essa força.

— Vai dar certo, você sabe — disse ele enquanto a abraçava. — Isso é o certo para nós dois e sabemos disso. — Ela concordou, inclinando a cabeça, e Cal a afastou apenas o suficiente para sorrir e depois beijá-la. Enquanto caminhavam de mãos dadas, ele falava animadamente sobre seus planos, e ela estava sorrindo.

Capítulo 21

QUANDO STEVE desceu do avião em Nova York, seguiu para a agência com o objetivo de encontrar o tipo de trabalho que estava procurando. Ele havia ouvido falar dela através de um colega da escola de medicina. Era um lugar pequeno e sujo, com uma tabuleta quebrada na fachada. E parecia tão obscuro quanto os lugares para os quais mandava os seus clientes. Lá, Steve recebeu um folheto, uma longa lista de países aos quais ela prestava serviços e uma descrição dos tipos de emprego que estavam sendo oferecidos. Aquilo parecia ser exatamente o que ele queria. Também lhe disseram que levaria algumas semanas para que seu formulário de requerimento fosse submetido aos interessados. Mas ele não tinha nada, a não ser tempo, em suas mãos, e não estava sendo pressionado para se mudar correndo para nenhum outro lugar. Ele pensou em ligar para Harvey Lucas para dar um alô, mas ainda não estava preparado para falar sobre Merrie, ou o fiasco na Califórnia, e decidiu não fazê-lo.

Steve ficou na casa de um velho amigo da escola de medicina e passou a maior parte de seu tempo andando e indo a museus. Era a primeira vez em anos que tinha algum tempo livre. Ele foi à praia, e assistiu a todos os filmes recentes. E pensou o tempo todo em ligar para Anna. Mas achou que era melhor tratar aquilo como um capítulo encerrado.

E, no fim de junho, a agência finalmente o convocou. Seu formulário tinha sido examinado, e havia vários trabalhos à disposição. Ofereceram-lhe temporadas em lugares como Peru, Chile, Kentucky e Botswana. As atividades em questão pareciam constrangedoras, porém intrigantes. No fim das contas, ele optou por Kentucky. Não sentia mais a necessidade de fugir de Meredith. Disseram-lhe que ele teria de voltar em quatro dias para assinar os papéis. Seria um compromisso de dois anos.

Sabendo que iria partir novamente, ele resolveu ligar para Harvey Lucas. E depois que o fez, decidiu visitar Anna casualmente. Queria lhe dizer adeus e falar que lamentava muito ter sido tão rude quando partiu para a Califórnia. Não tinha a intenção de começar nada de novo com ela, sabia que não tinha o direito de fazer isso. Só queria se certificar de que ela estava bem, e talvez ver Felicia. Sentia falta dela. Sentia falta de ambas e odiava o fato de nunca ter se despedido de Felicia. Ele sabia que desaparecer sem adeus ou explicação era a maneira errada de se despedir de uma criança. E se sentia ainda pior por causa do jeito que deixou sua mãe.

Era um dia quente e ensolarado de junho. A primeira grande onda de calor ainda não havia atingido a cidade, e as pessoas pareciam mais felizes do que o normal, e ainda de bom humor. Steve ligou para ver se ela estava em casa, e uma babá disse que chegaria do trabalho às três. Por isso, esperou até as cinco para aparecer. Decidira que, se lhe telefonasse, provavelmente ela não concordaria em vê-lo.

Ele pegou o ônibus que subia a Broadway, entrou a esquerda na 102, e chegou ao prédio já familiar. O edifício aparentava estar um pouco mais aprazível à luz do sol do verão, mas não muito. Ainda era um lugar degradante, e Steve detestava o fato de ela ter de morar lá. Mas não tanto quanto a própria Anna.

Estava a um passo de tocar a campanhia do porteiro eletrônico, quando dois jovens usando camisetas e *jeans* se aproximaram. Eles pareciam que iriam lhe fazer uma pergunta. Um dos dois, então, disse algo a Steve, que virou sem hesitar.

— Desculpe, o que você disse? — Ele estava pensando em Anna, e passou tempo suficiente longe de Nova York para esquecer de ser cauteloso.

— Eu disse, me passa a sua carteira, babaca. — Steve os encarou por um instante, sem ter certeza se daria alguma coisa para ambos, ou tentaria dissuadi-los, mas, enquanto hesitava, o segundo sujeito lhe apontou um revólver. Ele também viu que o primeiro tinha uma faca.

— Calma, rapazes, vou lhes dar minha carteira, mas não tem muito dinheiro nela. — Enquanto a pegava, suas mãos tremiam. Ele começou a dá-la para o sujeito que estava com a lâmina, enquanto o segundo, que portava a arma, parecia nervoso.

— Vambora... Não temos o dia todo... — Aquele que estava com a faca pegou a carteira, enquanto Steve o observava e, sem avisar ou dizer qualquer coisa, o outro lhe deu um tiro, à queima-roupa, no meio do tórax. Ele pareceu engasgar-se e, instintivamente, tocou a campainha, caindo devagar sobre os degraus do prédio de Anna, na direção da calçada.

Ele ficou ali caído, com o rosto virado para baixo, e logo uma das janelas começou a se abrir, enquanto podia ouvir as pessoas no alto, gritando. Mas àquela altura os homens já haviam fugido e não tinha ninguém para detê-los.

Steve podia ouvir vozes ao longe e, depois de algum tempo, havia alguém examinando-o. Mas, enquanto era desvirado para que o examinasse, tudo foi ficando escuro lentamente.

Ele estava inconsciente quando os moradores do prédio começaram a descer, e nunca soube que alguns deles foram chamar Anna. Todos no edifício sabiam que ela era médica. Ela o encontrou cercado por uma pequena multidão. Disseram-lhe que alguém tinha sido ferido. Ela havia escutado o tiro, mas a princípio não ligou muito. Achou que talvez fosse o motor de um caminhão explodindo. Mas, assim que o viu, ouviu sirenes. Alguém havia chamado uma ambulância. Enquanto examinava o ferimento, ela olhou para o rosto da vítima, tomando consciência de quem era, e percebeu com horror que ele havia vindo visitá-la.

Anna estava segurando uma bandagem perto de seu intestino quando os paramédicos chegaram, e ela lhes disse do que precisava. Eles o colocaram numa maca o mais rápido possível, enquanto ela pedia para que um de seus vizinhos tomasse conta de Felicia.

— Você vai junto com ele? — Os paramédicos pareciam assustados, enquanto ela lhes dava o nome da unidade traumatológica onde trabalhava e eles concordavam em levá-lo para lá. Steve ainda estava inconsciente e sangrava em profusão. Enquanto eles aplicavam uma injeção intravenosa, e ela mantinha a pressão em cima do ferimento aberto, Anna se questionava sobre o porquê de ele estar ali. Não tinha notícias de Steve havia três meses e não esperava vê-lo.

Sua pressão sangüínea estava caindo quando chegaram ao hospital e, por sorte, Lucas estava de plantão. Anna explicou o que havia acontecido, ou pelo menos o que sabia, e Harvey foi até a sala de cirurgia para se preparar. Anna ainda estava com Steve quando a equipe da unidade assumiu o controle no lugar dos paramédicos.

— Alguém sabe o nome dele? — gritou uma enfermeira, e Anna respondeu.

— É Steve Whitman. — O rosto dele estava com um ar sombrio enquanto o observava.

— Que diabos ele está fazendo aqui? Pensei que estivesse na Califórnia — disse uma das enfermeiras enquanto cortava suas roupas com uma tesoura.

— Bem, aparentemente ele está aqui — disse Anna tensa, lutando para colocar toalhas para estancar o sangue, enquanto acompanhava a equipe de cirurgia — e tem um buraco no intestino do tamanho do Texas. Meu Deus, vocês não podem andar mais rápido?

— Estamos correndo... Estamos correndo... — Mas eles o estavam perdendo, e Anna podia ver isso. Já estavam na porta da sala de cirurgia àquela altura, e Lucas os esperava. Ele já estava com a máscara, a touca e as luvas.

— Ele está morrendo, Harvey — sussurrou Anna, enquanto saía para se lavar. Queria ficar com Steve, mas também queria assessorar Harvey e precisava estar limpa para fazer isso.

No momento em que ela retornou, o Dr. Whitman já havia sido entubado e sua pressão continuava caindo. Steve não soube de nada do que aconteceu. Estava profundamente inconsciente enquanto as pessoas que haviam sido seus amigos lutavam para salvá-lo.

— Que diabos aconteceu? — perguntou Harvey, enquanto eles procuravam a bala.

— Acho que estava indo me ver — disse Anna por entre dentes cerrados enquanto o olhava — e alguém lhe deu um tiro.

— Você é uma mulher perigosa — disse Harvey, ainda incapaz de encontrar ou desalojar a bala, enquanto sangue era bombeado para dentro dele o mais rápido possível.

— E ele é um babaca — acrescentou Anna, enquanto lágrimas rolavam por dentro de sua máscara, até que finalmente implorou a Lucas para deixá-la fazer uma tentativa. — Sou boa nisso.

— Já me disseram.

Ela assumiu a função de Harvey a partir desse instante e foi fundo para encontrar a bala. E, resmungando baixinho, a achou. Mas a equipe levou mais vinte minutos para extraí-la. Àquela altura, sua pressão era estável, mas ele ainda continuava sangrando gravemente. Levou mais uma hora para que eles conseguissem estancar tudo. Três horas depois que o levaram para a mesa de cirurgia, Harvey deixou Anna fazer as suturas. E o estado clínico de Steve finalmente se estabilizou.

— Acho que ele vai sobreviver — disse Harvey, enquanto Steve era levado num carrinho para a ala de recuperação. Depois, ao dar uma boa olhada em Anna, prosseguiu. — Você está um lixo, doutora Gonzalez.

— Obrigada, doutor Lucas.

Ela ainda estava com um ar sombrio, enquanto seus joelhos tremiam agora que tudo estava acabado. Pouco depois, ela foi se sentar ao lado de Steve. Passaram-se mais duas horas antes dele se agitar novamente. Quando o fez, ainda grogue e sorrindo, percebeu que ela estava sentada ao seu lado.

— Anna? Eu estava indo ver você — sussurrou.

— Você não conseguiu. — Ela lhe dirigia um sorriso enquanto lágrimas enchiam mais uma vez os seus olhos. Achava que jamais o veria novamente, e depois pensou que ele morreria antes que pudessem salvá-lo.

— O que aconteceu? — sussurrou Steven mais uma vez.

— Alguém atirou em você.

— Bela vizinhança — disse ele, o que a fez sorrir mais uma vez por entre as lágrimas.

— O que você estava fazendo por lá? — Ela já sabia de tudo antes dele responder.

— Fui me despedir de você.

— Você fez isso há três meses — disse ela gentilmente, enquanto ele caía no sono novamente, para depois abrir os olhos e continuar a conversa.

— Queria ver Felicia. Sinto falta dela.

— Ela também sente a sua — disse Anna, para depois jogar a cautela para o espaço e falar a verdade. — Eu também sinto, mesmo você sendo um babaca.

Steve sorriu.

— Estou me divorciando e indo para o Kentucky.

Anna franziu a sobrancelha enquanto o escutava.

— Acho que ele está tendo alucinações — disse para uma das enfermeiras.

— Eu ouvi isso. É verdade... divórcio... Kentucky... — insistia Steve debilmente.

— Não fale muito... Você pode explicar tudo depois. Por que não dorme um pouco? — disse ela com delicadeza. Ainda estava preocupada com seu estado.

— Meu peito dói.

— Pare de reclamar. Você foi operado por um grande cirurgião — Anna olhou para baixo, na direção dele, com um sorriso largo no rosto, enquanto ele a contemplava.

— Quem foi?

— Eu. Você tinha uma bala no peito do tamanho de um ovo. Agora cale a boca e durma um pouco antes que eu lhe dê um tapa.

— Eu te amo, Anna — sussurrou ele baixinho, mas ela ouviu. Abaixou-se para bem perto de seu rosto, para que Steve pudesse ouvi-la melhor e os outros não.

— Eu também te amo.

— Case comigo. — Steve estava grogue, mas ela sabia que ele estava falando sério.

— Jamais — respondeu. — Sou alérgica.

— ...boa coisa para se fazer... bom para Felicia... bom para mim... bom para você... ter mais filhos... um bebê...

— Não preciso de um bebê, se tiver de cuidar de você. Você daria mais trabalho do que dez crianças...

— Você vai casar comigo?

— Não. Além do mais, você está sob o efeito de drogas. Não sabe o que está dizendo.

— Sei sim... e não sou casado... — Ele parecia estar demonstrando mais força enquanto dizia isso. — E não sou *gay*.

— Do que ele está falando? — Harvey Lucas apareceu para checá-lo e pegou o fim da conversa. — Quem disse que ele era *gay*? Ele não é *gay*.

— Não, mas é um babaca — disse Anna com firmeza, enquanto

vislumbrava Steve. Ele estava saindo muito bem da anestesia, Lucas ficou feliz e os deixou para que pudessem continuar a conversa. — Achei que você tinha partido para sempre — disse ela delicadamente.

— Eu também... Estou de volta...

— Dá para ver. Por que você não fica aqui? Você vai ter de dar explicações mais tarde sobre o Kentucky. — Mas, mesmo drogado, ele se lembrou de que ainda não havia assinado os papéis. Lembrou-se de muitas coisas, de deixar Merrie, deixar a Califórnia... sair para ver Anna... e depois não se lembrava de muito mais... até que a viu na sala de recuperação e sentiu seu peito doer.

— Eu a amo — disse ele novamente, determinado a convencê-la.

— Eu também o amo, mas agora trate de dormir um pouco. Vou ficar aqui. Não vou a parte alguma, Steve. — Ela nunca tinha ficado tão feliz ao ver um rosto, especialmente depois que soube que ele iria sobreviver. Havia chorado por sua causa todas as noites durante três meses. Mas agora ele viera vê-la, qualquer que fosse o motivo.

— Por que você não casa comigo?

— Não preciso. Além do mais, como já lhe disse, detesto caras ricos.

— Devolvi tudo a ela... Agora sou pobre...

— Você é louco — disse ela, com um enorme sorriso.

— Você também — respondeu, devolvendo o sorriso, para depois adormecer, enquanto ela o observava.

— Como ele está? Está bem? — Harvey apareceu para checar seus sinais vitais e ficou satisfeito com o que viu.

— Vai ficar — respondeu Anna, enquanto ele os deixava sozinhos mais uma vez. Steve estava em boas mãos. Havia sido um cara de sorte naquela tarde. Mas não tão sortudo quanto merecia. Harvey deu uma olhada por trás do ombro, enquanto saía da sala de recuperação, e viu Anna segurando a mão de Steve e dando-lhe um sorriso.

— É Steve Whitman que está aí? — perguntou-lhe uma das enfermeiras. A história logo se espalhou pela unidade traumatológica.

— Ele mesmo.

— O que ele está fazendo aqui? — Todos estavam confusos. Achavam que o antigo companheiro de trabalho ainda estivesse na Califórnia.

— Recuperando-se, espero — respondeu Harvey Lucas —, para que possa reassumir seu velho emprego e eu possa dar o fora daqui a fim de me dedicar à pesquisa.

— Ele está voltando? — perguntaram as enfermeiras que estavam no balcão.

— Pode ser — disse Harvey sorrindo. — Pode ser. Quem sabe? Coisas mais estranhas já aconteceram.

E, enquanto se sentava ao lado dele e o via pegar no sono, Anna segurou sua mão e o contemplou. Só o fato de estar ali ao seu lado era tudo que ela queria e precisava. Não desejava promessas, anéis de casamento ou dinheiro. Só queria ficar ali com ele. E ele estava de volta. Para ambos, o pesadelo e a solidão haviam acabado.

Este livro foi composto na tipologia Agaramond, em corpo 11.5/15 e impresso em papel Off-set 75g/m² no Sistema Cameron da Divisão Gráfica da Distribuidora Record.